知音动漫图书·漫客小说绘
ZHI YIN COMIC BOOK 以梦想之名 点燃阅读 | 小说绘

子夜

3

TEN LEVELS IN THE TRIAL AREA

颜凉雨 ◎ 著

中国致公出版社　知音动漫

知音动漫图书 · 漫客小说绘出品

让范总立于不败之地的，不是强悍的体魄，不是压迫的气场，也不是钞能力和大长腿，而是一个坚定的信念 —— 总有刁民要害朕。

目录
CONTENTS

001 / 第一章 / 施压期

041 / 第二章 / 会合

081 / 第三章 / 地狱降临

121 / 第四章 / 通关集结

159 / 第五章 / 新伙伴

197 / 第六章 / 探索者

237 / 第七章 / 关卡巨变

275 / 第八章 / Guest

第一章
施压期
S H I   Y A   Q I

1

"我不行了——"老虎踹开身上的木板,猛地起身,弹涂鱼似的跳个不停,"太冷了!"

"我也扛不住了——"华子第二个跳起来,跟老虎一起转圈,促进血液循环。

郝斯文抱着木板,可怜兮兮地跟崔战说:"组长,我身体好像没知觉了……"

崔战本来还在观望,一看自家组员都要冻僵了,还观望个屁,立刻把人拉起来:"赶紧的,和他俩一起跳!"

这边老虎、华子、郝斯文旋转跳跃闭着眼,那边周云徽也起身了,不过他没跳,而是捡起被吹散的火堆里仅剩的一根木头,用"酒精灯"和"星星之火"点燃,举在手里,暂时充当火把。

一见火光,其余五人唰地凑过来,看周云徽的眼神就像在看自由女神。

火光带来的更多是心理安慰,那点儿热度在狂风暴雪面前根本不够看。

"这么下去不行,"周云徽大声道,"我们得弄个挡风御寒的东西,不然别说通关,连明天早上都挨不到!"

"你想怎么弄?"崔战以为他这么号召,至少是有初步想法了。

结果周组长理直气壮道:"还没想到。"

崔战:"……那就先跑起来,让身体和大脑预热!"

漆黑的夜,暴风雪,荒凉的孤岛上,六个男人在奔跑。

"一、二、三、四——"

崔战跑在最前面，举着周组长贡献的火把，一边跑，还一边回头给伙伴们打气："口号喊出来，气势造起来，身体热起来，活力自然来——"

周云徽："……"

老虎、强哥、华子、郝斯文："……"

没等来回应，崔战疑惑地回头，只见五个伙伴落在自己身后，至少六七米远。

崔战皱眉，大声道："我都跑这么慢了，你们怎么还掉队？"

周云徽、老虎、强哥、华子、郝斯文："你有能耐别用滑板鞋！"

"啊——"

刚吐槽完自家组长的郝斯文突然惊叫一声，骤然停下脚步。

周云徽四人吓了一跳，也跟着停了："怎么了？"

前方崔战同时停下，潇洒地滑着雪退回到郝斯文面前："什么情况？"

郝斯文双眼放光："我想到一个东西可以御寒！"

周云徽谨慎提醒："得是这个岛上能找到的工具和资源啊。"

"绝对能，"郝斯文说，"雪屋！"

崔战："雪屋？"

郝斯文："对，就是因纽特人住的雪屋。我在杂志上看过，抗风保温，里面要是再点上一点儿火，更暖和！"

崔战："就用雪？"

郝斯文："就用雪！"

"那还等什么，"崔战心急地催，"赶紧说，怎么搭？"

郝斯文皱紧眉头："让我想想啊……"

五个自认不是知识型选手的男人安静下来，最大限度地给郝斯文创造思索空间。

"先弄雪砖，"郝斯文霍地抬眼，知识点复苏，"其实就是雪块，方方正正像砖头似的，然后就从地上往上垒，一圈比一圈小，最后封口，就像个雪做的蒙古包。"

"不是，我还是觉得不靠谱。"老虎有疑问，"雪怎么能保暖呢？就算抗风，雪本身也凉啊！"

"这你就不懂了，"郝斯文一副大明白的样儿，"雪屋是有奥秘的，就是利用冷气下降、热气上升的原理，在入口外面挖一个雪下通道，这样外面的寒气不能直接进屋，里面热源的热气或者人身体散发的热气往上升，又出不去，困在雪屋之内，屋里自然就暖了。"

原理科学，步骤清晰。

五人面面相觑，周云徽一扬下巴："别愣着了，兄弟们干吧！"

漆黑的夜，暴风雪，荒凉的孤岛上，六个男人在盖雪屋。

"你别拿手焙，我们要的是雪砖不是雪团！"

"你那个是雪砖？我还以为是杰瑞拿的书本。"

"杰瑞是谁？"

"他刚堆的雪人。"

"这儿呢，好看不？"

"你们几个——"

"组长，别生气，你看我已经垒了两层了。"

轰隆，雪屋塌了。

热火朝天干了一个小时，六人累垮了，雪屋更垮，东一块西一块的雪块根本不成型，没垒两层就塌，塌了雪块就碎得七七八八。只有老虎抽空堆的雪人杰瑞同学还挺坚强，屹立在风雪里，跟第七个伙伴似的。

崔战坐地上喘着粗气，胸膛起伏，也顾不上冷了："还来吗？"

周云徽看着杵在雪地里快烧到底的火把，叹息着摇了摇头："算了，别白费力气了。"

这不是有没有毅力的问题。

这是脑子会了，手不行。

这一番折腾下来，唯一的收获就是身体暂时回温了，短时间内不会再被冻僵。

远处被夜色和暴雪笼罩的环形山若隐若现。崔战不经意抬头，看见山的轮廓，灵光一闪，提议道："先去环形山底下吧，至少那里背风。"

七日代理组长的提议得到众伙伴的一致响应。

天快亮的时候，六人终于在环形山脚找到一块避风地，不能说完全没风雪，但和先前被迎面吹着的空旷开阔地比，这儿就是马尔代夫。大家砍了树枝，重新燃起篝火，围坐在一起，终于获得了片刻喘息。

但寒冷和饥饿，还是威胁着他们的两大杀手。

今天是第三天了，六人除了啃小面包就是啃树叶，惨得自己都心疼自己。

"走吧。"周云徽忽然转头，对坐在自己旁边的崔战说。

崔战挑眉："怎么的，挨着你坐不行？"

周云徽扶额："我说的是我们离开这座岛！"

"下次说话说全了，别省略。"吐槽完，崔战认真思考起周云徽的提议。

孔明灯组长突如其来的剑走偏锋，也让另外四个伙伴的思想波动起来。

郝斯文难得地站在周云徽这边："我记得卡戎说过，如果我们想要横渡汪洋去探索，寻找邻居，并不违反规则。"

华子这个孔明灯组员反倒犹豫："但他也说过，这海里的孤岛有无数个，我们能找到另外四组的概率微乎其微。"

强哥看问题比较辩证："也许他是故意这么说的，就是为了让我们打退堂鼓。"

老虎："那他说我们横渡汪洋找邻居不违反规则，可能也是故意说的，就为了引诱我们去作死。"

这么一讲，简直是个无限循环的怀疑怪圈。

四人你看我我看你，沉默，又沉重。

"现在不是离岛有没有危险的问题，现在是我们还有没有其他选择的问题。"周云徽一针见血，"食物，这里没有；气温，还在降低；环形山，我们爬不上去……不离岛，你们给我一条出路。"

"没出路。"崔战说，"木屋被毁，我们现在躺着地盖着天，根本不可能睡觉，一睡就别想再起来。但是没有食物，本来就饿，现在应该休息保存体力，可是谁敢？不仅不敢，还得隔一会儿就起来动一动，热热身。再这么下去，我们要么冻死，要么饿死，要么累死……"

停顿片刻，他看向四个伙伴，难得地好说好商量："你们现在，要不要离开这里？"

老虎、强哥、华子、郝斯文："……"

一分钟之后。

郝斯文弱弱地问："那要怎么离呢？"

周云徽："用木屋剩下的木板……"

崔战："扎木筏。"

四伙伴："……"

两位组长突然这么默契，让人好慌。

不过有了下一步的方向，心就定了，六人渐渐安静下来，只剩熊熊燃烧的篝火，不时发出噼啪声。六人不敢睡，就看着篝火出神，有的在放空，有的在想事。

周云徽又扔了个小火球过去，让火焰再旺一点儿，而后几不可闻地叹口气："分到这座岛，绝对是悲剧……"

"知足吧，"强哥劝他，"至少我们两组还能合作，要是分到白路斜那种家伙，你闹不闹心？"

"白路斜有什么问题？"崔战闯神殿的时候95%的时间都在酣眠，后来被科普了唐凛和范佩阳的往事，但对白路斜则完全没印象。

周云徽早被自家组员补了课："他跟得摩斯说，能在三分钟之内杀光当时神殿里的所有人。"

崔战看他："白路斜说的？"

周云徽点头："对。"

崔战嘴角微扬，眼眸放光："我想和他打。"

周云徽："……要是不听声音光看表情，我还以为你要追他。"

2

4号孤岛上。

邮箱前，白路斜看看何律，再看看自己被抓住的手腕，神情一瞬变得微妙："你还有记忆？"

何律定定地看着他："你的'孟婆汤Ⅱ'可以在任意选定的目标身上生效，但'孟婆汤'只有目标视线在你身上时才能生效。"

白路斜刚刚用的就是一级文具树"孟婆汤"——他拿小面包，并且用身体挡住了邮箱，理所当然地，所有等待小面包的人的目光都集中在他身上，可是何律没失忆，那么只有一种解释……

白路斜一个利落反手，从被钳制变成抓住何律的手腕，眼里没有被识破的紧张，只有好奇："为什么当时不看我？猜到我要用文具树了？"

何律任由他抓着："大家都很饿，你也很饿，大家不会因为饿就破坏分享的约定，但是你会。"

白路斜嗤笑，语带嘲讽："伤心了？失望了？"

何律平静地看他："有点儿，但在可接受的范围内，因为我也没给你全然的信任。"他对自己的认知很清楚，也很诚实，"如果给了，我就不会避开'孟婆汤'。"

白路斜对于自己不被信任完全不奇怪，甚至相比那个假模假式来"联手"的何律，他反倒还挺喜欢眼前这个："如果我用的是'孟婆汤Ⅱ'，你现在就和他们一个样。"

何律摇头："你不会。"

白路斜挑眉。

何律："在你看来，我们根本不值得你用二级文具树。"

白路斜笑了，真是对何律刮目相看："我现在有点儿喜欢你了。"

"我不需要你喜欢，"何律抬起另外一只手，用力覆盖在白路斜的手背上，目光坚定地看他,"我需要你履行承诺。"

何律的手很温暖,热度从掌心传递到白路斜的手背。

白路斜讨厌热,喜欢冷。

"我从一开始就没想和你们联手。"他松开何律,将手从何律的覆盖下抽离,笑得随意,眼里却都是轻蔑和不屑,"我一个人,照样可以在这里轻松度过七天。"

"对不起。"何律突然道歉。

白路斜蹙眉,眼底浮起警惕:"换招数了?"

"我邀请你联手的时候,是真的想给你百分百的信任,但我没做到。"何律说,"我相信你答应我的时候也是真心愿意同甘共苦的,但你也没做到。有的时候就是会这样,每个人的性格里都有弱点,很难克服……"他再次真诚地看进白路斜眼底,"但我们可以一起努力。"

白路斜:"……"

又来了,对方又开始释放那个奇怪的"被盯着看就会不由自主点头答应"的能力了。

但这次,白路斜不会再上当。

一抹危险的光从他眼底掠过,"孟婆汤Ⅱ"启动!

夜风吹过,又一层海浪打上沙滩。

何律微微皱眉,有些不赞同地出声:"你又用文具树。"

白路斜像是明白过来什么:"你用了'墨守成规'?"

"'墨守成规Ⅱ',"何律据实相告,"禁止精神类文具树攻击。"

白路斜的神情一瞬变得复杂,虽然不想讲那个,但又忍不住:"你前一秒刚说我们可以一起努力。"

何律垂下头,满满的懊恼和羞愧:"我也说了,每个人的性格都有弱点。"

白路斜:"……"

这叫一起努力?他竟然还有那么一点点动摇!

"孟婆汤"时间到,四个伙伴醒了。对于那空白的三分钟,他们毫无记忆,在他们脑内,现在的场景应该是大家一起走到了邮箱前。

虽然有点儿记不清是谁打开了邮箱,但饿得要命的四人很自然地对离邮箱最近的何律说:"组长,拿面包啊。"

离邮箱最近的还有白路斜,不过这位同学不在他们的交流范围之内。

何律伸手把小面包拿出来,细心地掰成六份,每份大小几乎一致,相当公平。

四伙伴以丛越为首,不用何律分,直接上来抢,一人一口"嗷呜"吞掉,比猪八戒吞人参果还快。

何律将白路斜那份递过去。

白路斜看也没看，转身就走。

何律一愣，连忙追过去，剩下四人面面相觑。

铁血营组员1："他又犯什么病？"

铁血营组员2："鬼知道。"

铁血营组员3："组长到底为什么非要拉他入伙啊？！"

丛越这几天看下来，多少也看明白了："何组长就是那种性格，卡戎把我们六个分到这个岛，我们就像一起求生的'小组'，何组长不想落下任何一个人。"

铁血营组员1："那也得看值不值得收编，那小子压根儿没当我们是自己人。"

丛越和白路斜没任何交情，但是想替何律说话，于是苦思冥想白路斜到底有什么优点。

优点……那人除了一张脸，哪儿有优点！

啊，不对，有的。

"他战斗犀利啊，"丛越可算找到闪光点了，"虽然他看起来好像是没拿我们当队友，但昨夜杀人植物偷袭的时候，他出手了吧，先是救何队，后来还和我们并肩战斗。"

铁血营组员1："你确定是并肩？"

铁血营组员2："整个战斗过程中，我被他送了四句'碍事'。"

铁血营组员3："五句'闪开'。"

铁血营组员1："六句'我真想给你用催眠术'。"

丛越："……"

遥远的另一边，何律终于在一片造型奇特的花丛前面追上了白路斜。

白路斜不胜其烦，但凡身后换个人，他早出手了，可是对着何律，他的克制力直线飙升。不是他对何律有什么优待，纯粹是……春天播种一个"动手"，秋天就能收获一片"唠叨"，他绝对不要！

但现在，他的耐心到极限了。

"散伙。"白路斜不跟何律废话，"从现在开始，你们生存你们的，我生存我的。"

何律静默良久："可以……"

白路斜心里刚要放烟花，就听见了何律的后半句——"只要你能说服我。"

白路斜笑了，这个简单："我不需要你们，但你们需要我，我和你们联手，完全是我单方面的奉献。你不是最在意公平吗，那你告诉我……"他凑近何律，近到鼻对鼻，眼对眼，"面对这么不公平的交易，是不是应该拒绝？"

何律一步不退，就这样极近地看着他。

白路斜眯起眼："还在用'墨守成规'？"

何律叹口气："没办法，我有一个一不高兴就掀桌的伙伴。"

白路斜摇头："我不是你的伙伴。"语毕，他忽然向后一跳，迅速拉开和何律的距离，眨眼就退到了"墨守成规"的范围之外。

被一个文具树防住一次，可以，防住两次，就是他的失败。

"催眠术"，白路斜开启三级文具树，不需要目标看他，只要他能看到目标。

白路斜屏息凝神，望向前方的何律。

就在这时，何律突然急速向他冲刺。

白路斜一怔，莫名就想到了保龄球，他是瓶子，何律就是滚过来的球。可他不记得自己什么时候打过保龄球了。

何律没有真的撞他，在距离他还剩一米的时候及时刹住了脚步。

"催眠术"也就在这时朝何律招呼了过去。

无效。

白路斜回过神来，后知后觉地明白了何律接近的目的——趁他和文具树建立联系的短暂空隙，何律再次将自己拉进了"墨守成规"的范围。

"咝啦啦——"半空中毫无预警出现电火花。

白路斜茫然地眨眨眼。电火花忽然变成一道电流，咻地击中他的肩膀。白路斜一瞬变得僵硬。肩膀上的轻微疼痛可以忽略不计，但酥麻的电流还在他身上游走，就像一千根羽毛在撩他。

白路斜讨厌热，但不怕热。他怕痒。这一刻，他的三魂七魄等于当场出窍了。

毛骨悚然的弱电流终于消失，白路斜仍站在那里，久久缓不过来。

何律抿了抿嘴唇，眉宇间笼罩起担忧："没事吧？我没用很强的电流啊。"

白路斜猛然抬眼："你的文具树？"

何律点头，毫不隐瞒："三级文具树，'你犯规了'，在设置规矩的基础上，还可以设置犯规后的惩罚。"

白路斜眼底沉下来，比夜还暗："你不应该告诉我，告诉了，我就更容易杀掉你了。"

何律迎着他的目光："和你打，先前我只有三成把握，现在有五成。"

白路斜："呵，就凭这个三级文具树？"

何律："凭你怕痒。"

白路斜："……"

何律："弱电流不会伤人，只会让人觉得酥麻，很痒。你对不喜欢的东西，表现得太明显了。"

白路斜沉默半晌，破天荒地用了"转移话题"这一技能："你之前用文具树防我，现在用文具树防御和攻击，这就是你拿我当伙伴的诚意？"

何律："我只想让你明白，你没有那么强，我们也没有那么弱。如果我们能彼此信任，优势互补，就是一加一大于二；如果你非要散伙，到了真要抢资源那一刻，你未必有胜算。"

白路斜歪头："你这是在威胁我？"

何律："我诱惑你。"

白路斜："哈？"

何律："用实力。"

白路斜："……"

同一时间，邮箱旁边。

铁血营组员1："怎么还没回来？"

铁血营组员2："不会打起来了吧？"

铁血营组员3："不能，打就有声音了。"

丛越："打不起来的，何组长肯定再次对白路斜展开了真诚教育。"

铁血营组员1，2，3："……"

丛越："怎么了？"

铁血营组员1，2，3："我们三观不正，竟然有点儿同情白路斜了……"

丛越："……"

总感觉每一个铁血营组员身上，都背负着一段被组长教育的血泪史。

哎，不对！

丛越："你们不是从水世界闯关才开始跟着何组长的吗？"

铁血营组员1："所以一开始我们心里也不太服气。"

铁血营组员2："后来就服气了。"

铁血营组员3："别问为什么，问就是爱的教育。"

丛越："……辛苦了。"

四个闯关者瘫倒在沙滩上，回忆刚刚那口塞牙缝都不够的小面包，心有灵犀地羡慕起一个人——"草莓甜甜圈的关岚，现在肯定吃饱喝足乐逍遥吧……"

监控室里，卡戎兴致勃勃地将投屏调到2号孤岛的零点画面，完全不想错过"一杯果汁引发的血案"的任何精彩镜头。渴了两天两夜，在这第三天的零点伊始，收到一杯只允许一个人喝的果汁……啧啧，他想想那场景都开心。

投屏画面清晰，清晰到可以看见每一个人眼中的错愕和……纠结。

"纠结吧，争斗吧，"卡戎一口气喝光杯里的酒，兴奋得摩拳擦掌，"一定要拿出真本事来对战……"

放下酒杯，他调出六人的文具树，像看赛前信息一样认真地从上往下浏览，还没浏览完，投屏里就传出了四个整齐划一的声音——

和尚、五五分、探花、全麦："别给我！"

卡戎错愕，以为自己听错了，连忙关掉文具树信息，认真看全景画面。

画面里，甜甜圈四人手挽手后退两大步。

和尚："我现在看着甜的就牙疼。"

探花："我的龋齿已经蠢蠢欲动了。"

五五分："总吃甜的对皮肤不好，我决定从这一刻开始戒糖。"

全麦："不喝，不要，我拒绝。"

邮箱旁边就剩关岚和莱昂。关组长带着希冀抬头，眼望高大英俊的狙击者："你来？"

莱昂低头，直视自家组长："看我的眼神。"

关岚踮起脚拍拍他的肩膀："明白。"

六个甜甜圈望着邮箱里的一杯果汁，犯了难。

卡戎望着六个甜甜圈，犯了头疼。得摩斯给他们通关的理由是什么？够奇葩吗？！

来自2号孤岛的打击，让卡戎这一天再没开启投屏。

而当守关者在柔软床榻上做好梦寻找安慰的时候，1号孤岛的伙伴们已经早早热醒，开启了"寻船之旅"。

3

1号孤岛的地形风貌用一句话就能概括：铺满苔藓的平原。

这样的地形好处很明显，就是不容易迷路，哪怕一个人单独走出去很远了，回过头，还是能依稀遥望到伙伴们的身影。同理，定点寻物也比较轻松，坐标清晰，视野清晰，基本上就是手到擒来。

所以，在这温度即将攀升到极限的第三日，四个VIP和两个步步高升只用了半天时间，就顺利找到了"小抄纸"提供的坐标点。

现在他们只面临两个问题：一、顶着高温长时间寻找，让他们濒临脱水；二、坐标点处什么都没有，除了一块半人高的石头，石头下是一片苔藓地，这座岛上随便找一块地方都长这样。

"这是要玩儿死我们啊……"骷髅新娘一屁股坐地上，满头满脸的汗顺着脖子往下淌。

"船在哪儿？"江户川蹲下来，气喘吁吁地拍拍地面，"石头底下？地底下？"

"挖地可以，工具别指望我，我现在极度缺水，没力气弄铁板了。"郑落竹甩甩脸上的汗珠，看东西都开始重影了。

一个深色的东西被递到眼前，郑落竹愣了愣才看清，是自家老板夹克上的另一块皮革，比蒸馏淡水时蒙在锅顶上那个稍小一些，四角兜起来用撕成窄条的夹克袖子扎紧，形成了一个储水袋，而从袋子沉甸甸的状态看，里面必然装满了水。顺着递来储水袋的手往上望，范总逆着阳光的身影高大威猛。

郑落竹惊呆了："老板，你什么时候弄的？"

范佩阳："昨天煮海水的时候。"

郑落竹："我怎么都没注意？"

范佩阳："你全程在和骷髅新娘讨论接下来怎么'烤鸟'。"

郑落竹："……"

没事，这些都不重要，重要的是——

郑落竹一把握住自家老板的手，真情实感地说："当初前面关卡里那么多人招打工的，我怎么就一眼选中了您呢？！"

范佩阳留下储水袋，抽出手，神情平静："因为我开的工资高。"

郑落竹抱住储水袋，认真摇头："老板，不要说这种伤人的话。"

江户川、骷髅新娘："……你还能再狗腿一点儿吗？！"

南歌："相信我，他能。"

从郑落竹开始，储水袋在众人手里传了一圈，每人喝上几小口，维持着身体对水分的最低需求。

缓得差不多了，大家的目光才再次集中到那块石头上。石头很普通，但它恰好卡在坐标点上，就成了一个醒目的标识。

唐凛围着石头转了一圈，末了伸手试探性地推了推，石头微微摇晃。

范佩阳走过来，帮他推了第二下，石头轰然倒地。

大家立刻围过去看。石头底下是一小块光秃秃的地面，没有苔藓，但在土质地面上刻了一个"铁锹"的图案。

六个人面面相觑——挖！

郑落竹起身，调整呼吸，集中注意力，启动"铁板一块"。顷刻，一块铁板出现，而后慢慢变窄，两侧边缘微微弯起，成为类似铲子的形状，落进他手中。

"工具完成！"郑落竹昂首挺胸宣布。从昨天铁锅煮海水开始他就发现，这个一直被自己嫌弃的"铁板系"文具树，简直是居家旅行必备。

五人看着他手里的"铲子"，表情一言难尽。

郑落竹看看工具，再看看伙伴们："……嗯？"

江户川叹口气："兄弟，我们要的是铁锹挖船，不是洛阳铲盗墓。"

好不容易铁锹像样了，骷髅新娘自告奋勇出劳力，一锹下去，手震麻了，地面纹丝不动。他蒙了，又连续铲了好几下，铁锹就是进不去。

唐凛示意他先停手，蹲下来摸了摸那一小块地面，了然，起身道："地面很硬，估计要费一番力气。"

南歌："但越是费力气，就越说明船在下面。"

唐凛点头，说："我们轮流试试，只要能挖动第一锹，后面就容易了。"

众人没意见，依次上前拿铁锹和地面搏斗。

骷髅新娘，铲入地面，0厘米。

江户川，铲入地面，1厘米。

南歌，在江户川的基础上又往下铲进去1厘米。

郑落竹，在南歌的基础上继续扩大战果，往下深入2厘米。

唐凛，把4厘米的深度追加到6厘米还多一点儿。

范佩阳，把整个铁锹头铲进去了。

唐凛和四个伙伴："……"人比人，气死人！

范总神清气爽，一锹下去，借着良好开端用力往上一铲。

土没出来，铁锹折了。

范佩阳、唐凛、郑落竹、南歌、江户川、骷髅新娘："……"

人生的大起大落，来得太突然。

"我可以增加铁板厚度，"郑落竹犹豫道，"但是相应的，锹就得变小，而且看这个硬度，加厚也未必管用。"

"铁锹毁灭者"范总对此最有发言权："按照刚刚的手感，至少要加厚十倍以上。"

骷髅新娘："厚度增加十倍，体积缩小十倍……那不成汤匙了？"

一直安静思索着的唐凛眼睛忽然一亮："用文具树。"

"文具树？"南歌不解地看他，"我们没有能撬开地面的文具树。"

唐凛看向江户川："但我们有能改路的文具树。"

江户川的一、二级文具树"条条大路通罗马"，效果：改变目标脚下路的方向，从而防御目标攻击。三级文具树"此路是我开"，效果：让目标脚下的路改变状态，比如像传送带一样颠簸、起伏，又或者设置各种简易、轻度危害的小陷阱等，从而达到防御效果。

唐凛将自己的想法简单给江户川解释了一遍，后者瞬间领会精神："你的意思是，让我用文具树使地面颠簸起伏，来进行'松土'？"

"不单是颠簸起伏，你可以将能操控到的所有地面改变，就在这里试，越乱越好。"唐凛说，"地面运动得越不规律，内部土质松散的可能性越大。"

江户川点头："行，我试试。"

他后退几步，和坐标点拉开三四米的距离，然后抬头，盯着那块空地，同时和"此路是我开"建立操控联系。建立完成，他才发现一个问题："唐队，你得找个人往我这边跑，而且中途一定要踩到那块地，不然这也不是'路'啊——"

众人恍然大悟。江户川的文具树是"此路是我开"，不是"这块地皮我承包了"，所以使用文具树的前提，必须是"世上本没有路，有个人在这里走，就成了路"。

范佩阳准备当这个"跑路"的人，刚要开口，唐凛已经擦身而过，往后跑了："我来。"

几秒工夫，唐凛就在不远处站定，与坐标点、江户川正好三点一线。

"我准备好了——"江户川大声对唐凛道。

唐凛点一下头，而后稳住呼吸，起跑。

江户川紧盯坐标点。

范佩阳紧盯唐凛。

转瞬，唐凛已跑到坐标点。就在他踩上那一小块空地的瞬间，江户川操控"此路是我开"，地面刹那间鼓起坡度。唐凛踉跄一下，但凭借惯性，还是继续往前跑。江户川用全力释放，坐标点连同唐凛脚下的路颠簸得越来越厉害，而且不只上下颠簸，还左右晃动。唐凛不能停，也不能偏离三点一线，但越来越不稳的路实在很难保持平衡，只能咬牙尽量再多跑一米、两米……

江户川心无杂念，就记得唐凛那一句"不单是颠簸起伏，你可以将能操控到的所有地面改变，就在这里试，越乱越好"，所以在上下颠簸、左右晃动之余，还操控文具树在坐标点试验了沙坑陷阱，先是极浅的小沙坑，再是稍微深一点儿……

"轰隆"，坐标点的地面突然坍塌下去一大块。

江户川怔住，本能地切断与文具树的联系。

波动的地面突然停下，唐凛猝不及防，彻底失去平衡。往前扑的一瞬间，他本能地双手撑在胸前，希望能最大限度减少伤害。可是没派上用场，他被从旁边冲过来的范佩阳抱了个满怀，准备撑地面的手贴在了范佩阳的胸前。

"怦怦"，他摸到了范佩阳的心跳。

"谢……"唐凛想和及时伸出援手的男人道谢，可刚说了一个字，对方忽然用力将他彻底搂紧，有那么一瞬间，他差点儿以为自己会被憋死。

他没见过这样的范佩阳，哪怕是失忆之后。因为范佩阳从不会让自己失控，在调节情绪方面，那个男人有着超强的能力。即便是面对失忆后将他拒之门外的自己，他也只是转身走开，隔天连一个字都没提。

可是现在，范佩阳在释放情绪，用这个意外的拥抱。

承受不住了就只能释放，这是人的生存本能。而让范佩阳承受不住的，是自己。自己失去记忆，轻装上阵继续前行，只剩范佩阳留在原地，背负着两个人的过往。

心疼吗？唐凛在这一刻，诚实地面对自己。是的，他心疼。如果可以，他不想把范佩阳留在原地。

范佩阳其实没想这样，可在接住失去平衡的唐凛的一瞬间，大脑说"松手"，身体说"不放"。而当真正用尽全力抱紧唐凛后，大脑也倒戈了。

怀里的人突然挣扎了一下，范佩阳呼吸一滞，松开些许力道，心底翻涌起的热流慢慢冷却，等着唐凛推开他。然而那手抬起，慢慢环住他的后背，轻轻拍了一下，温柔得像睡前故事。

不远处的坐标点，郑落竹、南歌、江户川、骷髅新娘在坍塌的地面周围蹲了一圈，看着坑内隐约露出来的一小块疑似船体的木头，犹豫着要不要通报这个喜讯。

南歌："怎么办？"

骷髅新娘："他俩还没抱完。"

江户川："啧，竹子，你过去提醒一下你老板，船找着了。还有，差不多得了。"

郑落竹："你想说你就去，反正我要好好活着。"

江户川："……"

那边，蓄满的情绪稍稍释放，强大的克制力又占领高地的范总，终于松开了手："为什么？"

唐凛没回避他的目光，半认真半玩笑道："还从来没跟你拥抱过呢。当年公司第一笔生意谈成的时候，我想和你击个掌，你都配合得很勉强。"

范佩阳语气平静，眼里却不平静："是你忘了。"

唐凛看了他一会儿，转身往坐标点走。

范佩阳没来得及捕捉唐凛的神情,却听见了他的声音,带着一点儿温柔、一点儿顽皮:"不会忘了。"

唐凛先归队,范佩阳后归队。

南歌、郑落竹、江户川、骷髅新娘四个伙伴完美诠释了什么叫"瞬间失忆",一会合就无缝切入下一环节:"我们来挖渡海船吧!"

已经坍塌的土坑比较松软,六人很快将船挖出。那是一艘独木船,就是一根木头两头削尖弄成梭形,再在中间挖个洞,类似简易的单人橡皮艇。

单人橡皮艇已经很危险了,随时一个浪打来都能让它倾覆,这还简易……

"坐它渡海,会死人吧?"骷髅新娘一脸绝望。

"还会死得很惨。"郑落竹很想乐观,但是太难了。

唐凛望向范佩阳:"你怎么看?"

范总茫然两秒,目光才聚焦:"嗯?"

唐凛:"……"

南歌、郑落竹、江户川、骷髅新娘:"……"

得,还没回味够呢。

"先把船拖到海边。"范总收敛心神,光速调回求生频道。

众人没意见,郑落竹第一个伸手去拉船,不料刚碰到船身,六个人手臂上同时"叮"的一声响。

郑落竹收到的"小抄纸"内容是——

小抄纸:"恭喜找到渡海船,请将船放入海中,并登船认证身份。"

其他人收到的"小抄纸"内容是——

小抄纸:"已有人找到渡海船,并准备将船放入海中,而后登船认证身份。"

六人把手臂伸到一起,信息一共享,什么都明朗了——关卡真是随时随地在挑事儿。郑落竹先碰了船,于是被认定为"发现者",理所当然收到下一步提示。可是鸦却没告诉这个"发现者",它已经将他找到船的消息,甚至是即将要做的事情,发布给了其他人。如果他们六个没在一起,如果他们从一开始就打算"为自己抢渡海船",恐怕接下来就要在海边展开一场血雨腥风的争夺战了。

"不用管这些,"唐凛冷静道,"我们还是按照原计划来。"

六人拖着船回到沙滩,并合力将船推下水。

渡海船一沾水,六人立刻收到新信息,这一次内容是同样的了。

小抄纸:"渡海船已入海,请登船认证身份。身份认证成功后,会有十分钟的缓冲期,缓冲期内，其他闯关者可登船，替换身份认证。当身份重新认证，仍会有十分钟的缓冲期，以此类推，直到某一个身份认证者在缓冲期结束时仍坐在船内，渡海船便会起航。起航后的渡海船，非身份认证者不可再碰触。"

"起航后只有身份认证者能碰？"江户川抬头，有点儿被打击，"那我们扒着船身一带五的计划不就泡汤了？"

"没事，"郑落竹看向范佩阳，"还有别的办法，对吧老板？"

范佩阳沉吟片刻，问他："如果让你用'铁板一块'做能承载五个人的铁盆，你能坚持多久？"

郑落竹垂下眼睛，在脑内模拟了半天，末了抬头："老板，先不说我的体力能坚持多久，我感觉五个人都进去，我的文具树一秒就会沉。"

铁的密度远远大于水。轮船能在海上航行，完全是它够大，船身够空，这样排开水的体积够大，浮力也就够大。但郑落竹的铁板面积很难做到弯成铁盆之后坐进去五个成年人，还能承载得住。

"试试吧。"唐凛说，"不行我们再换。"

"行。"郑落竹不含糊，说干就干，片刻后，一个底部直径一米五、深度二十厘米左右的铁盆成型。

郑落竹将铁盆推进水中，自己先坐进去，铁盆吃水深了一点儿，但还在安全范围内。

然后是骷髅新娘、江户川、范佩阳……沉了。

幸亏刚入海，水不深。

范总从海里站起来，坚持指导："减少厚度，增加面积。"

郑落竹听令，第二次试验，将铁板厚度降低，面积延伸，从而底部直径扩大到一米八左右，深度变成二十四五厘米左右。

这次他直接从海里翻身进盆，然后招呼伙伴："再进来试试。"

骷髅新娘爬进去，江户川爬进去，范总踏进去，沉了。

郑落竹、骷髅新娘、江户川："……"

这是一个多么沉重的男人！

范佩阳微微蹙眉："再减少厚度，增加面积。"

"不行了，"郑落竹苦着脸，"铁板再薄就软了，一上人肯定变形。"

铁板计划，失败。

浑身湿透的伙伴们回到岸上，前一夜听过唐凛说各种对策的江户川迅速提议第二方案："虽然非身份认证者不能碰船，但没说船上不能拴东西啊，我们可以拿绳子把自己和船连接起来,不用碰船,照样一带五。"

南歌四下环顾:"但是这里哪儿有绳子?"

1号孤岛的优势是平坦,只有苔藓。但劣势也恰恰是这个。丛林茂密的岛屿可以轻易找到木头、藤蔓这些资源,别说找东西把人拴在船上,就是自己做一艘船恐怕都行。但在1号孤岛上,只有一扯就断的苔藓。

"我昨天考虑过,可以把浸湿的衣物拧成绳子用。"范佩阳望向通体光滑的渡海船,"但是这艘船不行,除非我们能在船上凿洞穿绳,否则没有可以拴的地方。"

"那就凿啊。"骷髅新娘说着就要摸随身携带的短刀,一脸跃跃欲试。

范佩阳转头,往右边的沙滩看了一眼。一块躺在沙子里的小石头咻地飞起,径直冲向渡海船,"啪",发出一声撞击的声响。

众人惊讶地瞪大眼睛。

不是船身有多扛撞,而是石子压根儿没碰到渡海船,在距离船身还剩肉眼可见的至少一寸空隙时,就像撞到了什么看不见的保护膜,"啪"的一声弹开了。

离船最近的郑落竹立刻转身,在船身上摸来摸去:"自带保护装置?"

"防止有人毁船。"唐凛淡淡道。

南歌想不通:"'小抄纸'的意思不就是让我们互相争斗吗,如果有人因为上不去船,索性把船毁了,谁都别好,难道不是鸮想看到的?"

唐凛微微摇头:"如果把船毁了,失去争斗目标,反而和平了。"

唐凛没说后面的话,可南歌懂了,不由得脊背发凉,毛骨悚然。

渡海船必须完好无损。只有渡海船一直在,只有逃离孤岛的希望一直在,厮杀才会继续。

一带五计划,失败。

六人坐在沙滩上,忍着高温,守着一艘尚未认证身份的船。海面宽阔,可前路一片渺茫。太阳越来越烈了,晒得人睁不开眼。海浪声里,沉重和压抑在疯狂蔓延。

"不行了,"江户川腾地跳起来,走到唐凛和范佩阳面前,焦急道,"再不出海,到了晚上,我们都得热死。"

唐凛和范佩阳虽然坐在一起,但并无交流,这段凝重的安静里,他们各自进行头脑风暴,恨不能预支后半辈子的智慧来打破死局,博得生机。

智慧还没来,江户川来了。

范佩阳和唐凛在这一刻福至心灵。

他俩默契地互看一眼,果然在对方的眼里捕捉到了同样的光。下一刻,范佩阳率先抬头,直视江户川。

忽然被范总一对一视线攻击，江户川心里敲起了鼓，刚才的气势烟消云散："那个，你不要这样看我。对，我是欣赏唐凛的冷静，但我发誓只是纯欣赏！"

范佩阳一怔。

唐凛晚一步抬头，哭笑不得地说："我们是想到了你的文具树。"

江户川一脸茫然："啊？"

范佩阳站起来，拍拍他的肩膀："等解决完船的问题，我们单独聊聊。"

江户川："……"

他还有必要逃出孤岛吗，反正都是死……

最终，江户川还是站到了渡海船前。虽然前景灰暗，但毕竟被范总"聊聊"，还能向唐凛求救，在这里被晒死，真就死得透透的了。

"你们想让我怎么试？"其实到现在，江户川也不明白，自己的文具树在渡海上能起什么作用。

南歌、郑落竹、骷髅新娘也不懂，茫然围观。

唐凛："小江，你的'此路是我开'可以改变路的形态，从而达到防御效果，对不对？"

"对啊，"江户川说，"我刚才不就是靠这个让坐标点塌陷的吗？"

唐凛："那把'水路'改成'冰道'，算不算你文具树的能力范畴？"

江户川惊呆了，这都是什么狂野思路？！

"说不定真行呢，"南歌虽然也震惊，但很快进入可行性思维模式，"水路也是路，是路，你的文具树就应该可以。"

范佩阳没那么多分析，就一句："去试试。"

江户川乖乖听令，他现在就希望范佩阳一个高兴把"约谈"忘掉。

渡海船停在入海大约膝盖深的位置，海浪涌来，船只轻轻摇晃。

江户川走过去，单手扶住船，转过身来："是这样，如果想用'此路是我开'，就必须确定这是一条水路，所以我要在船的前面拉着船走，你们看清船划开水面的位置，也沿着船的路线走，就像在跟踪我一样，这样我就可以视你们为攻击目标，开启文具树防御。"

唐凛："好。注意海浪，安全第一。"

范佩阳："可以。"

郑落竹、南歌："嗯。"

骷髅新娘："你走慢点儿。"

江户川绕到船头，但没转身，依然背对着大海，面对着唐凛五人，然后双手扣住船头一点点后退着，将船往海里拖。因为是后退着走，他拖得很小心，速度也很慢。

唐凛第一个踏入海中，然后是范佩阳、南歌、骷髅新娘、郑落竹。五人一个跟着一个，在水中沿着船的路线一点点往前跟。

江户川看着跟上来的众人，屏除杂念，高度集中，启动"此路是我开"。水路变冰道……水路变冰道……他向着已经建立联系的文具树不断发出操控信息。

船尾划过的水，波纹似乎变少了。

江户川不确定是真的起了变化，还是自己太想成功而出现了幻觉。

"江户川。"范佩阳忽然低低地喊了他一声。

江户川毫无防备，下意识抬头，文具树操控随之动摇。

四目相对，范佩阳眼里突然浮现杀机，下个瞬间，原本缓慢追随着船只路线的男人猛然加速，冲破海浪疯狂地朝他冲刺而来。

江户川心脏骤缩，头发丝儿都要竖起来了。什么情况啊？先保命再说吧！怎么保？水路变冰道啊！

"咔——"

没到范佩阳腰间的海水突然以极快的速度开始结冰。范佩阳仿佛早有预料，马上停步，眼疾手快地按住两侧已结冻的冰面用力一撑，敏捷地跃出水面。最后一点儿海水在他身下冻结冰封。

范佩阳落到冰面上，后方的唐凛、郑落竹、南歌、骷髅新娘还在海水中。但他前方，一直到江户川那里，水路结成了一条细长冰道。

江户川劫后余生，想哭："范总，你下次用'刺激疗法'前能不能打个招呼？"

范佩阳微笑："打完招呼就不刺激了。"

江户川："……"恶魔！

自己的文具树，哭着也要操控完。在被范佩阳成功激发了第一次之后，江户川切断文具树，让海水恢复，而后又来回试了几次，直到操控渐渐变得熟练，心里才有了三分底。

剩下的七分，是体力。

他和五个伙伴实话实说："我不知道'此路是我开'能坚持多久，如果体力透支，船还没靠岸，怎么办？"

"放心，"唐凛说，"我们上双保险法。"

江户川："怎么个双保险？"

唐凛："第一重，把你的随身物品给我们一个，万一中途文具树失效，我用'狼影追踪'，就算带着他们游也会游到你所在的终点。"

江户川："第二重呢？"

唐凛："你喜欢吃鱼吗？"

江户川："啊？"

烈日炎炎，熊熊篝火，现烤海鱼，肉嫩味鲜。

"哗啦"，范佩阳在海里冒头，双手握着一条活蹦乱跳的鱼，这是他的第五次收获——在给江户川特供了四条之后，他终于能给唐凛也逮了一条。

沙滩上，江户川坐在南歌弄来隔热的苔藓上，左边还有郑落竹拿着上衣给他遮阳："江总，凉快不？"

右边的骷髅新娘挑完鱼刺再把鱼肉喂给他："江总，饱了吗，感觉体力储备得如何？"

江户川吃掉最后一口鱼肉，美美地打了个饱嗝。他这辈子的人生巅峰，就在此刻了。

4

监控室里，卡戎放下书本，望向窗外。

夜凉如水，再有半个小时就到零点了。在这个即将结束的第三天，他给了闯关者们一天的自由，当然也是给自己的精神放了一天的假。现在，他又元气满满了，足以应对每一座不按剧情走的孤岛。

在看那些令人头大的孤岛之前，他决定先犒劳一下自己——看1号孤岛。那里半小时后就要彻底进入死亡温度，如果这时还没有人抢到渡海船，恐怕就要全军覆没了。

不过卡戎相信这种事情不会发生。地图坐标很明确，船也很好找，挖掘虽然费点儿力气，但人在求生方面从来是潜力无限的，用文具树或者工具，总能想到方法，哪怕效率再低，中午之前也该得到渡海船了。而船下水之后，才是最有趣的部分——争夺。

谁会胜出？卡戎回忆着1号孤岛的闯关者信息。

"'破坏狂'或者'狼影'吧……"他一边调出投屏，一边随意猜着，毕竟这两个人是1号孤岛上拥有守关者徽章的，那个唐凛甚至拥有连续两关的徽章，而且第二枚还是得摩斯的私人徽章。可是客观上讲，范佩阳的综合素质还可以，而卡戎实在没看出唐凛有什么特别。

投屏渐渐清晰，卡戎呆若木鸡。

没烈焰岛，没搏命杀，就一片汪洋，一艘小船，一个面向船尾倒坐着的乘船者，以及五个追随船只前行的徒步者。

连接他们的，是一条长长的冰道。

过了好半天卡戎才回过神来，第一时间调出六人的文具树资料。这也是他第一次查看

1号孤岛的闯关者信息。之前没看，是因为求生过程中他并未发现这座岛上的闯关者有什么特别，普通的防御、普通的传音、普通的隔空移物，不用特意查看，他闭着眼睛都知道是什么文具树。

六个闯关者的信息同时浮现，卡戎一眼锁定投屏上的那个乘船者——江户川，三级文具树"此路是我开"。

这是一个可以改变目标脚下路的形态和性质的文具树，但在早期，拥有此文具树的闯关者通常只理所当然地改变路的外在形态，比如宽敞变崎岖、平坦变坑洼、移动、起伏等等，几乎没人想到去改变路的内在结构和性质。

"水路变冰道，有意思……"卡戎眼中难得浮现赞许，"但愿你操控文具树的体力能坚持到目……"

"嗝——"屏幕上的乘船者打了个饱嗝。

卡戎："……"

看来是体力无忧了。

咦？卡戎不经意瞄到唐凛的文具树，目光变得诧异——三个文具树统统未知，那第一天他看见的狼影是什么？他不可置信地点击投屏，满屏数据消失，变成唐凛的"文具盒"界面。界面右边是一次性文具格，左边是文具树——两棵，"狼影"是第二棵，而原始的第一棵还未开启。

卡戎第一次见到这样的闯关者。

良久，他关闭信息界面，给得摩斯发了"紧急联络"请求。

联络很快接通，投屏上是睡眼惺忪的得摩斯："发生什么了，你都用上了'紧急联络'……"

卡戎直奔主题："我知道你为什么给唐凛发私人徽章了。"

得摩斯正在打哈欠，闻言愣住："你紧急联络我，就为了这个？"

卡戎："他有两棵文具树，的确很特别。"

得摩斯终于彻底清醒。拢了拢凌乱的金发，他神情复杂地道："你对我给他徽章的原因可能有误解……"

孤岛求生第三日和第四日的零点交接之际，卡戎从头到尾听完了唐凛与范佩阳的二三往事以及唐凛当场散伙大快人心并获得特殊徽章嘉奖的始末。

其实卡戎对于闯关者之间的爱恨纠葛毫无兴趣，无数次打断得摩斯："行了，我不想听。"

可好不容易逮住人倾诉的2/10守关者无数次坚定摇头："不，你想听。"

卡戎最后还是被迫听完了，脑瓜仁都疼。什么爱不爱的，是闯关不够刺激，还是他们这些守关者太和蔼？

不过——

"你确定他俩散伙了？"卡戎谨慎地又确认了一遍。

得摩斯一口气分享完，正痛快呢，闻言一愣："当然，就是因为这个，我才给的私人徽章啊。"

卡戎："……"

得摩斯："怎么了？"

卡戎："哦，没事。"

范佩阳和唐凛在午夜海滩亲昵讨论的画面不断在3/10守关者脑海中闪回。原来散伙了也是可以目光炽热、海滩私语的。卡戎想，自己果然不明白。

"哎，等等，"刚重新戴上坠着毛球的睡帽，准备再来个回笼觉的得摩斯，后知后觉地反应过来，"你刚刚说唐凛有两棵文具树？"

卡戎揉揉突突跳的太阳穴："不是刚刚，是一个小时之前。"

"哦？"得摩斯露出一副"我居然讲了这么久"的无辜样子。

卡戎被搞得没了脾气："两棵，第二棵是狼影系，原始的那棵还没解锁。"

得摩斯蹙眉埋怨："提尔居然没告诉我这么重要的信息。"

卡戎无语："你是守关者，自己不会看？"

得摩斯理直气壮地摊手："我只看恐惧。"

眼见着卡戎还想吐槽，得摩斯凑近投屏："你再啰唆，信不信我窥探你？"

卡戎大方敞开心扉："行啊，你随便看，看完了，我去海底找你玩。"

得摩斯："……"

虽然他才是水世界的守关者，但论水性，卡戎能秒掉十个他。这位拿冥河船夫的名字当自己代号的同事，才是不折不扣的水中杀手。

"逗你呢。我这儿天天监控室里盯着，哪儿有去欺负小朋友的时间。"卡戎话说得动听，可一脸满足的表情出卖了他，连日来被某几座孤岛弄得差点儿抑郁的心情，也终于在得摩斯这里找回一点儿安慰。

得摩斯没好气地盯着投屏上那张大叔脸，认真考虑着要不要找机会潜入3/10监控室，帮他把一脑袋银发染成绿色，反正他那么喜欢绿色帽子。

"不过话说回来，"玩笑过后，卡戎言归正传，"拥有两棵文具树的闯关者，我还是第一次见。"

得摩斯这几天倒是想通了一些："他是被范佩阳在许愿屋拉进来的，没闯前面的关卡，一进来就是地下城，我估计鸮也没遇见过这种情况，所以就当成异类特殊对待了吧。"

卡戎想了想，觉得有几分道理："鸮的系统太旧了，这些年都没升级，的确有可能处理不来这种突发情况。"

"也不能全怪鸮。"得摩斯说，"这么长时间以来，闯关者到了许愿屋，无非就是两类愿望——改变现实困境，升级战斗力——谁能想到会有人许愿拉别人进来。"

卡戎耸耸肩："要么深仇，要么爱惨。"

得摩斯有些意外："我以为你是一个内心干枯的大叔，没想到还挺感性的嘛。"

卡戎："……你还有事吗，没事我要继续工作了。"

得摩斯还真想到一件事："你现在有想给徽章的人选吗？"

没其他意思，纯粹是好奇心作祟。

"徽章？"卡戎嘲讽地哼了声，"等他们真能活到最后再说吧。"

得摩斯点点头："也对，万一提前看好了，最后却死掉了，很浪费感情。"

既然提到了徽章，卡戎倒也有个小疑问："那个范佩阳，体力、精神力、闯关意识、文具树操控各方面都不错，提尔也给章了，你怎么没给？"

得摩斯深深皱眉："我的徽章，我不想给，不行？"

"当然行，"卡戎客观道，"徽章的发放没有强制规定，但以实力为发放标准是大家默认的，如果范佩阳的综合实力符合甚至高于徽章标准，你却不给，我觉得说不过去。"

得摩斯酝酿半天也没酝酿出什么高谈阔论，末了用力把睡帽往下一拉，赌气似的道："你这种天天坐在监控器前的根本不懂我的心情，等你和他面对面交过手了，还愿意给他发徽章，再来和我说！"

卡戎打量了他一会儿，懂了，笑容变得微妙："看来你和他对决的时候，没少吃苦头。"

得摩斯不加思索地否认："没有，不存在，你瞎说！我要睡了，晚安！"

联络在卡戎的大笑声中被无情切断。

不过通话结束前的最后一秒，卡戎还是向同事表明了自己的态度："我没你那么小气，只要闯关者真有实力，我的徽章绝不吝啬。"

一个多小时的联络耽误了"零点监控"，此时五座孤岛已进入了第四日。不过对于孤岛上的闯关者们来说，夜还在继续。

投屏重新回到1号孤岛……不，现在应该叫1号队伍了。

午夜幽暗的海面上，一叶孤舟在汪洋里前行。

渡海船的速度很慢，但很稳，再大的浪打来，船身也从未倾覆过。它的航行方向也很稳，一直沿着既定路线，没有半点儿偏离。

不过乘船者还是要一次次被海浪洗礼的。眼下那个叫作江户川的家伙早就浑身湿透，经过半宿的摧残，如今面对再高的海浪，也能端坐孤舟，微微一笑，大有看破红尘之境界。后面跟着的唐凛、范佩阳、郑落竹、南歌和骷髅新娘拉起不算长的队伍，一个踩着前一个的脚步，对于在冰面行走已经适应良好。

如果就这么走下去，他们会顺利到目的地的，这点卡戒很清楚。因为渡海船选择的航线几乎规避掉了所有危险，这是给抢船胜出者的奖励。

"便宜你们了……"卡戒不情不愿地咕哝一句。

渡海船会带这几个人去哪里，卡戒暂时还不知道。因为目的地的选择是随机的，而现在航行刚开始没多久，看不出明确的方向，要等到明天才能在地图上通过已走路线推断出目的地的准确位置。

不看了，闹心！

想要六剩一的互相残杀，结果是一带五的胜利大逃亡，现在只有"渡海船的目的地竟然是一片地狱"才能治愈他。所以在美妙的结果出现之前，他决定先屏蔽掉1号队伍。

投屏画面转到2号孤岛。

这也是最近总让卡戒眼前一黑的组别。

此时，画面上的六个人刚分食完新的一天的小面包，正靠着小香猪进行睡前会谈。

卡戒调整视角去看邮箱，前一夜放进去的果汁杯空了。

六个人都不喝，最后给谁了？卡戒难得好奇起来，将画面时间往前调，一直调到前一夜果汁发放，四个甜甜圈手挽手后退，关岚拍莱昂肩膀。

"这样吧，"回放画面中的关岚拿出甜甜圈组长的风范，操控文具树，一口气弄出六颗不同颜色的糖果，"还是用我们一贯的规则，抓阄，这里有芒果、番石榴、柠檬、水蜜桃、葡萄、草莓六种口味，选中草莓味的喝掉果汁。"

和尚第一个抗议："抓阄可以，糖果不行。"

全麦附议："对，不能用'糖果有毒'。"

关岚一脸受伤："我是那种为了让自己逃脱喝果汁的悲惨命运而不惜用文具树作弊的人吗？"

和尚、全麦、五五分、探花："是。"

莱昂无声点头。

关岚："……"

讨论的最后，甜甜圈组长委屈巴巴地收起糖果，和大家满沙滩找合适的抓阄用品。

刚找没两分钟，探花灵机一动："可以让小香选啊。"

该提议得到大家的一致称赞——够公平，有趣味，还让小香从"没什么用，但是胖得可爱"的小猪猪一跃升级为"你果然还是很有用的嘛"的萌宠。

六人站成一圈，将小香围在中央，规则是小香走到谁那里，谁就是"幸运儿"。

懒洋洋趴在那里的牛角小猪没让大家等太久，卷着尾巴晃悠悠起身了。

探花惊讶："它是真懂我们在干吗，还是碰巧想起来活动活动啊？"

五五分："肯定是碰巧啊，要真知道我们在用它抓阄，还不直接扑到莱昂身上去。"

莱昂皱眉："为什么是我？"

和尚："人家幸福冬眠，你上门拆家。"

全麦："拆完了，还把人家五花大绑拎回来。"

"咚咚咚——"

小香突然连跑带跳，踩着沉重的脚步一头扑到莱昂腿上，扑完了还"噔噔噔"地往上蹿，要抱抱。

果汁人选，尘埃落定。

——它是真懂我们在干吗，还是碰巧想起来活动活动啊？

关岚、探花、全麦、和尚、五五分整齐划一地看向被迫弯腰把牛角小猪抱起来的莱昂，感慨一叹："它懂。"

卡戎一言难尽地看着画面，莫名有点儿同情莱昂了，这都找的什么缺德队友。

同情完，卡戎又觉得自己真是个飘忽的男人。孤岛队伍团结的时候，他无比希望他们厮杀，可要是真一路团结到现在，他潜意识里又希望这种团结能一直保持下去——破了，他开心，但又会唏嘘；不破呢，他郁闷，但又会有点儿高兴。

带着这种微妙的心情，他将2号孤岛的画面调回现在进行时。

六人估计睡腻了沙滩，今夜选择了柔软的草地。关岚舒舒服服地枕着小香；和尚、全麦各自随意地斜躺，不羁的姿势跟俩罗汉似的；探花、五五分肩并肩坐着，一个乖巧，一个绅士；莱昂在五人旁边的一棵树上，坐得很高，倚靠着枝干，淡淡看着四周，沉默而警惕。

卡戎把视角拉近，发现每个人的嘴唇都有些干。显然探花低效率的蒸馏无法供应充足的淡水，缺水的问题依然存在。如果单单是坚持七天，探花那点儿水还是可以维持生命的，但如果中间还需要战斗，这点儿水就远远不够了。

"赶紧再想办法找水吧，"卡戎对着投屏内的人隔空建议，带了点儿幸灾乐祸，"虽然我也想不到还能有什么招儿……"

"唉——"和尚一声长叹。

"睡吧，"五五分劝，"睡着就不渴了。"

和尚愣了下，摇头："不是，我不是渴。"

全麦："那你唉声叹气干吗？"

和尚："我是忽然想到，已经两天没看到斑马熊了。"

探花怒视："看不到还不好？"作为拿着三个记忆系文具树的战五渣，他这辈子都不想再遇见那个庞然大物。

"那倒不是，"和尚说，"我就是一想到那么大个家伙还藏在这片丛林里，睡觉都不踏实。"

"这么一说，这两天的确有点儿太平静了。"关岚伸手搂过小香，整个人趴到牛角小猪身上，舒服地一瘫。

投屏前的卡戎："……"

果汁就是昨天的考验，而今天的考验马上就会来，所以到底是谁给了他们日子很平静的错觉？！

"轰隆"，丛林里忽然传出巨大声响，整个孤岛都仿佛跟着一震。

树下五人瞬间跃起，抬头问上方的瞭望者："什么情况？"

莱昂沉下声音："和尚，你要的斑马熊来了。"

和尚："我没……"

莱昂："两头。"

树下五人："……"

"轰隆——"

"嗷吼——"

不只是沉重的脚步声，还有众多急速而杂乱的奔跑声，以及丛林草木被"唰啦啦"碰撞的声音。

关岚猛然一惊，刚要问，树上的莱昂已经先一步汇报："还有兽群，在斑马熊前面，马上就要到了。"

不仅巨兽的数量增加了，还多了兽群当急先锋，今天定然是场硬仗。六人互相交换眼神，瞬间进入战斗状态。

和尚的"刀枪不入琉璃屋"迅速启动，顷刻将五人罩在通透的安全屋之内。

关岚大声布置道："莱昂，你把两头斑马熊引开，我们要先对付兽群。"

莱昂抬手，瞄准远处的两头巨兽，启动新解锁的三级文具树："没问题。"

他的"高级狙击者"不再是空气箭这样的冷兵器，而是空气枪这样的热武器，杀伤力等同于枪支，但不可连发。

兽群先到，打头阵的是恶狼群，直接密密麻麻扑到琉璃屋上，撞出一声又一声的"咚"，但始终无法突破防御文具树。恶狼们急躁起来，疯狂用爪子在琉璃屋上挠，利齿在琉璃屋上啃。

"准备好了没，我要放几只进来咯——"和尚语调上扬，带着战斗的兴奋。

关岚："放。"

全麦、五五分："赶紧的！"

"探花，在我背后跟紧了。"和尚叮嘱完，操控文具树，眨眼就给琉璃屋开了一个缺口。

扑到屋壁上的恶狼一下子涌入。

和尚又极快地封闭缺口。

后续恶狼再次"咚"地撞上琉璃屋。

进入屋内的恶狼一共五只。关岚、全麦、五五分在它们涌入的那一刻同时启动，欺身而上。

关岚一手提拉米苏，一手樱花慕斯，上去就糊了两张狼脸。贴在一起撞进来的那两只恶狼刚摔到地上就吃了一嘴甜腻，愤怒嚎叫着站起来，刚要往前窜，腿一软，又双双趴到了地上。

那边五五分用新解锁的"给我刀Ⅲ"弄出了一把专门对付野兽的猎刀，上去就解决掉一只。

全麦则还是用原本的二级文具树"别碰我Ⅱ"，将剩下的两只恶狼反弹开。他的三级文具树是"以牙还牙"，效果是自己受到什么伤害，攻击者就受到什么伤害。鉴于此文具树太伤身，他暂时还没启动的打算。

被弹开的两只恶狼重重摔到地上，没等爬起，就和前辈一样被蛋糕糊了一脸，不过口味变了，它俩享受的是云朵芝士。但麻痹的效果却是如出一辙。扑通，扑通，双双瘫倒。

全麦拿着匕首，和拿着猎刀的五五分一人两只，手起刀落。

五狼解决，前后没超过半分钟。

"砰——"琉璃屋外响起枪声。

五伙伴不用看，也知道是莱昂在用枪引开那两头斑马熊。

关岚："和尚，再来——"

投屏前的卡戎看了几分钟，心情拨云见日，又给自己倒了杯小酒。战斗可以，但战术不行，这么打下去，兽群是打不完的，最终只能耗尽体力，再被斑马熊一掌拍死。

画面里，恶狼已经被解决完了，但后面更多凶猛的野兽早拥挤着扑上来。

"吼——"

"吼——"

是远处两头斑马熊在吼，听起来很恼怒。

"莱昂没问题吧？"和尚有些担心地看自家组长一眼，"那两个大家伙可会喷火。"

关岚没回答，而是盯着琉璃屋壁上一拨儿又一拨儿袭来的野兽，疑惑道："你们有没有觉得，斑马熊每叫一次，这些野兽的攻击就更加疯狂，数量也更多？"

躲在和尚背后的探花恍然大悟："那两头斑马熊在用吼声对兽群远程操控！"

关岚点头，当机立断改变战术："别管兽群了，直接去找斑马熊。全麦——"

"明白。"全麦深吸一口气，集中全部精神力，启动最强效果的"别碰我Ⅱ"，"和尚，撤防——"

话音落下，和尚随之解除"刀枪不入琉璃屋"，透明防护刹那间消失。

野兽如潮水般一拥而上。

全麦大喝一声，气势冲天："霍——"

扑上来的兽群被一股看不见的气浪猛地弹开，四散而飞！

关岚带着自家四个队友，趁着兽群被震开，加速冲出包围圈。刚冲出去，他们就发现少了一位伙伴："小香呢？"

关岚回头去看，没有小香的身影，只有震飞的野兽正纷纷爬起，眼看就要再聚拢成群。他当机立断："先去莱昂那边——"

午夜丛林，原本应该是黑暗纵深的，可远处的斑马熊在被莱昂的狙击骚扰了一段时间后，开始愤怒喷火，火光使得丛林亮如白昼。

燃烧区里，不时传出莱昂的枪声。

五人穿过茂密草木，踩着坑洼泥土，深一脚浅一脚地往火光处奔，很快就感觉到了夜风中的灼热。片刻后，他们在燃烧区外围刹住脚步——前方的熊熊火光里，只看得见两头斑马熊高耸的身影轮廓，哪里看得见狙击者。

"莱昂——"众人合力呼喊，将音量放到最大。

两头斑马熊被喊声吸引，左右找了找，最终低头看向地面上五个渺小的人影。

"哔——"琉璃屋瞬间罩起，和尚操控着文具树，全身紧绷。

下一秒，两头斑马熊吼一声，猛烈朝甜甜圈们喷出两道烈火。疾驰而来的火焰在草木中烧出一条焦黑的路，最后"呼啦啦"打到琉璃屋上，屋内的温度霎时升高，热浪逼人。

操控着琉璃屋的和尚对这波攻击感受最直接，他神色严峻道："它们的火力升级了，我最多只能再坚持三分钟。"

话音刚落，众人又在大火声中隐约听见嘈杂声，一齐回头，就见身后密密麻麻的黑影在逼近。是再次集结的兽群！

"砰——"一颗空气子弹射中琉璃屋的屋顶。

众人一震,条件反射地抬头。琉璃屋旁边原本空无一人的树上,不知何时已立了一抹熟悉身影。

"你就不能喊一声,非用枪?!"和尚对于自家伙伴的打招呼方式非常有意见。

莱昂没言语,只用手势示意"上来"。

关岚会意:"和尚,护住探花,全麦、五五分跟我去树上!"

全麦、五五分立即明白了接下来的战术。

斑马熊高如小山,他们要真想死磕,必须到同一高度,否则光在地上跑,顶多给人家脚底板挠挠痒,根本没有获胜机会。

琉璃屋外的火势弱了一些。

关岚盯紧斑马熊:"和尚。"

全麦、五五分启动各自的文具树,同时握紧匕首。

和尚沉稳出声:"三、二、一!"

"唰——"琉璃屋消失。关岚、全麦、五五分以最快速度冲出去往树上蹿。和尚则拉起探花就往光线黯淡的隐蔽处跑。

"等下我找个地方藏起来,你赶紧回去帮他们!"探花不希望自己成为全队的累赘,一边跟着和尚跑,一边大声道。

和尚刚要回应,脚下忽然绊到什么东西。"扑通——"两人双双扑倒在地。但迎接他们的不是地面,而是软乎乎的……

"哼唧!"

"吼吼!"

两个不同的叫声在二人身下响起。

两人低头一看,一个是牛角小猪,一个是和它一样大小的迷你斑马熊,在绊倒他俩后,作为"肉垫",又在他俩身下可怜兮兮地挣扎。

监控室里,卡戎跷着二郎腿,欣赏闯关者兵分两路、狼狈求生的样子。

他对跑掉那两个没兴趣,只专注看着已经上树会合的四人。以为到了高处,就能和斑马熊战斗了?天真。遇见斑马熊,唯一要做的就是跑,跑到天亮就算又逃过一劫。可惜,骄傲自负的他们偏要打这场仗。

投屏上,两头斑马熊一个喷火,一个伸手拍树杈,打苍蝇一样,轻轻松松就让甜甜圈们无处可逃。

"轰隆——"又一棵树被斑马熊推倒了。

这已经是被推倒的第四棵树了。

甜甜圈四人被迫又换到了一棵新树上,但局势并没有任何改变——两头斑马熊向新树走来。他们似乎意识到了,昂扬的斗志并不能真正换来胜利,彼此交换个眼神,果断弃树,一齐跳了下来。

"终于想通要跑了?"卡戎轻笑着摇头,"晚了。"

如果这几个人震开兽群的时候就跑,说不定能博得一线生机,但现在,斑马熊已经被彻底激怒了,绝对没有再放过他们的可能。

"吼——吼——"暴走的嚎叫响彻夜空。

地面忽然震颤起来,像有什么东西要破土而出。刚跳下树的四人心里一紧,还没来得及跑,那地下的东西已经一个个出来了。

"卡啦——"

"卡啦——"

一只又一只牛角小猪顶开泥土,爬上地面。

它们和小香长得一模一样,可当每一只都将攻击性的牛角转向四人,甜甜圈们再乐观也知道这些家伙来者不善。空气一瞬凝滞。

密密麻麻的牛角小猪围成一圈,将四人困在其中,而上方,两头斑马熊已酝酿好新一轮的烈火。再没给甜甜圈任何寻找退路的时间,牛角小猪一拥而上,烈火铺天而下。

卡戎将酒杯放到手边的小桌上,投屏的熊熊火光映亮了他眼里的轻蔑:"再见。"

"组长——"

一声中气十足的大喝在投屏内外炸开。

投屏内,关岚四人眼睛一亮。

投屏外,卡戎深深皱眉。盯了几天2号孤岛,他对这帮家伙就算不想熟悉,也熟悉了,能喊得这么雄浑有力的,除了那个光头,不作他想。

果然,就在喊声响起的同时,"刀枪不入琉璃屋"从天而降,将困境中的四人拢入自己密不透风的怀抱。近百只牛角小猪噼里啪啦撞到透明壁上,又被随后喷来的斑马熊烈焰燎了屁股。

不是跑路了吗,怎么又回来了?卡戎疑惑地将视角转到那个光头身上……

一带三——光头拉着探花,探花抓着小香的耳朵,小香则叼着迷你斑马熊的后颈肉,就像妈妈叼着幼崽那样。唯一美中不足的就是小香和迷你斑马熊的体格相仿,所以它这个叼,基本就是拖着人家迷你斑马熊在地上摩擦。

"吼……"迷你斑马熊似乎在抗议,发出不舒服的低吼。

就这一声，弱得和尚和探花都要仔细听才能捕捉到，至于那边琉璃屋里的关岚四人根本听不见。可两头大斑马熊停住了，一个把熊掌从树干上拿下来，一个闭嘴不再喷火。

两头斑马熊一停，正围着琉璃屋疯狂攻击的牛角小猪们也消停了。

屋内四人不明所以。探花却一把从小香嘴下夺过迷你斑马熊，抱着举起："组长，我和和尚发现小香在和它玩儿，就折回来了——"

关岚："……"

全麦、五五分："不要省略思考过程！"

"哦哦，"探花赶忙补充，"我刚才用'记忆回放'，发现那两头斑马熊是一雄一雌！"

"记忆回放"，探花的三级文具树，可以直接将某一时间段看过的、经历过的种种拿出来回放，慢放或者快放都可以。

相较于"过目不忘"，新文具树有两个优势：一、"过目不忘"需要冥想，有时还未必能迅速准确想出，本质上依然是在记忆长河里寻找，而新文具树可以直接将记忆变成画面回放，就像查看监控录像一样，更直观，也更高效；二、"记忆回放"的对象并不局限于自己，也可以用在别人身上，使其"记忆回放"，不过回放出的记忆只有当事人可看，文具的使用者并不能窥探。

全麦相信探花的能力，问题是："你是有多闲，生死攸关你分出来公母有什么用？"

探花："……"

和尚："笨死你得了，那俩杀手熊是一对儿，这个迷你版就是它俩的娃啊！"

"全麦，"关岚忽然出声，"准备反弹。"

全麦一愣，这回有点儿没太懂："反弹之后呢？往哪儿跑？"

关岚仰头盯着两头暂时熄火的斑马熊，眼里掠过狡黠笑意："不跑。"

投屏前的卡戎有种不好的预感……

全麦还是没全懂，但不妨碍他照做："和尚，撤琉璃屋——"

"收到。"和尚立刻切断文具树。

屋外的牛角小猪见防御没了，立即上前，但因为两头斑马熊不吼了，所以它们再没有刚刚的疯狂，只是本能地攻击。

全麦一声大喊，启动"别碰我Ⅱ"。本就没太多攻击欲的牛角小猪被轻易弹了个四脚朝天，骨碌碌滚开。

关岚飞快冲出，眨眼就跑到了和尚、探花面前，一把抱过迷你斑马熊，结果低估了小斑马熊的重量，没撑住，"吧唧"让小熊坐了个屁股墩。

"吼……"迷你斑马熊委屈地一哼。

不远处的两头大斑马熊随之一震，迈步就往这边来，走一下就"吭"一声。

关岚用力环住迷你斑马熊的脖子，将其固定住，朝两头大斑马熊高声喊："不许动，再往前一步，我就撕票——"

卡戎："……"这都是什么见鬼的战术？！

跟着关岚过来的全麦、五五分、莱昂正好在这时抵达。听见自家组长的宣言，五五分心情复杂："它们能听懂吗……"

两头大斑马熊停住了。

小香猪抓阄受害者莱昂，以过来人的身份，拍拍五五分的肩膀："它们懂。"

"组长，拿人家孩子来谈判，这招儿有点缺德啊……"全麦不赞同地摇摇头，下一秒以迅雷不及掩耳之势夺过迷你斑马熊，一手按住，一手举刀，朝两头大斑马熊晃，"别以为不往前就行了，后退，然后让小香的兄弟姐妹还有那些兽群都散了——"

探花、和尚、五五分、莱昂："……"

关岚满意地退居二线，把聚光灯留给更像土匪的自家组员。

投屏前的卡戎已经有些坐不住了。现在都不是无耻不无耻的问题，而是剧本要飞的问题。

从第一天关岚用"蛋糕有毒"解决食物短缺问题，那个叫作莱昂的狙击者挖出牛角小猪，这座孤岛的剧情就甩开既定剧本，如疯马一样狂奔——没有"蛋糕有毒"，他们现在可能已经饿死了；挖出小香的时候如果吃掉，那么今天也就没有小香带着他们找到斑马熊幼崽的事了。

是的，小香不是无意中恰好和斑马熊幼崽玩到了一起，它是故意的。

这一点闯关者们不清楚，可卡戎心里明镜似的。2号孤岛上的动物和其他岛上的很不一样，它们有自己的认知和行为逻辑，对于没吃掉自己还把自己当成宠物的甜甜圈们，牛角小猪是要报恩的。

问题就在于不管是"没有'蛋糕有毒'"也好，还是"吃掉小香"也好，这些假设都没发生，六个甜甜圈就是每一步都走在了奇葩但正确的点上。结果就是今天这场必输的战斗，竟让这帮家伙剑走偏锋，死里逃生。斑马熊走了，兽群散了，除了小香外的其余牛角小猪纷纷回到地底下继续睡，甜甜圈们也守诚信地放了"肉票"。

投屏里的六人还在担心斑马熊会不会卷土重来。但卡戎知道，今夜的考验已经过去了，未来2号孤岛最大的敌人将不再是巨兽，而是淡水缺乏。

卡戎深吸一口气，又慢慢呼出，渐渐冷静下来。七天才过去一半，现在就高看2号孤岛，还为时过早。按照鸦的设定，2号孤岛明天还会迎来一杯果汁，到那时候，这几个人还能像昨天那样嫌弃吗？卡戎嘲讽地扯扯嘴角，表示怀疑。

不过在默默盯了几秒投屏后，他还是抬手，将2号孤岛明天的果汁改成了清水——根据实际情况及时修正每个岛的参数，也是3/10守关者的工作。

"哼唧！哼唧！"

投屏上仅剩的一头牛角小猪忽然扭着圆滚滚的屁股，在丛林里奔跑起来。

六个甜甜圈猝不及防，立刻起身去追团宠："小香——"

五分钟后，牛角小猪停下，开始拿鼻子拱地，先是拱出一个小坑，然后越拱越深。

投屏前的卡戎一脸错愕："不是吧……"

隔空的震惊并不能阻止事态发展。小香拱出的坑里，慢慢地有水从坑底渗出，一点点溢上来，在晴朗月光下，泛着清澈的光。

卡戎："……"

要不他也去2号孤岛挖一头牛角小猪当宠物得了，这是滴水之恩，瀑布相报啊！

"有水了？！"

"小香你可以啊！"

"小香，我决定把你从储备粮清单里划掉！"

"你现在才划掉？冷血，没人性，丧心病狂——"

"……"

投屏里，六人一猪幸福得满地打滚。

投屏外，卡戎将酒杯倒满，一饮而尽。他喝的是酒吗？不，是惆怅。

5

3号孤岛。

午夜的寒风卷着风雪，吹着这片岛上的男人们。

昨夜定好了做木筏离岛的方案之后，今天天一亮，崔战和周云徽就带着自家组员，全情投入到了"造船大业"中。

他们先是找来木屋坍塌后剩下的木板当船板，后来发现没藤蔓一类能当绳索用的东西，便让郝斯文操控"捆仙索"，将木板绑紧。

因为不确定郝斯文的文具树能坚持多久，所以捆好后，众人先将木筏推到海边试水。

木筏一下水，漂得稳稳当当；六人一踩上去，沉了——"捆仙索"能坚持多久还不清楚，但那些薄薄的木板拼凑在一起形成的浮力，远远不够承载他们。

六人一商量，还得重新找木材。

岛上就那么几棵歪脖子树，一天光景，全被孔明灯和十社祸祸了。傍晚时分，大家将砍伐好的粗壮树干并在一起，由郝斯文拿"捆仙索"固定，而后推下水。这一次，木筏漂浮得很稳。六人一个接一个踩上去，到最后，木筏也仅仅是往下吃了1/3的水，依然留有充足的承重空间，别说六人站着不动，就是排好队形来一段霹雳舞，只要崔组长别一兴奋踩着"滑板鞋"滑出去，就应该没什么大事。

但是出海并没有想当然那样简单。六人都清楚，他们面临三个致命问题：一、航行要有方向和目的地，他们没有；二、郝斯文的体力和精神力是否能让"捆仙索"坚持到他们在某个不知名的岛屿安全登陆；三、他们已经饿了四天三夜，再不吃点儿东西，连上木筏的力气都没了……他们越想越低落，先前试水成功的兴奋早没了。

众人推着木筏回到沙滩，郝斯文解除"捆仙索"，抬头下意识地去找自家组长，却发现崔战没了。他茫然四顾："我组长呢？"

周云徽正带着老虎、强哥、华子整理散开的木头，闻言一愣，哗的一声松开木头，起身张望——真没有，偌大海滩只有他们五人的身影。

周云徽呼着白气，有点儿急了，直接大声喊名字："崔战——"

雪声，风声，浪声，就是没崔战的声音。

华子咽了咽口水："刚才推木筏回来的时候，有个大浪，他不会……"

"不可能，"郝斯文有些着急地打断，"我们组长水性很好！"

"你们在这里等我，别乱动。"周云徽说着转过身，走向冰冷海水。

老虎一把拉住他："你干吗？"

"找人。"周云徽坚决地抽出手，往海里走去。

海水渐渐变深，先是到膝盖，然后是腰，接着是胸口……严冬的海水冰凉刺骨，周云徽深吸一口气，屏住，刚要俯身潜入水中，身旁忽然"哗啦"冒出一个脑袋。他吓得一激灵，差点儿没站稳。

崔战咧开嘴，骄傲地把手从水里举起来，一手一个大海螺："没找到鱼，就找到俩海螺姑娘。"

周云徽："……海螺姑娘是用来当老婆的，不是吃的！"

两人浑身湿透地上岸。风一吹，周云徽感觉无数把小刀子往身上扎，也顾不得去批评教育崔战的擅自行动了。

六人回到环形山脚，把大海螺烤熟，分着吃了。四天三夜，第一次吃到肉，闯关者们想哭。

吃完了，天也暗了，气温比昨夜更低，简直不给人活路。但六人白天的时候也头脑风暴，吸取之前的经验教训，挖掘出了新的对策——建雪屋他们是没那个手艺了，但可以挖雪洞啊。于是吃完海螺，老虎、强哥、华子、郝斯文去挖雪洞，崔战和周云徽围着篝火烘烤身上的衣服。这要是穿着湿衣服入睡，他俩估计得就此长眠。

"之前让你下水捞鱼，不是说冷，死也不下吗，"周云徽拨弄着火堆，斜崔战一眼，"怎么今天良心发现了？"

"良心是不可能让我视死如归的，"崔战清醒地叹息，"但求生欲能。"

周云徽缓下声音："还剩三天，坚持就是胜利。"

崔战听出了话外音，看着远处挖坑的四人，压低声音道："你不打算出海了？"

周云徽苦笑："你心里也应该清楚，以我们现在的情况，出海只会死得更快。"

崔战无语："那你白天带头砍树热火朝天的，我还以为你真打算走。"

周云徽抬头，凉凉的雪花落在脸上："这种鬼地方，如果不找点儿事情做，没点儿盼头，一天都难挨。"

崔战转头，正好看见周云徽仰起的侧脸。他的五官单看并不出挑，但凑在一起，就有种潇洒的帅气。不过现在，他的脸被冻得发白，鼻尖泛红，仔细看，还有轻微的发抖。

察觉到旁边的目光，周云徽偏过头，正好和崔战的视线撞个正着，不由得蹙眉："你看我干吗？"

崔战耸一下肩："你耐寒力也不行啊，这身校服可比我身上的厚，我都没哆嗦。"

周云徽黑脸："我也没有！"

崔战："别装了，我都看见了。"

周云徽："你眼花！"

崔战："我还听见你冻得牙都打架了。"

周云徽："你这就是瞎编了……"

崔战："所以发抖是事实。"

周云徽："……"

"呼啦——"篝火火苗一下子蹿得老高，烧的不是火，是孔明灯组长的郁闷。

崔战推他一下："喂，现在感觉怎么样？"

"什么怎么样？"周云徽没好气地道。

崔战："身上没那么冷了吧？"

周云徽一怔，细细感觉一下，还真是，虽然冷是一定冷的，但好像是比先前那种几乎扛不住的冷稍微强了一点儿。

"这叫气血上涌，"崔战分析得头头是道，"咱俩吵架，你一激动，血液循环加速，御寒力就暂时提高。"

周云徽有点儿回过味来了："所以你刚才是故意和我吵的？"

崔战很认真地摇头："不全是，我也真的想嘲笑你虚弱的体质。"

周云徽："……"

他看明白了，他在这个岛上就三种结局：一、冻死；二、气死；三、和崔战同归于尽。

"对了，"毫无所觉的崔组长想起什么似的，问，"我抓到海螺出水面的时候，你为什么也泡在海里？"

周云徽语塞，好半天，憋出来一句："天太冷了，进海里暖和暖和。"

崔战："……"

投屏前，卡戎看着3号孤岛的回放，目光玩味。

前两天他就看出崔战和周云徽不是那种穷凶极恶的闯关者，既然组长不是，带着的四个组员自然也歪不到哪里去。所以对于这座孤岛，他很早就放弃了"自相残杀"的期待。然而不自相残杀不等于就会相亲相爱，他对这个孤岛的判断是：会在求生欲下合作，但不会完全地团结和互相信任。

可看到今天，卡戎对这个判断有些动摇了。其他人还好，基本符合预期，只有崔战和周云徽这两个领头的，好像比他预想的还要更信任对方一点儿。

"因为一起闯了地下城和水世界？"卡戎自言自语地思索着。

似乎也只能这么解释——连续闯的两关都是同一批次，又并肩来到第三关，就算成不了朋友，也已经是熟人了，求生环境里，熟人总是比陌生人更容易互相信任。

都怪得摩斯。卡戎终于找到罪魁祸首了。

"你要是标准严格一点儿，别放这么多人同时通关，我也省点儿心……"他隔空向同事发射怨念，顺带将3号孤岛的画面调回现在进行时。

午夜，凛冽的寒风几乎能刮掉人一层皮。崔战六人躺在挖好的雪洞里，冷归冷，至少躲开了致命寒风。

卡戎将视角推进雪洞，看着蜷缩躺着的六人，遗憾地摇摇头。明天过后，气温会断崖式下降，那时候什么篝火什么雪洞都没用了。3号孤岛的生路只有一条——环形山，翻不进去，迟早都是死。

雪洞里，郝斯文哆嗦得最厉害，都抖出节奏了。

旁边躺着的强哥看不过眼，直接把人薅过来，抱住了："这小身板，难为你活到今天。"

郝斯文一腔感动化为乌有。

有了抱团取暖的先例，临近的老虎和华子一拍即合，俩章鱼似的，抱得那叫一个紧。

被剩下的崔战和周云徽："……"

片刻之后，躺着的崔战伸腿，踢踢周云徽："别磨蹭了，过来吧。"

周云徽挑眉："为什么不是你过来？"

崔战倒是好说话："那我们一起？"

周云徽："行。"

两位组长蹭着雪地彼此接近，最终抱成一团。伙伴的热度差点儿让他俩留下喜悦的泪水："温暖真好……"

半分钟后。

周云徽："为什么要把手伸到我的衣服里？"

崔战："这样暖和。"

周云徽："我要用'火焰喷射枪'了。"

崔战："你也可以伸进来啊，来。"

周云徽："滚——"

投屏前的卡戎："……"

这真的只是碰巧一同闯过地下城和水世界的熟人？这一拨儿的闯关者太难捉摸了！

作为 3/10 的守关者，卡戎的工作其实是阶段性递进的。

第一阶段：观察期。观察在孤岛既定的严酷条件下每一组的反应及应对，以此了解每一个闯关者的特质及每一组的内部关系。

第二阶段：施压期。基于观察期掌握的信息，对每一座孤岛制造有针对性的困难或者矛盾。

第三阶段：考核期。由卡戎亲自前往每一座孤岛，以不同的方式进行最后的考核。

每座岛该进入哪个阶段，没有固定时间，全凭守关者判断。

目前，1、2、5 三座孤岛都在施压期——1 号孤岛仅能载一人的渡海船，2 号孤岛仅能一人喝的果汁，5 号孤岛被卡戎连续偷吃掉的小面包，都属于施压期的正常操作。不过除了 5 号孤岛的"小面包缺失"的确给闯关者造成了一些压力外，前面两个"施压"的效果……卡戎不想去回顾。

而 3、4 两座孤岛，关卡进行到现在，仍处于第一阶段。

3 号孤岛没进入施压期的原因很简单——基础条件已经够严酷了，大雪纷飞的极寒眼看就要将闯关者逼入绝境，根本不用多此一举施压。4 号孤岛没进入施压期的原因也很简单——食物，白路斜。既缺乏生存的基本条件，又有一个不定时炸弹般的闯关者，随便哪个都够喝一壶的，完全没必要出手。

卡戎想得很好，但按他想法走的只有3号孤岛，虽然那个用火的和那个速度快的抱团取暖的气氛……但大方向依然在往绝境走。

4号孤岛却超出了他的预期。眼看第四天都要过完了，白路斜竟然没作什么大妖，水的问题靠植物汁液解决了，食物虽然还是没着落，但对于这些身体强壮的闯关者来讲，只要有水，还是能勉强熬过七天的。

让4号孤岛形成目前局面的关键人物，就是那个一板一眼的何律。

卡戎起初根本没在意这个人，身体素质和文具树能力尚可，但悟性和潜力很一般，看不出什么亮眼的地方，就是那种一抓一大把的普通闯关者。然而现在，这个普通闯关者成了4号孤岛的定海神针。

"小看你了……"投屏已被转到4号孤岛，卡戎先盯了何律一会儿，才把目光投向全景。

夜色弥漫的植物王国，分完小面包的六人已经开始休息。不过有了前面被致命植物偷袭的经验，他们现在都会尽量选择植株数量相对少一些的开阔地带过夜——想彻底远离植物是不可能的，这座岛就没有那样的地方。

六人中，五人聚在一起，白路斜则独自躺在远处的高大植株叶片上，远得已经离开了五人所在的全景主画面，要去特写投屏里才看得见他。被当成空中床榻的叶片随时可能变成吞噬闯关者的恶魔，但悠闲躺在上面的白路斜显然并不在意。

"疯子。"卡戎微微勾起嘴角。

这种不要命的狂徒，在关卡里并不多，但每一个都是守关者的心头好。他们无所畏惧，感情淡漠，对生不执念，对死不害怕，独来独往，不关心也不相信任何人，唯一信的只有实力，能让他们兴奋的也只有"挑战"和"强者"。

纯粹的"战斗机器"，可遇不可求。

"那个，他睡在叶片上没事儿吧？"五人这边，从越有些担心地往远处看了看，夜色太暗，也看不清人，只能隐约看见一个轮廓。

三个铁血营组员闻言臭了脸："你管他干吗！"

从越真不是对白路斜有什么特殊感情，主要是担心失去这个超强战力。再一个，他和白路斜在这座岛上都算是"孤家寡人"，所以如果非要往内心深处挖掘，他也的确不希望对方出事，尤其还是因为"任性"这种奇葩理由。但为了避免刺激到铁血营的三个硬汉，他的语气和措辞还是十分委婉："毕竟联手了嘛，他也算半个自己人……"

尽管委婉，还是被义愤填膺地打断——

铁血营组员1："自己人？他把我们当成自己人了吗？"

铁血营组员2："这都四天了，他正眼看过我们一次？"

铁血营组员3："斜眼也没几次啊，我们压根儿不在人家视线范围里。"

丛越："呃，其实……"

铁血营组员1："你要觉得眼神这种只可意会不能言传的东西太微妙，那你就回顾一下每晚休息。"

铁血营组员2："他有一次和我们聚在一起过夜吗？"

铁血营组员3："战斗也没聚过几次啊，致命植物来了，咱们打咱们的，他打他的，人家字典里就没'合作'二字。"

丛越放弃："……"

小白，我尽力了。

第二章

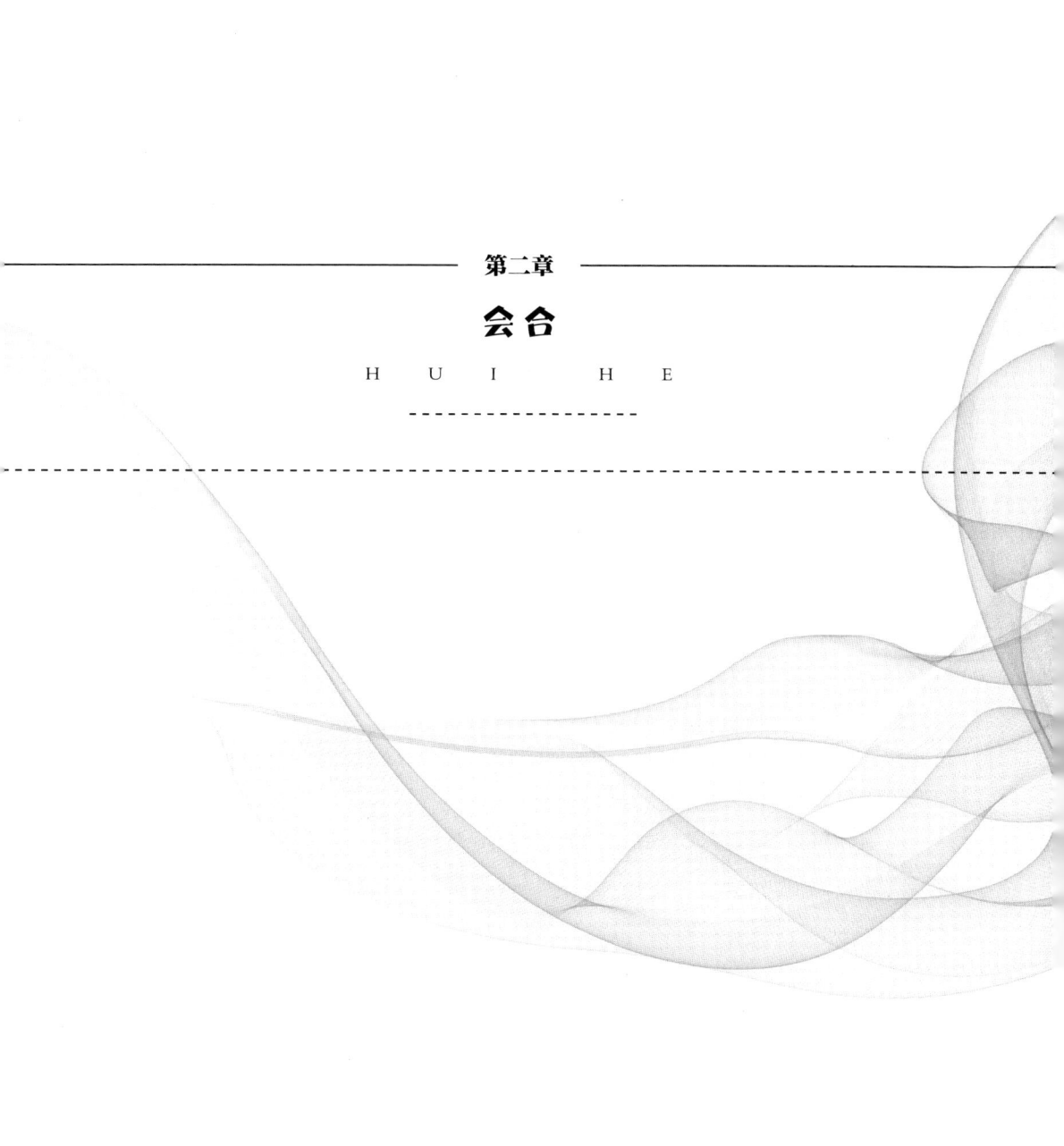

会合

HUIHE

1

投屏内丛越垂头丧气，投屏外卡戎乐不可支。

白路斜这种家伙，根本不可能和任何人成为自己人，他的字典里不仅没有"合作"，也没有"信任""关心""伙伴"这些词。所谓"联手"，在这种人的观念里，也许仅仅意味着——好吧，我勉强同意，暂时不会杀掉你们。

卡戎的目光移到何律身上，这位铁血营组长像是没听见耳边的讨论和吐槽，只专注警惕着四周。

但是这么近的距离，怎么可能听不见呢？卡戎眼里泛起轻嘲的笑。这位自诩正能量的组长估计已经要被白路斜气死了，但拼命拉人入伙的是他，这时候再说白路斜不是队友，那不打自己的脸吗，想来只能强装镇定了。

"不用撑那么辛苦了，"卡戎愉快地操控投屏，"我帮你解脱……"

随着他的操作，投屏上出现一行字——你选择结束4号孤岛的观察期，是否确认？

卡戎点击"确认"。

投屏上出现新信息——4号孤岛已进入施压期，你可以选择以下施压方式：A. 枪打出头鸟；B. 阴暗的种子；C. 无差别扑杀。

之前在1、5两座孤岛，卡戎用的都是"B"。阴暗的种子，即在闯关者内心撒下阴暗的种子，那么迟早，每个人的阴暗面都会发芽。前者因此出现了"一人渡海船困境"，后者则是"到底谁偷吃了小面包事件"。

而2号孤岛由于太逍遥，受到了卡戎的特殊关照——B、C一起上。"一杯果汁"便是阴暗的种子，当然，效果和预期有些微差距。"两头斑马熊"便是无差别扑杀，即对孤岛上所有闯关者进行围剿，当然，结局和预期也有些微偏差。

不过这些都不重要，卡戎现在要给4号孤岛选的是"枪打出头鸟"，顾名思义，单人定点清除，这个人可以是孤岛上的最强战力，也可以是最凝聚人心的那一个，总之，谁的消失会对这座孤岛的局面造成致命性打击，那就朝谁下手——在4号孤岛这里，必然是何律。

选项确认，接下来就是等了，鸦会判断动手的最佳时机。

卡戎靠进椅子里，优哉游哉地伸手，从旁边的置物桌上拿过来今天新换的忧郁风绅士帽，准备摆弄摆弄，不料刚把帽子拿到手里，画面里的何律就起身了。

卡戎一愣，注意力立刻回到投屏上，只见何律离开聚在一起休息的四人，但也没去找白路斜，而是独自往丛林深处走去。卡戎了然，这是找隐蔽处"方便"去了，毕竟孤岛上没有洗手间，只能这样解决。

"该说你运气好还是运气差呢……"卡戎摇摇头。这才启动施压选项，当事人就迫不及待给鸦制造机会。

男人的身影已走出全景画面，卡戎只能改为去盯单人特写投屏。

投屏里的画面越来越暗，植株越来越茂密。何律的脚步渐渐放慢，最终停在两棵高大植株间的一小块空隙，应该是觉得这里差不多，够隐蔽了。而就在他停住的一瞬间，脚后一株极小的、极不起眼的绿色植物上，开出一朵朵黄色的小花。那微小的花开得悄无声息，花瓣精致而娇嫩，像一个个明媚的小精灵。

"赶紧发现吧，这是你最后的逃命机会了……"卡戎对着投屏，语气恳切，眼里却是按捺不住的兴奋和期待。何律死了，4号孤岛就是一盘散沙。他已经迫不及待想看铁血营和白路斜撕破脸，然后被搞烦了的后者直接将前者一锅端……场面一定很精彩。

最后一朵小花绽放完毕。

下一秒，所有小花同时摇动花瓣，发出类似昆虫的鸣叫。这声音在静谧的丛林深处，突兀得刺耳。

何律一惊，循声低头，刚捕捉到一簇黄色，还没等真正看清是什么，那一朵朵小花的花茎就突然伸长到了他的脚踝，并在极短时间内相互交缠，像绳索一样捆住了他的脚，并且捆住之后依然在往上蔓延，就像沿着他的腿在生长！

何律立即启动"墨守成规"："禁止攻击——"

文具树起效,虽没能让小花松开缠绕,但生长速度明显变慢了。何律飞快拿出匕首,用刀锋去挑腿上的花茎。花茎很坚韧,但匕首更锋利,他连挑了几下便割断一根,稍稍定心,又迅速去割第二根。

投屏前,卡戎看着注意力已经完全放在脚踝小花儿上的何律,叹息着摇头:"专注是好事,可太专注眼前,往往会忽略真正的危险……"

何律的斜后方,一根高大的花枝上,粉红色的花朵正慢慢垂下头,一直垂到花蕊正对着何律的后脑。

正在挑腿上花茎的何律手上一顿,似乎察觉到了危险,猛然直起身体回头去看。粉红色的花朵竟也跟着他的动作抬头,待何律向后看的一瞬间,花蕊咻地从花瓣里出来了,像柄利剑,直直刺向何律的脸。

卡戎目不转睛,双眼放光。"墨守成规"是根本守不住这一波攻击的,何律更是没任何时间去进行防御反应,而致命花蕊已到何律眼前。卡戎轻轻挥手,和投屏里的闯关者告别……

"咚——"

一个不知哪里窜来的黑影,毫无预警地从何律的投屏中掠过。何律被其扑倒在地,发出一声闷响。

卡戎:"……"刚刚那是什么玩意儿?

那黑影突然又再度站起,一跃窜到了粉红色大花的花茎上,三两下就爬到顶端,一刀就把比脸盆还大一圈的粉红色花朵斩落地下。落了地的花朵花瓣迅速褪色变暗,花蕊在花心中挣扎两下,也枯萎下来。

黑影转过身,邪气的眼眉挑起,一脸嫌弃地看向何律:"这么简单的声东击西都能中招,你是废物吗?"

何律惊讶得甚至忘了还缠在脚踝上的小黄花儿:"你怎么过来了?"

白路斜冷哼:"'禁止攻击',你这四个字喊得全岛都听见了。"

何律目露疑惑:"从我喊'禁止攻击'到你出现不超过半分钟,你就是一路狂奔,也不可能从先前休息的位置赶过来。"

白路斜:"……你要是再不解决脚上这些碍眼的东西,我不介意帮你直接砍掉。"

何律笑了,没再追根究底。

投屏前的卡戎却笑不出来。何律不是不能被救,原本这些考核的目的也不在屠杀,而是选拔。但白路斜过来救人是什么剧情?还很可能是一路尾随保护最后正好救人?拿错剧本了吧?!开始怀疑人生的守关者腾地起身,一刻不停地将投屏画面时间往前调,誓要找出白路斜被偷换剧本的时刻……

时间快退到下午，何律带着大家寻找可食用的植物，画面里的铁血营组长正拿着一个巴掌大、仙人掌般厚的肥硕叶片，掰开了分给大家："试试这个。我刚刚吃了一点儿，除了苦，别的好像都还行。"

铁血营组员和丛越都积极接过何组长鉴定完的食物，迫不及待地塞进嘴里果腹。

唯有白路斜皱眉看了半天，还是没伸手，直到何律主动将一小块碎叶片塞到他手里，才勉为其难地放进口中，结果刚嚼一下就火速吐掉，五官皱成一团："难吃。"

何律有些可惜地看着被浪费的叶片："够厚，水分也充足，稍微苦了点儿，其实适应适应就好了。"

"苦了点儿？"白路斜毫不客气，"是苦到让人想死。"

顺利吞下叶片的铁血营三人组恨不能一脚踹飞这王八蛋："你有能耐以后都别吃，饿死最好！"

白路斜已经被饥饿和那个见鬼的苦叶片搞得很烦了，再被这样一挑衅，耐心直接归零，转头看向三人，当即启动"催眠术"。

三人神情同时呆住，目光恍惚。

白路斜危险地眯起眼，挑了个近乎自杀的行为，通过文具树传递到三人的脑里……手臂忽然被抓住，很稳，很用力。他蹙眉转头，对上何律锁得更紧的眉心。

何律没说别的，只叫了他的名字，每个字都带着重量："白路斜。"

对视片刻，白路斜烦躁地甩开何律，同时解除"催眠术"。

铁血营三人组回过神来，彼此看看，立刻意识到刚刚中了白路斜的文具树。可左看右看，自己还在原地，似乎没被操控着做出什么奇怪行为，加上本就是他们出言不善在先，人家靠硬实力回怼，纵然再气也得认。

一行人又继续往前寻找。

4号孤岛虽植被茂盛，但植物的分布却毫无规律。真的植物园，一般同一种植物都放在一起，有的甚至能成一个独立片区，可在这座孤岛上，每一株植物都像是独行侠，如果在一处找到一株能吃的植物，那它周围绝对不会有第二株同类，如果还想吃这种植物，那就满孤岛继续地毯式搜索吧。

然而植物种类繁多，什么样子的都有，何律也无法全部记住，所以他每尝试过一种植物，就会留下其身上带有一定特征的部分，可能是叶片，也可能是花或者茎，以便后续探索时用以比对。如今三个铁血营组员脱下的外套里，已经兜了不少"样本"了，一兜是可食用的，两兜是不可食用的，全是何组长一个个亲口尝出来的，简直是孤岛版"神农尝百草"。

卡戎看着回放，说不吃惊是假的。他明明记得很清楚，何律之前就尝过叶片，但在被各种酸、咸甚至是腐蚀性叶片折腾过之后，立刻知难而退了。是谁给这人的勇气，又把"尝叶片找食物"的法子捡起来了？还是说，从始至终……何律根本就没放弃。

卡戎望向投屏的目光变得复杂。

画面里，刚又摘了一小串类似浆果的果实的何律，突然动作一顿。在他身后的五人也集体一怔，面面相觑，满脸不适。

一个铁血营组员火急火燎地把手里兜着的"样本"放下，咔咔开始挠手臂："怎么突然痒起来了？"

有一个带头，其他人也顾不得了，全开始在自己身上挠，有挠胳膊的，有挠脸的。只有白路斜，浑身僵硬，一动不动。

"是刚才的叶片！"丛越恍然大悟，"我刚才吃的时候，手碰到了一点儿汁液，马上痒了，但是蹭两下就好了，我就没当回事儿……"

何律无比自责："是我的失误，我尝的时候应该再多等上一段时间……"

他这话还没说完，僵在那儿的白路斜突然拔腿就跑，速度快得像疯兔。

丛越和三个铁血营组员吓得一激灵："什么情况？"

何律立刻明白过来，立刻道："你们在这里别动——"

语毕，他快步朝白路斜的方向追去。追了快一百米，何律只听前面"扑通"一声，像是有人倒进了草丛里，然后就是窸窸窣窣的声音，一听就是在草地上滚来滚去。何律停住脚步，站在远处等，并尽量让自己不去脑补一个怕痒的家伙在地上打滚的画面。

等啊等，等到自己身上的痒好像也减轻一些了，何律几不可闻地叹息一声。他担任铁血营地下城组长这么长时间，操的心都没有在白路斜一人身上操的心多。这幸亏不是他的组员，要真是，他容易提前退休。

痒的感觉来得汹涌，退得也快，这一晃神的时间，竟散了个干净。何律悬着的心终于放下，幸亏没有其他副作用，否则他都不知道要怎么和大家谢罪。

草丛里，白路斜狼狈地走出来，脸上、衣服上到处都是草籽，头发上还挂着两根儿迎风招展的小草。他气喘吁吁，一额头的汗。

何律刚要说话，白路斜先开了口："闭嘴！"

何律好脾气地配合，保持沉默。

白路斜垂下眼，调整了好一会儿呼吸，才又不经意抬头瞥了何律一眼。就这一眼，一道弱电流在半空出现，毫不犹豫奔向白路斜。他反应极快，瞬间闪身。电流同他擦肩而过，却在下一秒杀了个回马枪，不偏不倚正中他身上。白路斜僵住，纹丝不动，浑身绷紧，脸色变得极难看。

"你犯规了"，何律的三级文具树，在设置规矩的基础上还可以设置犯规后的惩罚。他上次已经被科普过了——是的，这是他第二次被电击惩罚了，又是这种该死的、令人发痒的弱电流！他这次明明吸取了上次失败的教训，在攻击之前根本没露出半点儿攻击意图，何律是怎么识破甚至提前就用文具树防御的？！

惩罚性电流结束，白路斜直视何律，不甘心地问："我哪里露出了破绽？"

何律摇头："你这一次把攻击意图隐藏得很完美。"

白路斜嗤之以鼻："讽刺我？你都提前防御了。"

"我提前防御，只是未雨绸缪。"何律说，"我没尝好叶片，害你浑身发痒，你肯定要报复，我这么一想，就觉得还是先防起来比较踏实。"

白路斜："……"

"对了，"何律伸手，摊开掌心，露出一小串绛紫色浆果，"这个给你。"

白路斜皱眉。这玩意儿他认得，今早在离这里很远的另外一块地方，何律第一次尝，尝完没事，还把剩下的给他们分了，基本不顶饿，吃了跟没吃一样，但味道不错，微甜，带着果香，能一瞬间化解那些奇怪的可食用叶片留在嘴里的烂草味。而在刚刚，何律第二次发现这种植物，刚摘下唯一一串浆果，众人就开始浑身发痒，哪儿还顾得上其他。

"都给我？"白路斜挑起眉毛，嘴上说着疑问，手上可没谦让，直接一整串拿走。

"嗯，"何律肯定地点一下头，"你刚刚不是被苦到了吗，正好吃这个缓和一下味道。"

白路斜是被苦到了，但他也没客气，直接吐掉了何律辛苦找来的叶片。都这样了，何律还把难得的味道不错的浆果都给他？圣父是病，得治！

白路斜大大方方吃掉浆果，连一粒都没给何律留，末了舔舔嘴唇，笑道："何组长，你不是最讲公平吗，你现在把找到的浆果都给我，算不算是对他们的不公平啊？"

何律不假思索地说："算，所以接下来再找到食物，你要轮空一次，不能吃。"

白路斜："……"

何律神情缓和下来，语气像是在安抚小朋友："但是我知道你吃不了苦了，所以后面我争取努力给你找一些甜的。"

白路斜："……"

这人就是有病！他恶狠狠撞开何律，往回走。

投屏前，卡戎莫名有一丝动容。真诚、温暖，这样的特质的确容易凝聚人心，会让人不由自主……等一下！为什么隔着屏幕他也会被感染到？

何律有毒！

2

4号孤岛何组长带来的出其不意的"精神攻击",让卡戎缓了好半天。

他今天放着1号孤岛不看,先看2、3、4号孤岛,本意是想循序渐进,用正常走向的孤岛小组预热完情绪,再去看那个最一言难尽的1号组。结果2、3、4号组全有惊喜,真是让人……很欣慰呢。

起身用冷水洗了把脸,卡戎总算将情绪平复。如果不是还有个特别乖巧的5号孤岛撑着,他真容易克制不住,提前出马让各岛进入最后的"考核期"。

重新召唤出投屏,卡戎一边将画面调到5号孤岛,一边看了一眼时间。零点已过,孤岛求生正式进入第五天了。

五天,闯关者全员幸存,甚至都没正经爆发什么大规模的冲突,这在3/10的守关史上也是罕见的。

团结一心的组以往当然也有,但都是少数派,为生存资源争斗才是这一关的常态。尤其还有"施压期"的各种系统操作,很多原本打算团结的到最后也往往被挑拨得四分五裂,就像5号孤岛那样。

嘈杂的暴雨声从投屏中传出,顷刻充斥监控室,这座唯一能给卡戎安慰的孤岛画面渐渐清晰——两个相互独立的山洞和两组已经分裂的人马。卡戎终于有心情点燃雪茄,配着暴雨一起享用。

第一块投屏是大四喜、清一色、佛纹、下山虎四人所在的山洞。不久前,他们终于用洞内没有被淋湿的枯草成功燃起篝火,这会儿就像远古人类守着珍贵火种一样,围在篝火旁,迟迟不愿入睡。

夜已深,生吃蟒蛇肉已经是两天前的事了,他们凭着这一点儿能量,在山洞里又挨过两天。岛上的暴雨一刻都没有停过,仿佛要下到世纪尽头。他们不愿意冒着大雨过多地消耗体力,但再不愿意,明天也得去觅食了。

此刻,围着篝火的四人正在你一言我一语地商讨明日的行动方案。

"我建议还是四个人一起行动。"佛纹说。

清一色琢磨着:"分两组是不是效率更高?"

"但是我们分开,会让祁桦的'画皮'有机可乘。"大四喜对此心有余悸。

下山虎闻言立刻左右张望,汗毛都竖起来了:"你别说这种话,搞得像他就在附近,如影随形似的……"

还真是在附近。

卡戎舒服地吞云吐雾,隔着淡淡烟雾看向第二块投屏——就在四人山洞的不远处,祁桦和自家组员安营扎寨。

那边四人不出洞,他们俩也就不出洞,依靠祁桦从下山虎手里骗来的那只"野兔",轻轻松松度过两天。不过在今天早上,最后一点儿肉也已经吃光了。

"组长,"还乡团组员摸摸有些瘪了的肚子,提议,"如果明天他们再不出来,我们就自己去找猎物得了。"

祁桦摇头:"放心,他们比我们饿,肯定会出来。"

还乡团组员欲言又止。

祁桦抬眼瞥他:"怎么,担心我被识破?"

"不是,"还乡团组员忙否认,尴尬地赔笑脸,"我就是想,他们上次吃过一回亏了,这次肯定会更警惕,可能不太好下手……"

"可以不用'画皮'啊,"祁桦故意嘲讽道,"我们正面交锋,二打四。"

还乡团组员脸上有点儿挂不住了,小声咕哝:"组长你别开玩笑了……"

祁桦冷下脸:"没本事就闭嘴。"

还乡团组员耷拉下脑袋,不吱声了。

卡戎盯着投屏,带着令人玩味的笑。

其实不是二打四有没有胜算的问题,而是组员想"我们自己去打猎",祁桦则坚持"坐享其成"不动摇。两个人都清楚分歧所在,可祁桦故意模糊了焦点,而还乡团组员估计暂时还不想和组长闹僵,便任由对方模糊过去了。但模糊不能消除分歧,只能埋下隐患。

隔壁四人组的气氛好一点儿,大家彼此客客气气,然而讨论到现在,依然没定下来究竟是四人一起行动,还是两人一组分头打猎。

归根结底,两个山洞存在一个问题——信任。

四人组之间有信任,但还远远不够,对于孤岛求生这种关卡,如果做不到百分百的彻底信任,那任何一点儿空隙,都会被鸦乘虚而入。还乡团这边更不用说了,信任根本不存在,祁桦也好,组员也好,都是从生存角度出发选择了对方,心里全是自己的算盘。

"你们这组,真是从来不会让我失望……"卡戎看着两块投屏,满意地点点头,"那就再加点儿料吧……"

叼着雪茄,守关者惬意地操控屏幕。

很快,画面上弹出选项——5号孤岛正处于施压期,你可以选择以下施压方式:A. 枪打出头鸟;B. 阴暗的种子;C. 无差别扑杀。

这座孤岛就没有灵魂人物，又实力平庸得不值得启动无差别扑杀，所以继"偷吃小面包"之后，卡戎再次给这座暴雨瓢泼的岛选了"B"。任何人的内心都有阴暗面，埋下种子，就会发芽。不过这一次不用卡戎再去吃那难以下咽的小面包，他只需要在监控室里隔岸观火……

"组长，我再去接点儿水喝。"还乡团组员没东西可吃，只好拿水顶。

祁桦理解，随意地点点头。

组员起身，走向洞外。

祁桦打个哈欠，准备休息，不料刚躺到铺平的干草上，就被硌了一下。他皱眉，干草已经铺了好几天了，有些地方都被压成了薄薄一片，从没被硌过，洞里就他和组员，谁都没碰草铺，哪儿来的杂物？他用手肘撑起身体，低头查看，只见草铺中间的位置有一小块鼓起，不仔细看根本注意不到。祁桦伸手将杂草拨开，底下露出一把手枪。他一脸错愕，愣了好半天才缓缓伸出手，想把枪拿起来仔细看。

洞口传来脚步声。虽然雨声很大，祁桦还是敏锐捕捉到了——组员回来了。他飞快将干草重新铺好，一秒躺定，仿佛什么都没发生过。

组员回到洞里，见自家组长休息了，便也来到自己草铺这边，一点儿没多想地躺下。

洞里恢复了安静，雨和夜还很长。

卡戎笑了，久违的放松，久违的舒适。

祁桦从听见脚步到将枪藏起来，中间根本没有思考的时间。隐瞒这件事不是他的选择，是他的本能——这个山洞里，种子已经发芽了。

守关者的视线换到四人组山洞，没有结果的讨论还在继续，大四喜有些疲惫了，便由坐改成半躺，准备用这个姿势继续坚持。

卡戎直觉鸮会选择他。一来他现在的位置离三人最远，就算发现什么东西，只要他不声张，就很容易掩饰。二来他在两天前被祁桦偷袭推下山，大难不死，听其他人说话那意思，上一关他也被祁桦害过，同样大难不死。连续两次在鬼门关前走一遭，突然得到一把有效武器，就算不想害人，总也要防身，加上他对佛纹、下山虎两个花臂并不是全然信任，就算真的要分享，也该是等到明天，只偷偷将武器的事分享给自家队友清一色……

投屏画面里，半躺下来的大四喜微微蹙眉。

卡戎勾起嘴角，果然。

察觉不适的大四喜低头去摸干草，很快摸到那藏在草下的东西，茫然抬头。

篝火那边，清一色、下山虎、佛纹还在专心讨论。

卡戎从嘴里取下雪茄，拿手驱散烟雾，定睛去看投屏，生怕错过大四喜的表演。祁桦是火速隐藏，事后装傻，大四喜会怎样？卡戎的目光越来越期待……

"那个，"大四喜直接从草铺底下摸出手枪，举起来朝篝火那边的三人晃一晃，有点儿不可置信的恍惚，"我好像，找到一把枪……"

卡戎："……"直接宣布是什么野路子？

六道目光唰地聚过来："枪？！"

大四喜茫然地点点头："嗯，就在草铺底下……"

清一色摸下巴："关卡道具？"

下山虎："前一拨儿闯关者留下的？"

佛纹："太奇怪了，之前怎么没发现呢？"

"哎呀，别想那么多了，"大四喜终于缓过神来，一跃而起，满脸兴奋，"我们明天拿它打猎，一枪一个！"

三人被他一语惊醒，看向手枪的眼里再没迷茫，只剩羡慕和对未来的美好畅想——

"天降神兵，你这是什么运气！"

"我明天要吃兔肉！"

"什么肉无所谓，必须烤得熟熟的！"

"不行，烤太熟，口感就柴了，五六分熟就行。"

"你当吃牛排啊，这又不是煎，是炙烤，熟透了还得再烤焦点儿才香呢，油脂会被逼出来，然后满洞飘香……"

卡戎："……"

孤岛求生，暴雨滂沱，恶人在隔壁，未来没着落，你们能不能先从舌尖上走下来？！

3

1号孤岛。

深夜的海面，无边无际的辽阔，无边无际的幽暗。幸而有一轮月光，照亮赶路的人。

"不行了，"倒坐着渡海船的江户川大汗淋漓，已经不知道是第几次喊停了，"让我再缓会儿……"

这冰路，从清晨赶到傍晚，又从傍晚赶到深夜，江户川早体力不支。自太阳西下开始，他就进入了"阶段式操控"，即操控一会儿文具树，休息一会儿，待恢复些许再操控，再休息。而在他休息的时候，冰道变回汪洋，五伙伴就只能努力跟着渡海船游。好在船只航行的速度不快，他们还跟得上。

"切断吧。"冰道上，唐凛朝他点点头。

"你们注意安全。"江户川说着闭目凝神，缓缓切断文具树。

因切断方式有缓冲，冰道变回汪洋也是缓缓融化。早有准备的五人稳稳入水，开始游着跟船。这样的切换已经进行无数次，几人都驾轻就熟。

游泳的同时，唐凛启动"狼影独行"。黑色狼影咻地入海，四爪扑腾，迅速游到前面，贴着渡海船一侧，随着船只同步航行。

休息中的江户川熟门熟路地将手搭在狼影头上，撸啊撸，快乐似神仙。

如果说休息是江户川恢复体力的物理疗法，那撸小狼就是精神疗法，可以让物理疗法的效果成倍提升。舒服的手感让江户川眯起眼睛，长长呼出一口气："爽……"

水里的小狼哼哼唧唧，乖巧倒是乖巧的，就是总感觉不那么情愿。

唐凛一边划着水，还得一边通过精神力不断地哄小狼："忍忍，再忍忍，等上了岛，给你抱抱。"

正哄着，游在唐凛前面的南歌忽然呛了一口水。唐凛听得清楚，心里一紧，忙游到南歌身边。

南歌稳住身体，咳了两声，道："没事，我就是想说，前面好像有岛……"

唐凛一愣，连忙抬头去看。

船上的江户川和后面的范佩阳、郑落竹、骷髅新娘闻言也一同眺望。

夜晚的海面，天和水根本没有界线，但远处，在无边无际的天幕和大海之间，一个小山一样的黑影轮廓若隐若现。

"是岛，肯定是岛！"江户川第一个兴奋起来，什么疲惫、透支全没了，撸狼两分钟，他还能再扛八小时，"我要重新启动文具树了——"

话音落下，"此路是我开"重临。水路冰封，五人重新踏上平地，期待的目光聚焦在远处的孤岛上。

骷髅新娘："你们说，会是一座什么样的岛？"

南歌："什么样不清楚，但'小抄纸'说它是'安全岛屿'，我持保留意见。"

唐凛："说不定是其他组所在的岛呢。"

郑落竹："谁在都行，危险也行，只要不热，我真被烤怕了。"

"哎，是我的错觉吗，"江户川低头看看，"船的速度好像变快了。"

范佩阳抬头："岛也越来越近了……"

前方，孤岛的轮廓越来越清晰。可胜利在望，总是让人更紧张。

"哗啦——"一条巨大的鱼尾突然在渡海船前面出水，又重重落下，拍出巨大浪花。

江户川倒坐在船上，不知道发生了什么，只知道一声巨响，船疯狂摇晃。他本能地抓住船两侧，回头张望，只见一条巨大的怪鱼跃出水面，在空中画出一条弧线，又落回海中。它的利齿泛着寒光，它的身躯掀起巨浪。江户川总觉得下一次它再跳出来，砸的就不是海面，而是自己和小船。

"范总——"真情实感的呼唤响彻夜空。

范佩阳盯紧水面下游动着的巨大黑影，沉声道："放心，不会让口粮跑掉的。"

江户川捂住胸口："……我是想让你保护我！"

"哗啦——"怪鱼第三次跃出水面，真的直奔渡海船而来。

范佩阳眼底一暗，随身携带的匕首在"懒人的福音"的操控下凌厉而出，以极快的速度划破空气，"噗"地深深刺入怪鱼眼珠。怪鱼剧烈抖动，但仍在惯性作用下朝渡海船砸来。范佩阳没停，继续操控匕首和惯性对抗。

就在这时，"铁板一块"在渡海船上空张开，"曼德拉的尖叫"刺破夜空，一道矫健狼影从侧面飞扑而至，重重撞向怪鱼。怪鱼在多重攻击下，擦着铁板跌落，坠入深海。

范佩阳看向众人。

唐凛朝他笑，郑落竹和南歌异口同声："这种口粮不合格，丢了就丢了。"

骷髅新娘一脸歉意，指指还在水里挣扎的"白骨战士"："范总，我也想为团队出力，但我家这个不擅长海战。"

范佩阳不置可否，收回目光，重新看前方，可眼底映着月光，驱散了暗色。他习惯了独自作战，就像刚刚，哪怕他们不出手，他也控得住场——"初级破坏狂"还没使用，"懒人的福音"也远远没发挥到极致。可是他们出手了。结果是危机解除，口粮跑了。这不是他预期中的理想结果，但好像也没那么难以接受。

——你别把他们当工具人，他们是你的下属，但也应该是你的伙伴。

多年前，公司某位高管和他大吵一架，然后离职。唐凛劝他去挽留，被他不假思索地拒绝，接着唐凛就无奈地说了这样一句。

他当时怎么回答的？

——如果你对工具人的定义，是对公司决策无条件的执行力，那我觉得工具人没什么不好。伙伴一词很动人，但不能为公司创造利润。

那时的他们还是单纯的合伙人关系。他记得很清楚，唐凛最后说的是："范佩阳，你这样不孤单吗？"

不孤单。唐凛就是他的伙伴。一个，足够。

不过现在……

郑落竹："孤岛啊孤岛，一定要鸟语花香，凉风阵阵啊。"

南歌："有树屋最好，浪漫有情调。"

郑落竹："你们女人就爱这些没用的……"

南歌："嗯？"

郑落竹："姐，我错了。"

范佩阳叹口气，这热闹得有些过分了。

"叮——"

江户川的手臂忽然响起提示音。

众人一怔，瞬间安静。

江户川立刻查看。

小抄纸："即将抵达新的孤岛，请准备登岛。"

"马上要到了——"江户川激动地大声道。

话音刚落，渡海船速度便慢下来，大约十几秒，悠悠停下。

岛屿已在眼前，但夜色太暗，看不清模样。江户川慢慢下船，六人踩着没到膝盖的海水，一步步走上沙滩。海水越来越浅，脚下越来越凉，待到彻底上岸，积雪接力海水，重新漫过众人膝盖——新的孤岛，天寒地冻，白雪皑皑。

唐凛、范佩阳、江户川、骷髅新娘："……"

南歌："竹子，你再也不会热了。"

郑落竹："……"

许愿的时候太诚心，容易用力过猛。

刚出高温地狱，又入严寒雪场，1号孤岛组短短一天之内体验了真·冰火两重天。

积雪碰到裤腿微融，逼人的寒意一点点侵入，没一会儿，六人就感觉到脚被冻木了。身上也没好到哪里去，唐凛、南歌、郑落竹、骷髅新娘、江户川都穿着春秋的单衣或者薄外套，范总原本有个挡风的夹克——环形城打劫来的——奈何一部分拿去蒸馏海水，一部分扎成水囊，早物尽其用了。

雪还在下，寒风里挟着雪花打在人的脸上。体能在航行中早耗尽了的江户川第一个受不了了，不断地跺着脚，喷嚏连连："这就是'小抄纸'说的安全孤岛？阿嚏——骗子！"

脚冻僵是最可怕的，唐凛连忙对郑落竹道："竹子，先拿铁板隔一下凉。"

郑落竹会意，立刻启动文具树。一块铁板平落下来，在雪地上压出一块凹陷。

六人踩上铁板，跺掉脚上的雪，这才四下环顾。天色已经微亮，可因下雪的缘故，这座岛依然被阴云笼罩，远处似有山，形状看不分明。

"现在怎么办？"骷髅新娘哆嗦着问，"是不是先找个避风的地方？"

江户川抬头眺望："那边应该是山，山脚下肯定避风。"

"但是现在光线太暗，"南歌谨慎地说，"说不好那边有没有藏着什么危险。"

范佩阳沉吟片刻："最好先确认一下岛上有没有人。"

"人？"郑落竹、江户川、骷髅新娘三人一脸天真无邪。

唐凛哭笑不得，敢情先前他在冰道上的话算是白说了。他只得再重复一遍："这里说不定是其他组所在的岛。"

骷髅新娘："就算有，一组才六个人，这么大的岛，怎么找？"

"不用找。"唐凛说着看向南歌，"让他们自己出来。"

南歌活动活动筋骨，一是驱寒，二是热身："明白。"

"曼德拉的尖叫"：主营业务音波攻击，附属业务小喇叭广播站。

江户川和骷髅新娘面面相觑，大概领会唐凛的意图了，但又忍不住担心，如果这岛上真有人，是一起进入3/10的闯关者还好，万一是不认识的，万一是危险人物，那他们不就暴露了……

唐凛："如果这座岛上有其他小组，六人里一定有闯过'终极恐惧'的人，绝对听得出这是南歌；如果岛上有人，但不是其他小组，那这些人听见南歌的声音，也会知道有外人登岛了，善意的会出来迎接，恶意的会暗中攻击，总之都要亮相。"说完，他利落地给了郑落竹一个眼色，"防御。"

郑落竹并拢两根手指，在额侧一挥："收到。"

"铁板一块"瞬间从六人脚下消失，取而代之的是"铁板一圈"，护在六人四周。防御落定。

早准备好的南歌深吸一口气，仰望苍穹，放声尖叫，锐利音波直透漫天雪幕。

江户川和骷髅新娘默默捂住耳朵。他们想到的，VIP 想到了，他们没想到的，VIP 也想到了，思虑周全还不算，还分工明确，还配合默契，还俊男靓女……两个步步高升组员悲伤互望：柠檬树上柠檬果，柠檬树下你和我。

环形山山脚，雪洞里。

八爪鱼似的搂着周云徽的崔战动了动身体，睁开眼睛。

他这一动，被他箍着的周云徽也跟着醒了，带着起床气迷迷糊糊地咕哝："你扭什么扭……"

崔战被对方说话的热气吹得脸上痒痒的，睡意又席卷而来，眼皮一点点往下沉："好像有……声音……"

"你脑子被冻傻了吧……"周云徽闭上眼睛,继续睡。

也对,天还没亮,冰封孤岛,哪儿来的声音,绝对是幻听了。崔战调整一下姿势,舒服地再次抱紧怀里的人体暖炉,酣然入眠……

"组长——"

雪洞内突然响起呼唤,还是老虎、强哥、华子、郝斯文四个毫不悦耳的男中、低、高音一起唤,那叫一个提神。

崔战和周云徽一个鲤鱼打挺,抱团就坐起来了。雪洞被顶塌,俩组长抱着坐在雪堆里,茫然看天,看地,看彼此。

趴在雪里的四伙伴也蒙了。他们只是想叫自家组长起床,结果房塌了。

严寒和风雪让两位组长瞬间清醒。周云徽一把推开崔战,皱着眉看向自家组员:"鬼叫什么?"

老虎率先从雪地里爬起来,他是跟着周云徽一起从"终极恐惧"闯过来的:"不是我们叫,是曼德拉,你听——"

周云徽一头雾水,侧耳去听,努力在寒风的呼啸中去分辨不一样的……

"啊——啊——啊——"

这还用分辨?就是"曼德拉的尖叫",隔着山路十八弯他都认得!

"真是南歌?"崔战也捕捉到了,这尖叫他一路从地下城听到水世界,已经形成了一听就头皮发麻的条件反射,刻骨铭心。

郝斯文:"她怎么会在这里?"

华子:"只有她一个人,还是其他人也过来了?"

强哥:"去看看不就知道了。"

崔战和周云徽考虑片刻,碰巧一同出声:"走——"

同时发声,二人皱眉互瞪。

周云徽:"别学我!"

崔战:"醒一醒,我现在是代理组长。"

周云徽:"我给我自己的组员下令,不行?"

崔战:"连你现在都是我代理。"

周云徽:"……"

一回合致胜的崔组长满意地向前挥手:"小周,走——"

周云徽:"……"真想砸他一瓶酒精灯,再补上一团星星火!

天边微亮,风雪交加,六人向着尖叫的方向快速赶路。

崔战缓缓在前头滑行，周云徽在旁快步跟稳，四个组员在后面追随，不知不觉就和两位组长拉开了五六米的距离。不是他们跟不上，是跟太紧就不方便议论领导了——

　　郝斯文："被我家组长那么怼，你们组长都没动手，不是他的风格啊……"

　　华子："我也纳闷儿呢，换从前，早一个火球过去了。"

　　老虎："你们懂啥，都一起睡过了，那感情还能和以前一样吗？"

　　强哥："你用词还能再简练点儿吗，什么叫睡，那叫抱团取暖，我们不也抱了！"

　　老虎："我们没把手伸衣服里吧？"

　　华子、强哥："……"

　　郝斯文："那……那说不定我们组长就是觉得那样才暖和。"

　　老虎："然后心想，哎哟，手感不错。"

　　郝斯文："……你这都哪儿来的经验？！"

　　海边，又一轮尖叫结束，南歌轻喘着，调整呼吸。

　　郑落竹稍稍放低"铁板一圈"，抬头张望："喊这么半天，除了回音，什么都没有，这应该就是一座空岛吧……"

　　唐凛刚要说话，忽然被范佩阳按住肩膀。他微怔，顺着对方的目光去看——左前方的远处，几个人影正冒着风雪向这边靠近。

　　天越来越亮，视野也越来越清晰。两队人马在还距离二十多米时，终于认出了彼此。

　　崔战立即加速，一个"我的滑板鞋Ⅱ"咻地就到了六人面前："VIP？！"

　　江户川、骷髅新娘："……"步步高升就不配有姓名吗？！

　　周云徽也到了，和崔战一样错愕："VIP？！"

　　江户川、骷髅新娘："……"佛了。

　　郝斯文四人随后赶到，正好和崔战、周云徽组成六人组。

　　"这是你们的岛？"唐凛问。

　　崔战点头，反问："你们怎么过来了？"

　　唐凛："我们的岛一直在升温，'小抄纸'给的提示，让离岛。"

　　"升温？"崔战羡慕得双眼放光，认真地问，"你们的岛远吗，有坐标吗？"

　　众人："……"这是真心想游过去啊。

　　"那是你们的船？"周云徽发现停靠在岸边的渡海船，蹚着深雪跑过去，兴奋难耐，"你们就用它过来的？"

　　唐凛点头。

　　周云徽立刻问："那它现在还能不能用？"

唐凛和自家伙伴们面面相觑,终于发现问题——

"你们也要离岛?"

崔战、周云徽和四个组员整齐划一地重重点头,隔空都能感觉到扑面而来的决心。

"不是,"郑落竹蹭了蹭胳膊,摩擦生热,"我们刚上来,你们就要撤,什么意思啊?"

崔战:"你们不上来,我们也要撤,不撤就真要冻死在这里了。"

"可是'小抄纸'说这里是安全孤岛啊……"江户川真的不想再来一次长途航行了。

崔战、周云徽、四组员:"安全?!"

江户川咽了咽口水,闭了嘴,总感觉再多说一句,就会被揍。

"呼啦——"

停在岸边的渡海船忽然自燃,火光冲天。

"快灭火!"崔战朝周云徽一声大喝,同时带领四个组员奔向渡海船。

周云徽不用他说,早一捧捧海水往上撩。

唐凛六人你看我,我看你,不心疼船,倒有点儿心疼崔战他们六个,毕竟才把离岛的希望寄托在渡海船上。

火势在众人的合力扑救中渐渐熄灭。渡海船被烧得散了架,焦黑的木板散落四周。崔战六人将木板都捡起来,每人抱着一部分走了回来,明明只是残骸,却抱得小心翼翼。

唐凛叹口气,说:"关卡故意毁掉的,谁也没办法。"

郑落竹也劝:"都烧散架了,拼也拼不回来,你们别这样……"

崔战抬头,一脸困惑:"拼?我们不拼,我们要烧。"

郑落竹:"烧?"

周云徽:"仅有的几棵歪脖树都拿来做木筏了,现在快没东西烧了,所以每一块木板在这座岛上都是珍贵的柴火。"

郑落竹:"那你刚才问我们组长这船还能不能用!"

崔战:"对啊,不能用的话,我们就可以烧来取暖了。"

郑落竹:"你们不是要离岛吗?"

周云徽:"我们自己有木筏,虽然还在调试中,但至少能装下六个人啊,你们这个船也太小了。"

崔战:"话说回来,这么小的船,你们六个怎么一起乘的?"

唐凛、范佩阳、南歌、郑落竹、骷髅新娘、江户川:"……"

这么两个傻白甜,到底是怎么带队在这冰天雪地里熬过四天的,靠意志力吗?!

海浪打上沙滩,消融了一点儿岸边的冰雪。范佩阳不经意间转头,却发现不远处的海水下有一大团游动的黑影——天色暗的时候很难发现，但现在天光已大亮，那黑影就再无所遁形。他迅速看向不远处的礁石，启动"初级破坏狂"，口袋内一颗1号孤岛携带过来的小石子瞬间飞出，子弹一样打到两块半大礁石之间的缝隙上。"砰"的一声，石子炸开，也将两块礁石成功分裂。

众人被突如其来的爆炸声吓一跳，还没等闹明白怎么回事，就见两块礁石骨碌碌从大礁石上滚下来。下一秒，两块橄榄球大小的礁石急速飞起，冲入海中。"砰——"两块礁石在海水之下炸开，崩起巨大浪花。

爆炸声散去，海面也渐渐恢复平静。众人这才看见，水下有东西——一条硕大的怪鱼尸体，浮上水面。

范佩阳终于踏实了，转身看向江户川，兑现承诺："口粮。"

江户川："……"除了唐凛，世上再没有能难倒这个男人的事情了，再没有！

对于范总的安全感，VIP和步步高升已经很习惯了，但孔明灯和十社没有。崔战、周云徽、老虎、强哥、华子、郝斯文看着那条六个人绝对吃不完、十二个人吃正好的怪鱼，异口同声发出爱的邀请："范总，请登岛——"

旭日东升，唐凛六人随着3号孤岛的原住民，回到了环形山山脚的背风处。

篝火升起，烧得渡海船木板噼啪作响。十二个人围着火堆，沐浴着清晨的阳光，聊着彼此的求生史。阳光很耀眼，就是一点儿不暖。但是鱼很香，被拾掇好了切成一块块，煎在郑落竹的铁板上，吱吱作响，偶尔再淋点儿海水，让盐分渗入，完美。

唐凛："所以你们在雪洞里熬过了四天？"

周云徽："一开始有个小木屋，后来木屋塌了，我们又盖木板，等到冷得实在扛不住，我们又绕岛跑。"

崔战："跑太累了就想盖雪屋，手残没盖成，就改成挖雪洞了。"

唐凛："那吃的呢？"

周云徽："小面包。"

唐凛："五天就吃小面包？"

崔战："再加两个海螺。"

唐凛："……"他为什么要问这么令人心酸的故事。

郑落竹、南歌、江户川、骷髅新娘也沉默。

和3号孤岛一比，他们在1号孤岛上除了高温，其他真的顺风顺水。他们竟然不知道感恩，还埋怨，太身在福中不知福了。

鱼肉熟透，十二个人一人一大块，热乎乎的食物下肚，四周还有铁板挡着风，精气神和心情都好起来了。崔战、周云徽、老虎、强哥、华子、郝斯文啃着鱼肉，互相看，六双眼睛里仿佛下一秒就要流下幸福的泪水。这是什么神仙日子？！

"崔队，你刚刚说气温还在降？"唐凛想到崔战先前说过的话。

"嗯，"崔战点头，神色变得有些凝重，"就算有吃的，这么继续降温下去，我们也活不了。"

"所以说你们运气差呢，"周云徽插话进来，叹息道，"好不容易逃出来，又到了我们这个鬼地方，还得继续出海。"

"这就是你们的木筏？"吃完鱼肉的骷髅新娘，无意中发现旁边一堆散落在雪地里的长条圆木。

"嗯，"回答他的是老虎，信心十足道，"载我们六个轻轻松松，再加你们六个都没问题。"

骷髅新娘神情复杂："哥们儿，绑成一块的才叫木筏，你们这叫一堆木棍。"

郝斯文挤过来，语气还有点儿小骄傲："用我的'捆仙索'，保证牢靠。"

"问题是出海之后往哪儿漂呢？"江户川发出灵魂拷问。

老虎、郝斯文："……"

3号孤岛的原住民们陷入思考时，唐凛也在思索，不过想的却是另外一个问题："一定要离岛吗？"

"不离怎么办？"崔战上下打量他，"就你这身衣服，都熬不过今天。"

唐凛若有所思地摇头："不合理。"

周云徽听出他话里有话，立刻问："怎么讲？"

"假设每一座岛都是一张试卷，那么出题的逻辑应该是一脉相承的，"唐凛说，"如果这座岛真的已经进入绝境，就应该像我们那座岛一样，给岛上的闯关者，也就是你们，发送新的行动提示，但你们并没有收到新信息。"

周云徽和崔战双双沉默。

唐凛知道，意思已经传达过去了，但为了提高沟通效率，他还是直接给了自己的推论："绝路才给新信息，没给，就是这座岛还没到绝路。"

一直安静的范佩阳此刻沉声问："你们探过全岛了吗，除了那个坍塌的木屋，真的再没有任何异常或者可用于避寒取暖的资源？"

崔战和周云徽互相看看，不约而同想到一个地方。

"环形山。"

范佩阳蹙眉："在哪儿？"

崔战、周云徽："这里。"

十二人避风烤鱼的地方，就是环形山山脚。此刻众闯关者起立，并肩仰望山顶。环形山其实并不高，但站在山脚，便觉得那山巅高得几乎不可攀登。

唐凛问："你们试过了？"

一提这个，崔战就郁闷："试过无数回了，石头太滑，根本攀登不上去，文具树加速也没用。"

唐凛伸手摸摸山壁，的确很滑，转头问崔战："就算你爬上去了，怎么拉其他人上去？"刚问完，他的目光正好扫过郝斯文，当下福至心灵，"还是用你的'捆仙索'？"

郝斯文立刻点头："对，绑在组长身上。"

唐凛紧接着问："如果先不绑呢，等到你组长到了山顶，再发动'捆仙索'攻击？"

郝斯文："可以，但问题是组长上不去啊。"

崔战："……"也不用说得这么捶胸顿足。

"等等，"郑落竹插话进来，看向郝斯文，"如果你的'捆仙索'可以攻击到山顶，那你直接发动'捆仙索'去绑山顶上的石头、树什么的，不就行了？"

"你能想到的，我们都已经想过了。"周云徽难得地替崔组长的组员解释，"他的文具树要看到目标才能发动，但是在山脚下不管站多远，也看不见山顶有树，全是一片平滑的岩石，想绑'捆仙索'都没处下手。"

唐凛松口气："这个简单。"

崔战怀疑自己幻听了："简单？"

周云徽眉头深锁："话可别说太满。"

老虎、强哥、华子、郝斯文："你行你上啊。"

江户川偷偷凑到唐凛身边，低声道："唐队，我的确可以改变山路，但前提是我得站到山顶，你们冲过来攻击我才行，站山脚下我怎么改……"

"你就好好休息吧。"唐凛拍拍伙伴肩膀，而后屏息凝神，一道狼影咻地出现在他腿边。

江户川有点儿蒙。

范佩阳、南歌、郑落竹却瞬间了然。

唐凛弯腰摸了摸小狼的头："乖，看你的了。"

周云徽和崔战都认得，那是唐凛的"狼影独行"，但狼爬山也得遵循物理规律啊，那一点儿摩擦力都没有的山壁……

"咻——"狼影毫无预警散成黑雾。黑雾乘着寒风，扶摇直上，毫不费力飘到山顶。

"唰——"黑雾重新凝成狼影，站在山巅，愉快地嚎叫："嗷呜——"

崔战、周云徽："……"VIP爬山，不需要尊重物理。

老虎、强哥、华子、郝斯文："……"他们五天没搞定的，人家五秒。

唐凛很满意小狼的表现，愉快地对郝斯文道："捆仙索。"

郝斯文心酸地启动文具树。攻击目标锁定狼影，"捆仙索"像条灵活的蛇，沿着山壁直冲而上，顷刻抵达山巅，在小狼身上缠了几圈，仍剩下长长一端，一直顺着山壁垂到山脚。

"崔队，你先来。"唐凛说，"我让狼影往前跑，你用文具树加速，一起配合试试。"

崔战对此义不容辞，立刻上前一步，抓住绳索，启动"健步如飞"。

同一时间，唐凛全神贯注，操控"狼影独行"。

山顶上的小狼突然转身，飞速往远处跑。跑动立刻带着绳子往上拉。崔战借力加速，咻的一下整个人一路向上，几乎是半跑半飞着踩着山壁到了顶。

"真成了？！"山脚下原本没抱多大希望的周云徽等人瞬间惊喜。

唐凛也没想到这么顺利，立刻操控狼影回到山边，让下一个继续。

后面的人再没有崔战的速度，不过一步一步往上爬，还是缓而稳地到了环形山上。一个多小时后，十二人全部顺利抵达山顶。

站在山上，山体的圆环形就看得更明显了，山体中间一个深深的凹陷，天坑似的。十二人走了十几分钟，一直走到凹陷边缘，探头往下看。由于山本身就不高，凹陷也没凹得太深，坑底的位置几乎和外面山脚的位置持平，但环境可比山脚好多了——一座奢华的别墅坐落在环形山的天坑之底，在这个几乎没人看得见的地方独自美丽。

监控室里，卡戎吃过早餐，又喝过花茶，算算时间，觉得 VIP 应该差不多登岛了，这才慢腾腾地将投屏画面调至 1 号孤岛，每一个动作都透着不情愿。

画面渐渐清晰，先是一片冰天雪地。

卡戎乐了，1 号孤岛组这是漂到 3 号孤岛来了？

投屏里飘着雪，卡戎心里乐开了花，先前被 1 号孤岛组摧残过的种种都随春风散了，就剩蓝天、白云、青草香。

"还真是同情你们啊……"他情不自禁地哼起小曲儿，操控着投屏锁定孤岛上的十二个人。

画面一瞬变换，从冰封孤岛移入温暖别墅。

别……墅？

小曲儿中断，卡戎凑近画面，那目光像是要把半透明的投屏瞪碎。

壁炉熊熊，咖啡飘香，十二人或瘫在沙发里，或躺在地毯上，或骑着儿童木马摇啊摇，快乐得像孤岛幼儿园。

环形山里的别墅，卡戎是知道的，这是 3 号孤岛唯一的生路，也是给那些能攀上环形山的闯关者的奖励。但这帮人究竟怎么做到的？明明昨天他们还在雪洞里你抱我我抱你……

算了。卡戎甩甩头，不再去想，也完全不想看回放，因为就在这个瞬间，他已经做出了本次职业生涯最重要的决定。

他抬手操控，投屏上很快浮出一行信息——1号孤岛与3号孤岛会合，可以启动"联合守关"，是否启动？

这不是一个必选项，卡戎甚至已经记不清上一次选择"联合守关"是什么时候了。但今天，他果断按下"是"。

画面提示正在和联合守关人建立通话。很快，一个吊儿郎当的红发青年出现在投屏中，手里还拿着类似扑克牌的纸牌，不过画的都是奇怪图案，他一边和卡戎通话，一边继续和画面外的人打牌："你竟然找我联合守关，真是新鲜了……"

所谓联合守关，就是当某个独立通关导向的关卡出现本应分开的闯关者因故集合到一起的情况时，当值的守关者就可以启动"联合守关"，邀请一位轮休的该关卡守关人，进入关卡帮他负责这部分集结的闯关者。

因为此时这些聚在一起的闯关者数量，已经不适合沿用原本的关卡模式，再说明白点儿，就是他们的集合很容易让后面的关卡时间都变成垃圾时间，所以联合守关人会针对这些闯关者，进行新模式下的独立考核。

以往，卡戎绝对不会邀请别人帮忙，哪怕聚集的闯关者再多，他也有信心搞定，绝对不会让这些闯关者舒舒服服地把剩下的时间消耗掉。但今天，他变了。

"偶尔也换换玩法嘛，"卡戎笑得自然潇洒，"哪儿能让你这么清闲。"

红发青年翻个白眼："喂，我也很忙的好吗！"

卡戎调侃："忙着打牌，看见了。"

"行了，"红发青年吐槽归吐槽，既然是符合规定的联合守关，他也没旷工的理由，"说具体情况。"

卡戎："1号孤岛组渡海船逃生，鸦给支到3号孤岛会合去了，现在两组十二人都在3号孤岛的别墅里，具体情况都给你同步过去了，你可以自己查看。"

"成，这两组交给我了。"红发青年扔掉手中的最后一张牌，终于抬头看向卡戎，"这十二个人里有没有特别的啊，难得联合守关一次，不会一个好玩的都没分给我吧？"

卡戎想了半天，很真诚地摇头："没有，都是乏味至极的平庸闯关者，我一看他们就犯困，根本提不起精神。"

红发青年扯扯嘴角："我想也是，有趣的你也想不起我。"

卡戎一脸正色："再无聊也是工作，考核的时候千万别睡着。"

"我尽量吧。"红发青年懒洋洋地应着,而后切断通话。

联络一中断,投屏画面就要回到3号孤岛。

卡戎连忙点击,手指翻飞,赶在孤岛画面回来之前,将两组的资料全部清除干净。从现在开始,他再不用看那些家伙一眼。

卡戎靠回躺椅,望着天花板长长舒口气。暂时忘却还有甜品狂魔组、圣光笼罩组,他努力地感受着来之不易的片刻宁静美好。

4

在把1号和3号孤岛组甩给……哦不,按流程交接给同事之后,卡戎度过了一个美妙的上午。及至正午时分,明媚的阳光照得监控室暖洋洋的,他才重新调出投屏。

如今,需要他监控的只剩下三座孤岛,而每一座都是那样的特征鲜明——2号,甜品狂魔;4号,圣光笼罩;5号,吃货天团。

扪心自问,卡戎现在哪一组都不想看,但作为一个有职业道德的守关人,他只能强迫自己先选一组没那么容易气伤身的。

4号吧。圣光虽然一言难尽,但只要清楚了何律的性格,其实不难预测这一组的剧情走向,而且4号孤岛组目前也相对更艰苦,不至于像2号和5号孤岛组那样,让他产生冲过去捣毁甜品或者掀翻小饭桌的冲动。

实时画面渐渐清晰。果然,何律又带着铁血营组员、丛越、白路斜,穿梭在孤岛植物园,走在"尝百草"的路上。不过相比前些天,此刻画面中的何律明显狼狈了许多,迷彩服上布满大大小小的口子,有的像扯的,有的像割的,裤子上蹭了不少各种颜色的植物汁液,脸上也有一些擦伤,头发如果不是剃的圆寸,这会儿估计也乱了。

此刻他们站在几株类似向日葵的植物旁边,但植物金黄色的花盘上不是一粒粒瓜子,而是一根根暗蓝色尖刺。现在,所有花盘都被齐根斩断,落在众人脚边,其中一个花盘上的刺已经空了三分之一,剩下几个被斩断的花盘,尖刺倒是完整。仔细看,还能看见何律的袖子上挂着一些暗蓝色的小刺,和花盘上的一模一样。

卡戎看这情形就明白了——一株植物袭击了何律,安全起见,他们便把旁边几株相同的植物解决掉了,以除后患。

这是个聪明的做法,如果不斩草除根,旁边那几株植物一定会攻击,因为他昨夜给这个岛选择的施压期操作还在继续,只要何律一天没消失,鸮就会将这一选项执行下去。4号孤岛本质上就是一座植物地狱,在这一选项的设定下,所有致命植物都已经待命,只要时机合适,它们定然会攻击何律。

然而置身在孤岛上的闯关者们,对幕后操作一无所知。

"今天到底怎么回事?"一个铁血营组员烦躁地抓抓头,看着何律一个个拔掉衣服上的尖刺,"怎么总遇袭,还每次都是你受伤?"

何律刚要说话,白路斜冷冷插话:"不是总遇袭,是他总遇袭。""他"字被懒洋洋地拖长,以显示目标的唯一性。

丛越也发现了:"何组长,真的每次都是攻击你,太奇怪了,难道植物也会认人?"

何律抿紧嘴唇,同样困惑。

"有什么奇怪的,"白路斜耸耸肩,一副理所当然的语气,"他走一路,吃一路,沿途叶子都要给他啃光了,我是植物,我也要报仇。"

丛越、铁血营组员:"……"

完了,他们竟然觉得这歪理邪说好有逻辑。

白路斜眉梢微挑,对于四人的哑口无言很满意,正打算进一步批判何律破坏孤岛生态平衡的行径,忽然瞥见地上已经被斩断的一个花盘,那尖刺正轻轻震动,幅度极细微,不仔细看很难察觉。他想都没想,几乎是条件反射地抬手,准备去推开何律。可就在他抬手的刹那,密密麻麻的倒刺已闪电般从花盘中冲出,像被联排发射的钢针,只一瞬就刺到了何律面前。何律反应极快,立刻闪身躲避。无数钢针擦着他的脸侧而过,钉到了后方的植物粗茎上。

"怎么砍了还不消停?"铁血营组员3愤怒地启动自己的文具树"流星锤",一把链锁铁锤瞬间入手,朝着地上的花盘就咣咣砸下去。几锤过后,所有花盘被砸得稀巴烂。

丛越插不上手,只能围在何律身边当人墙,不经意间,发现何律脸颊上多了一道细细的划伤,微微泛红:"何组长,你又伤着了?"这个"又",足以反映何律这一上午的坎坷。

铁血营组员们闻言也立刻围过来,满脸关切。

"可能刚才没全躲开,被尖刺划到了。"何律用拇指肚轻轻抹了一下细痕,不在意地摇头,"你要不提醒,我都没感觉,没事儿。"

四个人围着何组长关心。只有白路斜好整以暇地站在原地,原本抬起打算推人的手已经收回,这会儿正有一搭没一搭地摩挲着自己的嘴唇,思考一件很重要的事——何律的注意力都在新添伤口和安抚队友上,肯定没启动"墨守成规",这时候用"孟婆汤Ⅱ"或者"催眠术",应该不用担心被电击惩罚。

白路斜想得很好,却迟迟不能向文具树发出启动信号,他也说不上原因,明明这是最好的一雪前耻的时机,可就是觉得哪里不对……

被四人围在里面的何律突然抬头，像是感觉到了白路斜的目光，直直看过来，同时发出询问似的一声："嗯？"

白路斜被看得心里莫名一虚。他终于知道先前的"不对感"来源于哪儿了，就是来源于何律的阴险。对方一定是假装将注意力放在伤口和那四个笨蛋身上，其实早就启动好了"你犯规了"，就等他入坑。他才不上当！

何律发现白路斜看过来的目光越来越不高兴，很认真地思考片刻，懂了——吃了一上午的苦叶子，这是又在闹脾气了。哪里还有浆果呢……他四下环顾，暗暗确定了下一阶段的寻找重点。

投屏前，卡戎看着何律脸上新添的伤，笑意微妙。伤口本身微不足道，但那些暗蓝色的尖刺，带来的可不仅仅是这一点点伤。

"看来'枪打出头鸟'明天就可以完成了……"守关者自言自语着，近几日来，第一次对"明天"有了期待。

"胖子，你干吗呢？"画面里突然传出铁血营组员带着疑惑的声音。

卡戎回过神来，重新看向投屏，差点儿被丛越那张特写的大脸吓到。

孤岛上的越胖子应该正45°仰望半空。但在卡戎看来，丛越就是一脸凝重地和他这个守关人在对视。

"怎么了？"画面里，何律也过来询问。

丛越仍盯着半空中的某个方向，满眼警惕："总感觉有人在监视我们。"

卡戎不自觉地咽了一下口水。不可能的，他们的监控是基于鹨建立的实时传播，根本就没有所谓的"监控设备"，别说闯关者，就是守关者在孤岛上，一样不可能有任何感知和发现。

投屏里，何律和三个铁血营组员都凑过来了，有人还伸手在丛越盯住的半空中来回挥。

"什么都没有啊……"

"你是不是神经过敏了……"

组员们不信，但何律深思熟虑后，道："不是没有这种可能。我们这几天的求生，每次一有进展，就一定会出现新的变数，关卡节奏掌握得这么好，可能真有人在暗中操控。"

卡戎："……"就算有，丛越是怎么发现的呢？

铁血营组员1："就算有，怎么我们都没发现？胖子，你到底看见什么了，别卖关子了。"

卡戎点头：问得好。

投屏里，依然是特写的那张大脸，丛越眯起小眼睛，一字一句沉重地说："没有发现，就是感觉。以前上班的时候，老板总在最里面的办公室，透过百叶窗缝隙监视我们，我对这种感觉再熟悉不过了……"

何律、铁血营123、白路斜："……"

卡戎："……"

5号孤岛。

卡戎把画面转过来的时候已是傍晚时分，别的岛还是落日余晖，这里早一片暗夜景象。或者说，这座被大雨冲刷了五天的孤岛，天空就没有真正明亮过。

全景投屏还是分为了两块，因为两组人马仍在各自求生。

蟒蛇带来的热量已经耗尽，大四喜、清一色、佛纹、下山虎在今天选择了出洞打猎，由于额外获得了手枪，所以他们信心百倍，斗志昂扬。

祁桦和组员也出洞了，就在四人组出洞的同一时刻。他们在暗处，起初追随着前者的脚步，后来因为雨太大，不小心跟丢了，便只好自己去找猎物。

四人组对这一过程完全不清楚，全部注意力都放在对抗大雨、搜寻猎物上。但卡戎看得分明，两者其实没离多远，祁桦和还乡团组员以为自己跟丢了，却不知道他们和四人组奇异地选择了同一条路线，再转悠几圈，说不定就能碰上了。

"啪嗒——"

暴雨中，有什么东西打到了下山虎旁边的树枝，发出奇怪声响。

下山虎抹了一把脸上的雨水，低头去看，发现打完树枝落到地上的，是一块鹌鹑蛋大小的圆圆的冰块。

卡戎勾起嘴角，要说天气最惨的，还得是这一组——高温可以离岛，严寒还有别墅，就这里，暴雨没停，冰雹又来。

"天啊，是冰雹！"下山虎也反应过来，大声惊呼。

清一色、大四喜、佛纹立刻围过来，一个小冰雹给他们来回传阅，每一张脸上都写满了……喜悦？

卡戎奇怪地皱眉，然后就听见投屏内发出欢呼。

"等会儿打着猎物，多捡点儿冰块回去，这样就可以留一部分肉放到明天再吃了！"

卡戎："……"不用冰块也可以把肉放到明天啊！

"常温保存怎么都不如冰箱。"

"这冰雹来得也太及时了。"

卡戎："……"

很好，已经完全是"后厨模式"了。守关人再不对这四位抱有任何幻想，现在唯一能带给他心灵温暖的，只剩祁桦和……

"砰！"

一声枪响，惊住了正热烈讨论冰雹用途的四人组，更惊住了卡戎。他连忙看向第二块全景投屏。画面里，还乡团组员倒在血泊之中，胸部中弹，而浑身湿透的祁桦，手里拿着枪。

卡戎迅速将投屏时间往前调，很快就找到了事件的爆发点。

那是五分钟前，祁桦和组员发现了疑似猎物的踪迹，但同时也听见了疑似四人组的交谈声。祁桦想去找四人组，组员想去追猎物，于是当祁桦选择了四人组方向时，组员伸手去拉他，希望能拦下自家组长再研究研究。却不料，这一拉扯，让祁桦藏在口袋里的枪滑了出来。祁桦和组员同时低头，看见了地上的枪。

组员脸色一变，速度极快地抢在祁桦前面捡起了枪。他并没有把枪口对准祁桦，只是茫然地问对方："为什么你有枪？"

祁桦一震，没敢轻举妄动，也没草率回应，飞快在脑袋里组织更容易被接受的说辞。

但还乡团组员的脑子也不慢："现实中的枪是不允许带进来的，关卡里也根本不卖枪……"他猛地抬头，"你在这里发现的？是关卡道具？"

祁桦立刻顺水推舟："对对，是关卡道具，我刚捡到的，正想和你说呢。"

还乡团组员缓缓摇头，神情冷下来："组长，我没你想的那么好骗。如果我没发现，你是不是就打算自己把枪留下了？"

见谎言被拆穿，祁桦也正色起来，罕见地说了实话："枪是我昨天晚上发现的，我没告诉你是我做得不妥，但如果我真想害你，你现在就不会还安安稳稳站在这里和我说话。"

组员嗤笑："你不是不想害我，是还没到需要害我的时候，你还指望我出力呢。"

祁桦皱眉："注意你的语气。"

"这里只有我和你，别端组长的架子了。"组员摸着手里的枪，仿佛从这一件武器里汲取到了前所未有的力量，"我早就烦透你了，你有什么本事，一个'画皮'，被识破就再没用处，真以为我们都怕你？"

祁桦眼里泛起冷冷笑意："所以呢，你现在是要造反？"

组员缓缓抬手，终于将枪口对准祁桦："我想，我现在需要一个恭敬的组员。"

祁桦乐了，带着点儿轻蔑，淡淡道："哦，你想当组长啊。"

下一秒，祁桦突然启动"画皮"，当着组员的面一点点变成下山虎的模样。

组员莫名其妙："你这是干吗？"

顶着下山虎那张清秀的脸，他从声音到神态和正主别无二致："忘了告诉你，我的'画皮Ⅲ'不仅能变身，还能短时间拥有目标对象的记忆和文具树——"

话音落下，不等组员反应，一条胶水线已经从祁桦的手中飞射而出，正是下山虎的三级文具树"胶水侠"。虽然文具的持续时间和效果都比原版打了不小的折扣，但用来突袭足够了。

胶水线刹那间粘到手枪上。祁桦用力一扯，手枪立刻从组员手里脱出。组员回过神来，眼疾手快地去抢，竟真的将被扯到半空的手枪再度抓住。祁桦皱眉，继续扯动胶水线。组员则是死也不松手。

大雨滂沱，模糊了视线，也滑了手。

一声枪响。

没人看清组员是怎么弄的，可能他自己都茫然——枪走火了，子弹正中组员胸口。

组员"扑通"倒下，鲜血从伤口汩汩流出，又被雨水冲成血水。没了阻碍的力道，手枪随着胶水线的惯性顺利进入祁桦手中。但他现在已经顾不上手枪了。他没想杀人。他要真想杀，就不会变成下山虎了，随便变一个有攻击性文具树的闯关者都可以。他只想夺枪。

解除"画皮Ⅲ"，祁桦快步跑到组员身边，蹲下来查看。

组员睁着眼睛，再没有呼吸。

祁桦脸色变得凝重。组员可以死，但要死得有价值，比如危急时刻当炮灰，或者危险地带去蹚路，绝不应该是现在这样，死得毫无用处。孤岛求生还剩两天，他只剩一个人，很麻烦。

树丛被拨开。祁桦闻声抬头，只见循着枪声过来看清眼前一切的佛纹、下山虎、大四喜、清一色都一脸震惊，很快，震惊又变成警惕、仇视、愤怒。

祁桦明白他们在想什么。这场面的确百口莫辩，他拿着枪，而组员死了，就算他说是组员自己走火，也不会有人相信。不过他早和这帮人撕破脸，也无所谓信与不信了。

"怎么的？"祁桦嘲讽地勾起嘴角，"准备四打一，替天行道？"

四人静静看了他好半响，被坑过两次的大四喜率先出声："我们走吧。"

另外三人互相看看，不约而同甩给祁桦一个"别来惹我们"的眼神，然后跟着大四喜钻进树丛，消失在不知名的方向。

祁桦笑了，在没人看见的夜色里，带着浓浓的自嘲意味。

人家根本没想和他打。那四张脸上，每一张都写明了"我要离疯子远一点儿"。

大雨混着冰雹倾泻而下，盖住了天地间一切其他的声音。

投屏前，卡戎微微挑眉。

关卡进行到第五天，终于出现淘汰者了。这是一个良好信号。

对于这么乖巧的5号孤岛，他决定多给些自由时光，晚点儿再出手。

如果说5号孤岛是正面典型,那反面典型非2号孤岛莫属。

投屏画面一点点转到那座带有热带风情的小岛。

落日余晖里,六个甜甜圈将外套集合在一起,于两棵棕榈树间拴了一个吊床,轮流享受。现在轮到和尚,光头青年躺在吊床里,吹着小风,喝着清水,逍遥乐无边。

吊床不远处的沙滩上,五个甜甜圈正在堆沙滩城堡,关岚负责概念指导,莱昂负责出图设计,探花、全麦负责施工,五五分启动自己的文具树"给我刀",拿着宽边大刀站在一旁,随时准备出手美化不平整的城堡墙壁。

卡戎平缓地深吸一口气。他有心理准备,他很云淡风轻,嗯,很风轻。

努力保持微笑,卡戎抬手操控投屏,很快,一行提示出现:你选择让2号孤岛进入最后阶段,考核期,是否确认?

卡戎继续微笑,确认。

新提示立即浮出:关卡时间还没进入最后阶段,请再次确认,是否提前让2号孤岛进入考核期?

确认确认确认!卡戎戳戳戳!

系统接纳指令,向卡戎发出最后一条提示信息:2号孤岛已进入考核期,守关人可随时登岛。

5

3号孤岛,环形山底,别墅。

这是一幢三层高的别墅,一层是客厅、书房、厨房等功能区,二、三层都是卧房,一层五间,一共十个房间。十二人初入别墅,就将整幢房子查看了一遍,除了二、三层的十个房间,一间一个装修风格外,其他没什么特别的地方。

别墅内很温暖,众人进客厅的时候,壁炉就是燃烧着的。整幢房子可以说温馨宜居,唯一的美中不足,是没食物没水。但十二人刚吃完烤鱼,想喝水随时可以开窗吃雪,倒也方便。

现在是第五天的深夜……不,"小抄纸"上的时间显示,现在是零点过三分,进入第六天了。十二人从昨天到现在,基本都在一层客厅活动,即便是现在进入了休息时间,仍没换地方。

为什么不去二、三层卧房休息?

那一间间起居室,推开一扇门,换一个天地,从性冷淡风到地中海风,从美式乡村风到欧洲宫廷风，跟爱情小旅馆似的，怎么看都像有诈，还是简单敞亮的客厅比较让人有安全感。而且关卡尚未结束，作为闯关者，当然是能聚着就别分散。

外面的雪还在下，从落地窗看出去，积雪已经快一米深了。

同外面漆黑的夜色形成鲜明对比，客厅里依然灯火通明，吊灯璀璨，壁炉炽烈。不过大部分伙伴已经睡着了：江户川、骷髅新娘、老虎、强哥、华子躺在柔软的地毯上，四仰八叉地睡着，连日来的疲惫都在这此起彼伏的鼾声里了；郑落竹和郝斯文，白天玩儿童木马的两个主力，这会儿一人占了一张木马旁边的摇摇椅，睡得十分安详；唐凛、范佩阳、崔战、周云徽、南歌在沙发上，南歌的是一张单人小沙发，她侧靠在沙发里，半睡半醒地眯着眼，剩下四人则坐在一张长沙发上，还在低声交谈。

白天的时候，大家先登环形山，再发现别墅，到了别墅后又上下检查，事情一件接着一件，根本没深入交谈的时间，如今都安顿下来，终于可以暂时松弛下紧绷的神经，深入聊聊彼此这些天的遭遇。

"也就是说，如果你们遵守规则，其实能到这里的人只有一个，剩下五个都要热死在岛上？"听完唐凛讲他们怎么把水路变成冰道，最终整组逃离，崔战和周云徽都露出不可思议之色。关于1号组的离岛逃生之路，他们以为就是收提示—找到船—出海这么简单直接，没想到背后还有内情。

唐凛点头："是的，如果按规则，就是六选一。"

崔战似有所悟："看来以后对'小抄纸'也不能全信……"

周云徽斜他一眼："主要是人家VIP找到一带五的办法了，换你，就是想全员逃离，你也办不到。"

崔战哼一声："我办不到，你行？"

周云徽大大方方摊手："我不行，我也没当七天代理组长啊。"

唐凛忍着笑，故意道："你俩这个方法好，难怪这么冷的岛还能坚持这么多天。"

崔战、周云徽一起看他，两脸茫然："什么方法？"

唐凛："以直接互动的形式，激发彼此的生命力。"

崔战、周云徽："……"

实在不知道怎么回应，两位组长决定换话题："你们呢，岛上温度那么高，你们这几天也不容易吧？"

唐凛想了一下："还行，食物一开始就没缺，后来淡水也有了。"

不缺食物，崔战、周云徽可以想象，毕竟白天范总就已经展示了"觅食绝活"，可是淡水是怎么弄的？

唐凛:"海水蒸馏法。"

崔战、周云徽:"你想的?"

唐凛:"范总。"

崔战、周云徽双双看向那个一直沉静坐在唐凛身边的男人。

范佩阳微微颔首,云淡风轻。

崔战、周云徽:"……"

这该死的男友力。

地毯那边,鼾声交响曲变成了窃窃私语。

老虎:"你俩命真好,怎么就和VIP分到一组了?"

骷髅新娘:"哎,我俩也不知道,嘿嘿。"

江户川:"说是按亲密度分,其实我们和他们也就是一点点交情,嘿嘿嘿……"

华子:"你们的笑声暴露了你们狂喜的内心。"

强哥:"别酸了,换你,你也开心。"

老虎:"对比太惨烈了啊,咱们这边,上环形山上不去,建雪屋雪屋塌,唉……"

华子:"一个靠谱的组长很重要啊……"

沙发上的周组长眯眼看过来:"你们能用我听不见的音量议论吗……那篝火谁给你点的,海螺谁给你抓的,做组员能不能讲点儿良心?"

三个孔明灯组员凝望他:"海螺是人家崔组长抓的。"

周云徽:"他那是为了证明自己是称职的代理组长。为什么要证明?因为我一直在质疑他。所以,没有我的质疑,就没有你们的海螺,四舍五入,海螺是我抓的。"

老虎、华子、强哥:"……"入得太多了吧?!

"啪啪啪——"

客厅上方忽然传来鼓掌声。这声响就像静止键,让空气瞬间凝固。突如其来的惊悚感渗透进每一个毛孔,醒着的闯关者们腾地站起来,第一时间循声抬头望。睡着的伙伴也被这响动惊醒,纷纷睁开眼。

一个红发青年趴在二楼的栏杆上,身材修长,眉宇间懒洋洋的:"看你们还这么有精神,我很欣慰。"

底下十二个人全站起来了,望着不速之客,心底一阵阵寒意——不是卡戎,不是得摩斯,不是提尔,更不是他们认识的任何一个闯关者,一个全然陌生的人就这样凭空出现在他们已经仔细查看过的别墅里,怎能不让人毛骨悚然。

"你是谁?"

"你怎么进来的？"

"你想干什么……"

众人连珠炮般发出疑问。

"别紧张，"红发青年慢悠悠道，"我是潘恩，至于我怎么进来的，你们没必要知道，你们只需要清楚，从现在开始，你们两组由我接管，就可以了。"

"接管？"崔战皱眉，语气不善，"什么意思？"

"其实我没什么耐心和你们聊天，"潘恩耸耸肩，不情不愿道，"但按规定，还是要给你们解释明白……由于你们两组会合，导致原本的关卡考核内容对你们已经不适用，所以卡戎找我来联合守关，也就是说……"他看一下客厅里的时钟，零点过十五分，"距离关卡结束还有四十七小时四十五分钟，这段时间，我会用我的方式对你们进行最终考核。"

新的守关者打个哈欠："解释完毕……"哈欠结束，还小声咕哝一句，"麻烦。"

接管？卡戎找潘恩联合守关？唐凛将这些飞速在脑海里过了一遍，发现所有信息都指向一个方向。他微微抬头，带着一分探寻，九分肯定："卡戎一直在监视我们。"

这话一出，客厅里的其他人都一怔。

潘恩也愣了，完全没掩饰情绪，意外就写在脸上——如果说提尔是稳重，得摩斯是诡谲，卡戎是笑面虎，那潘恩就是直接。这也符合他给人的第一眼印象，张扬的红发，衣着随性，眼角眉梢都是一副爱谁谁的无所谓。

"你还挺敏锐。"潘恩索性承认，"没错，从第一天开始，卡戎就在关注着你们的一举一动。再说明白点儿，什么时候刮风，什么时候下雨，什么时候投喂，什么时候制造惊喜，都由他一手掌控。"

众人在唐凛说出"卡戎一直在监视"的时候，就隐约有了一些感觉，可当潘恩直截了当地将这一切掀开，他们还是受到了冲击。不仅仅是后背一凉那么简单，这五天，他们拼尽全力地求生，在别人眼里或许只是一场沙盘游戏，这样一想，愤懑感和无力感就要将他们吞没。

"你刚刚说的那些，是可以讲的吗？"唐凛的声音拉回众伙伴的注意，他在问潘恩，"你把这一关的守关操作模式告诉我们，不违反规定？"

"不算吧，"潘恩无所谓地道，"又没有明确规定不能讲，没规定，就是可以。再说——"他朝唐凛笑一下，带着些怜悯，"你们又不一定能活着从这里出去。"

屋里安静下来。壁炉呼啦一下烧得极旺，乱舞的火光映在对面墙壁上，像魔鬼正在从地狱往外爬。

"没有问题了？很好。"潘恩似乎没有从楼上下来的打算，就这样居高临下俯视着十二个闯关者，"那么现在，开始宣布最后考核的规则。"

他从口袋里摸出一个加大版的骰子，个头和普通魔方差不多大，但形状很奇怪，不是正方体，而是一个多面体，而且每一面上也不是点数，而是四个小字。

潘恩没让闯关者们费眼神，直接抬眼看半空。客厅上方，吊灯之下，突然出现一个半透明的投屏，投屏上的画面赫然是骰子的特写。

随着潘恩将骰子在手中转动，众人终于看清，这是一个十面骰子，有些面相同，有些面不同，每一面上的小字内容归纳下来，应该有七种：1. 请多指教；2. 奔跑少年；3. 你过来啊；4. 你过来啊Ⅱ；5. 岁月静好；6. 捉鬼游戏；7. 地狱降临。其中，1~6都只在骰子上占一面，最后一个"地狱降临"则重复出现在剩余四个面。

"都看清了吧，那我就不用介绍考核道具了。"潘恩显然是个省事派，直接跳到重点，"接下来的两天里，你们自己排好顺序，每隔十五分钟换一个人上前，由我扔骰子，骰子最后停下来是哪一面，那一面的内容就是该闯关者要面临的考核。考核通过，换下一个，考核途中死掉，也换下一个。所有人依次轮完一遍，再从头开始，一直循环考核到第七天结束，最后还活着的就是通关者。"

守关者的话音，在封闭的别墅里久久不散。骰子还在他手里转着，仿佛他玩弄的不是骰子，而是闯关者的命运。

规则的确简单：扔骰子，考核，再扔骰子，再考核下一个。但越简单，带来的冲击和压迫感越强烈。

十五分钟就换个人，高强度的车轮战，一直轮两天两夜，简直是不打算让人喘一口气。还有那些骰子面，看起来最不祥的"地狱降临"占了四面，投掷到的概率有40%，绝对是最大的坑。剩下的六面也让人不敢掉以轻心，但因为投到每一面的概率相同，都是10%，所以暂时无法从概率去判断它们的属性倾向。

"真的要一直考核到关卡结束？"江户川带着疑问出声，"两天两夜不休息？"

"不不不，"潘恩夸张地晃动一根手指头，语调抑扬顿挫，像个突然正经起来给你讲课的老师，"你这个理解可不对。你们一共有十二个人，十五分钟一个，一遍考核轮下来要三个小时，也就是说，每个人都有两小时四十五分钟的时间休息，我甚至都觉得这个规则太仁慈了……"他说着，忽然真情实感地叹口气，"可惜，我屡次提议缩短单人考核时长，都没被系统采纳。"

客厅静默下来，众闯关者再没问的欲望。因为他们认清了一个残酷的现实——守关者或许性格各异，或许气场不同，但本质上都一样，他们不会将闯关者当成"生命"来看待，所以不要企图唤醒他们的同理心，更不可能从他们那里争取到什么"权益"。

"喂喂，不要用这种仇视的眼神看我。"潘恩一本正经道，"未经许可就对我发起攻击，会被直接剥夺资格，判为闯关失败的，这是本次考核的铁则，千万别说我没提前讲。"

众闯关者："……"

已经讲得很晚了，再迟一分钟，他们就十二个人联手上去围殴了。

"别那么严肃，就当玩一个游戏嘛。"潘恩嬉皮笑脸地催促，"来，赶紧讨论一下考核顺序。"

似乎只有正面迎接考核这一条路了。

十二人互相看看，不知谁先起的头，倒也渐渐讨论起来。不过闯关者们的音量都控制得比较低，在潘恩听来，就是一片闹哄哄的嘈杂。况且他本就懒得听，所以底下交谈的时候，他就百无聊赖地看看吊灯，看看挂画，打打哈欠，走走神。这本该是个闲暇的夜晚，他本该在牌桌上所向披靡，结果却被叫来加班，面对的还是一群毫无挑战性的家伙，真是让人没有一点儿开工的热情。

时间悄然流逝。"布谷——"客厅的时钟突然弹出报时的小鸟。

这是闯关者们进入这里之后，第一次见到时钟报时。

现在的时间是第六天的零点三十分，距离关卡结束还有四十七小时三十分钟。

"好的，前奏时间结束，"潘恩看向下面十二人，"希望你们已经定完出场顺……"

话还没说完，整个客厅的空间突然被密密麻麻的狼影充斥，连二、三层都没能幸免，包括潘恩在内，所有人都被无穷无尽的狼影吞没，周遭景象再看不清，视野里只剩高速流动的狼影。潘恩愣在当场，包围着他的狼影横冲直撞，好几次撞到了他的身上，可并没有造成任何伤害，真的就是单纯的影子。

这是……闯关者的文具树？潘恩很快意识到了"狼影幢幢"的本质，却仍然一脑门儿问号，说了不能攻击守关人，于是向他放出这种不算攻击的障眼法？

"你们的确钻了规则的空子，"虽然隔着狼影，可潘恩知道下面的人绝对听得清，"但这种小把戏有什么意义呢，想给我一个温柔的下马威？"

没人说话，回应他的是一连串凌乱的"哒哒哒"。

潘恩奇怪地歪头，这声音听起来像是……一堆人远去的跑步声？

"别自作多情了，谁有闲工夫给你下马威——"略微遥远的地方传来郑落竹的声音。

然后是同样有些远的骷髅新娘："我们也没工夫和你玩游戏——"

中间还夹着周云徽的吐槽："你手残啊——"

还有暴躁的崔战："我又没撬过锁。算了，躲开，我直接踹——"

"咚！"

寒风呼啸着灌进来，冲破狼影，吹起潘恩的一头红毛。满目狼影里，他听见了一群人"跑路"的声音。

潘恩："……"他带着一颗真诚的心，同十二个小伙伴做游戏，小伙伴们态度恶劣，并踹坏了他工作场地的门。

五分钟前。

唐凛："逃是肯定逃不掉的，整个孤岛都在守关人的操控里，我们能做的只是拖延时间，每拖延掉十五分钟，就可以减少一个人的轮次。"

范佩阳："不过应该拖延不了太久，所以不要对效果抱有太大希望。"

周云徽："无所谓，拖一分钟都行，我就是看不惯他那个高高在上的样儿。"

崔战："就按你俩说的办，我速度最快，负责开门。"

骷髅新娘："我说，咱们就在他眼皮子底下这么讨论，安全吗？"

江户川："绝对安全。你看他，双手无力，双目无神，眼皮发沉，哈欠连天，跟在牌桌上熬了三天三夜似的，再加上他心根本就没放在我们这儿，现在就是我们骂他，他都听不见。"

老虎："真的？我试试……咳，你个死红毛？"

华子："哈哈，真听不见……"

五分钟后，现在。

潘恩看着投屏上的回放，咬着牙，露出微笑。很好，他现在不困了。

深吸一口气，潘恩放弃脑内操控，直接将投屏召唤到面前，抬手点击："你选择将3号孤岛所有闯关者强制集合，是否确认？"

确认确认确认！潘恩戳戳戳！

跑出很远已经分散开的十二人突然眼前一黑，天旋地转，待视野再度清晰，已回到别墅之内。被踹坏的别墅大门也"砰"的一声重新关上。

十二个伙伴抬起头，或被抓回的失望，或雪地疯跑的尽兴，或还要继续考核的沮丧，或至少耗掉几分钟的兴奋，每一个好似都有千言万语的"跑后感"。不过求生欲还是让他们把这些汇成了一句话："你又没说不许跑……"

"闭嘴。"潘恩粗暴打断，"听清楚，我现在宣布本次考核新增铁则：禁止拖延时间，禁止未经允许离开别墅，禁止诋、毁、守、关、人。"

光说还不行，半空中的投屏上方，同时浮现几行醒目的加粗红体字——

铁则1：未经允许，禁止攻击守关人。

铁则2：禁止拖延时间影响考核推进。

铁则3：未经允许，禁止离开别墅。

铁则4：禁止诋毁守关人。

众闯关者："……"真是小气呢。

潘恩将投屏推回到众人正上方，同时看向时钟："还是要恭喜你们，的确成功拖延掉了五分钟，"他低头看向十二人，"那么现在，是不是可以告诉我谁是第一个？"

这个在讨论完"跑路"之后就已经定了，因为大家都心知肚明，不可能真的逃掉，该来的还是要来。

由于VIP自告奋勇，所以定下的考核顺序是VIP、步步高升、孔明灯、十社。而在VIP内部，定的顺序是唐凛、范佩阳、南歌、郑落竹，故而打头阵的是唐凛。

可就在唐凛准备上前的时候，范佩阳却比他更快一步出列。

潘恩见人出来得这么爽快，情绪稍稍阴转多云："跑路那么干脆，还以为真考核起来，你们要推来推去呢，还不错。"

没人听他说话。

因为范佩阳没遵守大家定下的顺序，所以他一出列，所有人的目光都集中到了他身上，而在他出列之后，唐凛又拉住了他的手臂，于是围观视线更胶着了，谁还有空理红毛。

"这和说好的不一样。"唐凛皱眉看着范佩阳。

"如果讨论的时候我坚持，你肯定不会同意。"范佩阳淡淡道。

唐凛当然不同意。潘恩说这是一个游戏，可谁都不清楚这游戏到底有多危险，第一个考核者就是第一个以身试险的人，他有"狼影幢幢"防身，又有"狼影独行"攻击，就算真出现什么，防御和攻击一起用，总比范佩阳单一的攻击性文具树要更灵活多变。

众闯关者也站在唐凛这边，一起捂着嘴小声提醒范总："毕竟人家是你的组长……"

范佩阳眯眼瞥过来。

十个伙伴立刻献上美好祈愿："范总，祝你马到成功！"

唐凛无奈扶额。

就郑落竹一个人为绝美的友情流泪。老板真的很努力在弥补了，虽然用力过猛，但也有笨拙的可爱啊！

趁唐凛分神，范佩阳果断抽出被抓住的手臂，又上前两步，抬头看向潘恩。

潘恩放弃去品味空气里流动的微妙情绪，直接道："就你了。"语毕，抬手，举起十面骰，"通常我会给第一个出来考核的人一点儿福利。"

说着，他拿拇指轻轻抹了一下骰子的其中一面。那一面原本写着"地狱降临"，被他一抹，竟变成了"岁月静好"。也就是说，现在的十面骰，有两面"岁月静好"了，而"地狱降临"

则从四面减少为三面。

"岁月静好是十面骰中唯一的幸运选项，"潘恩简单解释道，"我现在把它的扔中概率提高到20%，这个福利很有诚意了吧？"

范佩阳轻点一下头，算是接受："开始吧。"

潘恩随手把骰子往前一扔。骰子越过范佩阳的头顶，飞向对面的墙壁。范佩阳跟着回头。其他人也跟着去望。魔方大小的十面骰撞到墙壁上，发出一声不大的"咚"的声音，而后反弹回来，"啪嗒"落地。

每个人都屏住呼吸去看，看不清的就抬头看投屏上的实时特写——躺在地上的十面骰，朝上一面是"岁月静好"！

众闯关者瞪大眼睛，唯一的幸运项说来就来了，这是什么逆天的运势？！

潘恩脸上也是毫不掩饰的意外："还真让你中了……"他耸耸肩，"行，那就享受十五分钟的岁月静好吧。"

话音刚落，一张摆满精致美食的单人餐桌从天花板慢悠悠而下，落在范佩阳面前。

"这也太幸福了吧……"

众闯关者快馋……呃，羡慕死了，有动作快的已经上手了，结果刚碰到放在桌边的一个盘子，那一盘东西就消失了。

"不属于你的骰子面，就别妄图享受了……"潘恩迟来的解释，怎么听，都带着看戏的意味。

十五分钟一晃而过，桌上的食物，范佩阳并没有动几口。

潘恩挑眉："孤岛求生这么多天，别告诉我你不饿。"

范佩阳看着满桌美食，似也有些惋惜："刚吃过烤鱼，的确不太饿。"

潘恩："……"

"布谷——"小鸟报时了。它像是知道考核进展，这次报时，正好卡在潘恩扔下骰子后的第十五分钟。

美食桌消失。潘恩抬起手，地上的骰子咻地飞起，主动回到他手中。

"下一个。"守关人不浪费一秒时间。

这次是唐凛了。他上前一步，朝潘恩轻点一下头。

潘恩随意地回应他一下，然后甩出骰子。骰子已经取消福利，恢复为四面"地狱降临"、一面"岁月静好"的正常骰面。

这第二回飞出的弧线比上次低了些，也偏了些，直接落到了墙角。

投屏画面随之推进，朝上一面，又是"岁月静好"。

潘恩错愕。众闯关者也惊呆了。范佩阳撞上20%的概率也就算了，唐凛连10%的概率都能瞄准？这是组团去给幸运女神烧香了？

"呵，有意思。"潘恩自言自语着，倒看不出不高兴，更像是觉得这样的巧合很有趣。

不管怎么说，既然扔到了，按规则，就是该给闯关者好吃好喝。于是，又一张餐桌落下。唐凛慢条斯理吃了十五分钟，充分地享受了"岁月静好"。

第三个上前考核的，是南歌。

骰子落下——岁月静好。

潘恩："……"

第四个，是郑落竹。

骰子落下——岁月静好。

一个小时，就这样在四个"岁月静好"里过去了。

再傻白甜，这时候也看出不对了，但众闯关者没表现出来，他们一个个犹如演技派附体，每次看见骰子扔出"岁月静好"都像第一次看见那样——惊呼，羡慕，嫉妒，情绪很有层次。

潘恩看看大快朵颐的郑落竹，再看看又一次真情围观的闯关者，几乎要把栏杆捏碎了。有问题是一定的了，关键是到底哪里出了问题。他轻轻调整呼吸，忍住一巴掌拍死所有人的冲动，等待下一轮考核的来临。

"布谷——"

潘恩从来没有像这一刻那么喜欢这只小胖鸟。

"下一个。"他语气自然，没露出任何端倪。

江户川出列。

潘恩破天荒地朝他笑一下，抬手，用力扔出骰子。

所有闯关者的目光都随着骰子的飞行轨迹移动。潘恩也看着骰子，可余光却在把下面的闯关者一个人一个人地过。

"啪嗒"，骰子落地——岁月静好。

潘恩的目光也锁定到了范佩阳身上，他极沉极缓慢地吐出三个字："你作弊。"

范佩阳坦然抬头，和他对望："我很意外你现在才发现。守关人不需要提前看闯关者资料的吗？"

潘恩："……"他一肚子质问还没出口，作弊者倒先批评上他了？

"如果你看了资料，就会知道隔空移物是我的基本能力，在骰子落地前稍微操控一下，只要时机卡得准，速度配合得好，想掩人耳目很容易。"范佩阳顿了一下，轻叹口气，"我本以为第三次时你就会发现……"

潘恩："……"这扑面而来的失望感谁能解释一下？他和这位闯关者不是上级和下属的关系吧？！

"我作弊，我承认，但'禁止作弊'不在铁则里。"范佩阳继续道，"你的规则是，骰子静止后，哪一面朝上，那一面就是考核内容，现在'岁月静好'朝上，我认为你还是需要按规则，履行对小江的考核。"

江户川："范总……"他明明欣赏的是唐凛那种温柔款，可范总也同样该死的迷人啊！

众闯关者唰地看向唐凛。

唐凛："……"

VIP组长开始认真计划，找个合适的时间，同自家组员进行一场关于"请不要随时随地散发个人魅力"的严肃谈话。

第三章

地狱降临

DI YU JIANG LIN

1

　　江户川最终还是享受到了"岁月静好"。不过相应的，投屏上又出现第五条铁则：禁止作弊。

　　众闯关者一言难尽地看着投屏，再这么罗列下去，估计几轮之后，投屏上就看不见骰子，只剩密密麻麻的铁则了。

　　"你这样不公平。"骷髅新娘向守关人发出抗议，"我们只是适当利用规则，又没破坏规则，这样一条条添加下去，那还考核什么！"

　　这不是他一个人的想法，而是几乎所有闯关者的想法，但和他一起经历过"终极恐惧"的伙伴，怎么也没想到会是他第一个吼出来。毕竟在幽灵船里，这位队友胆小怕鬼的特质实在让人印象深刻，可现在，他无视可能被守关人惩罚的危险，吼得铿锵有力，吼得无所畏惧，简直让人刮目相……

　　骷髅新娘："下一个扔骰子的就是我，你有考虑过我的感受吗？！"

　　众闯关者："……"他们错了，他们不该脑补过多。

　　"不公平？"潘恩乐了，无所谓地抓抓红发，"我从来没说过考核是公平的。如果你觉得愤怒，想弃权，我可以直接判你失败，正好每轮还可以少扔一次骰子。"

　　骷髅新娘："……"

　　"没问题了？"潘恩晃晃手腕，骰子重回手中，"那我可就要继续投了。"

骷髅新娘深呼吸，等待。

潘恩举起骰子，刚要扔，忽然下意识地看了范佩阳一眼。

范佩阳淡淡开口："放心，我不会再用文具树干扰骰子结果。"

潘恩语调立刻提高，带着点儿恼羞成怒："笑话，我有什么可担心的，规则已经写上了，你倒是想再作弊，你也得敢啊。"

范佩阳客观陈述："可是你看起来很希望我能保证的样子。"

潘恩："你从哪儿看出来的？！"

范佩阳："目光，你的目光充满求助。"

潘恩："……"他能不能在下一轮作弊，直接给这人"地狱降临"？能不能？！

众闯关者默默向范总靠拢——没其他想法，就蹭蹭霸气。

等唐凛察觉周围似乎越来越挤的时候，潘恩的骰子已经扔下来了。

千万不要地狱，千万不要地狱……骷髅新娘虔诚祈祷，恨不能在心里磕头拜佛。

客厅一瞬寂静，所有目光都聚焦到骰子上，"啪——骨碌碌——"

骰子落地后又滚了一小段，停住——请多指教。

骷髅新娘松了半口气，带着剩下的小半口，看向潘恩："什么意思？"

潘恩耸耸肩，直截了当道："你请我来指教，换句话说，我们PK（PlayerKilling，挑战，对战）。"

"我和你PK？你是守关人，我怎么可能打赢你？！"骷髅新娘要疯，这不叫"指教"，这叫"找死"好吗？！

"打赢我？"潘恩被气笑了，索性拍手给他几下掌声，"我真欣赏你有理想有追求……"掌声结束，话锋一转，"但我还是希望你放弃这种梦幻的天真。"

骷髅新娘胆子不大，战斗力一般，却也有一个男人的骄傲和自尊，当即沉下声音："别把话说太满，容易翻船。"

潘恩笑出了声，慵懒地趴着栏杆道："这样吧，都不用打败我，十五分钟内，你能碰到我，就算你赢。"

骷髅新娘握紧拳头，胸膛剧烈起伏。

"既然是第一个和我PK的，那也给你点儿福利吧……"潘恩直起身体，单手扶住栏杆，看姿势似乎要往下跳。

众闯关者心里一惊。潘恩这是要下来？在碰到就算赢的承诺下，还要放弃二楼的地理优势，下来和骷髅新娘正面PK，如果不是守关人狂妄，那就是他真的有碾压性的实力优势。

潘恩接下来说的话，也印证了大家的猜想。他漫不经心地瞥着骷髅新娘，道："不用你上来，我下去找……"

"你"字还没出口，原本站在下面的骷髅新娘突然咻地消失了。

众人和潘恩皆是一怔。可还没等眨眼，骷髅新娘就凭空出现在了潘恩身后，从消失到出现，就像无缝衔接！潘恩几乎在同时反应过来，一个迅速到难以想象的转身加闪避，霎时就和骷髅新娘拉开了一米多的距离。

但没用。骷髅新娘朝自己举了半天的食指上吹口气，潇洒得就像在吹枪口，然后看向守关人，自豪宣布："已经碰到了，就在你转脸的时候。"

潘恩一言不发，神情极难看，因为早在转身那一刹那，他就感知到了闯关者指尖在他脸颊轻轻蹭过。

骷髅新娘歪头，似在回味："别说，你脸还挺软的。"

潘恩："……"

一部分闯关者朝骷髅新娘瞪眼——你就不能等人家宣布完你赢，彻底安全之后再调戏？

一部分闯关者也朝骷髅新娘瞪眼——你到底怎么移形换影上去的？用的什么东方秘术？！

只有VIP四人和江户川懂，那是骷髅新娘的三级文具树"背后灵"，效果：瞬间出现在目标身后，杀伤力视使用者的近身搏斗术水平而定。友情提醒：如果就是单纯戳一下脸，很好用。

"咔嚓——"二楼的扶手裂了，裂纹以守关人扶着的地方为中心，向两侧扩散。

骷髅新娘果断把"背后灵"的目标换成范佩阳，咻地从二楼回到了一楼。站在范总背后，再抬头看守关人，他底气就比较足了："我碰到你了……算赢了吧？"

守关人没回答。他无声地垂着眼睛，手依然搭着扶手，连那一头红发看着都安静了。

可他越安静，闯关者们越紧张，就怕等下要面对一个失控暴走的守关杀人魔。

终于，潘恩抬起头，却没有怒意，相反还扯出一抹笑容："很难得能有闯关者在我这里持续占足六轮便宜，为了奖励，我决定拿出十五分钟，当课间休息……"

众闯关者正犹豫着要不要宽慰他，这六轮里，五轮都是一个人在占你便宜，所以顶多也就算输俩人，二楼的潘恩已经果断拍板："课间休息，现在开始！"

话音落下，一道赤焰一样的红色光影将他整个人围住。从楼下客厅的角度，再看不见一丝守关人的身影，仔细听，好像也听不见声音。

众人面面相觑。

老虎："你们有没有觉得他的笑容很僵硬？"

强哥、华子："很硬。"

周云徽："他能那么好心让我们休息？我看他气得都要生啃栏杆扶手了。"

崔战："你管他什么心情，反正现在白得十五分钟奖励，总时长还少了一人次的考核时间，我们怎么算都是赚。"

周云徽："赚是赚了，但那家伙可不像是愿意给我们占便宜的样儿，他是不是为了掩饰什么，才说这是给我们的休息时间？"

崔战："掩饰什么？"

周云徽："挡那么严实，谁知道他在里面干什么呢。"

郑落竹、南歌、江户川、骷髅新娘："看资料。"

孔明灯、十社众人："哈？"

唐凛看着二楼那圈"红光围墙"，莞尔一笑："他现在肯定在上面抓紧补看闯关者的文具树资料呢。"

3号孤岛组六人一听这话，懂了。先前骷髅新娘的"瞬间移动胜利法"，果然用的是文具树。

"发现有人用文具树作弊之后，竟然不是第一时间去补上闯关者的文具树资料，"范佩阳自言自语地摇摇头，"这里的岗位培训做得太差了。"

众闯关者："……"别人来这里闯关，范总来这里做企业考察。

二楼，红色光墙内。

闯关者们一点儿没猜错，潘恩正对着新调出的投屏，迅速浏览十二人的文具树，一边看还一边默念，认真的样子就像考前背小抄。并且，他还正在向一位"诚实"的同事发送联络请求。

同一时间，2号孤岛，正在丛林里潜伏的卡戎，眼前弹出投屏：潘恩请求和你对话，是否接收讯息？

银发守关人认真考虑了三秒钟，果断向后转。他什么都没看见，继续潜伏。

3号孤岛，别墅里的潘恩终于接受了"死活联系不上王八蛋卡戎"这个残酷现实，一连做了几个深呼吸，还是想打人。他索性撤掉红色光墙，一脚踹烂了眼前的栏杆。

"咔嚓——"栏杆彻底断裂，一大截掉下来。

众闯关者吓一跳，连忙闪开。木制栏杆先是砸到沙发上，发出一声闷响，再弹落到地上。不过因为有了沙发的缓冲，倒没造成更多损毁。

"我现在不太高兴，"潘恩也不装相了，不爽全写到了脸上，"课间休息提前结束，下一个——"

1号孤岛组全员安稳通过第一轮次，现在该3号孤岛组了。

周云徽代表孔明灯，第一个走出来："我。"

潘恩连回应都省了，拿住骰子抬手就是一扔。

"啪嗒！"骰子落地，投屏特写清晰——你过来啊。

闯关者们一齐看潘恩，周云徽直接开口问："这个是什么？"

潘恩："PK。"

周云徽一愣："PK不是'请多指教'吗？"

潘恩不耐烦地扯扯嘴角："'请多指教'是和我PK，'你过来啊'是和闯关者PK。"

众伙伴："……"找守关人PK就是请你多指教，找闯关者PK就是你给我过来啊，态度差别要不要这么大！

"别以为和闯关者PK就安全了，"潘恩继续给周云徽解释他扔中的项目规则，"PK对手你自己从在场的闯关者里选，十五分钟内，一方认输或死亡，都算PK结束，如果时间到了，还没分出胜负，就算你输。胜利者下一轮次不用扔骰子，而失败者，如果没死的话，下一轮就要扔两次骰子。我说得够明白了吗？"

"很明白。"周云徽说，"认输，死亡，都算PK结束，胜利者所谓的骰子轮空，不过是转嫁到失败者身上了。"

潘恩："有人得好处，自然就有人付代价，总要守恒。"

周云徽："如果还没开打，一方就认输了，这样也行？"

"可以，"潘恩露出一个嘲讽的笑，"感情深到愿意替另一方承担一次骰子，多感人啊。"

如果等下周云徽选个关系好的，然后直接认输，潘恩不会奇怪，毕竟游戏才开始，到目前为止，他们还没吃到真正的苦头。就是不知道后面见识过"地狱降临"之后，还有没有人肯继续这样"奉献"。

"崔战。"周云徽突然转头喊人，声音不算大，乍听像在简单打招呼。

但在当前情势下，崔战怎能不懂："我拒绝。"

潘恩微微抬起眉毛。一个想奉献，一个又不要，虽然在他看来有点儿可笑，却也算伙伴情深。

周云徽也没料到是这样的回答，不可置信地又确认了一遍："你拒绝PK？"

这还是那个一打架就兴奋、不晕厥不罢休的战斗狂魔吗？

"对。"崔战答得干脆，"我是喜欢PK，但我也知道你不是真想和我PK。你刚才问如果没开打就认输算不算，我都听明白了，你不就是想直接认输，把下一轮轮空的便宜让我占吗？说实话，你选我我还挺意外，但我真不用，你把这个机会留给更……"

"你给我停——"周云徽总算找到机会打断了,"我选你纯粹是选不出别人了,让人帮我多背一次骰子我过意不去,就和你打,我没心理负担。"他的语速极快,就怕再出岔子,"听明白了?"

崔战半张着嘴,怔怔看了他半晌,长长舒出一口气:"你早说啊,我这心理压力大的!"

潘恩:"……"他收回前言。这是什么塑料战友情!

周云徽:"怪我没早说?怎么不怪你自己瞎脑补?!"

崔战:"你就多余问什么直接认输不认输的。"

周云徽:"呵,就算我想奉献,凭什么奉献给你?"

崔战:"凭……我俩抱在一起睡过?"

周云徽:"……"

老虎、强哥、华子、郝斯文:"……"理由充分,无可辩驳。

唐凛、范佩阳、郑落竹、南歌、江户川、骷髅新娘:"……"他们好像听见了不该听的。

潘恩:"……"卡戎,你在哪里,我们谈谈。

战前交流以周云徽的一记小火球画上句号。崔战身手敏捷地躲开,火球砸在茶几上,呼啦碎成点点火星,四下散落,湮灭。

"你开打前能不能给个信号?"崔战小心脏被吓得怦怦乱跳,他这还没进入战斗状态呢,根本没启动文具树。

"你见过谁揍人之前还提前告诉一句'小心了,我要揍你了'?"周云徽嗤之以鼻,又一团小火球在他掌心慢慢燃起。"星星之火",周云徽的一级文具树。

众闯关者看着茶几上被飞溅火星烫出的一个个黑点,自动自觉散开再散开,形成1号孤岛六人组靠东墙、孔明灯三人靠西墙、郝斯文孤身一人靠南墙的"U形观战阵容",最大限度给两位组长腾地儿,同时也让自己远离"火源"。

"呼啦——"周云徽以一个标准的棒球投手姿势扔出第二个火球,比第一个火焰更烈。启动了"健步如飞"的崔战,这次也轻松躲开。火球砸在沙发上,呼啦就烧出一大块焦黑,浓烟滚滚。

郑落竹咽了下口水:"这才一级文具树,等下真打疯了,还不把屋子点着了……"

江户川也紧张,后背已经最大限度贴在墙上,仿佛一张壁画,但还试图安慰自己和郑落竹:"你别自己吓自己,文具树也不一定是一脉相承的,你的三级文具树不就是和前面都不太一样,顶多就是防御的大属性一致……"

郑落竹还真没想到这一点:"你是说,周云徽的三级文具树很可能不是火?"

江户川:"不是没有这个可能。退一步讲,就算是火,他的二级文具树是'酒精灯'对吧,三级文具树说不定就是火柴、打火机、小火炬什么的。"

郑落竹摸着下巴："有点儿道理哎……"

身处西墙的老虎、强哥、华子你看我，我看你，欲言又止。要不要告诉1号孤岛组，他们组长的三级文具树其实是"火焰喷射枪"？告诉了，容易暴露组长的实力。不告诉，容易大家一起火葬场。真是让人纠结啊……

客厅中央，周云徽和崔战还处于PK的初级试探阶段，但看得出两人都很认真，是的确在仔细观察对手的战斗方式和习惯。

这让立于二楼"观战"的潘恩，阴霾的心情终于透进一丝阳光。说到底，人都是自私的，一个可以轮空的机会摆在眼前，自然要争取。当然，这个诱惑并没有大到值得互相残杀，但PK这种事说不准的，脑袋一热，下手就容易没轻重，只要有一个人打破平衡，切磋就会变成死磕。他好整以暇地看着下面，有些期待了。

"呼啦——"周云徽第五次扔出火球。崔战仍和前面四次一样凭借速度闪躲，但不同的是，这次他闪开之后脚下没停，而是顺势上前，直奔周云徽而来。

周云徽没想到崔战突然袭击，愣了一瞬。二人的距离本就不远，这一瞬，足够崔战凭借"健步如飞"风一样来到他面前。周云徽本能地抬臂遮面，抵挡可能来的拳头或者武器。然而崔战用自己的身体，一个虎扑，生生将周云徽扑倒。周云徽后仰倒地，发出"咣"的一声，摔得七荤八素。

崔战骑在他身上，毫发无伤，居高临下笑得嘚瑟："我早就和你说过，你的火球看着唬人，攻击效率太低，要打架，还得看我，正所谓天下武功，唯快不破……"

说话声戛然而止，一盏酒精灯被身下人举到他面前。

周云徽："你再多说一个字，信不信我糊你脸上？"

崔战艰难地摇一下头："你不会的，这连酒精带火的，糊上我就毁容了……"

周云徽深呼吸："那我给你三秒时间，起来。"

崔战乖巧点头，笑容甜美："不用三秒，一秒就行。"

十社组长腾地起身，一跃向后，跳开一米，行云流水，风驰电掣。周云徽收起酒精灯，起身，将刚刚纠缠中被刮到的白绿校服拉链拉回领口，然后也朝崔组长露出一抹甜美微笑。

"咔！"一把火焰喷射枪落进他手中，火焰上膛。

十个围观伙伴面面相觑。

老虎、强哥、华子："还等什么，跑吧——"

再不跑，他们就要和这幢别墅一起化为灰烬了！

1号孤岛组终于知道周云徽是什么三级文具树了，但是——

江户川："铁则3，未经允许，禁止离开别墅啊！"

"Boom——呼啦啦啦——"火焰从枪口喷射而出，仿佛摇滚演唱会开场，火龙甚至喷出了节奏鼓点，热浪随之席卷客厅。

"我去——"郑落竹立刻启动"铁板一圈"，将身边五个伙伴牢牢护住。

3号孤岛四人组见状，也飞快跑过来，蹭一点儿防护。

但没过两秒，铁板就在高温中变得发烫。

江户川、老虎等几个人一起抬头朝潘恩喊："都这种情况了，还不让我们离开别墅？！"

潘恩无惧热浪，战火又蔓延不到二楼，他观战得简直不要太开心，优哉游哉道："这么精彩的PK，当然要近距离欣赏，离开别墅还怎么……"

"Boom——呼啦啦啦——"一束火龙从他脸侧呼啸而过，燎焦了他一小撮红毛。

守关人静默一秒，气沉丹田："离开别墅！"

十人就等这个，立刻奔向大门口。

潘恩忽然又喊："没说你们！"接着看向客厅中央的周云徽、崔战，"你俩给我到外面去打！"

周云徽刚成功地在墙上画出一幅《疯狂燃烧的轨迹》，看着被逼到墙角的崔战，不愿换场地："出去之后，他就可以满孤岛跑了，这还怎么打？"

这话崔战不乐意听了："我的速度只用在战斗，绝不拿来逃跑。"

"唰——"

守关人实在没耐心等二人自觉了，两道光影落下，直接将周云徽和崔战传送出别墅。

半空中的投屏画面，也立即变为别墅外的实况转播——出了别墅的周云徽，以最快速度重新召唤出"火焰喷射枪"；出了别墅的崔战……跑了。

周云徽看着飞驰而去的背影，错愕了一秒，而后迅速追起，边追边用火焰枪喷射："你不是不跑吗？！"

众闯关者看着投屏，总觉得那枪喷出的不是烈火，是怒火。

齐藤深的大雪，但崔组长在"我的滑板鞋"辅助下如履平地，咻地就滑出很远，远得可以从容回头，遥望着周云徽呐喊："我这不是逃跑，是诱敌深入！"

众闯关者："……"

有陷阱和埋伏才叫诱敌深入，没有，就是疯狂逃窜好吗？！

战斗足足打了十五分钟，但十分钟在追逐，五分钟在交手。不过众人观战时并不觉得乏味，因为追逐中，两位组长进行了很多很有意义的交流——

崔战："你的文具树就是鸡肋，除非你能下狠心杀人，否则顶多就是团战的时候远距离火力压制。"

周云徽："鸡肋？现在是谁被鸡肋追着打？"

崔战："你真以为我没还手之力？我一个加速就能到你背后，手起刀落，你连怎么输的都不知道。"

周云徽："手起刀落？你的手再快能有我的喷射枪快？你到了我的扫射也到了！"

崔战："别吹了，你对我根本下不了手。"

周云徽："你都对我手起刀落了，我还怕烧你？"

崔战："我要真舍得手起刀落，现在就不会被你追着跑了。"

周云徽："……"

十个围观群众："……"

潘恩："……"

他人生经验少，谁来给他解释一下，这话是什么意思？

"布谷——"十五分钟到。崔战和周云徽被传送回别墅。

潘恩艰难地从这一对令人迷惑的关系里抽身，宣布道："规定时间内没分出胜负，但骰子是你的轮次，"他看向周云徽，"所以很遗憾，这一轮，要算你输，下一轮你要扔两次骰子。"

周云徽无所谓，愿赌服输。本来他们这些人，就没几个肯主动低头认输的，而他又正如崔战所言，的确下不了狠手，所以选谁，平局都是大概率事件。

算上周云徽，第一轮已经过去七个人了，还剩五人。

七个人里，五个"岁月静好"，一个"请多指教"，一个"你过来啊"，虽然有作弊或者投机取巧的成分，但说实话，考核的过程还是比众闯关者想象的轻松不少——他们原以为，上来就要非死即伤。

第八个接受骰子命运的是孔明灯的老虎。健硕青年上前一步。

潘恩骰子落下——地狱降临。

投屏画面定格的一瞬间，别墅里的空气也凝固了。众人刚刚松弛下的神经再度绷紧，甚至开始怀疑骰子是故意的，故意选在他们松口气的时候，无声无息落到这一面。

其实潘恩从头到尾也没解释过这一项，但好像大家的内心都已经默认了，这是最难的考核。所以，"地狱"究竟是什么？

众人抬头，想听潘恩如何解释。可守关人似乎没解释的意思，只惬意地看着老虎。

下一秒，老虎脚下的地面突然变空，他整个人迅速下坠。站在旁边的强哥、华子想伸手去捞人，根本来不及。老虎眨眼就没了影，地面也随之恢复原貌。

同一时间，众人头顶传来真切的落水声——"扑通！"

十人循声抬头,只见投屏里的画面赫然是老虎。此刻,健硕青年泡在一条深绿色的河里,河岸两边是茂密的树木,河水看起来很深,遍布水草和藻类,但流速很缓,乍一看,会让人以为是一潭死水。而在距离他几米远的前方,一条鳄鱼正停在那里,露出水面的眼睛发出幽幽绿光。

闯关者们心里骤然一紧。身处其中的老虎则头皮发麻,第一反应就是往旁边游,要上岸——不是不能打,但至少要先脱离河流,毕竟水里是鳄鱼的主场。可他刚游到岸边,就猛地浑身抽搐,像触电一般。

周云徽、强哥、华子急了,吼向潘恩:"你对他做什么了?"

"我可什么都没做,"潘恩举手自证清白,而后慢悠悠道,"只不过,河上面罩着一层看不见的电网,所以无论他是想上岸,还是仅仅身体冒出河面多了一点儿,都会被电。"

华子:"你这是什么意思?"

潘恩:"意思就是,十五分钟内,他只能泡在河里。"

华子还要问,周云徽拦住他:"没事的,一条鳄鱼而已,老虎可以对付的。"

华子冷静下来,众闯关者也从最初的冲击中回过神来。的确,鳄鱼固然可怕,但对于拥有文具树的闯关者来说,还真是小菜一碟。

唐凛和范佩阳却盯着投屏,前者皱紧眉头,后者若有所思。

郑落竹见状,低声问:"怎么了?"

唐凛摇头:"没那么简单。"

郑落竹刚想进一步问,就听投屏里传来老虎疑惑的声音:"怎么回事?"

他抬起头,只见老虎一脸焦急和困惑,满头的水珠也分不清是河水还是出的汗。

这时,潘恩的解释才姗姗来迟:"哦,忘了说,在'地狱降临'的考核里,闯关者的文具树会被暂时禁用。"

众人震惊:什么意思?赤手空拳对鳄鱼?这和送死有什么区别?!

河里,鳄鱼已向老虎游来。老虎立刻转身,飞快往前游,一边游一边试着召唤自己的文具树,还是根本启动不了。

鳄鱼的游速极快,没一会儿就追上了他。老虎从腰间摸出匕首,转身就往鳄鱼眼睛上捅。鳄鱼却忽然潜入水中,躲开了刀锋。

水面上再看不见鳄鱼身影。

老虎悚然,不能用文具树已经让他信心溃败了50%,现在看不见对手,那50%也摇摇欲坠了。他不敢再冒险,立刻蹬腿划臂,想往远处游,尽量远离藏在水里的杀手。可才蹬一下腿,小腿就猛地被一股巨大力量紧紧咬住,疼痛锥心刺骨。

剧痛的一霎，老虎心里就一个念头：完了。

根本没给他喘息时间，那咬住他小腿的力道忽然狠狠一拧。老虎忘记在哪里看过了，说鳄鱼咬住猎物之后，会用身体来一场"死亡翻滚"，疯狂翻滚的力道能帮它拧断任何猎物。

思绪在死亡一样的剧痛里中断。老虎被拖入水中，从投屏里再看不见人。

"老虎——"孔明灯三人一齐喊出声，华子甚至变了调。

没人知道水下发生了什么，所有人的心都揪紧了。

十几秒后，深绿色的河水里泛上鲜红的血，一截小腿浮了上来。

客厅里再没有一点儿声音，一片令人窒息的死寂。

"啧，"潘恩不太满意地皱眉，"这才几分钟，死得也太快了吧。"

周云徽死死盯着他，双眼通红，"火焰喷射枪"甚至已经开始启动。

"哗啦——"

老虎突然从水里冒出了头，脸色煞白，看起来十分痛苦，但求生欲让他疯狂地往远处游。

没一会儿，鳄鱼也浮上水面，一双眼睛和些许坚硬的背部露了出来。它冷冷盯着前方的猎物，无声无息地游过去，真正的冷血杀手。

老虎已经疼得没感觉了。他第一次知道，原来疼到极致，人就木了，整个身体仿佛成了一个空壳，只有灵魂还能感知。

十五分钟。坚持十五分钟就行。哪怕残了，至少还有找幻具治疗的机会，如果死在这里，就真的什么都没了！求生欲让他憋住了最后一股劲，游得越来越快。

可客厅里的人看得清楚，在他身后，鳄鱼依然是越追越近。

画面中的老虎突然停止划水。众人看过去，呼吸一滞——在老虎的前方，出现了第二条鳄鱼！

潘恩煞有介事地捂住眼睛，从指缝往外看投屏，一边看还一边感慨："太残忍了，一条就断腿了，这两条还不得分尸了？"

老虎绝望了。这根本是不想给他留一点儿活路。

两边鳄鱼都在逼近。疼痛和死亡的恐惧，让老虎大脑一片空白。一空白，就什么都不顾了，他一头扎进水里。

两条鳄鱼见猎物潜入水下，立即也跟着下去。画面上，只剩一条被血染红的河流。

时间一分一秒过去。每一秒，都是那么难挨。

对于客厅里的人们来说，等待仿佛有一个世纪那样漫长。

水面终于有了动静，还是大动静——缠结成一团的两条鳄鱼"哗啦"一声同时浮出水面，它们互相咬着对方，谁也不松口，并且同时进行"死亡翻滚"，翻得水花飞溅。

众人仔细看了半天，才看清其中一条咬着另一条的肚子，而另一条咬着前一条的后腿。

不料刚看清，"死亡翻滚"就有了结果——一条的后腿被扯断，一条的肚子几乎整个破开，开膛破肚的那条渐渐沉入水底，后腿被扯断的那条看起来还很精神，继续往前游，可游出十几米后，不动了。

一个脑袋从它身旁的水里冒出来，是老虎。青年的脸上已经彻底没了血色，嘴唇白得吓人，可下一秒，他用力将鳄鱼翻过来——一道齐整的刀口，从它的下颚经过腹部一直划到尾巴！

老虎推开鳄鱼尸体，举起匕首，用尽最后一丝力气挥了挥。像是知道客厅里的人们看得见，他这一挥，带着闯关者的志气，也带着对守关人的挑衅。

"布谷——"十五分钟到。

老虎"咚"的一声落回客厅地面。他浑身湿透，脸色惨白，可从头到脚没一点儿伤。

闯关者们惊讶，老虎自己更错愕，不可置信地用力拍了两下腿，明明疼痛感还在记忆里，可真的一点儿痕迹没留。

"不用谢我。"潘恩坐在少了一截栏杆的二楼楼板上，两腿晃荡着，"'地狱降临'，每次遭遇的场景会随机更换，十五分钟内，闯关者只要能活下来，受再重的伤也会被治愈，这是考核奖励。"

得到守关人确认，众伙伴才终于真的踏实下来，不过——

"如果闯关者没在十五分钟内活下来呢？"唐凛问。

潘恩耸耸肩："那就是死了。对于弱者，关卡可没同情分。"

"不过第一个'地狱降临'就能活下来，也真的让我有些意外。"潘恩又道，特意瞥了范佩阳一眼，"看来你们能闯到这里，也不全靠投机取巧。"

范佩阳轻轻挑了一下眉，没言语。

众闯关者："……"

这是在嘲讽范总只会投机取巧？他们要不要提醒一下守关人，就算全场只能选出一个凭硬实力抵达这里的，名额也必须是范总的啊！

老虎过后，轮到强哥。他得到的骰子命运是"奔跑少年"，具体考核内容为在雪地里一直奔跑不能停，直到下一次轮到其扔骰子。也就是说，他要在雪地里跑完十一个人的十五分钟，加上他自己本次考核的十五分钟，总计三小时。

很考验体力，但也不是登天之难。

强哥带着众伙伴的祝福，投身于冰天雪地，开跑。

十五分钟后，轮到华子。他和老虎一样，也扔到了"地狱降临"，但他比老虎更惨，遇见的场景是先前水世界幽灵船上的宴会厅，被一群魔鬼恶灵包围，却不让用文具树。华子连滚带爬，把毕生求生欲都在这里爆发了，最后被逼到死路时，十五分钟时间到，侥幸捡回一条命。

华子之后，孔明灯全员结束，该十社了。

崔战登场。虽然他之前和周云徽PK被判定获胜，但"轮空一轮"的福利要在下一轮才能享受，所以本轮还是要参加。

潘恩一想到他和周云徽那怪怪的PK就脑袋疼，一句话不多说，直接扔骰子。

"啪嗒"，骰子落下——你过来啊Ⅱ。

"又是PK？"骰子正好落在崔战脚边，他索性帮忙捡起来，丢回给潘恩，顺便问，"一和二有什么区别？"

潘恩不想和他多说一句，但这一项按照规定还必须提前解释，只好用最简练的语言概括："一样挑个闯关者PK，不过要和对方互换文具树。"

崔战："就是交换文具树来PK？"

潘恩："对。"

"这个有趣啊，"崔战乐了，目光直接锁定周云徽，"别愣着了，出去吧。"

周云徽："……"他怀疑自己被打击报复了。

潘恩无语："你不能换个人？"

他们打不腻，他都看腻了。

崔战坚定地摇头："我就喜欢他。"

周云徽要疯："能不能把话说全，是'我就喜欢和他打'！"

崔战莫名其妙："有区别吗？"

周云徽："……"

潘恩："……"

还能不能行了？这是关卡，你俩搁这儿干啥呢？！

2

2号孤岛。

守关人登岛，意味着最后考核开始，所以当卡戎路上2号孤岛的那一刻，草莓甜甜圈们就和已经开始骰子游戏的1号、3号两组一样，来到了3/10关卡的关底。

当然，正在月色下堆沙滩城堡的六人还浑然未觉。

卡戎和喜欢玩花活儿的潘恩不同，可能人到中年，都比较崇尚返璞归真，故而他给这座孤岛设置的终极考核内容，比骰子游戏简单多了，一句话足以概括：由他亲手处理掉2号孤岛六人组里最弱的那一个。

谁最弱？在这一组里很明显了，就是叫探花的那个，无论是文具树属性，还是登岛后的表现，几乎没有亮眼之处，就鼓捣了一个"淡水蒸馏"，获得的淡水量还少到可以忽略不计。五天观察下来，他实在搞不懂，这样一个人是怎么混进这么一支高战斗力队伍的。

不过卡戎给这座孤岛设置的考核内容，也从侧面证明，他对另外五人还是认可的。所以，这最后的考核重点不在"处理探花"，而是"处理"过程中，另外五人的反应和表现。首先，他不会正面袭击，而会等到六人休息后，单独锁定探花进行偷袭，以此来考核其余五人的警觉性和应变能力。其次，他不会一下子就杀掉探花，而是会将其拖进海里再解决。一来他喜欢在水下战斗，二来也可以将考核过程稍稍拉长一些，否则其他人还没反应过来，他这边都结束了，那还考核什么。

至于最终的考核结果……以卡戎这些天观察到的情况来说，另外五人只要不出大差错，他应该都会给通关。

带着这样客观的考核预期登岛，其实卡戎的心态已经比较平和了。杀掉一个手无缚鸡之力的探花，他预计整个过程不会超过半小时，如果那五个想保护队友的甜甜圈制造的麻烦超过预期，那有一个小时也够了。

但他千算万算也没算到，都到最后考核了，这些人还是有办法在他的忍耐极限边缘疯狂试探——那六个家伙在沙滩上玩耍了一夜，一夜！

登岛之前，卡戎已经把"偷袭"这一考核方案在系统里备过案了，如果因为他的执行不力，导致偷袭变成强攻，鸦会把整个过程形成报告，供守关人内部传阅，以便其他人吸取经验教训。真出现那种情况，他能被嘲笑到明年。所以甜甜圈不睡，卡戎就只能等。最终，因为年轻闯关者们令人发指的颠倒作息，卡戎足足在丛林里潜伏了一夜。

月落日升，人到中年的守关人望着清晨的旭日，开始认真考虑退休的问题。

阳光和煦，海浪阵阵，嗨够了的甜甜圈们终于四散开来，各自找地儿休息。卡戎长舒一口气，捏捏发麻的腿，随着探花移动的目光渐渐从懒散变得锐利。或许是心疼他这一夜蹲得太苦，探花竟然选择了去吊床休息，成了唯一脱离大部队的人。

卡戎微微挑眉，嘴角勾起。这么配合，真是不朝探花下手都不好意思。

没一会儿，六人就相继睡着了，五个分散着躺在沙滩和草丛交接地带，剩探花一个，在七八米外两棵树间的吊床上。

果然是逍遥日子过多了，这种随意的休息方式，连半点儿警惕性都没有。

孤岛安静下来，只剩丛林深处偶尔有几声兽叫传出。卡戎无声地站直身体，放轻脚步，慢慢转身，准备绕到吊床后面去，不料身体刚转过来，裤腿就一紧。他吓了一跳，飞快低头看，只见一头肉粉色的小香猪奋力咬着他的裤腿，撕扯半天没扯动，发出不高兴的哼唧声。

卡戎无语，赶忙捂住它的嘴，怕吵醒甜甜圈。一捂，小香猪吭哧一口，咬住卡戎半个手掌。他疼得五官都皱到一起，咬牙忍住没出声，飞快召唤出投屏，操控2号孤岛一切动物进入睡眠状态。小香猪"扑通"倒地，发出微微鼾声，嘴还咬着卡戎的手掌。卡戎费力地把手抽出来，没受伤，就手背上半圈深深的牙印。

"自家队友，自家队友，虽然暂时被闯关者洗脑，但等这帮神经病离开，下一批次闯关者到来，它一定会迷途知返的！"卡戎不住地在心里默念，才勉强压下"吃掉它"这一魔鬼念头。

跨过睡得香甜的圆润小香猪，卡戎终于绕到吊床后方，距离那五人很远，但距离探花只剩三四米。距离近了，他才发现，吊床旁边的地上戳着一面半人高的盾牌，盾牌顶上挂着一个小巧的风铃。

卡戎早就对六人的文具树了如指掌了，当下认出，这是和尚的三级文具树"风铃盾"。除了盾牌的基础防御性功能外，该文具树最大的特点是可以预警，当有文具树或者特殊能力的攻击接近，盾牌上方的风铃就会响。

看来也不是全然没有警惕。

卡戎抬眼望一下远处的和尚，乍看像睡得很沉，但还能操控文具树，说明这人根本没睡着，顶多是闭目养神。

还不错，没让他失望。不过如果以为立一个"风铃盾"就万无一失，那就大错特错了。因为偷袭一个探花，根本不需要他发动特殊能力。

卡戎一步一步无声地向前迈进，一直走到吊床旁边，"风铃盾"也毫无声响。倒是吊床上的人仿佛感应到了危险，强撑着睁开困倦的眼。

四目相对，探花霍地瞪大眼睛，本能地惊恐——任谁在毫无心理准备的情况下，一睁眼睛看见面前站个人，都扛不住。

"唔——"探花想喊，可刚张嘴，就被人紧紧捂住。下个瞬间，他只觉得天旋地转，身体已被一股巨大力量扯下吊床，摔进草丛。他想爬起来，但根本没机会，整个人已经被捂着嘴在草丛里拖行。

"唔唔——"探花奋力想喊，可他那点儿挣扎在卡戎这里就像小鸡崽扑棱翅膀。

短短几秒钟，卡戎已将探花拖到了沙滩，眼看就要入海。

探花的心越来越沉重，也越来越凉。卡戎的力量大到超乎想象，捂着他嘴的手掌几乎要把他的脸按碎，别说挣脱，就连他想咬对方的手掌都张不开嘴。

这就是守关人，当他们认真时，闯关者几无还手之力。

探花绝望地闭上眼睛。他会死在海里，而且死得无声无息……

"砰——"

子弹出膛一样的枪响。

"探花，你再给我闭一个眼睛试试，信不信我让莱昂下一枪瞄准你脑袋！"关岚生气的声音盖过了海浪。

探花猛地睁开眼，不远处，五个队友正狂奔而来。

"反应还挺快。"卡戎满意地低语，松开捂在探花嘴上的手掌，凑近他耳边，"你没机会活着离开这座岛了，有什么遗言，趁现在……"

"赶紧说"三个字还没出口，那边获得言语自由的探花已经大吼出声了："莱昂，我浑身上下就脑袋有用，你不能瞄准我的脑袋——"

卡戎："……"很客观具体的遗言了。

眼看五人就要追上来，卡戎不再拖沓，眯起眼，凝聚精神力。杀探花不用发动特殊能力，但想一次拦住五个甜甜圈，还是得用点儿手段的。

"叮铃"，风铃盾响了。

同一时间，已跑上海滩的五个甜甜圈脚下的细沙突然变成了流沙，五个人顷刻间下陷了一尺多，且还在继续往下陷。被困的甜甜圈们再没了先前的逍遥，一张张脸上全是愤怒。

和尚："卡戎，你有能耐和我们打！"

五五分："挑一个没攻没防的下手，你无耻！"

卡戎笑意渐淡，横在探花脖子上的手臂勒得越来越紧，杀机顿起："以他的能力，根本到不了这里，你们一路保他通关，就该想到他会有应付不了的一天，真正害他的不是我，是你们……"

"砰砰——"

两连击的空气枪，给卡戎的高谈阔论画上句号。

卡戎躲过了一枪，另一枪擦着他肩头过去，擦破了他的衣服和皮肉，留下一道灼伤的血痕。

"把人留下，"莱昂举着手，依旧瞄准，"否则，我保证下次绝对不会打偏。"

卡戎乐了，他还真不信："说得漂亮没用，你可以再开枪试试，我也可以给你保证，刚才那枪就是你打得最准的。"

莱昂不说废话，再度瞄准射击，一气呵成。

"砰——"

莱昂看得见，自己的子弹正朝着卡戎的心脏而去。

卡戎紧紧盯着前方，仿佛也和莱昂一样，看得见那颗越来越近的透明空气子弹。突然，他眼底闪过一抹暗光。

"噗"，子弹竟在他面前拐了一个直角，射入海水中。

莱昂重重皱起眉。

其他人看不见子弹，却看得见子弹射入水中的波纹。

"你们的能力，在我们面前不值一提。"卡戎的语气带着一丝嘲讽，目光从莱昂身上移到旁边的全麦身上，小麦肤色的青年正浑身紧绷，像在暗暗拼命，"别白费力了，"他直接打破对方的幻想，"沙坑是关卡给你们的，我顶多按个启动键，所以你的'以牙还牙'对我没用。"

一口气嘲讽了个痛快，卡戎感觉前些天郁结在心里的憋闷都随海风散了，幸福啊。

深呼吸，他拖着探花一个猛子扎入海水之中。

随着二人身影被海水吞没，沙坑也渐渐消失。

"探花——"

甜甜圈们疯狂跑进海里，就在卡戎消失的位置，也一个个潜下水面。

清晨的海水很透亮，阳光射进来，一片蔚蓝。卡戎的黑衣、探花的红T恤，像这块蓝色画布上的两个异色点，清晰，醒目。

探花被卡戎一路勒得快喘不上气了，再一入水中，痛苦至极。他甚至看得清卡戎最细微的表情，可他没精力去看了，他憋着气，拼命挣扎，试图挣脱卡戎的铁臂。卡戎不为所动，但奇怪的是也没进一步动作，只用一个恒定的力禁锢着他，漂在水底。

为什么？不是要杀他吗，为什么还不动手？

探花的挣扎渐渐停下来。

察觉到转变的卡戎，不经意瞥他一眼。

对上守关人的眼神，探花忽然明白了：卡戎在等其他人下水。这不是一场单纯的杀戮，这是一场考核，接受考核的是他的五个伙伴，而他，从一开始就被定为消耗性道具了。

仿佛意识到了闯关者的领悟，探花耳内突然响起了卡戎的声音："别怪我选你，要怪，就怪你自己弱。"

但卡戎只是看着他，并没有张嘴，这样的交流更像是之前得摩斯和他们沟通时用的那种心声。

身体里储存的氧气要耗尽了，探花的胸腔难受得像要爆炸。

毫无预警的，勒在脖颈上的手臂突然松了。探花顾不得看什么情况，一下子挣脱，拼命往上游。

卡戎低头，皱眉看着中弹的小腿，血正从创口中涌出，在海水里散成一缕缕红，可四下环顾，看不见狙击者。

莱昂的速度比他想象的快，攻击也比他预料的隐蔽得多，更重要的是够冷静。他先前让子弹拐弯，就是为了彻底击溃闯关者的斗志，通常闯关者看到他的无敌，要么全然溃败，要么放弃这种没用的攻击，选择其他攻击形式。莱昂竟然从始至终一点儿没动摇。

事实上，作为守关者，他也不是真的无敌，只有在防御全开的情况下，才能做到抵御三级文具树。而这种级别的防御并不能一直开启，所以在没有防御的时候，三级文具树一样可以伤他。毫无疑问，莱昂判断出了这一点。

海面上，探花冒出头，大口大口汲取空气。

"哗啦——"旁边冒出第二个脑袋。

探花呼吸一滞，猛地转头，是关岚。他一刹那松弛下来，想哭："组长——"

关岚急切道："你先上岸！"

探花刚要点头，突然顿住，而后缓缓摇头。

关岚看蒙了："怎么？"

探花一字一顿道："他说'别怪我选你，要怪，就怪你自己弱'。"

关岚："他没说错啊。"

探花："关岚！"

关岚："好好，你不弱，他一个变态，你和他计较什么。你现在给我立刻回岸上，你的仇，我们帮你报。"

探花："不行，他激起了我的胜负欲。"

关岚无语："所以呢，你要干吗，回水下和他决一死战？"

探花："其实吧，我有一个不太成熟的想法……"

海水之下。

卡戎很快就发现了莱昂的踪迹。毕竟水下是他的主场，无论是游速还是滞留时间，他在守关人中都是拔尖的，连得摩斯也不敢在无呼吸辅助的情况下和他在水里切磋。

躲在一大簇珊瑚后面的莱昂见自己被发现，也不恋战，迅速上浮。

卡戎想追，却发现全麦、五五分、和尚从正面游来。

卡戎挺意外。他以为这群人救了探花，就会尽快离开，看样子，这是准备在水下替自家队友报仇呢。

不自量力。卡戎撇撇嘴，但也不准备跟这三人纠缠，他的任务是处理探花，就算处理不掉，也不需要拿本来可以通关的人顶账，太浪费人才。

莱昂已经浮上海面，从卡戎的角度，还可以看见对方的两条大长腿。

守关人陷入纠结。以职业道德角度，莱昂这一枪够得上守关人徽章；但以个人感情角度，枪打在他身上，再给罪魁祸首盖个章，就怎么想怎么心酸。

卡戎一边思想斗争着，一边上浮，突然余光里捕捉到一抹红。他错愕停下，定睛去看，的确是探花的红T恤。这家伙死里逃生不上岸，竟然又下水了，这是嫌命太长？还是刚才侥幸逃脱，给了他自信？卡戎哭笑不得。

脱钩的鱼，脱也就脱了，但脱完再第二次咬钩，他再不收下，就真说不过去了。守关人骤然加速，以极快速度朝探花游去。原本已经快追上他的全麦、和尚、五五分，瞬间又被拉开一大段距离。

转眼间，卡戎已经游到探花后方。

探花忽然加速上浮，像是感知到了危险逼近。但卡戎再没给他机会，伸手一把抓住他的脚踝，将人扯下来。探花剧烈挣扎，挥手乱舞，把周围水流搅得乱七八糟。

卡戎这次不再拖沓，准备直接用手扼断对方的咽喉，但前提是，要先把对方乱挥的胳膊禁锢住。他瞅准时机，伸手去抓探花的胳膊。探花却在这时忽然朝他伸出手。卡戎猝不及防，怔了怔，只见伸过来的掌心里忽然多出一块绿了吧唧的蛋糕，"pia"地糊了他一脸。

在致命的灼热贯通感袭来前的最后一秒，卡戎终于知道自己又被坑了——关岚和探花换了衣服……

等等，他为什么要说"又"？

五分钟后，海滩。

脸上热辣辣的卡戎站在左边，六个甜甜圈罩着"刀枪不入琉璃屋"站在右边。

双方对峙，卡戎先发言："你们不用再防御了，考核已经结束。"

六个甜甜圈一齐摇头："滚。"

卡戎深呼吸，再深呼吸："我会走的，但走之前，回答我两个问题。"

关岚不用他问，都懂："一、换衣服的主意是探花的，你激起了他的胜负欲；二、蛋糕口味是芥末千层。"

卡戎："……"

关组长眨巴着天真无邪的眼："还有问题吗？如果没有，请你立刻离开，不然我怕控制不住自己继续拿蛋糕呼你的冲动。"

卡戎酝酿好半晌，重重吐出两个字："通关。"

六个甜甜圈措手不及："这才第六天？"

卡戎："对，提前一天，立刻，马上，坐船去3/10通关集结区。"

六个甜甜圈："那是什么地方？"

卡戎："不重要。"

重要的是，他一秒都不想再多看这些玩意儿了！

六个甜甜圈："那守关人徽章呢？"

卡戎："……"

这是一帮妖孽，妖孽啊！

3

轮船响着汽笛声而来，又响着汽笛声而走，带走了六个甜甜圈，也带走了两枚守关人徽章。

2号孤岛，清静了。

卡戎站在沙滩上，海风吹起了他的银发。

天气真好。

投屏的出现打断了这份静谧：潘恩请求和你对话，是否接收讯息？

卡戎这次没有拒绝。

"怎么了？"卡戎对投屏里的同事露出礼貌而不失真诚的微笑。

"我这边结束了。"潘恩淡淡道，看起来神色如常。

卡戎诧异，却没把诧异表现出来，只平静地道："有点儿早啊，这还没到第七天呢。"

潘恩点头："是啊，但是经过几轮考核之后，我发现他们的确有能力，够资格通关。"

卡戎沉吟片刻，道："我这里也结束了。"

潘恩一愣，没卡戎那么会掩饰，意外都写在眼里："几号孤岛？你也提前让他们通关了？"

卡戎一脸正色地点头："2号孤岛，和你一样，我也发现他们的确有能力，不必再浪费一天时间。"

潘恩："哦……"

卡戎："嗯……"

交流结束。两位守关人中断联络后的第一件事，就是在投屏里翻对方孤岛的画面回放。

提前结束考核，因为闯关者能力够格了？鬼才信你！

卡戎刚调出潘恩的守关回放，忽然反应过来，他为什么要站在2号孤岛吹着风看，应该回监控室沏杯提神茶，再慢慢欣赏……哦不，观摩学习同事的"工作过程"嘛。于是守关人回了监控室，沐浴，焚香，沏茶，情调和情绪都到位了，才满怀期待地重新调出1号和3号孤岛组的别墅考核回放。

潘恩很直接，从自报家门到宣布规则，再到扔出第一个骰子，基本一气呵成，没任何冗余拖沓的环节。他一直接，卡戎跟着受益，才喝第一口茶，考核都过去五个人了，画面中的潘恩也终于发现了范佩阳在用"懒人的福音"操控骰子，以便其落地时朝上的一面正好是"岁月静好"。

——"如果你看了资料，就会知道隔空移物是我的基本能力，在骰子落地前稍微操控一下，只要时机卡得准，速度配合得好，想掩人耳目很容易。我本以为第三次时你就会发现……"

回放中的范佩阳在叹气，投屏前的卡戎也在叹气。他料到了1号孤岛组一定会有一言难尽的操作，毕竟是能异想天开将水路变冰道的一帮家伙，可他没想到，潘恩竟然真的敢不看闯关者资料就上岗。

"第三次？"卡戎驳斥范佩阳的批评，追加上自己的，"他应该第一次就发现！"

尽管隔着投屏，尽管这已经是发生过的事情了，可潘恩代表的是全体守关人的脸面，卡戎现在的感觉就像自己被范佩阳打了脸。

"年轻人果然靠不住……"卡戎刚嘀咕一句，投屏回放里的骷髅新娘已经用"背后灵"瞬移到潘恩身后，并用手戳了他的脸。

——"别说，你脸还挺软的。"

卡戎："……"他是有多想不开，找这个不着调的家伙联合守关！

投屏里的二楼扶手裂了，卡戎捏在手里的茶杯也要裂了。

接下来的周云徽、老虎、强哥、华子，分别扔到"你过来啊""地狱降临""奔跑少年""地狱降临"，骰子游戏总算渐渐步入了正轨。

这四人全部顺利通过考核。卡戎对此倒不意外，能在冰天雪地里撑过五天的人，不至于连第一轮考核都撑不过去。

卡戎之前被潘恩气出的头疼此刻也好多了。一是潘恩终于亡羊补牢，用了十五分钟"课间休息"恶补闯关者的资料，这让他很满意；二是周云徽选择和崔战PK，并且真的就是实打实的PK，过程中没发生任何奇怪微妙的插曲。这也让他终于相信，之前二人在雪洞里单纯就是取暖，没有任何其他……

"啪嗒。"

回放里，崔战的骰子落地了——"你过来啊Ⅱ"。

潘恩："你不能换个人？"

崔战："我就喜欢他。"

卡戎："……"人家找你PK的时候规规矩矩，你就不能少说多干，一比一还原吗？！

投屏里，拿了火系文具的崔跑跑和拿了速度系文具的周火火二度交战。投屏外，卡戎认真思考，应该给上面建议，取消3号孤岛的冰雪设置，换成沙漠、沼泽或者其他什么都行，就是别用这种会让人抱团取暖的环境。极寒挑战，难度是够了，但很容易滋生出其他没必要的东西。

崔战后的郝斯文，是第一轮次的最后一人。运气爆棚的他，凭实力迎来一个"岁月静好"——铁则没发出警报，说明范佩阳没作弊，那潘恩就没什么可说的了。

十五分钟过后，骰子游戏大循环进入第二轮。投屏内外的两个守关人不约而同正色起来。严格来说，此刻才算是真正开启骰子游戏。

别墅的客厅里，沙发、茶几等家具已被挪到了墙边，十二人聚在腾出的空地上，仿佛自然而然形成了一支团结的队伍。

第一个轮到的，是唐凛。

回放中的潘恩紧盯唐凛，投屏前的卡戎看的却是范佩阳。如果得摩斯强行给他灌输的那些恩怨纠葛是真的，范佩阳恐怕不会眼睁睁看着唐凛涉险。以他这几天的观察，范佩阳绝对是那种必须将一切掌控在自己手中的闯关者，这样的人只信自己。

唐凛走出了队伍，上前一步。果然，范佩阳不易察觉地皱了下眉，眼底有什么情绪一闪而过。

卡戎突然好奇起来：不让作弊了，他还有什么方法保护唐凛吗？

已出列的唐凛忽然回过头来，静静看了范佩阳一眼。

卡戎竟然读懂了唐凛的眼神，他在说：相信我。

范佩阳仍旧沉默，但眼底的情绪在对视中慢慢平复了。

卡戎又看懂了，范佩阳选择相信他。

唐凛眼眉微弯，笑意很浅，可隔着屏幕，卡戎都能感觉到他的轻松——他不需要范佩阳保护，他只需要范佩阳相信；而以范佩阳的性格，允许一个这么在意的人脱离自己的掌控去涉险，能下决心给出这份信任，恐怕不容易。

"这看着也不渣啊……"卡戎回忆起得摩斯分享八卦时那一口一个的渣男，再看看投屏里高大的范总，觉得八卦和真人实在很难融合，"得摩斯那家伙到底有没有实事求是给我讲解啊……"

不对，等等！重点不是得摩斯有没有歪曲事实，重点是范佩阳和唐凛从头到尾没说一句话，他竟然轻而易举就读懂了两人的眼神交流。他并不想对此拥有这么高的领悟力啊！

"第一轮我就注意到了，"潘恩没急着扔出骰子，难得地和一个闯关者多说两句，主要是唐凛的确特别，"你有两枚守关人徽章，第二枚还是得摩斯的私人徽章。"

唐凛没接话，等着下文。

潘恩："我不知道你的战斗力有多高，但我想提尔和得摩斯都给你盖章，得摩斯还盖了私人章，有大半原因是你同时拥有两棵文具树吧？"

卡戎："……"你和我一样，把得摩斯想得太正经了。

"你是想说，你不会和他俩一样，因为我有两棵文具树就对我另眼相看？"唐凛听明白了守关人的话外之音。

潘恩却摇头："不，我一定会另眼相看。你有两棵文具树哎，我见都没见过，"守关人咧嘴一笑，"这么特别，当然值得更严格的考核。"

"你想换玩法？"唐凛问，微凉的声音里听不出明显情绪。

"玩法不换，但骰子不用投了，"潘恩把玩着回到手中的骰子，"我直接帮你选一面。"

卡戎皱眉，这家伙又开始任性了，唐凛恐怕要遭殃。

"捉鬼游戏？"唐凛略一思索，轻轻挑起眉毛。

潘恩有些惊讶，反问："为什么不是'地狱降临'？"

"很简单，"唐凛说，"到目前为止，只有'捉鬼游戏'还没被扔到，而'地狱降临'已被扔过两回，两次都被我们安然过关，我想你应该不会拿一个已经被攻克过两次的选项，来照顾我这个'特殊者'。"

卡戎神情复杂。唐凛恐怕还没意识到，"捉鬼游戏"根本就是十面骰的死亡选项。

"脑子转得还挺快，"潘恩将骰子向上抛，再伸手接住，"就是'捉鬼游戏'，敢接受吗？"

唐凛怔了下，若有所思地观察了潘恩两秒，忽然问："如果我拒绝呢？"

潘恩语塞，万万没料到话都说到这份儿上，甚至有些激将法的意味了，唐凛竟然真的好意思拒绝。

这时突发奇想更改考核方式，按照规定，只有闯关者同意，才可以继续往下进行。那闯关者拒绝怎么办？当然就只能恢复成正常规则啊。

"傻了吧。"卡戎看着投屏，又是叹气又是摇头，真心真意地教育同事，"你啊，还是太年轻，面子能有命重要？但凡感觉到危险，就算明知道拒绝没用，他们都会抱着侥幸心理拒绝试试……"

何况这次还真让唐凛瞎猫撞上死耗子，简单一句拒绝，就足以让潘恩的任性无从施展。

投屏回放里，潘恩还在斟酌用词。

唐凛却替他说了："我猜，如果我拒绝，你还是要按照原本的规则，随机扔骰子，对吗？"

潘恩更惊讶了。

这次，连卡戎都瞪大了眼睛。

"以你的性格，如果改规则不需要经过我的同意，你早就直接启动'捉鬼游戏'了。"唐凛冷静道，"你非要多问我一句'敢接受吗'，听起来特别反常，换谁都会多想。"

VIP、步步高升、十社、孔明灯："……"不，发现问题的只有你。

二楼的守关人一脸不甘心。

一楼的闯关者们倒替唐凛松了口气。

唐凛却在这时又说："别急着沮丧，我还没说我的决定呢。"

所有人愣住。

潘恩疑惑皱眉："你什么意思？"

"我刚刚说的是，'如果我拒绝呢'。"唐凛语气平缓，声音不大，但有种内敛的力量，"'捉鬼游戏'，我敢。"

投屏内外的守关人一起沉默。他们处在不同的时间点，想的却是同一件事——或许，他们都高估了唐凛的两棵文具树，低估了唐凛。

"捉鬼游戏"开始。

潘恩："我先宣布规则。'捉鬼游戏'和其他考核项不同，考核时间有三十分钟。你是鬼，所以这个游戏也可以概括为我捉你。这栋别墅的二、三两层共十个房间，你有十分钟时间去选择藏身地点，随便哪个房间，记得把自己藏好。这期间我会在一楼，并且一楼全封闭，所以你不用担心自己的藏身地点提前暴露……时间一到，一楼封闭撤销，我会进入二、三楼找你。二十分钟内，如果我没能发现你，就算你通过；如果你成功按响了客厅中央的按铃，那不管我有没有发现你都算通过，下一轮还可以轮空。"

唐凛："也就是说，如果我被你发现了，唯一的机会就只剩下按铃？"

潘恩将骰子收进口袋，从栏杆缺口处跳下来，稳稳落在唐凛面前："对，但我不会让你按的。"

骰子游戏从开始到现在，守关人第一次和十二人面对面。

"清场喽——"潘恩变戏法似的弄出一个小巧精致的按铃，放到客厅中央的地面上。

按铃一落地，四周便升起透明围墙，且围墙一点点向外扩大。扩张的墙面最先碰到的就是潘恩和唐凛，可奇异的是，二人穿透了墙面，于是当墙面继续外扩，二人已经站在墙内了。其他人则没那么好运，墙面推着他们往外散。最终，透明墙停在了客厅墙壁前一尺处，十一人只能像先前围观周云徽和崔战 PK 时那样，贴着墙站在外围。

但郑落竹越想越觉得不公平，隔墙抗议："你这是什么破游戏啊，那些房间我们都看过，屁大点儿地方，又不是小孩儿，你让唐凛往哪儿藏？"

潘恩掏掏耳朵："这好像是他应该考虑的事情。"

"还有那个按铃也不合理啊！"郑落竹难得动脑子，一细想，就觉得这里面都是坑，"他要是想按铃，肯定就要从楼上下来，那一下来不就被你发现了？"

"理论上呢，是这样。"潘恩歪头，"但被我发现了，也可以继续按铃，按到了依然算成功嘛。"

郑落竹："……"

他最气的就是这个，都被发现了，还怎么按？一个守关人，想挡住他们闯关者，也太容易了吧。但这话又不能说，说了就是长他人志气灭唐总威风啊。

"竹子。"唐凛喊了声，没再说其他。

郑落竹欲言又止，但最终安静下来。他后知后觉地想起，唐凛说的是"'捉鬼游戏'，我敢"。一个"敢"字，就是唐凛的全部态度了。

唐凛沿着楼梯走上二楼，来到潘恩先前站的地方往下看。潘恩站在客厅中央，抬头回望。恍惚间，闯关者和守关者像是对调了身份。

仰望的感觉让潘恩有点儿不爽，幸好小鸟及时报时："布谷——"

清脆鸣叫声里，唐凛脚下的楼板慢慢向前伸展，像个盖子一样，一点点封闭了一楼的上空。

楼下的十一人和守关人再看不见唐凛。

楼上的唐凛没急着动，而是迅速在脑内回忆了一下十间房间的样子。那是他们刚入别墅时就查看过的。

十间房间一样大，但装修风格、内部陈设截然不同。二楼的五间房间，从左到右依次是性冷淡风、美式乡村风、北欧绿植风、地中海风、英伦宫廷风，屋内就是风格相符的家具和一些小摆件。三楼的五间房间，没有装修风格，或者说，那一屋屋堆着的东西就是它的风格了。五间房间，从左到右依次是人偶屋、蛋糕屋、盒子屋、镜子屋、乐器屋。

唐凛向后转，看着眼前的一扇扇门，陷入沉思。

除非屋内有机关，否则一间房就那么大点儿地方，藏得再隐蔽，翻两下也就把人找出来了。二十分钟，足够潘恩将十间房间翻上两个来回。更残酷的现实是：一旦被发现，以潘恩的能力，他真的可以做到"不让闯关者靠近按铃"。

4

一楼，客厅。

潘恩站在那儿，气定神闲地抖了十分钟腿，抖得围观众人想揍他。

像这样什么都不做，干等十分钟，明明应该很漫长，可除了潘恩，其他人都觉得时间过得飞快，似乎一晃就到了。遮在头顶的楼板悄然消失，二楼、三楼一片安静。

众人刚抬起头，潘恩已经迫不及待地高高跳起，徒手抓住栏杆缺失处的楼板，一撑，身体便跃上二楼："我这人不喜欢复杂，"守关人摇晃着红彤彤的脑袋，走向二楼尽头，"就从头开始，一间间找吧……"

唐凛藏在哪里，潘恩不知道，闯关者们不知道，连看着回放的卡戎也不知道。

这就是"捉鬼游戏"里，鸮给予闯关者也就是"鬼"一方的绝对公平。在前十分钟的藏身时间里，闯关者做了怎样的选择，只有天知、地知、本人知。

但这种公平是有代价的。它就像即将赴刑场的犯人吃的最后一顿上路饭，吃过之后，就要面临落下的屠刀。现在，潘恩就是那把刀。只要让他追到一点儿唐凛的踪迹，这一局的结果就没悬念了。

画面里的潘恩走进了第一间房间。房间是性冷淡风，极简装修，灰色的地板，白色的墙面，一张床、一张餐桌和几把椅子是它的全部家具。

连个柜子都没有的空间，能藏人的地方几乎一目了然，要么窗帘后，要么床底下。潘恩先走到了床边。

"我来喽——"打招呼一样的宣言，伴随着守关人的突然弯腰。

一楼客厅上空的投屏画面也随之转到床下。

空空如也。

仍被困在墙边的守关者们，在潘恩弯腰的一瞬神经迅速绷紧，待看到床下空荡，又不约而同松口气。虽然参与"捉鬼游戏"的是唐凛，可他们却和唐凛一样紧张。因为投屏是跟着潘恩的视角在走，他们看着投屏画面，就像跟着潘恩一起在寻找唐凛。唯一的区别是，潘恩希望找到人，而他们希望唐凛永远不要出现在画面里。

"咔啦——"窗帘也被潘恩拉开了，他甚至伸头往左右两边的后面看了看，依然没有人。

潘恩退出房间，从栏杆处望向一楼，略带遗憾地播报："第一间房间寻找完毕，没有唐凛。"

众人沉默。他用的不是"没找到"，而是"没有"，仿佛认定了自己的搜寻绝无遗漏。

而第一间房间一览无余的陈设，也的确可以让他拥有这样的自信。

"接下来看看第二间……"潘恩就像个房产中介，带着投屏视角，溜溜达达进入了隔壁房间。

"唐凛该不会真打算一直藏到时间结束吧？"崔战看向VIP三人，有些替他们组长着急，"这么消极应战可危险。"

VIP们还没说话，VIP的两个花臂迷弟不乐意了。

骷髅新娘："这才第二间房，你就看出危险了？"

江户川："一直藏到时间结束怎么就消极了？藏得好和按响铃都算胜利，如果真找到了一个绝佳藏身地点，很明显前者更稳妥。"

"就怕藏得不好。"周云徽忧心忡忡抬头望，"藏身地点都圈定了，就这十间房间，每个面积还都不大，再藏能藏到哪儿去。"

"刚才潘恩搜索第一间房间，才用了不到一分钟。"郝斯文压低声音，悄悄插话，"照这个速度，不出十分钟就能把唐凛找出来，到时候不想按铃也得按铃，不想正面打也得正面打了，还不如趁现在……"

后面的话郝斯文没讲，但所有人都懂——趁现在潘恩一头扎进房内搜寻，直接冲出来跳下一楼按铃，打他一个措手不及，潘恩就是想阻止也只能望铃兴叹。

"我就是这个意思，如果他一直按兵不动，最后肯定被动。"崔战靠到墙上，掏出一根烟，衔到嘴里，转头朝隔了两个人的周云徽抬抬下巴，"给个火。"

周云徽一脸错愕："你哪儿来的烟？"如果他没记错，这家伙的烟早在2/10就抽完了，到了孤岛上，再没用二手烟荼毒过他们。

"盒子屋。"崔战一忧愁就想抽两口，努着嘴催促道，"快点儿。"

"盒子屋？"周云徽努力回想三楼左数第三间房，那里面的确堆满了大大小小各种各样的奇怪盒子，但他们只在刚进别墅的时候查看过一次，后来他能保证大家都在一楼再没上过楼，"你什么时候找的？"

崔战皱眉，不答了："你先给我点烟。"

周云徽一个"星星之火"过去，烟着了，崔战头发也差点儿着了。

但这并没有影响崔组长的心情，一口烟雾吐出去，他徐徐给周云徽解了惑："就是一起查看房间的时候，顺手拿的。"

"顺手？"周云徽仔细看了看崔战手里的烟盒，上面根本没画香烟，也没有香烟字样，画的是一串串黄澄澄的香蕉，"我们只在那房间待了两分钟，你就从堆成山的盒子里准确找到了这盒根本看不出来是香烟的东西？"

崔战扒拉开旁边俩人，蹭到周云徽旁边，就为朝孔明灯组长脸上吐个烟圈："永远不要小看一个烟鬼，尤其在他烟瘾犯了的时候。"

周云徽："……"这有什么可自豪的啊？！

"我们组长不会坐以待毙的。"郑落竹有力的声音从斜对面墙边传来。

众人一起抬头。

郑落竹神情笃定："他比你们六个人加起来都聪明，你们能想到的他绝对也能想到，而且一定比你们想的还要更严谨更周全。"

老虎翻个白眼："哥们儿，你夸自己组长我没意见，但不用把我们都踩一遍吧？"

"竹子。"一直安静的范佩阳低沉出声，"你不应该那么说。"

郑落竹诧异，他是在夸唐总啊："老板……"

老虎乐呵呵的："被批了吧。"

范佩阳没看他，仍对着自家员工："不是六个人，是十一个人，唐凛比这里十一个人加起来都聪明。"

孔明灯、十社六人："……"

江户川、骷髅新娘两人："……"

南歌侧过脸偷着乐。

郑落竹羞愧低头："老板，我错了，我没有格局。"

声明完唐凛智商碾压全场的范总不再言语，继续静静观望投屏。

周云徽却颇为感慨，一边扇着烟雾，一边调侃范佩阳："范总，以你的性格，竟然肯把自己也算到被唐凛智商碾压的队伍里啊……"

范佩阳仍盯着投屏："没算我自己。"

全场同时愣住，一脸茫然。

周云徽："没算你自己？我们一共两组十二个人，你说唐凛碾压十一个，不算你，哪儿来十一个？"

范佩阳眉毛都没动一下，淡然提醒："你漏掉了潘恩。"

周云徽："……"

南歌、郑落竹、骷髅新娘、江户川、崔战、老虎、强哥、华子、郝斯文："……"

守关人就这样被理所当然地塞进了"不太聪明"的队伍。

投屏前的卡戎："……"

幸亏同事在房间里搜寻，没听见。可是，明明范佩阳说的是潘恩，为什么他也有一种膝盖中箭的感觉？

客厅里刚恢复安静,潘恩已经从第二间美式乡村风格的房间里出来了,颇为遗憾地继续宣布:"第二间房间寻找完毕,没有唐凛。"说完,他立刻转身,投入第三间北欧绿植风格的房间。

潘恩的动作以肉眼可见的速度在变快。客厅中观望投屏的众闯关者不自觉地跟着紧张。

现在,几乎所有人都认定,单纯藏着是没出路的,必须冲出来才能博得一线生机。可投屏前的卡戎正相反。这个观摩过无数次甚至亲自执行过几次骰子游戏的守关人,真心地给唐凛建议:"你可千万忍住,别头脑一热就冲出来……"

隐忍躲藏,说不定潘恩后面找烦了,还真会漏掉一两个地方。但只要唐凛敢冒头,不管他动作多快,都绝对没有按铃的机会。

这不是卡戎对守关人能力的自信,这只是他对历来骰子游戏的大数据总结。所有企图按铃的闯关者里,趁守关人不备偷偷跳下来按,或者直面守关人的都算上,最后成功的寥寥无几,少到根本没法计算百分比。因为那寥寥无几的成功者除以庞大的企图按铃者群体,得出来的结果基本接近于零。

然而这是回放。哪怕唐凛听得到他的逆耳忠言,也来不及了。

第三间房间里,潘恩正一片片拨开绿植宽大的叶片,忽然听见楼上传来细微的响动。那声音极小,小到还不如潘恩拨弄绿植的声音大,小到一楼观望的众闯关者根本就没察觉。可潘恩极快地眯了一下眼,人已经窜出了房,如一阵风般,迅捷到不可思议。

就在他冲出房的一瞬间,三楼也传来脚步声,一个一人高的白熊玩偶冲出了三楼左数第一间房。那是一间人偶屋,里面除了无数逼真的人偶,还有不少这样可爱的玩偶装。那个白熊,准确来说就是一套玩偶装,需要人在里面才能活动起来。

客厅一楼的众人变了脸色。不是因为唐凛扮成玩偶冲出来,而是他的出现明明毫无预兆,潘恩却可以同时冲出,甚至比唐凛还快了一瞬,如果不是撞大运,那就真的只能是警觉敏锐到可怕。

"咔嚓——"白熊玩偶冲出后没停,直接冲破栏杆,从三楼摔了下来。

潘恩脚下竟也没停,分秒不差地跟着跳下来。

白熊玩偶是从三楼最左边的房间冲出来的,而潘恩是从二楼第三间也就是中间房冲出来的,落地之后,他反而距离客厅中央的按铃更近。

白熊玩偶跌跌撞撞从地上爬起来,动作看起来很笨拙,就像一个不会走路、四肢不协调的人。饶是如此,爬起来之后,他竟还想去按铃。

"你这么无视我可不好哦。"潘恩从容上前,忽然抬腿,一脚踹掉了白熊的脑袋。

众闯关者心脏漏跳一拍。

玩偶头套掉到地上，骨碌碌滚出很远。而没了头的玩偶衣服里，咻地冲出来一抹狼影，冲出后便化成一团黑雾，转瞬即散。玩偶服软塌塌堆到地上。

原来是狼影在里面支撑着玩偶服，难怪动作看起来怪怪的。

众闯关者暗自庆幸地长舒一口气，还好，不是唐凛，只是"狼影独行"。

"对哦，你有帮手。"潘恩抬头扫视剩下的房间，对着那个依然藏在暗处的闯关者喊话，"你这是在测试我的'护铃'速度吗，恐怕要让你失望了……"

守关人的声音在客厅久久回荡。气氛沉静而压抑。

众人虽然不想承认，但潘恩的确有狂的资本，警觉性、防御速度，甚至刚刚那一脚的身手，都足以将唐凛按铃之路堵得死死的。

"还剩十六分钟，"潘恩挠挠后脑勺，"算了，不跟你玩儿了……"

他看向墙边的众闯关者，优哉游哉地开启科普："通常在这个游戏里，大部分闯关者都会选择藏在三楼，因为屋子够乱，东西够多……有的人会藏在人偶堆下面，有的人会藏在盒子屋的大盒子里，还有人企图用镜子屋的镜子制造迷宫，来掩护自己脱身……"

"咚咚锵——"三楼最后一间乐器屋里，突然传出架子鼓的声音。

潘恩乐了，点点头道："嗯，还有人会像刚刚那样，给我来一段即兴演奏……"收敛笑意，守关人重新抬头，目光锁定三楼，问，"你们说，他会藏在哪个房间？"

一片静默里，江户川咕哝："你不是刚听到敲鼓了吗？"

潘恩看都不看他："声东击西这招已经很拙劣了，你心急的助攻更糟糕。"

江户川语塞。从白熊玩偶中散了的黑雾，经过唐凛的操控，可以再出现在任何一间屋子里，用狼爪帮忙敲两下鼓不是难事。

范佩阳抿紧唇，他不关心敲鼓的究竟是唐凛还是狼影，他关心的是唐凛到底打算怎么做。

红发青年一跃而起，徒手攀上二楼，再重复同样步骤，攀上三楼，毫不犹豫走进人偶屋："白熊玩偶从这里冲出来，按照惯性思维，你应该不太可能藏在这间已经吸引了我目光的房间里，但反过来想，万一你就是用了小聪明呢，自以为最危险的地方就是最安全的地方……"潘恩走入人偶海洋，将那些或大或小、或木制或塑胶制、不可能塞人的人偶一个个踢开，眼看就要来到屋子尽头那一排玩偶服面前。

屋内的玩偶服并不是软软瘫在地上，而是用一些充气袋和棉絮填充成人形，靠立在墙边。但现在有些棉絮和充气袋已经被掏出来了，乱七八糟散在人偶海洋里，潘恩一时也分不出有几个玩偶服被掏空。唯一能确定的是，这些填充物的数量肯定不止一个，也就是说，外面的白熊玩偶不是唯一被替换的。

但除了白熊玩偶外，其他所有剩余玩偶，现在都立于潘恩面前。

守关人嗤笑出声："拜托，你既然决定要扮成玩偶，就不能把填充物藏好吗？"

来到第一个猫咪玩偶前，潘恩忽地挥出一记重拳，自下而上直接打穿了人偶服的前胸。

众人倒吸一口气，就像自己胸口挨了一拳。

"啧，"潘恩把手从破了洞的人偶服里退出来，有些遗憾，"不是。"

众闯关者："……"这太考验心理承受力了。

唐凛真在玩偶里？在的话，这么下去必死无疑。如果不在，为什么还不跑出来按铃？不，按铃也没用，以潘恩刚刚的回防速度，冲出来也等于自己找死。众人焦虑得快秃头了，这局面根本无解。

潘恩已来到第二个鸭子玩偶服前，又是一拳，又快又狠。破入玩偶服前胸的拳头正好打爆了一个填充的气泡袋，发出巨大的"砰"的一声，犹如惊雷。

就在这时，排在第五顺位的袋鼠玩偶突然动了。它猛地向前一蹦，一蹦两尺高，落地之后继续蹦，看这架势，是准备蹦出人偶屋。

潘恩呆了。

看投屏的众人呆了。

看回放的卡戎也呆了。

这么质朴的行进姿态，就算非要说里面待着的是唐凛也没人信啊。所以唐凛又让狼影扮个玩偶，是要达到什么战略目的？

卡戎只能想到一个——转移潘恩的注意力。

果然，趁潘恩的视线被袋鼠玩偶牵住之际，排在第三顺位，也就是鸭子玩偶旁边的企鹅玩偶，突然擦着潘恩的肩膀冲了出去。

潘恩无语，眼疾手快抓住企鹅玩偶的领子，几乎没费力。

不料就在他薅住企鹅玩偶的同时，袋鼠玩偶突然加速，改跳为跑，直接冲出了房间。

潘恩一怔。袋鼠、企鹅，总有一个是唐凛，可究竟哪个是？袋鼠先前的笨拙举动是唐凛在里面演戏，还是狼影袋鼠为了落在他手里的企鹅唐凛脱困突然加速？潘恩突然陷入了选择困境，看哪个都可疑，简直是死循环。而成败就在分秒之间，他现在必须马上去追袋鼠玩偶，如果先给企鹅玩偶一拳再去追，袋鼠玩偶就有充足时间可以按铃了！

不管那么多了，小孩子才做选择，他两个都要。

潘恩脚下几乎在一瞬间启动，手上还薅着企鹅玩偶，人已经冲了出去，几乎和袋鼠玩偶同时跳下楼板。

"咣当——"潘恩和企鹅玩偶摔在地上。

袋鼠玩偶却没有，它在下坠的时候用手抓住了二楼楼板，眼下正手脚并用地往上翻，眼看就要进入二楼。

潘恩紧盯着它，同时一拳冲进了仍被他紧揪着的企鹅玩偶的头。

"唔——"手上传来的剧痛让他没忍住一瞬间五官都皱到了一起。他奋力将手抽出来，手背一片血痕。

玩偶里"嗷"的一声，像胜利的嚎叫，而后一团黑雾从破洞里钻出，又聚成狼影，落在潘恩面前，威胁性地嚎叫。

潘恩烦躁。果然是唐凛在袋鼠里一蹦一蹦，他不去演戏可惜了。

二楼，袋鼠玩偶已经成功翻上楼板，但没做进一步动作，转身看底下的潘恩，像在观望。

"逃掉没用，"潘恩起身，扯扯嘴角，"我已经发现你了，你现在只有按铃才能获胜，下来按啊。"

回放画面里，客厅一片死寂。

投屏前，卡戎轻轻摇头。没戏了，被潘恩发现，这场捉鬼游戏的结果就已经出炉了。或许唐凛可以逃掉，但他绝对按不到铃，时间一到，输掉游戏，成为这一夜第一个被处理掉的闯关者已成定局。更重要的是，以潘恩的性格，恐怕根本不会让他拖到游戏时间结束。

别墅客厅里，红发青年的声音冷下来，再不见一点儿吊儿郎当："如果你不下来，我可就要上去了。"话音落下，他忽然高高跳起，这次都没用攀登，而是双手一搭上了二楼楼板，身体便借着力轻盈地跃上二楼，整个过程行云流水，动作没有一点儿停顿，就像咻的一下飞跃上去了一样。

他的速度太快，底下的狼影甚至来不及反应，直到他上了二楼，才嚎叫着追了上去。而原本站在二楼的袋鼠玩偶无处可避，竟转身跑进了二楼尽头的房间。

潘恩径直追进去。这间房里是英伦宫廷的装修风格，但不是镏金浮雕、精美烛台那样的华丽风，而是深色系为主的厚重风，两排骑士铠甲立于屋内两侧，从头到脚寒光凛凛，乍看真的像两队骑士在守卫，屋中央是一张庄重圆桌，墙上挂着威严的国王肖像画。袋鼠玩偶的闯入，简直就是对这一厚重画风的毁灭。

只见它跌跌撞撞地绕过圆桌，躲到左侧一排骑士铠甲的后面。

潘恩叹口气："别垂死挣扎……唔……"

脚踝又被追上来的狼影啃了一口。

潘恩的耐心彻底耗尽，一脚狠狠踹开狼影，咚地跳上圆桌，一跃蹿到袋鼠玩偶面前。狼影也跟着追过来，死死咬住他小腿不放。潘恩懒得理，忍着疼一拳直直冲入袋鼠玩偶胸口。

客厅里的众人几乎不忍看了。狼影在后面咬着潘恩，那袋鼠玩偶里必然就是唐凛啊。

可下一刻，投屏里的潘恩的脸扭曲了——他又被咬了！

"啊——"守关人再顾不上职业修养，咬牙切齿地从玩偶服里抽出手。

破洞里出来一团黑雾。

客厅里一片哗然。

强哥："如果黑雾是狼影，那现在咬着潘恩腿的是什么？"

老虎："俩狼影？"

华子："影分身？！"

南歌若有所思："不，我们组长就是有两个狼影……"

郑落竹在南歌的点拨里开了窍："是'狼影独行'和'狼影追踪'！"既然他都可以同时操控"铁板一圈"和"铁板一块"，唐凛同时操控两个文具树自然也可以。

那么问题来了——

崔战、周云徽："唐凛到底在哪儿？"

二楼房间里，散出的黑雾又咻地钻进了一副骑士铠甲里。进入之后，铠甲立即动起来，虽然仍是笨拙，可好在它也没打算做什么，只用力往前一扑。

潘恩还处于"两个狼影"的惊诧中，被铠甲扑了个措手不及，咣当倒地。

然而这一摔，倒让他摔醒了——同时操控二、三级文具树，弄出两个狼影有什么问题！他一直陷入一个误区，想当然地认为唐凛的狼影从头到尾都是同一个，同一个狼影去独行，还是这个狼影去追踪。但归根结底，这不是宠物，而是文具树，如果唐凛到了后面关卡，能力继续增强，还可以同时操控三个、四个。眼下的重点不是狼影，是唐凛。唐凛到底藏在哪里？

骰子游戏进行到现在，潘恩第一次感觉到心慌。

"噔噔噔——"

奔跑的脚步声从三楼楼板传下来，这次奔跑者似乎都没想掩饰，跑得肆无忌惮，跑得欢快狂野。

潘恩恼羞成怒，总觉得这一步步的脚印都踩在他脸上。

猛地推开铠甲骑士，他风驰电掣般地起身，顾不得甩掉腿上的狼影，奋力往房外冲。可身后的铠甲骑士竟也不慢，又扑上了他的后背。潘恩没时间和它们周旋，当务之急是阻止唐凛。他一咬牙，挂着铠甲、带着狼影冲出房间，冲出楼板，竟然没减速。

守关人"咣当"一声落地，身上的铠甲骑士和狼影都被摔开了。

同一时间，楼上的也落地了，不同的是，他是从二楼最右边冲下来的，而楼上的是直接跑到楼板中央再跳下来的，落点正好就是按铃附近。

不过三楼跳下来的依然是伪装过的唐凛——一个大白兔子玩偶。

潘恩想一掌拍死自己的心都有。这个玩偶就在企鹅玩偶旁边，他当时再多检查几个，就能把人揪出来了！

但后悔无济于事，所幸还有机会。

以为落到按铃附近就万无一失了？潘恩眼底冻结，下个瞬间，他猛然提速。众闯关者只觉得人影一闪，潘恩已到大白兔子玩偶身前，而正在往按铃上扑的玩偶来不及刹车，直直地扑进了潘恩怀里。

那边的铠甲骑士和狼影迅速追过来，但已经来不及。潘恩轻轻一推大白兔子玩偶，一脚飞踹，正中兔子心口。大白兔子玩偶直接被踹飞了出去，重重撞上挡着闯关者的透明墙壁，巨大的冲撞声响起，震得整个别墅几乎都在颤抖。

"组长——"

"唐凛——"

众人同时喊出声，急得恨不能冲破墙壁进来。就这一脚的力道，不死，骨头也碎了。

"叮——"

地上的按铃响了，清脆声音在惨烈气氛中尤为突兀。

潘恩回头，是追上来的铠甲骑士按了按铃。

"铃响了，铃响就是通过了！"众人激动出声。

潘恩歪头看看瘫在透明墙边的大白兔子玩偶，自言自语道："还能操控文具树？看来我这一脚踹轻了……不过，"他话锋一转，看向墙外众人，慢条斯理地宣布，"只有本人按铃才算，文具树可不算。"

众闯关者怒不可遏。

"你事先可没说！"

"你说的是按铃就通过！"

"输了就增加条件，太卑鄙了！"

"咔啦，咔啦——"按铃的铠甲骑士僵硬地站起来，面向潘恩。

守关人嗤之以鼻："你主人都半死不活了，还能操控你和我打？"

"我都赢了，还和你打什么。"铠甲骑士说话了。

潘恩："……"

众闯关者："……"

卡戎："……"

各方人马在此刻的心情，穿越时空达到了高度统一——我勒个去！

铠甲骑士摘掉威风凛凛的金属头盔，露出唐凛的脸，他的头发已经被汗水打湿，但笑得开心："我按铃，我赢，还要继续改规则吗？"

　　改规则是不可能的。卡戎双眉紧锁看着投屏回放。唐凛自己按下了铃，整个过程实力碾压，无可挑剔，哪怕是最苛刻的守关者也挑不出任何毛病。

　　画面里的潘恩还在呆怔。

　　卡戎知道同事在想什么，事实上，这也是他现在正在想的——唐凛到底怎么赢的？

5

　　纵观这场捉鬼游戏的过程，其实每个阶段都很清晰。

　　第一阶段，试探。潘恩搜索二楼性冷淡风、美式乡村风、北欧绿植风三间房间—白熊从三楼人偶屋跑出—潘恩离开北欧绿植风房间，跳下客厅追到白熊人偶，人偶里是狼影。

　　第二阶段，声东击西。因为白熊人偶的缘故，潘恩放弃二楼剩下的两间房间，准备直接上三楼，并识破了乐器屋里架子鼓声这虚晃的一招，依然直奔玩偶屋—检查玩偶服时，袋鼠、企鹅两个玩偶一起动，潘恩陷入了究竟哪个才是唐凛的思维困局—潘恩决定两个都要抓，结果企鹅落到客厅，是狼影，袋鼠下坠途中抓住二楼楼板，跑上二楼。

　　第三阶段，正面对决。潘恩追上二楼，破掉袋鼠玩偶，发现里面是第二个狼影—被发现的2号狼影进入英伦宫廷风房间的骑士铠甲里，带动骑士铠甲和一楼追上来的1号狼影一起攻击潘恩—大白兔玩偶冲出三楼房间—潘恩认定大白兔玩偶是唐凛，为了争取时间，直接带着甩不开的骑士铠甲和1号狼影跳下客厅。

　　第四阶段，胜负已分。潘恩踹飞大白兔玩偶，骑士铠甲却伸手按了铃。

　　卡戎眼底忽地掠过一抹光。问题就出在第三阶段，2号狼影离开袋鼠玩偶，化成黑雾又进入骑士铠甲这里！

　　他想到了，回放里的潘恩也想到了。红发守关者不甘心地眯起眼睛，望着唐凛，一字一顿道："你一直都在骑士铠甲里。"

　　"没错，"唐凛坦然承认，光明正大，"我让你看见黑雾钻进了铠甲里，其实那之后，我就操控它回到三楼人偶屋的白兔子里了。"

　　自己猜到和听对手叙述是两个感觉，如果说先前的潘恩只是不甘，现在则心绪翻涌，一把火从胸口烧到脸上："铠甲的行动比狼影穿玩偶服还笨拙，是你故意的……"

　　唐凛无辜地眨下眼："行动太灵活，就不像狼影了。"

　　潘恩胸膛急促起伏："后面扑到我后背上不撒手，也是你故意的……"

"我自己往一楼跑容易露出破绽嘛，"唐凛弯了弯眉眼，释放真诚的感激之意，"辛苦你带着我飞了。"

潘恩："……"不怕骗子用诡计，就怕骗子有演技！

"我早就猜到了，铠甲里是唐总。"透明墙外，江户川推了推鼻梁上并不存在的眼镜。

骷髅新娘斜他一眼："别装了，刚才唐队摘头盔的时候，你眼睛瞪得最大。"

江户川义正词严："我那是为了看清楚他的盛世美颜。"

范佩阳："竹子。"

郑落竹："懂。小江，你欠我老板两次'单独聊聊'了。"

江户川："……"

"说实话，我也以为狼影是同一个，"另一侧墙边的周云徽隔空搭话，"第二个狼影出来的时候，的确让人意外。"

"战斗最忌讳思维惯性，"崔战抢在 VIP 和步步高升之前截住话头，眼神凝重地看着周云徽，"你这样让人很忧虑啊。"

周云徽把嘴角扯出"呵呵"的弧度："连续两关都'躺赢'的可不是我，你还是先操心一下自己这关怎么站住吧。"

崔战："……"这一箭中得太深，有点儿难拔。

郑落竹和南歌其实也挺意外，主要是之前没见过唐凛同时用两个文具树。

"组长什么时候练的文具树双开？"郑落竹小声问南歌。

南歌也不清楚，但"狼影追踪"是通过了 2/10 才获得的，所以练习时间只能是："上了孤岛以后吧……"

郑落竹瞬间又想起了那座"火锅岛"，简直有阴影了："热成那样，还有心思练文具树？"

南歌拍拍他的肩："要不怎么人家是唐总，你是竹子呢。"

郑落竹："……"

道理他懂，就是这个话，怎么听起来怪怪的？算了，不想了，这种时候唯一应该做的就是庆祝胜利，而庆祝胜利的最佳方式，莫过于对傲慢的守关人进行疯狂的弹幕吐槽。

"你别在那儿装深沉了，"郑落竹朝静默多时的守关人喊话，"输得这么彻底，你就得认！"

"输得彻底？"潘恩瞪过来，恨得咬牙，"声东击西，戏精附体，灯下黑，搭便车，根本是欺诈一条龙，我这叫被骗得彻底！"

"你别搞那么多词儿，好像这局多复杂似的。"郑落竹嗤之以鼻，"你就是傲慢自大眼高于顶，对对手缺乏正确的认识。唐总是谁，我们 VIP 的组长，我们组长怎么可能是小白兔，这辈子都不可能是小白兔，你要早认清这点，最后白兔玩偶出现的时候就根本不会上当！"

潘恩："……"

众闯关者："……"

卡戎："……"

这是什么玄学逻辑？！

"不用和我扯有的没的，"潘恩和郑落竹杠上了，"我就问你一个问题，如果白熊玩偶之后，我不去人偶屋，继续查二楼，一直查到铠甲屋，你的组长要怎么办？"

冷不丁被问，郑落竹一时卡住，得重新捋捋战斗过程。

"一样。"唐凛没让自家组员辛苦，替他给了潘恩答案，"如果你继续查二楼，我还是会让企鹅玩偶先出来，等到你追下一楼的时候，再让袋鼠玩偶跑出来跳到二楼，后面的过程不会有任何改变……"

唐凛好整以暇地看着潘恩，一袭铠甲的他凛然飒爽，浅淡笑意却又在冷清眉宇间染上一抹温柔，像如水月光下的刀锋："你输在相信'眼见为实'。黑雾钻进铠甲，你就认定铠甲是狼影，这一点不改变，结果就永远是现在这样。"

"你就没想过，万一我不上当呢？"虽然知道现在说这些等于马后炮，可潘恩就是看不得唐凛这副笃定的样子。

"没想过。"唐凛轻而易举破灭了潘恩的幻想，"你简单直接的性格，决定了你的思考模式。"

潘恩："……"继战斗能力之后，他的性格也被否定了，还能不能好好聊天了！

深吸一口气，又重重呼出，潘恩摆摆手，不纠缠这些了，目光依次扫过范佩阳、唐凛两个VIP主力，心累认命："一个作弊出千，一个演戏诈骗，你们有一百种投机取巧的方式应付骰子考核，我顶不住这么多花样，我认栽。"

唐凛轻轻蹙眉，刚要开口，却有人比他更快。

"这是你第二次用这个词了。"透明墙外，范佩阳淡淡出声。

潘恩拧着眉头看过去："什么？"

"投机取巧。"范佩阳说，"关于我的那部分，可以等到我的轮次再慢慢讨论，但关于刚刚的捉鬼游戏，我认为还是需要让你输得明白。"

潘恩漫不经心地哼一声："整个过程清清楚楚，还有什么不明白的吗？"

"过程是表象，背后的布局才是本质的较量。"范佩阳直直看着他，明明隔着透明墙，那目光却带着不容忽视的力量。

可潘恩还是觉得不爽，索性取消透明墙，朝范佩阳走近几步："布局？不就是声东击西、灯下黑那些，我已经说过了，叫骗局更合适。"

"名字无所谓，"范佩阳耸一下肩，"你只需要明白，唐凛的胜利不是从声东击西开始的，而是从最初藏身的十分钟就已经开始了……"

潘恩一脸不以为然，却还是给出了最后一点儿耐心，随便听听。

"十间房间，唐凛要在十分钟内想好全局方案，定好藏身屋和伪装屋，还要制定首选方案出意外后的替补方案，这需要观察力、思考力、伪装力和应变力，而他都做好了……十分钟后，搜寻开始。你以为最初的白熊玩偶只是试探你的回防速度吗？幼稚。那还是一次心理暗示，让你看见玩偶服里的狼影变成黑雾，从而形成'黑雾＝狼影'的潜意识，为后面狼影进入铠甲打基础……黑雾进入骑士铠甲，骑士铠甲就动了，这是全局最重要的关键点，黑雾的钻入和铠甲的移动，时间点必须卡得精准。他分毫不差，甚至连骑士铠甲的动作都笨拙得天衣无缝，这就是细节，而细节决定成败……最后，你肯定也没想过，他为什么最终选择将自己藏在铠甲里。同样的套路，完全可以让黑雾钻进玩偶服，这样还能省略狼影从三楼跳到二楼再跑进骑士铠甲房的步骤……"

潘恩听到中间时已变得正经起来，此刻越发严肃。他的确没想过这些。

"因为玩偶服太软了，"范佩阳语速平缓，条理清晰，"近距离肢体接触中，容易被识别出玩偶里的身体是狼影还是人，头套也不牢固，存在脱落风险，铠甲则不会，这是其一。其二，则是他给这场游戏做了最坏打算，万一你超常发挥，识别出了铠甲里是他本人，铠甲至少还能帮他增加一层防御……"

整个别墅鸦雀无声。别说潘恩，众闯关者也没想过这里面还有这么多门道啊！

范佩阳微微抬眼，望向潘恩："这一套布局下来，守关的就算不是你，换成卡戎，或者随便什么人，胜出的也会是唐凛，这毫无悬念。"

卡戎："……"他只是一个窥屏的，为什么会被点名？

众闯关者："……"他们今天终于明白了，范总才是真正的唐吹！

"如果你把每一次的失败，都归结于对手的不地道，那你永远也不会进步。"范佩阳的目光化为一只无形的大手，慈爱地拍拍潘恩的肩，"好好想想吧。"

潘恩神情恍惚，差一点儿就"嗯"出了声。一个激灵回过神来，守关人惊魂未定地摸摸自己的红毛，他敢肯定，范佩阳绝对有某种不为人知的特殊能力！

唐凛站在客厅中央，是归队也不是，不归队也不是。他从来不知道范佩阳这么会夸人，那一番称赞快让他飘上天了，现在走路容易走不稳。

心情正微妙着，范佩阳的视线已经飘过来了："别急着美，你的布局有一个最大破绽。"

谁美了！唐凛不笑了，挑眉和他四目相对："企鹅服里的狼影出来之后，以狼影的本体攻击，袋鼠服里的狼影出来后，为什么非要钻进铠甲里，用笨拙的铠甲进行身体攻击？只要发现这个不合逻辑的地方，就知道铠甲里有诈。"

范佩阳有点儿意外，又有点儿开心——意外唐凛想到了这点，开心唐凛比他想象的更强。

没什么可说的了，范佩阳朝唐凛伸出手："回来。"

唐凛愣了下，最后还是朝着范佩阳的方向归队了，不过只到范佩阳面前，没握上去。

范佩阳也不介意，很自然地接过他手里的金属头盔，掂了掂，又看看他仍穿在身上的铠甲，故意问："不重？"

唐凛低头看了看，末了咕哝一句："好重。"可怜巴巴，委委屈屈。

潘恩："……"

众闯关者："……"

对待敌人如寒冬呼啸的雪，对待范总如春日微醺的风，这双标该死的凶残，又该死的甜美。

监控室内，卡戎啪地切断了投屏回放。不能再看下去了，他的血压已经飙到了危险值，再看下去，心态和血压会一起崩盘。闯关就好好闯关，又是作弊，又是骗人，还要进行各种奇奇怪怪的互动，良心不会痛吗？！他一个看回放的，良心都疼得不行了……潘恩，哥对不起你。

已是正午时分，窗外灿烂的阳光却照不进卡戎的心里。他决定去剩下的两座孤岛换换心情，顺便把收尾工作完成，毕竟也是最后一天了。

至于潘恩那边的回放，等他收工回来，做好了心理建设，一手降压药，一手温开水，万事俱备之后，再继续观看吧。

第四章
通关集结
TONG GUAN JI JIE

1

4号孤岛。

何律从昨天就开始发高烧,一直烧到今天,浑身滚烫,时而清醒,时而昏迷。

铁血营仁组员和丛越都要急疯了,却无计可施。他们既不知道何律因何生病,更找不到治疗的良方,众人翻遍文具盒也只翻出两个治疗性幻具——〈幻〉镇痛止疼、〈幻〉快速愈合,都用了也没效果,最后只能四班倒地用衣服沾湿海水给何律擦身,进行物理降温。但是几乎没用,一天一夜烧下来,何律清醒的时间越来越短,昏迷的时间越来越长。

因何律的倒下,几个人也不再去寻找食物了,只轮流派一个人出去找植物汁液,给何律补充水分,其余时间就饿着肚子守着何律。

白路斜自然不在物理降温的"四班倒"里。在这个孤岛上,无论是他自己,还是三个铁血营组员,都默认他是自由人,只有一个何律念经似的给他进行集体主义洗脑。还有一个丛越算中间派,不过何律倒下了,丛越也就不吱声了。

重获自由的白路斜在岛上随便晃荡,这孤岛求生的最后一天,他又消失了一个上午。临近正午,他才拎着一株连根拔起的巨大植物回到海边树下,将植物往众人身旁一扔。

三个铁血营组员一齐怒视他:"你往哪儿扔呢,差点儿砸到我们组长!"

丛越连忙上前,用圆润的身体挡住仁组员,脸上堆着笑问白路斜:"这是什么啊?"

"口粮。"白路斜懒洋洋的目光直接掠过丛越头顶,瞥了眼躺在他后方的何律。何组长又昏迷过去了，脸红得骇人。

白路斜皱起眉头，突然绕过丛越来到何律身边，拿脚踢了踢何律的肩膀。

他的行动速度太快，所有人都没反应过来，直到何律难受地哼了一声，三个铁血营组员才炮仗似的跳起来："你干吗呢？！"

白路斜放心似的吐口气，漫不经心道："看他死没死。"

"你——"三个铁血营组员眼看就要猛虎出山，拼个你死我活。

刚看清地上植株的丛越连忙冲过去："别激动，别激动，他就是说话不中听，心是好的……"他给仨组员指指地上的植物，"你们看，他消失一上午，是给咱们找吃的喝的去了！"

地上的植株还带着根须，显然是被人从地下刨出来的。明明可以直接拔，为什么非要费力刨？因为这是他们孤岛求生第三天时吃过一次的植物，内部有汁液，拔断的话，汁液就要流光了。当时在何律的带领下，他们一路找吃喝，一路尝百草，这种植物是他们遇见过的所有植物中，唯一既有可食叶片又有可饮汁液的，简直是宝物。可惜只发现一株，后面何律还想找，却再没收获。

植物就摆在面前，三个铁血营组员一瞬间没了火气。他们是看白路斜不顺眼，但一码归一码。

"谢谢了。"仨组员异口同声道谢，语气虽勉强，但发声的速度已经代表了态度。

白路斜却直接皱眉："不是给你们的，"他朝何律方向点一下下巴，"喂他的，你们敢吃一口，喝一滴，就等着去海里裸舞吧。"

铁血营组员："……"

丛越："……"

为什么要让这家伙拥有"催眠术"？！

卡戎乘船靠岸时，听见的就是白路斜最后这句。

来之前，他已经基本掌握了这个岛的情况，也知道白路斜和其他人因为何律做"中间商"，处在一个微妙而脆弱的平衡关系里。现在何律因为植物中毒，高热倒下，卡戎本以为这一组的关系也会分崩离析，不过现在看，好像还在勉强维持。

不得不说，何律的"光芒"，余韵顽强。

"恭喜。"卡戎带着满面春风登岛。

五人在他靠岸时就全力戒备了，待听到他的开场白，不约而同露出讶异之色。

丛越咽了下口水，问："恭喜什么？"难道是提前通关？

卡戎仰起头，一头银丝在海风中飞扬，一如他此刻苦尽甘来的心情。果然，选择暂停回放，先到这里，是正确的："恭喜你们，进入孤岛求生的最后考核。"

铁血营组员1："考核内容是什么？"

铁血营组员2："考核通过可以提前通关吗？"

铁血营组员3："通关的话，你能马上治疗我们组长吗？"

面对连珠炮似的问题，守关人从容挪到旁边，让出身后那艘目测可以勉强容纳六人的木制小船，一一作答："考核内容就是登上这艘船，无论用什么方法。当然，我的任务是阻止你们登船……登船即通关，如果你登得快，自然可以提前通关。不过考核时间只到午夜零点，也就是说，你们必须在这孤岛求生的最后一天结束之前登上船只，否则就是通关失败。不过，我个人认为你们等不到午夜零点，实力足够通关的早就上了船，实力不够的，登船过程中应该就已经被我处理掉了……至于最后一点，"他摇头叹息，"很遗憾，我只负责守关，不负责治疗。"

守关人的话音，在海风里散去。

沙滩一片死寂，只有海浪不知疲倦地拍着岸。

"不……需要……"躺在地上的何律忽然发出微弱声音。

"组长！"

"何组长你醒了！"

三个铁血营组员和丛越一下子围过去。

何律脸色很差，气息急促，他似乎是想起身，可刚将身体撑起一点儿，又重重摔了回去。豆大的汗珠顺着他的脸往下淌。

"你别乱动——"铁血营组员想按住何律，不让他再勉强自己。

何律却艰难道："扶我……起来……"

铁血营组员要疯，都高烧成这样了，就不能好好躺着吗，可对上自家组长坚定的目光，又只能听令。纪律，是铁血营的建组之本。

卡戎站在小船前，也不急，就耐心地看着他们四人合力将何律扶着坐起来。

强撑着最后一丝精神的何组长没看守关人，却看向了白路斜。

白路斜皱眉，每次被何律这么直直地看都没好事发生，这让他条件反射般地生出防备："怎么，知道自己要死了，不甘心？"

何律不停地喘息，终于慢慢地将呼吸暂时稳住了："不用管我，"他一个字一个字地和白路斜说，"送他们上船。"

风忽然停了，浪也静下来。

白路斜歪头看着何律，嘴角缓缓勾起，带着一抹寒意："何组长，你好像还没搞清楚状况。第一，我什么时候说过要管你？第二，你现在弱得连文具树都操控不了，还想统筹全局呢？"

何律望着他，望了良久，又平静地重复了一遍："送他们上船。"

"组长——"铁血营组员对这个提议比白路斜还抗拒。

白路斜看也不看他们，视线仍在何律身上，他收起最后一丝笑意，邪气的眉宇间只剩冰冷："你命令我？"

何律："我请求你。"

"呵，"白路斜乐了，语气轻蔑，"凭什么？就凭你这几天给我弄了点儿烂叶子、破果子？"

何律推开丛越，艰难地伸手从旁边地上拽过来那株白路斜刚刚带回的植物，抬头："凭这个。"

白路斜顿了两秒，决定装失忆："一棵烂草？"

何律："不是给你们的，喂他的，你们敢吃一口，喝一滴，就等着去海里裸舞吧。"

白路斜愕然："你不是昏迷了吗？"

何律露出些许惭愧神色："刚好在那时候恢复了一点儿意识，但是我想，我当时如果清醒，可能会让你有些尴尬，所以就缓了缓。"

白路斜："……"

丛越："……"当时或许只是尴尬，但现在，小白好像要杀人了。

晕眩袭来，何律猛地打了个晃，靠自家组员眼疾手快扶住了才没倒。他撑住最后一丝力气，望向白路斜："我负责你的食物和水，是拉你入伙后理应履行的承诺，但你没义务帮我找食物和水，可是你帮了。所以不是凭我给你找的植物，是凭你给我找的这株……"

"再帮我最后一次，"何律目光恳切，"带他们上船。"

白路斜沉默下来。无声地对视良久，他轻佻一笑，朝何律摇头："不要。"

何律眼里的光暗下来，没再说话。像是预感到自己的能量即将耗尽，他缓缓闭上眼，旋即倒下。

"组长——"铁血营组员和丛越一齐大喊出声，紧张得几乎破了音。

白路斜一怔，刚要上前，就见伸手去探何律脉搏的丛越惊魂未定地松口气："还有……还有脉搏……"

三个铁血营组员闻言，紧绷的神经终于稍稍松弛，心里的大石暂时落地。他们将何律小心翼翼地在地上放平，而后起身，转过来面对白路斜，也面对卡戎。

"组长的想法不代表我们的态度，"他们先和白路斜说，"你能拒绝，很好。"说完又看向卡戎，三人凑紧，形成战斗阵型："打败你就可以登船，对吧？"

卡戎笑了："不用打败我，钻空子上船，我也欢迎。"

白路斜耸耸肩，优哉游哉地退到草木繁茂之地，挑了个结实的高大植株跳上去，惬意地躺下。他不打算帮，铁血营组员们也不打算让他帮，难得双方达成一致，很好。

眼见着白路斜跳上植株，吹着小风闭目养神，丛越才不得不相信，那家伙是真没打算和他们一起战斗，明明卡戎都说了可以一起……

慢着！就算白路斜不屑于和他们并肩作战，也可以趁他们牵扯卡戎精力的时候，找机会上船啊，为什么非要等到他们和卡戎战斗出结果，再过来进行第二场？时间不容他再深入思考，三个铁血营组员已经朝卡戎冲了过去。丛越静心敛神，启动文具树……

三十分钟，在激烈的攻防中悄然而过。

铁血营仨组员有一个算一个，都负伤了，受伤最严重的已经满脸血。丛越是四人里唯一没受伤的，但长时间操控着文具树辅助铁血营组员们战斗，也让他消耗极大。满脸血的铁血营组员能坚持站住已经不易，基本丧失战斗力，剩下两个和丛越一样，体力濒临透支，四散站在卡戎周围，或近或远，狼狈不堪。

卡戎除了衣服上被划开一道不大的口子，其余毫发无损。而衣服上那一道，已经是四人合力创造的最有威胁的一次攻击了。

他看着四人，眼里的轻视渐渐被正色取代，难得认可地点了点头："你们比我预想的要顽强很多，来之前，我估计你们最多能撑十分钟……"瞥一眼白路斜所在的方向，卡戎又严谨地补了半句，"不算他的话。"

来之前，他就想到了白路斜不会和这四个联手。白路斜那样的闯关者，他太了解了，对自己的能力极度自负，会让他排斥一切的"帮忙""联手"，因为这些在他看来，不仅不是助力，反而是会影响他发挥的拖累。事实上也的确如此。对于这类闯关者来说，独来独往，我行我素，才能让他们发挥最大战斗力。

"休息一下吧，"卡戎好心地和眼前四人道，"休息之后，再来最后一搏。"

丛越心里一紧："最后？"

卡戎微笑点头："是的，最后。因为接下来，我不会手下留情了。"

录取精华，除掉糟粕，就是守关人在最后考核阶段的工作。而4号孤岛的"精华"很明显了——何律、白路斜。前者有实力，还有不常见的迷之感染力；后者没有记忆，不会被过去牵绊，性格更是又无情又任性还没什么道德感，简直是天生战斗的料。

事实上，在登岛之前，卡戎就已经将两人圈到了"准通关名单"里。所以白路斜只要正常发挥，卡戎都会让他登船，至于何律，那就要看白路斜愿不愿意"伸出援手"了。

上船即通关，这是规则。白路斜会帮何律吗？以卡戎这几天的观察，他原本觉得白路斜会，可刚刚白路斜对何律的态度，又让他动摇了。或许，他高估了何律的感染力，而低估了白路斜的无情。

不过这是好事。一个全然没心的白路斜，比一个有心的白路斜加一个正气凛然的铁血营组长更珍贵。

"再休息一百年，废物还是废物。"风凉话随着脚步由远及近。

卡戎和四人一起转头。

白路斜闲闲地走过来，抱怨着："你们慢死了，是要打到地老天荒吗？"

仨铁血营组员刚才只是伤口疼，现在让白路斜气得心肝脾肺肾都疼。

丛越看看这边，又看看那边，想调和，又没处开口。

"等不及了？"卡戎倒是好说话，"现在是他们的休息时间，正好换你来。"

白路斜在距离卡戎三步之遥处停下，站定后忽然转头，慵懒的目光刹那间变得危险，一瞬间扫过四人。

"孟婆汤"！铁血营仨组员和丛越的脑海里只来得及浮现这一个念头，便在下一秒陷入空白的虚无。

白路斜将目光从四张茫然的脸上收回来，看向卡戎。

卡戎准备就绪，等着闯关者言语挑衅或者直接攻击。

不料白路斜打量了他一下，毫不掩饰的审视和怀疑："能治疗吗？"

这没前言没后语甚至连礼貌都没有的提问，卡戎竟然听懂了，也不知道是不是这几天窥屏窥出来的默契，一时让他心情复杂，但脸上还维持着守关人的高冷："能，可我刚刚就说了，我只负责守关，不负责治疗。"

白路斜歪头："破个例吧。"

卡戎好笑道："你连他最后的请求都拒绝得那么干脆，这会儿就别假装好心了。"

白路斜全然没听他在说什么，自顾自道："其实我也可以用'催眠术'让你治疗，但毕竟不是自主意志，治疗效果容易打折……"让守关人治疗的心越发坚定，他对卡戎绽开一个漂亮的笑，本就上挑的凤眼更邪气十足，"破个例吧……"

说一遍是商量，说两遍根本就是威胁吧！

"不是不能破例，"守关人磨刀霍霍，"只要你够本事伤到我。"

"孟婆汤"的三分钟有多漫长？丛越觉得自己好像在混沌里游荡了一个世纪。而拉他离开这片白茫茫世界的，恰恰是罪魁祸首——

"胖子，辅助。"

白路斜的声音就像一束强光，瞬间驱散迷雾，让他的视野重回清晰天地。

不远处，白路斜和卡戎双双进了海里，海浪一阵阵往他们身上打，他们则在彼此的身上打。海水已经淹没到了他们的腰腹以上，加上大浪，丛越根本看不清具体战况，但那句"胖子，辅助"，就像白路斜在他耳边说的一样，一直回响不停。

他能提供什么辅助？这都不用想，因为丛越的文具树从一级到三级——慢慢来、慢慢来Ⅱ、慢慢来Ⅲ——专一得感人。

丛越的精神力已经在先前的三十分钟对战里消耗殆尽，但这会儿，他屏住呼吸，又拼死挤出最后一股力量，选定海浪中那抹模糊的守关人身影为目标，启动文具树！

海浪中卡戎的身形忽然一顿，从正常速度变成了0.8倍速。

丛越的"慢慢来Ⅲ"是可以降低目标80%的速度，然而落到守关人身上，最好的效果也就是现在这样，降低20%。不过在白热化的PK僵持里，20%足够让局势一边倒了。

一个前所未有的巨浪打来，卡戎和白路斜双双消失。

丛越怔怔地看了海面两秒，猛地回过神来，飞快跑过去将何律扛到小船上。

刚把何律放好，铁血营仨组员也醒了。

丛越省事了，立刻站在船上召唤："快点儿上来！"

仨组员面面相觑，两个轻伤搀着一个重伤，迅速登船。

上船之后，三人才茫然地问："什么情况？卡戎呢？"

"和白路斜在海里打呢，"丛越担忧地重新看向海面，"刚才被一个浪扑没了，也不知道现在怎么样了。"

提到白路斜，三人就来气，"孟婆汤""催眠术"，白路斜那点儿文具树这些天没干别的，就用他们身上了。可如果不是白路斜和卡戎打，他们根本没机会上船，这个情，得领。

几分钟后，白路斜和卡戎终于从海里冒头，而后双双上岸。白路斜浑身湿透，眉骨破了，鼻梁破了，两道伤口原本被海水冲得发白，可离开海水没一会儿，又被血染红。卡戎同样落汤鸡，下巴破了，左眼乌青，银发贴在头皮上，不复平日的蓬松飘逸。

从伤势上很难判断谁赢谁输，但看两人都没打算再动手的样子，又好像已经分出了胜负。

白路斜大大方方上船，自然得就像这船写了他的名字。

卡戎黑着脸，就像在海底被乌贼喷了一遭。

看这架势，对战结果就比较明显了。四个投机取巧登船的闯关者在这一刻很有默契地安静着，以免给守关人的情绪火上浇油。

白路斜显然没这么贴心，找个舒服的位置坐下来，催促守关人："动作快点儿。"

卡戎深呼吸，再深呼吸。他不和年轻人计较。上前来到何律身旁，卡戎蹲下，将手掌放到何律额头上，闭目凝神，点点紫光从掌心贴合额头的缝隙里泄漏出来。持续不多时，何律突然从昏迷中苏醒，挣扎着起身，扶着船板哇地向海里吐出一大口绿汁。

旁边的丛越连忙给他拍背："何组长，你现在感觉怎么样？"

何律胃里翻江倒海，一时发不出声音，但他自己能感觉到，体内的灼热正迅速下降，头脑正逐渐清醒。

"死不了了。"卡戎没好气道。

转回头，发现白路斜正挑眉看他，卡戎眯起眼："关卡结束了，但如果你想延长，我不介意。"

白路斜却全然没有战斗的意思，他只是好奇："你的治疗，为什么不是用文具？"

卡戎愣了愣，本能反问："谁说我没用文具？"

白路斜随意地向后靠住船板："文具的话，直接在脑内锁定目标就行了，没必要拿手掌去贴。"

卡戎："……"

"你和我们不一样。"白路斜轻而易举下了结论，却对此并不在意，"不过无所谓，文具也好，直接拥有能力也好，方式不同而已。"

相比之下，他更关心另一件事。

"喂，"他抬起下巴，颇为期待地望向卡戎，"后面的守关人比你更能打吗？"

卡戎静默片刻，开口："更能打，也更凶残。"

白路斜仰头望天，幽幽叹口气："不该问的，你害我现在就迫不及待了。"

卡戎："……"

何律、铁血营仁组员、丛越："……"

船上有一个疯子怎么办？

闯关者的答案是：忘掉他。

守关人的答案是：盖个章吧。

作为一个有职业道德的守关人，作为一个曾因为得摩斯不给范佩阳盖章嘲笑对方小气的人，作为一个保证过只要实力够就一定给盖章的人……自己说的话，含泪也得执行，哪怕他想一船桨将白路斜怼海里。

"恭喜你，获得守关人徽章。"卡戎死气沉沉地道喜，然后机械地抬手调出只有他自己看得见的守关人投屏，准备操作徽章发放。

白路斜看不见卡戎的投屏，但这并不影响他提要求："我要私人徽章。"

卡戎差点儿手滑，瞪眼睛看他："你说什么？"

这一要求也把丛越他们的注意力吸引过来了，只见过守关人发章，还真没见过闯关者选章。

"私人徽章,"白路斜又说了一遍,还追加了更细致的描述,"就得摩斯给唐凛盖的那种。"

铁血营1,2,3和丛越:"……"这是惦记多久了?!

卡戎真是用尽平生修养才没一怒掀船,甚至还能继续给白路斜讲道理,他现在头顶绝对有个圣洁光圈:"私人徽章,要守关人极度欣赏认可一个闯关者的时候,才允许盖。"

"我不符合吗?"白路斜一脸无辜地问。

卡戎心累地叹口气:"你有实力,我认可,但你是从哪里看出我对你有欣赏的?不用极度,一丁点儿就行,你说出来,我会努力消除这种误解。"

白路斜静静看了他一会儿,忽然笑了。

卡戎本能地皱眉,总觉得这笑意似曾相识。

"再破个例吧。"

微微摇晃的小船里,守关人听见了恶魔之音。

众闯关者到最后也没懂,为什么白路斜要说"再"。至于之后白路斜如愿以偿得到了私人徽章,他们总觉得像是守关人花钱买清净。

夕阳,大海,一叶舟。

卡戎,这个以希腊传说中冥河渡船者为代号的守关人,终于在3/10守关的最后一天,履行了代号的职责,送闯关者们渡过汪洋,奔赴更加凶险的彼岸。

海面粼粼波光,映着落日的余晖。

真是一个美丽的傍晚呢,卡戎划着桨想。

2

将4号孤岛组送至3/10通关集结区后,已是晚上八点,距离七天的孤岛求生结束还剩最后四小时。唯一没结束关卡的,只剩下5号孤岛组。

鉴于5号孤岛组全程都按剧本走,乖巧得简直让卡戎有种老父亲般的欣慰,而且已经死掉一个闯关者了,所以他本来没打算再干预这一组,想让他们自生自灭地度过最后一天的时光。这也是他登陆4号孤岛进行最后考核时,告诉何律他们登船考核可以一直持续到午夜零点的原因。但是没承想,4号孤岛组提前收工了,算上他撑船的时间,都还没到午夜零点。

闲着也是闲着,那就关心一下5号孤岛吧。这样想着的守关人回到监控室,先做了一番热身运动，感觉心肺功能处于抗打击能力比较强的状态，这才重新坐回投屏前。

什么？为什么不像考核2号和4号组那样，亲自登岛对5号组进行最后阶段的考核？

谁爱去谁去，反正卡戎短时间内不想再和闯关者面对面了，哪一组都不想！

拿起温水杯，深深闻了闻白开水的清香，再润上一口……他内心宁静了。

投屏里，5号孤岛的画面和雨声渐渐清晰。

守关人缓缓抬眼，伸手简单利落操控两下，投屏立刻浮现提示信息——5号孤岛进入考核期，你可以选择以下考核方式：A. 守关人亲自考核；B. 系统自动考核。

果断选B。

刚选定，笼罩了孤岛七天六夜的滂沱大雨骤然停了。乌云散尽，被水洗过的夜空蓝丝绒一样静谧，草尖的水珠在冷清的月色里泛着晶莹的光。

清一色、大四喜、佛纹、下山虎四人已经在洞穴里待了三天了。三天前，他们分食了一只好不容易抓到的浑身带刺的不明物种，比野兔还小两圈，弄掉刺和皮之后没剩多少肉。那是他们最后一次吃东西，接着就一直空着肚子挨到现在。为了保存体力，这最后一天他们也放弃了寻找食物的念头，就猫在山洞里硬扛着，好在也扛到了夜幕降临，胜利的曙光就在前方。

谁也没想到，雨会突然停了。

是清一色先发现的，他推了推旁边睡着的大四喜，说："你听听，是不是没雨声了？"

大四喜正做着满汉全席的梦呢，让伙伴一鼓捣，梦碎了。他无奈睁开眼，迷迷糊糊听一听，立刻精神了，惊讶道："还真是。"

见佛纹和下山虎还在睡，两人对视一眼，默契起身，走出洞穴。夜风里还带着湿气，但月明星稀。

"怎么忽然就停了？"清一色抬头看天，心情复杂，"突然没了背景音乐，我有点儿不安啊……"

大四喜发冷似的摩挲了两下胳膊，说："我也觉得不对头。"

对于早已习惯了雨声的闯关者们来说，现在的孤岛太静了，静得像地狱开门的前兆。

"雨停了？"佛纹和下山虎也走了出来，同样一脸意外。

"嗯。"清一色刚点头，肚子就咕噜噜唱起空城计。

四个饿得前胸贴后背的伙伴面面相觑，看着彼此带着菜色的脸，那叫一个心酸。

"要是白天停就好了，"下山虎有气无力地道，"还能晒晒太阳补补钙。"

"我觉得我们还是回山洞里比较稳妥。"大四喜有种不好的预感。

"同意，"佛纹警惕地看看四周，"第七天马上就过去了，这时候雨停，太可疑了……"

窸窸窣窣，不远处的草丛里传来奇怪声响。

四人呼吸一滞，本能靠近，形成防御，一边酝酿自己的文具树，一边看向草丛。

"呼噜——呼噜——"草丛里忽然拱出一头野猪，一身灰黑色的毛杂乱粗硬，獠牙龇出长嘴，在夜色下反着光。它看起来像是吓了一跳，刚出草丛就愣那儿不动了，一双黑不溜秋的小圆眼睛，转来转去地盯着四人。

四人也吓了一跳。这是BOSS（指游戏中的幕后主使，大怪物）还是口粮？急，在线等！

就在这对峙的紧张时刻，一个声音突然在清一色耳内响起："注意，这些话只有你能听见……杀掉一个闯关者，你将立即通关，并且会在获得正常通关经验值的基础上额外获得奖励经验值。祝你好运。"

投屏前的卡戎嘴角缓缓勾起，望着画面上的清一色特写，露出看好戏的神情。

这条提示信息真的只有清一色一个人能听见吗？目前来说是的。所以画面里，用余光偷偷观察其他人的清一色，只能收获三个正全神贯注和野猪对峙的人。

但是当清一色神情复杂地结束观察，重新将注意力放到野猪身上的时候，佛纹耳内也响起了相同的声音。这声音和刚刚清一色听到的一样，都是一对一的私语，其余三人听不见。

每一次鸮的自动考核都是通过收集目标孤岛组前几天的求生数据，有针对性地分析运算生成的，所以对于考核内容，卡戎也无从得知。不过现在，他很清楚了。

"打时间差，真够缺德的……"守关人舒服地靠进椅子里，嘴上这样讲，看戏的态度可一点儿不含糊。

收到提示的佛纹同样选择了按兵不动，先看看其他人有没有和自己一样的反应。然而清一色已经重新和野猪对峙了，大四喜、下山虎根本还没收到提示，因此在佛纹眼中，几乎坐实了"只有自己收到提示"的猜测。

野猪还在原地。它像一个磁石，牵扯着闯关者的目光和精力，以便让那些隐秘的、不怀好意的提示，得以逐个登场。

下山虎也收到提示了。他仍看着野猪，但明显眼神已经飘了，显然思绪正被提示搅得纠结。

最后收到提示的是大四喜。他是唯一一个将反应明显表现在脸上的，听见提示的第一时间就怔在那儿，然后生怕别人不知道似的，转头把清一色、佛纹、下山虎看了个遍。

仨伙伴本来心里就乱着呢，被他这么一看，立刻意识到了什么。

清一色刚要张嘴，忽然看见佛纹皱眉凝神，浑身绷紧蓄力。他立刻大喝："你——"刚说一个字，身体忽然被一股温柔的力量虏获，心里绷着的弦就松了，连带着后半句出口的话，调子也软下来，"用文具树，讨厌……"

大四喜也细声细语地附和："就是，为什么要用'禅心'呀……"

下山虎又茫然又无辜，不紧不慢地说："为什么连我也中招了，佛纹你好奇怪……"

"禅心"是少见的众生平等的文具树，所以佛纹自己也没跑掉，神情温和得像四月微风："我也不想，但是以防万一嘛，要营造一个良好的沟通氛围……"

清一色微笑："那就坐下来说吧，不着急，慢慢聊……"

大四喜乖巧举手："我先说，我收到提示了，说是杀掉一个闯关者就可以提前通关，还有奖励……"

清一色、下山虎、佛纹缓缓露出惊讶表情，语调慢得像树懒："好巧，我也是哎……"

卡戎："……"

如果他没记错，"禅心"是消除目标和自己的攻击欲，再深入开发训练，还能降低人的求生欲，但说话腔调都软糯起来，字里行间散发爱与和平的泡泡，是什么新型副作用？！

分裂离间闯关者的精髓，就在"人心隔肚皮"，一旦彼此把话都摊开，再高明的离间计，也没戏唱。四人三言两语就把事情沟通清楚了。佛纹果断解除"禅心"，拿手掌撑住额头——因为三天没吃东西，又启动文具树，他现在头晕得厉害。伙伴们也终于恢复了正常脾气和语速。

"我就知道不会让我们轻易过关，"清一色恨恨道，"这招太缺德了。"

"反正我不要奖励分，"下山虎说，"通关就行。"

大四喜："我也不要。"

清一色撇撇嘴："到十二点就能通关，傻子才给自己找麻烦。"

佛纹颇有成就感地点点头："这么快就达成共识，我很欣慰。"

清一色无语："大四喜那家伙明显就是要说了，你不用'禅心'，我们沟通效率能提高八倍，现在连口粮都抓……"提到口粮，他突然停住，才想起来还有这么档子事儿，立刻四下看，"肉呢？"

卡戎："……"BOSS还是口粮，定性了。

另外三人立刻往野猪先前待的地方看，但哪里还有那肉质紧实的身影。四张脸不约而同流露出属于吃货的失落。

就在这松懈的一刹那，一颗射来的子弹从大四喜的肩头擦过。大四喜甚至没反应过来怎么回事，只听见"咻"的一声，肩头就传来了剧痛。

"大四喜！"

另外三人立刻跑过去查看他的受伤情况，还好，只是皮外伤。

四人在山洞里找到的枪，是大家轮流携带的，这会儿正放在清一色身上。他二话不说拔枪，却无从分辨冷枪来自哪个方向，只能转着圈瞄准四周，大声威吓："祁桦，你给我滚出来！"

这岛上现在就五个人，他们手里有枪，祁桦手里也有枪，他们四个都收到杀人提示了，祁桦能落下？

草丛里忽然传来跑动声，像是有人在逃离。

"想跑？"清一色猛地窜进草丛，开始狂追，他现在就一个念头：给大四喜报仇！

"清一色！"大四喜想拦，还是慢了一步，只能捂着肩膀跟上。

佛纹和下山虎也跟了上去。

清一色已经做好了打持久战的准备，哪怕就是从岛这边追到岛那边，也绝对不能让祁桦逃掉。可才追了几十秒就穿出了草丛，视野豁然开朗，祁桦就站在他面前，气喘吁吁，手里举着枪。清一色急刹车，也迅速举起枪。

祁桦的姿态虽然怎么看都是不想跑了，准备正面硬刚，可见到清一色，脸上露出了明显的意外。两人举枪对峙，都没说话，但清一色扣在扳机上的食指已经在一点点往下压。

"清一色，别冲动！"大四喜人还没跑到，焦急的声音已经从后面传过来。

"我冲动？"清一色死死盯着祁桦，"他给了你一枪！"

祁桦一脸错愕："我？"

大四喜、佛纹、下山虎终于跑到清一色身边。

"这里面有问题……"大四喜上气不接下气地说。

清一色理解不了："岛上就我们五个，他手里还有枪，最重要的是我都把人追到了，这里面还有什么问题，你告诉我！"

"问题就是开枪打我太蠢了！"大四喜吼的声音比自家队友还大，"你脑袋一热就追到这里，更傻！"

相处至今，佛纹和下山虎第一次听见大四喜吼人，还挺……有威慑力的。

证据就是，清一色秒怂："我、我给你报仇，你还……"

"等等，"祁桦看见大四喜肩膀上的枪伤，再结合听来的对话，总算明白了，"你们以为是我开枪偷袭？"

清一色对着大四喜怂，对祁桦可不怂："接着演，你不拿奥斯卡真可惜。"

祁桦看出来他的不冷静了，果断选择面向另外三个头脑清醒的："我是看见雨停了，出来探探情况，正好发现一头野猪，就追到了这里，结果举枪刚要射，野猪跑了，他来了。"

佛纹、下山虎："……"

这番解释清晰明了，除了有把清一色和野猪画等号的嫌疑。

大四喜没接祁桦的茬，只进一步给清一色解释："你想，他杀掉我们中的一个人，虽然能获得额外奖励，但要承担的风险也很大，一个弄不好，就会像现在这样，形成一对四的绝对劣势局面，你觉得以他的心机，衡量利弊后，是会冒险放冷枪，还是安安稳稳等到午夜零点？"

投屏前，卡戎微微挑眉。清一色的冲动他想到了，大四喜的清醒和冷静却出乎他的意料之外。

夜风吹过，清一色渐渐冷静下来，脑子也开始转了。大四喜说得的确有道理，如果祁桦刚刚那番说辞也没撒谎，那一些细节就有了其他解释。比如他和祁桦打照面时，对方的气喘吁吁不是逃跑逃的，而是追猪追的，举枪也不是要打他，而是要打猪。

可是这里有一个致命点说不通。

清一色脸色沉下来，问大四喜："如果不是祁桦，那打伤你的子弹是从哪里来的？"

空气突然安静。这个问题像一块巨石，瞬间压到每个人的心上。

祁桦突然抬起头，目光在半空中搜寻，大声道："卡戎，你在对不对？你一直在监视着我们，枪是你给的，这些冲突也是你策划的，是不是？"虽然极力压制，可听得出他语气中的愤恨。

卡戎气定神闲地看着投屏里气急败坏的闯关者，压根儿没打算给回应。

可祁桦不甘心："你是守关人，你可以设局，但是为什么要害我？就因为他们抱团了，我落单了，我就该死吗？"

四人听到这里，才理解了祁桦的失控。如果在背后操控这一切的真是守关人，那刚刚那个局，的确就是奔着让他们四个干掉祁桦去的。但凡清一色再冲动一点儿，见到人时就开枪，祁桦已经死了。

"害你？"卡戎好笑道，"你以为你是谁。"

本来没想搭理祁桦，但他可不想莫名其妙替系统背锅……

"叮——"

孤岛上的五人，手臂上同时响起提示音。

小抄纸："你在孤岛求生中遭遇的所有危机，都是关卡为你量身定制的；你在危机中充当的角色，都是关卡为你精心选择的。一切与守关人的好恶无关，只与你自己有关。"

投屏里，众人陷入沉默。

投屏外，卡戎轻松呼出一口气。

"一切与守关人的好恶无关"，这句话要在别的岛说，他还有点儿心虚，但对于5号孤岛，他是真的完全没插手，连偷吃小面包都是鸮的原始设定，他不过是个没感情的执行机器。

这个冲突过后，从系统里看，5号孤岛的考核只剩下零点前三分钟的最后一次。而从现在到零点还有三个多小时,这种纯粹的磨时间其实没多大意义。

"直接来吧。"卡戎决定帮5号孤岛这场求生长跑提前敲响最后一圈的铃。

孤岛上,五人还在"小抄纸"带来的复杂情绪里,猝不及防又收到了第二条。

"叮——"

小抄纸:"即刻起,第七天零点通关规则失效。请在十五分钟内,按照地图所示,找到停在孤岛岸边的轮渡并登船,成功即通关,反之则通关失败。倒计时开始。"

还没等五人去点击,地图自己展开了。众人第一次看见这座孤岛的全貌。但这不是重点,重点是地图上的光标——聚在一起的五个紫色光点是他们,在孤岛的最南端;孤零零的一个红色光点是轮渡,在孤岛的最北端。

十五分钟从南到北贯穿孤岛?这是要把人跑死的节奏啊!

"还愣着干什么,跑吧!"佛纹急切地催。

清一色当然也知道要跑,但看看自己手里的枪,再看看祁桦手里的枪,这跑起来背后挨一枪谁受得了。

祁桦自然也是同样的担忧。

时间紧迫,顾不上那么多了,大四喜直接道:"我数一二三,你俩一起把枪扔了,就扔在这里,谁也不带走!"说完不等他俩答复,立即启动,"一、二……"

清一色和祁桦沉默对视。

"三!"

两人同时松手,枪落到地上。

登岛至今,五人第一次目标一致:跑,死了都要跑。

几分钟后,声嘶力竭的呐喊响彻5号孤岛上空:"崔战,你在哪里,我想你……的'滑板鞋'啊!"

3

5号孤岛组终于赶在倒计时的最后一秒登上了停在最北端海岸的船。

卡戎关掉投屏,起身走到窗前。窗外星垂孤岛,月生海面。他整个人放空,什么都不想,只静静欣赏着这美丽的夜色,直到自己的心境也和这夜一样,深邃,悠远,能容纳这天地间的一切。

可以了。卡戎轻轻呼出一口气,转身回到投屏前坐下,带着能包容天地的胸怀,准备开始包容1、3号孤岛联合组了。

投屏重新调出，画面仍暂停在唐凛和范佩阳说铠甲"好重"那里。

卡戎本能地拒绝往下看，果断快进，跳过唐凛脱掉铠甲以及卸甲过程中和范佩阳的所有互动，直接来到下一次扔骰子。

在唐凛之后扔骰子的，正是范佩阳。他坦然走到客厅中央，微微抬头，和已经回到二楼的守关人对视。

潘恩调整心态的速度很快，已经将自己从捉鬼游戏的郁闷中抽离出来，眉宇间又恢复了守关人高高在上的气势："你刚刚把别人的战术吹得那么精彩，分析得头头是道，就是不知道轮到你自己，能复制几成。"

范佩阳摇头："我从来不复制别人的经验。如果你用上一场吸取的教训来应对这一场，恐怕会吃亏。我的建议是：放下包袱，从零出发。"

潘恩："……"教训？吃亏？包袱？从零出发？这人是怎么做到一句话里每个词都让他想暴走的？！

暴躁的守关人抓乱了自己的红发，一个字都不想和范佩阳再多说，直接握紧十面骰，往前一扔。如果鸮还对他有点儿自己人的情分，就让这次也是"捉鬼游戏"吧，他会在线教学，让下面这位闯关者知道狂妄的代价。

因为投掷力道过大，骰子在空中画出凌厉的平直线，咚地撞上了对面墙壁。

众闯关者的心也跟着震了一下。

不过和潘恩不同，闯关者们对骰子的结果有另一番祈祷——投中什么相信范总都能应付，就是千万别投中"你过来啊"和"你过来啊Ⅱ"，他们真的一些些一点点一丝丝都不想和范总交手切磋啊！

"啪嗒"，骰子落地——请多指教。

还是一对一PK，但不是和闯关者，而是和守关人。

大家松口气，经历过"请多指教"的骷髅新娘更是以过来人的身份给偶像呐喊助威："范总，这个简单，你肯定秒过！"

熟悉的声音又唤起了潘恩被手指怼脸的不爽记忆。他眯起眼，威胁性地扫向骷髅新娘。

骷髅新娘闭嘴，朝潘恩乖巧地一笑，噤声、卖萌一条龙。

唐凛的目光从始至终都放在范佩阳身上，就在潘恩和骷髅新娘"互动"时，他清晰看见范佩阳眼底已经在聚拢专注的光。

一丝惊讶从唐凛眉宇间闪过。这分明是使用文具时才会有的神情，难道范佩阳已经在暗中动手了？

唐凛猜得没错。此刻的范佩阳，的确正在发动文具，但不是文具树，而是一次性文具

"＜防＞我看透你了"——他在尝试窥探守关人的真正实力。然而文具启动了，潘恩的能力数据却迟迟不出现。

守关人将视线从骷髅新娘那边收回来，重新投向范佩阳，下一秒就乐了："别白费劲了，侦查性防具只对闯关者有效。想看透我？还不如直接……"

话还没说完，潘恩忽然觉得脑后有风。他敏捷地向旁边闪身，一颗小石子咻地从他耳侧飞过，距离近得甚至擦到一点儿他的耳廓。

潘恩以为自己完全躲过去了，直到被擦过的地方泛起一点儿热。他深深皱起眉头，准备找罪魁祸首算账，不想刚转头向下看，一个本应在客厅茶几上的玻璃杯已经飞到面前。

"啪嚓——"玻璃杯结结实实砸到守关人脑门上，碎屑纷纷扬扬犹如天女散花。

投屏前的卡戎无奈扶额。

潘恩的优点是年轻，有冲劲，够简单粗暴，缺点同样是年轻，不稳重，太容易被人分神，一大意，实力就很难得到有效发挥。况且守关工作本就不允许守关人百分百发挥实力，必须收着来，在这种情况下，潘恩的性格就等于把自己已经打折的能力再打个折上折，堪比挥泪大甩卖了。

画面里，自己的同事捂着脑门，死死瞪着范佩阳，那目光跟受害者似的，透着命苦，让人看了都心碎。

范佩阳对此无感，甚至还有些遗憾："我的'懒人的福音'可以同时操控两个物体，看来你的资料补得不扎实。"

卡戎对着投屏叹口气，虽然知道是回放画面，可也希望自己的心情能穿越时间传到那时的潘恩小朋友耳朵里："别玩儿了，快点儿认真起来吧……"

不知是不是真起效了，画面里，潘恩的目光渐渐变冷，他放下捂着脑门的手，额头依旧光洁饱满，只是被砸的地方轻微发红。

众闯关者料到了一个杯子伤不着他什么，但也没想到连一点儿细小的血痕都没留下。守关人的身体素质到底有多强？

"我知道你能同时操控两个，"潘恩对着范佩阳冷哼，带着嘲讽，"但我真没想到，一个已经作弊过一轮的人，一个声称要和我好好讨论一下'投机取巧'的人，真动起手来，又搞偷袭这套。"

范佩阳还没说话，其他人先不乐意了。

周云徽："你别在那儿道德绑架，PK谁管你过程，只看结果。"

崔战："结果就是你被击中了。"

骷髅新娘："杯子这下可比我刚才摸你脸那下实在多了。"

江户川："这你要都不算通过，我代表整座孤岛鄙视你。"

"行，我不道德绑架，你们也别用那么明显的激将法了。"潘恩嗤之以鼻，"我可从来没说过，'请多指教'只要碰到我就行，何况碰到我的也不是他，是杯子。"

"那简单，"郑落竹给范总打 Call，"老板，你再纡尊降贵亲自给他一脚。"

"你是不是理解能力有问题？"潘恩翻个白眼，"不管是本人碰到我，还是随便操控什么稀奇古怪的东西碰到我，都不是本轮的通过条件。"

郑落竹无语："'都不用打败我，十五分钟内，你能碰到我，就算你赢'，这不是你上一轮说的？怎么，又要临时改规则？"

"这回可不是改，是回归。"潘恩振振有词，"原本'请多指教'的规则就不是碰我一下这么简单。第一轮嘛……"他瞄骷髅新娘一眼，"看着实在太弱，我才大幅度降低了标准，没想到让人钻了空子，这到了第二轮，我总要吸取教训……"

他的目光转向范佩阳，特意加重"教训"两个字，像是专门说给范佩阳听："实在遗憾，'请多指教'还远没有结束，让你失望了。"

范佩阳眉宇间流露出困惑："我为什么会失望？你这一轮会更改规则，这是显而易见的，如果你不改，继续不思进取，我才真的失望。"

潘恩是真想抡起瓶子也砸他一脸："别挽尊了，心里肯定懊恼死了吧，想着让我先说规则就好了，省得浪费一次难得的偷袭机会。"

"刚刚我就想说了，你对偷袭可能有什么误解。"范佩阳眨一下眼睛，一把匕首突然从身后飞出，悬停在客厅中央，他抬头，视线越过利刃锁定潘恩，"如果我想偷袭，用的就会是它，而不是杯子，攻击位置也不会是你的额头，而是颈动脉。你的身体素质再强，现在至少也要按压着受伤动脉和我说话……"

稍加思索，严谨的范总又补充道："当然，如果你有自我愈合的能力，前面那些就当我没说。"

潘恩："……"他没有自我愈合的能力，也并非真的刀枪不入，在刚才那种分神的情况下，他会受伤，再轻微也一定会见血。

众闯关者面面相觑，心情复杂。他们错了，原来范总真的还没开始认真。

"说规则吧，"范佩阳收回匕首，"我们真正打一场，希望可以改变你认为我投机取巧的错误印象。"

众人："……"

投屏前的卡戎："……"

这位对于"投机取巧"的怨念，简直比白路斜对私人徽章的怨念还重。

潘恩不再啰唆，直截了当道："以时钟鸣叫为 PK 开始，十五分钟内，你不死，就算通过。"

范佩阳点头："简单明了，不错。"

范总觉得不错，唐凛可不觉得。十五分钟不死就算通过？这规则翻译过来，还可以有另外一种说法：守关人要开始往死里攻击了。

唐凛对范佩阳有信心，可是更加不敢轻视潘恩的实力。他不经意抬头，目光竟然和潘恩撞上。对方像是故意等着他，四目相对，扯起嘴角："和本轮不相干的人出手帮忙，或者试图对战局造成干扰和影响，出手者和考核者将一起被视为通关失败，就地处理。"

语毕，他不给唐凛以及其他闯关者回应时间，视线重新落回客厅中央，对范佩阳说："我要下来喽，你自求多福吧。"

"布谷——"时钟小鸟鸣叫。

红发青年张开双臂，猛地往下一扑，目标明确，就扑向范佩阳。范佩阳早有预判，速度极快地往后撤，一步就完完全全把落点闪开了。可潘恩在扑到一半时，坠落路线突然改变，就像有人在他背后推了一把，原本直线下落的人莫名其妙又往前去了一大截，正好补上范佩阳后撤的距离。

范佩阳一时错愕。

围观众人更是惊呆了，这带转折的自由落体路线简直在挑战他们的物理观！

潘恩准确无误扑到了范佩阳身上，冲力极大，竟带着范佩阳一同撞向了身后墙壁。

"咚——"范佩阳的后背重重撞到墙壁上，潘恩则狠狠顶在了范佩阳身上，抬手照着范佩阳面门就是一拳。拳头速度快得根本看不清，范佩阳只能凭本能躲避拳风。

"砰——"潘恩的拳头擦着范佩阳脸侧过去，竟直接将墙壁打穿，他压根儿不收拳，直接用另外一只手照着范佩阳腹部揍上第二拳。

以当下的情况，被困墙边的范佩阳根本避无可避。

众人倒吸一口冷气，这墙都能打穿，打人身上不废了？

投屏前，卡戎也皱起了眉。和潘恩打近战？范佩阳怎么想的，是嫌自己死得太慢？撞到墙的第一时间就该跑掉，想尽办法也要和潘恩拉开距离，不然根本没活路，别说十五分钟，十五秒都悬。

这一拳下去，范佩阳不死也只剩半条命。卡戎正这么想着，画面里的范佩阳忽然弯腰抱住潘恩。

这一放低身体，原本要打在他腹部的拳头直接轰上了肩膀，并且因为他突如其来的动作，潘恩受到干扰，这一拳打得并不顺畅，力道在中途被碰撞削减。但依然很重，卡戎能看见范佩阳身体一僵，眼底极力的隐忍都是剧痛造成的。可是这也只有一瞬，下一刻他以

140

扑还扑，就着抱潘恩腰的姿势将对方大力往前扑。潘恩一个拳头还在墙里没出来呢，根本来不及回防，只能任人摆布。最终，守关人的拳头随着身体倒地，脱离墙体。

"这是要鱼死网破？"卡戎看着画面里倒地后依旧和潘恩纠缠在一起的范佩阳，感到迷惑，"你是不是太高看自己了……"

一个拿着远程攻击文具树的闯关者，打算用近战和守关人死磕？这都不是自负能解释得了的，简直狂得没边儿了。

唯一令人欣慰的是，看架势，范佩阳是真打算同归于尽，而不是做着"自己可能会赢"的美梦，还算没昏头到家。

"咔嚓——"

玻璃碎裂声从投屏里传出，音量极大，极刺耳，乍听还以为监控室的玻璃碎了。

卡戎定睛一看，是别墅的落地玻璃被撞碎了，两人一起滚到了雪地里。刚入雪地，死抱着潘恩不松手的范佩阳突然就地一滚，敏捷地在冰天雪地里起身。

纠缠自己多时的人突然放手，潘恩霎时警惕，一跃而起，动作迅捷而轻盈。

别墅内众人对这突如其来的变故措手不及，只能透过呼呼灌寒风的破窗，愣愣看着雪地里的二人。

卡戎也被弄蒙了，范佩阳先前死磕近战，现在又主动拉开彼此距离，为什么？突然开窍了？意识到自己是远程攻击属性了？

大雪还在下，没几秒就在范佩阳头发上落了白白一层。

"铁则3，未经允许，禁止离开别墅。"他看着相隔几步之遥的守关人，问，"现在怎么办？"

"你现在倒讲起规矩了。"潘恩嘲讽一句，才随意道，"无所谓，PK本来就会有很多突发状况，可以特殊处理，不在铁则约束之内。"

范佩阳轻点一下头："那就好。"

他说得云淡风轻，仿佛只是问了个简单问题，得了个随意答案。可卡戎敏锐捕捉到了他眼里的安心。

安心？

卡戎忽然间醍醐灌顶，先前发生在范佩阳身上那些违和的细节全都解释得通了——范佩阳就是想把战场拉到别墅外面，所以他放着文具树不用，要和潘恩近战，要打成一团乱，要名正言顺离开别墅，进入更广阔的皑皑白雪里。

"啧，你掉进了人家的坑里还不知道……"卡戎一声叹息。小朋友就是小朋友，太单纯，太好骗。

慢着！把 PK 战场从屋内拉到屋外，范佩阳图什么啊？图外面天气冷？图大雪胡乱飞？他可连外套都没有，只穿着单衣，潘恩好歹还有一身利落厚实的战斗服呢。

"不对，"雪地可能比较让人清醒，潘恩也灵光了，"你……是故意的？"

范佩阳笑而不语。

"放心，我说过这次离开别墅不违规就不会反悔，所以你现在可以说实话了吧？"潘恩嗤笑，虽然用疑问语气，其实心里已经认定了，"你把战场带到别墅外，是觉得这里地方大，方便逃命，能帮你拖满十五分钟？"唏嘘地叹口气，他晃晃红彤彤的头，"你太天真了，我……"

"你话真的很多，"范佩阳实在忍不住出声打断，"如果不是刚刚那两拳，我都要以为你在帮我拖延时间了……还有，凡事如果不知道，可以直接问，不要自己猜，尤其还猜不对。"他没耐心继续点拨，直接给对方解惑，"出来打可以避免误伤其他人。"

潘恩在寒风里消化吸收了好半天，才悟出其中深意，转头看向不远处的别墅，透过破掉的落地窗还看得清众人身影。他简单一扫，就扫到了那抹修长身影，调侃道："是怕伤到你家组长吧？"

范佩阳抬起眼："你再说一遍。"

潘恩把头转回来，挑衅似的抬起一边眉毛，故意一个字一个字地加重重复："是怕伤到你家组长吧？"

范佩阳露出满意神色："'你家'两个字用得好，继续保持。"

潘恩："……"

卡戎："……"

他们永远摸不透这人的脑回路，永远！

别墅内。

范佩阳的一言一行，连细微表情，都通过投屏实时特写直播。众闯关者用目光无声地采访当事人："唐总，你对此有什么想说的吗？"

唐凛："……"十五分钟已经过去五分钟，如果范佩阳可以这么相安无事地把时间拖完，他可以暂时当一下"迷惑发言"的素材。

"咻——"

客厅上空的投屏里突然传出细微的划破空气的声响，虽然声音极小，但那种敏捷感和锐利感却让人难以忽视。

众人纷纷抬头，却只看见偏过脸的潘恩。

良久，久到闯关者们几乎以为什么都没发生，守关人才缓缓把那半边脸转过来——脸颊一道血痕，极细，但长而清晰。

潘恩举起手，两指间夹着一根钢针："你可以啊，还藏着这玩意儿呢？"两指用力一夹，钢针断成两截，无声落进雪地，"通常一个人在对另外一个人下杀手的时候，都会有本能的犹豫，尤其是这种用针扎眼睛的凶残手段，但你还真是一点儿都没留情……"守关人露出一个似有若无的笑，眼底是冷的，笑意也是冷的，"如果我没躲开，恐怕右眼已经保不住了。"

别墅里，郑落竹和南歌对视一眼。这不是范总第一次用针，却是第一次用针动真格的，什么情况？是谁改变了范总的底线？

"事实是你躲开了。"投屏里，范佩阳语调平缓，客观陈述，"退一步讲，就算你躲不开，关卡结束之后，总该有人给你治工伤的。"

众闯关者："……"魔鬼老板！

投屏前的卡戎："……"这什么破闯关者！

"治归治，伤了也会疼的！"潘恩几乎从牙缝里蹦出了这几个字。

下一秒，他忽然身形一闪，在齐膝深的雪地里，就这样瞬间冲到了范佩阳面前。

别墅里，众人一片哗然。潘恩的速度变快了，不是快一点点，是根本快得像换了个人。

投屏前，卡戎眉毛拧起，看看画面里突然提速的同事，眼里流露出一丝担忧："不是吧……"

潘恩该不会气昏了头，打算使用真正的能力吧？那可是违规的。

而真处于雪地寒风中的范佩阳却好像对这一次的攻击早有准备。在潘恩欺身上前的刹那，他没徒劳地闪躲，而是双手用力一合，"啪"，有力而精准地包住了对方的拳头。

别墅里，有几个人叹为观止："我去，这都能挡下来？"

但更多的人却神情凝重。挡是挡到了，可真挡得下吗……

攻击遇阻，潘恩抬眼，他离范佩阳很近，近到两个人的身体几乎要贴到一起，近到范佩阳足以看清他眼中的讥讽。

"唰——"

守关人的拳头轻而易举突围，冲出范佩阳的手掌，狠狠打在了他的腹部。范佩阳不由自主弓起后背，令人窒息的疼痛让他几乎不能思考，大脑一片空白。

众闯关者心脏快跳出来了，但又无比庆幸，这一下潘恩没用全力，否则范佩阳现在就会像之前那些玩偶服一样，直接被洞穿身体。

"这只是开胃菜，"潘恩贴近闯关者耳边，低语，"接下来才是正餐。"

他收回拳头，却没松开范佩阳，而是手掌握紧重新蓄力。

众闯关者惊诧：还要继续打？

没给观众思考时间，更没给范佩阳防御时间，潘恩挥出了比第一下更重的拳头，而且这次不再冲着腹部，而是直奔范佩阳心口。

众人呼吸一滞，这拳下去会死人的！

"噗！"

利器没入皮肉的声音，让潘恩的第二拳停在了半路，只见一柄匕首从后方直直插入他的左肩。

天地寂静，只有风雪。

范佩阳推开僵住的守关人，深一脚浅一脚地往旁边挪。他的动作并不快，呼吸也有些乱，看得出剧痛仍在，但他还是坚持和潘恩再次拉开安全距离。

守关人脸色阴沉，雪落到他的红发上、眉梢上，衬得他眼底的寒意更浓。

缓缓抬手，潘恩一点点摸到后背的匕首，握住刀柄，猛地一拔。利刃应声而出，一同出来的还有鲜血，刹那间染红了他大半个肩膀。他完全没有处置伤口的意思，只静静看着刀刃上的血，下一秒，忽然抬起另外一只手握住刀锋，用力一掰。匕首轻易地断成两截，落进厚厚积雪里。

"我好像才弄明白一件事，"红发青年自嘲地一笑，"你看着一直在和我近战，但从始至终，你都没忘了自己是远程攻击的文具树。"

脸上的一道，后背的一刀，全都来自"懒人的福音"。

"这是我唯一有效的攻击手段，"范佩阳坦然承认，"换你，你会忘吗？"

"所以说我傻呢，"潘恩似笑非笑，"刚才准备给你第二拳的时候，还纠结过要不要手下留情。"

范佩阳："看来现在不纠结了。"

"拜你所赐，"潘恩说，"每当我想网开一面的时候，你都及时给自己补上通往地狱的票……"

范佩阳没言语，他能清晰感觉到，潘恩整个人的状态在变，这不仅仅是气场的调整，也是态度、决心、目标的变化。

危险！范佩阳的脑内响起预警。

"不过话又说回来，"潘恩吊儿郎当地扯扯嘴角，"我傻，你也没聪明到哪里去。如果你够聪明，刚才那一刀就应该按照你在别墅里说过的路线，直接刺我的脖子……"守关人收起最后一丝笑意，眼底一暗，"可惜，你再也没有这种机会了。"

狂风乍起，吹得积雪纷纷扬扬，飞雪落雪舞成一片，天地越发白茫茫一片。

别墅内的众人却看得清晰，潘恩肩膀上的血已经止住了，破开的衣服内，狰狞伤口上一片暗红色血糊，像纱布一样将伤口牢牢封住。

小伤口自动凝血没问题，但这样大这样深的伤口，不做任何处理就自动止血，简直是天方夜谭。守关人究竟是什么逆天体质？

"不对，"敏锐的南歌发现了战场的违和之处，"你们看，风一直没停。"

她说的风，便是将范佩阳和潘恩周遭的积雪吹起的风。

骷髅新娘："下雪天刮点儿风也正常。"

南歌着急道："但一直绕着一个方向刮就不正常了！"

经她提醒，众人才发现，还真是，那风好像特意绕着两人打转，一圈一圈吹着雪，跟美颜相机的特效滤镜似的。

就在大家的目光都聚焦到风上时，那风突然猛烈呼啸起来，霎时形成一个小型龙卷风，将地上的积雪连同范佩阳一起卷到半空！

众人一瞬惊醒——风才是潘恩的能力，就像得摩斯的能力是"窥探恐惧"一样！

"这还怎么打？！"骷髅新娘控制不住爆了粗口。他扔到"请多指教"时就担心这个，结果潘恩轻敌，让他以闪电战过关，没承想这噩梦却落到了范佩阳身上。

"没法打。"周云徽不想长他人志气，灭自己威风，但残酷现实摆在这儿，再不愿也要面对，"单凭身体素质，他们就能顶住我们的文具树，更别说现在还用了能力。"

江户川："这不公平。他们是守关人，综合实力肯定高于我们，真下死手，那还守什么关，直接大屠杀得了。"

"打不打得过，是实力问题；打不打，是态度问题。"崔战抱臂看着投屏，坚决地说，"这时候想什么都没用，死磕就对了。"

周云徽刚要开口，忽然发现所有人都在替范佩阳着急，唯有 VIP 安静得过分。

"你不担心吗？"他转头问离得最近的郑落竹，"还是说,他有'飘浮术'一类的防具？"

"没防具，"郑落竹说，"担心。"

周云徽："那……"

郑落竹："但我对老板更有信心。"

"你们也是？"周云徽又看向南歌和唐凛。

南歌："我是，但我们组长除了信心之外，可能还有一些别的。"

唐凛："……"

周云徽："……"

无数次的经验告诉他：别问，问就是秀恩爱。

VIP 都这么讲了，其他人也不好再说丧气话，但华子、老虎、郝斯文几个私下交换眼神，还是很悲观。

从对战画面上看，狂风中的范佩阳早失去了对身体的控制力，只能被狂风裹挟着，在气流里乱舞。而且他已经被卷到十几米高空了，这要是潘恩突然把风撤了，不用动手，摔就能把范佩阳摔残，一个弄不好，死人都有可能。

雪地里，潘恩抬头看着自己创造出的龙卷风，神情还算平静，眉头却一点点皱紧。因为耳内聒噪地重复着一个只有他能听见的声音："潘恩，你已违反守关人规定，请立即停止使用能力……潘恩，你已违反守关人规定……"

当他愿意用能力？还不是范佩阳太气人了！不给这种狂妄的闯关者一点儿教训，他能窝囊死。就算受罚他也认了，今天必须把对方打服。

杀人？那倒不必。虽然不愿意承认，但范佩阳的确是难得的高实力闯关者，为了泄愤就浪费掉这么个人才，也违反守关人的职业道德。

狂甩几下脑袋，甩掉头顶的雪花，潘恩盯住龙卷风，忽然切断能力操控。龙卷风刹那间消失，茫茫雪色的半空只剩身体横斜的范佩阳。他急速下坠，地上的雪已经被之前的狂风卷走了，只剩一层薄薄的雪和若隐若现的深色泥土，这么狠狠摔下去，最好的结果也是重伤。

别墅内一霎死寂。

投屏前的卡戎也一脸凝重。范佩阳的死活无所谓，但他替潘恩担心，如果说用能力只是轻度违规，那杀掉本来够格通关的人就是严重违规了，要被狠罚的。

此刻唯一轻松的，恐怕只有潘恩了。他早准备好了一团小风，就等着范佩阳马上摔到地面时，来个"鬼门关前一托举"，人也教训了，违规情节也没升级，完美。

正想着，有什么东西从眼前嗖地飞过，好大一坨，弄得潘恩眼前一暗。

就这一暗的工夫，范佩阳落地了。

潘恩懊恼至极，连忙跑过去想要看看人摔成什么惨状了。可他才跑两步，那头范佩阳已经艰难地站起来了。

潘恩瞪目，愣了两秒，才看见在范佩阳刚刚摔下来的地面上，叠着两个厚厚的沙发垫子，方方正正落在一起，用厚实和柔软缓冲了下坠的那股力。

别墅内，众人全程围观了"沙发垫是如何飞走的"。眼下，没了一半垫子的四人长沙发露出垫子下的木制骨架，看着楚楚可怜。

郑落竹看向刚刚唱衰的骷髅新娘："还有什么可说的？"

骷髅新娘疯狂摇头："没有，范总牛就完事了。"

周云徽、崔战："……"

在身处龙卷风、身体极度失控的情况下，还能想到拿海绵垫替自己缓冲，这都不是冷静了，这是钢铁心脏。

起身后的范佩阳一点点后退，像是随时准备逃跑。

"你怕什么，"他后退，潘恩就往前，"不用离我那么远，你刚刚的急中生智很优秀，我的火气已经……唔！"

沙发垫毫无预警地飞起，拍到了潘恩脸上，然后"砰"的一声爆炸了。滚滚黑烟吞没了守关人。

别墅内，众闯关者心情各异。

有骄傲的——

郑落竹："谁给了他范总要逃的错觉？我老板从来都是正面刚。"

有惊讶的——

老虎："这是……三级文具树？自带爆裂效果？"

有感受复杂的——

周云徽："我觉得其实潘恩性格挺好的，真的……"换他被这么坑害，现在外面得是一片火海。

浓烟散去，潘恩一头红发都被烫卷了，脸黑成锅底，还吃了一嘴碎海绵。他"呸呸"几下，恶狠狠吐掉，抬眼再看，哪里还有范佩阳的踪影。

机智如范总，早消失在了茫茫雪中。

"跑吧，"潘恩深呼吸，再深呼吸，"有能耐你跑出环形山，跑出这座岛，否则的话……"他抬手在半空中点一下，投屏顷刻出现，上面赫然是范佩阳的特写。

往常，守关人的私人投屏，闯关者是看不见的，可现在，潘恩好像故意要让别墅里的众人都看清。大家不仅看见了范佩阳，还看清了他周遭的环境，如果潘恩想追踪，轻而易举就能判断出范佩阳在往哪边去。

"布谷——"时钟小鸟出来报时了。

"时间到了！"郑落竹惊喜地跳起来，朝着破掉的落地窗外大喊，也不管已经没了影的守关人能不能听得见，"红毛，时间到了——到了——了——"

潘恩没听见，不过听见了也没用。他当然知道十五分钟到了，但眼下已经不是考核的问题了，是咽不咽得下这口气的问题。今天要不让范佩阳跪地求饶，谁都别想完！

投屏里，潘恩开始在雪地狂奔追踪。

投屏外，卡戎只能眼睁睁看着自家同事在违规路上越滑越远。理智告诉他，这是违规的；感情告诉他，小潘，弄死范佩阳，哥挺你。

范佩阳一口气跑到了环形山下。他不惧怕潘恩，但也绝不轻敌，所以在一击中的后便果断抽身。算算时间，十五分钟早该过去了。他通过本轮考核了？以潘恩的性格，范佩阳估计没那么乐观。

远处，一个隐隐约约的人影从雪中跑来。

范佩阳蹙眉，追得这么快？

"你也扔到'奔跑少年'了？"已在雪地里奔跑了一个多小时的强哥，人未到，声先至。

范佩阳："……"他把这位孔明灯组员给忘了。

"你怎么站着不动？"强哥气喘吁吁跑近，才看见范佩阳没跑，有点纳闷儿，又有点儿着急，"规则是必须一刻不停，跑到下一次扔骰子，你别偷懒啊……"

憨厚的强哥，就算说话，也要原地小跑颠着聊。

范佩阳刚要说话，忽然来阵狂风，直接将他和强哥同时卷起，重重撞到环形山上。

但也幸好有环形山。狂风撤去，他俩沿着山壁滑落下来，减缓了一部分速度，摔到雪地里，狼狈但不致命。

这一次，风雪里走来的，是潘恩了。他周身带着风，所到之处，地上的雪花都打着旋儿飞舞。

画面很美，但强哥没心情欣赏，他飞快地从地上爬起来，第一时间向守关人申诉："不是我故意停下来的啊，我好端端跑着呢，也不知道哪儿来一阵妖风……"

"闭嘴。"潘恩看都不看他一眼，只死死盯着范佩阳，咬牙，"跑啊，你有能耐再跑啊！"

强哥："……"这是什么糟糕的台词？

隐约有些不祥预感的孔明灯阿强默默退开，再退开，把场地腾给气氛微妙的两个人。

范佩阳后背贴着山壁，静静注视着潘恩，脸上看不出情绪。

潘恩冷哼："一、二、三级文具树都用过了，我倒真想看看你还有什么招儿。"

别墅里，气氛沉默而压抑。没招了，到这里的人一共就解锁了三个文具树，哪怕是范佩阳，也变不出第四个。

投屏前的卡戎嘴唇紧绷。如果他没记错，潘恩说的是"都通关了"，但眼下这位同事的愤怒值可不像会轻饶范佩阳的样儿。难道是范佩阳用规则压他了？毕竟现在十五分钟已经到了，潘恩耳内绝对已经被刺耳的警告搅翻了天，如果范佩阳再推波助澜，未必不能让潘恩动摇……

"砰砰！"

紧密相连的两次爆炸声，让卡戎瞬间回过神来。

画面里，爆裂点都在范佩阳背靠着的山壁上，位置大概是他头顶的斜上方。

自己炸自己靠着的山？这是什么操作？卡戎连忙把时间调回去一点儿，这才终于弄明白。范佩阳是在用山脚下随处可见的石子攻击潘恩，被躲开后，两枚石子杀了个回马枪，结果又被潘恩躲开，于是杀回来的石子最终爆裂在了范佩阳头顶的山壁上。

"你真以为一招能用两次？"潘恩挠挠焦了的红发，不客气地奚落，"先前是我大意，但只要我认真，你所谓的'高速攻击'，在我眼里就和慢动作没两样。打都打不中，就别想着再炸……"

"咻咻——"又是两枚石子。

潘恩皱眉，从容躲开。

和上一次一模一样，石子在打空后，又杀了个回马枪。

潘恩便也和上次一样，继续躲。

两枚石子两次都击不中，再次爆裂在了环形山山壁上。

两次攻击，从过程到结果一模一样，潘恩看不出范佩阳有任何改变或者进步，一时困惑："你明知道打不到我，为什么还要重复这种徒劳的攻击？"

范佩阳没出声。代替他回答的，是两枚、两枚、再两枚石子。

接连不断的石子攻击被潘恩一遍遍躲过，那石子便和前面的每一枚一样，在环形山山壁上炸出一个又一个或深或浅的坑。

潘恩的疑惑越来越浓，甚至盖过了他想教训对方一番的愤怒："你哑巴了？"他最受不了这种装深沉的，还不如刚才句句话噎人来得痛快呢，"你到底想干什么，你以为……"

呛声戛然而止。

又一次躲过飞来的石子，潘恩悟了，肯定地说："你在拖延时间。"

范佩阳停下来，背靠着已经炸得坑坑洼洼的山壁，不动声色地看着潘恩。

"我刚才还在想，已经很明显超过十五分钟了，你怎么不抗议，"潘恩自顾自地点点头，"现在都说得通了，从你把战场带到别墅之外，从你第一次爆炸完毫不犹豫就跑，我就应该猜到的……你不是想单单拖满自己的十五分钟，"潘恩定定地看他，"你真正的目的，是把后面其他人的时间也拖掉，能拖多少算多少。"

范佩阳不言语，看起来就像在默认。

潘恩颇为感慨地摇摇头："你就算拖掉一个小时，也不过是少了四个轮次，但这些人该扔骰子还是要扔。一天的时间那么长，你的努力是杯水车薪。"他是真心困惑了，"为这种没意义的事情，弄得我几乎对你起杀心，值吗？"

别墅内。

江户川："不值，范总，真的不值。"

骷髅新娘："但是好感人……"

"我不知道是什么让你产生了这么深的误解。"雪地里，范佩阳终于开口，"我既没想要拖延时间，更没想过帮什么人，我从始至终的目的只有一个：打败你。"

江户川、骷髅新娘："……"他们错了，他们忏悔，他们太儿女情长了。

"打败我？"潘恩乐出了声，目光却一瞬变得危险，"那就试试吧。"语毕，他集中精神力，将周身的风聚起……

风停了。

天地间的风和潘恩制造的风，一起停了。

范佩阳微怔。

潘恩像是意识到了什么，不甘心地一脚踢起积雪。

整座孤岛突然变得安静。下一刻，岛上所有人都听见了一个遥远的恍若从天际传来的声音——

"潘恩违反守关人规定，即刻起禁止使用能力，停职反省。作为补偿，本次由潘恩考核的闯关者一律通关，请各位闯关者回到别墅，稍后会有渡船来接应你们去往3/10通关集结区。"

范佩阳："……"

别墅内众闯关者："……"

幸福来得太突然了！

十几分钟后，范佩阳和强哥一起回了别墅。

潘恩不知所终，也不知道是回了大本营，还是偷偷在孤岛哪个角落心酸地赏雪。

强哥一进来就跑到壁炉那里取暖。众闯关者则围着范佩阳，真心实意地夸了一番。虽然潘恩最终是被迫收手，但在守关人使用了能力的情况下，范佩阳还能与之对战这么久，本身就很不容易了，更别说这一交战还造福了他们，直接全体通关。

过了几分钟，捧场王们把好词儿都快用尽了，才后知后觉VIP组长从始至终都没出声，沉默得有些不对头。他们偷偷用余光瞄，嗯，表情也不太妙。众闯关者一个个抽身而退，或坐沙发木架，或坐烧焦地毯，或躲到破了的落地窗前吹风，默契地将客厅中央腾了出来。

范佩阳看着唐凛的神情，忽然觉得似曾相识，很快想到了，上次他私自去海底洞穴，回来后唐凛也是这个表情，然后他们就进行了一场不太愉快的谈话……好吧，就是吵架。

有了前车之鉴，这次范佩阳很配合地主动来到唐凛面前。

唐凛静静地看着范佩阳，直到这一刻才真正确认，这人回来了，安全了，不用再担心他壮烈牺牲在冰天雪地里了。范佩阳这种行事和战斗风格，看多少遍，他都没办法做到坦然："如果警告没来，如果潘恩没收手，你是不是就打算和他同归于尽了？"

"不是。"范佩阳否认得没一点儿含糊。

唐凛努力让自己的声音听起来平稳："不是？你之前打了那么多石块，都被潘恩躲开了，你还坚持让每一个都爆在山体上，不是为了让山体松动？"

范佩阳："是。"

唐凛："山体松动的结果，就是落石滑坡，然后你会想办法激潘恩靠近你，到时候拉住他，一起被埋在落石之下。"

范佩阳："不全是。"

"行，那我听你说。"唐凛倒要看看，这种明摆着不要命的战术，他还能给出什么歪理。

范佩阳有条不紊道："山体落石时，我会在山脚紧贴山壁，事实上我已经看好一处略微凹陷的地方，届时巨石滚落，我所在的位置就会是黄金三角区，足够留出存活空间。"

唐凛："……"

众闯关者："……"

还真有考虑？！

"有些时候，事情未必一定按照你的设想走。"唐凛放缓了语气，"如果，我是说如果，潘恩没有近战，继续用他的能力呢，直接用狂风把你吹到山顶都有可能。"

"吹到山顶是一个好结果，"范佩阳说，"我就可以翻过环形山，回到那边的山脚……"他瞥一眼周云徽和崔战，又看回唐凛，"山脚下有他们留的雪洞，离开之前，我在里面布了一些陷阱，正好可以派上用场。"

众闯关者："……"危机意识要不要这么强？！

唐凛没想到他考虑得这么周全，终于意识到是自己冲动了。从在投屏里看到范佩阳一次次往山体上打石头，他平时引以为傲的自制力就崩了，如果不是潘恩说但凡出手干扰战局就会和范佩阳一起被判通关失败，他绝对已经冲进战场了。

"我不会再让你担心的。"范佩阳忽然没头没尾来了这样一句。

众闯关者茫然，唐凛却听得懂。这是上次因为海底洞穴争吵时，他最想听到的一句保证，可当时的范佩阳没给。

误以为唐凛的安静是对他的话还有怀疑，范佩阳继续为自己正名："其实我在别墅里也做了一些准备，壁炉里、厨房里都有石块，方便随时攻击。上面十间房间，我在最初查探的时候也稍微布置了一下，有一些被你的'捉鬼游戏'破坏了，但大部分还在，足以和潘恩周旋十五分钟，运气好的话，打败他也不是不可能。"

唐凛："……"

"不是，等等，"骷髅新娘举起花臂，乖巧得像课堂发言的学生，"范总，刚进别墅的时候还不知道潘恩会来考核呢，你就提前布置了？"

范佩阳平静地看他："没人知道意外什么时候会来。"

众闯关者："……"

他们终于明白了，让范总立于不败之地的，不是强悍的体魄，不是强大的气场，也不是钞能力和大长腿，而是一个坚定的信念：总有刁民要害朕。

4

登上去往 3/10 通关集结区的轮渡时，两组十二人，只有唐凛感觉到手臂一热。他低头查看，在猫头鹰头像、提尔巨剑徽章、得摩斯心跳徽章后面，又多了一枚疑似火焰图案的徽章。

"组长，你得新徽章了！"旁边的郑落竹看见了，就等于全船都看见了。

崔战第一个靠过来，看了看，中肯地评价："火焰章，潘恩那家伙的图案还挺好看。"

在他欣赏的时候，周云徽就已经过来了，听见他的高论，翻个白眼："你要近视就配个眼镜，有这么丑的火焰吗？"

要说火，周火火必须是权威。他这一质疑，其他凑过来看的伙伴也犹豫了："乍看像火焰，但仔细看，好像是有点儿怪怪的……"

南歌绝望叹息："那是潘恩的红发，轮廓多明显啊。"

众闯关者："……"

姑娘们对于发型的敏锐度，他们望尘莫及。

不过——

"都中途强制下岗了，还不忘补上章，也是够敬业了。"郝斯文感慨道。

这话就是一句调侃，却提醒了郑落竹，他连忙看向范佩阳："老板，你没章吗？"

范佩阳没过来凑热闹，仍站在甲板的栏杆边，闻言摇头。他手臂没传来任何异样感觉，不用看也可以确定无事发生。

旭日初升，晨曦下的海面波光粼粼。范佩阳回应完自家员工，又继续看向远处，水天相接的开阔视野，有利于他思考接下来可能要面对的新环境新挑战，至于得不得徽章，连一件微不足道的小事都算不上。

老板不在意，郑落竹却在意得不得了，他不甘心地嘀咕："都把那家伙逼到用能力了，凭什么不给章，公报私仇啊……"

南歌走过来，半认真半调侃道："我能理解潘恩的心情，自己往自己伤口上撒盐这种事，一般人都下不了手。"

郑落竹也大概能揣测潘恩的心路历程，可还是替自家老板抱不平："徽章盖在手臂上，为什么不管闯关者还是守关者都看得见？因为那是实力的象征，有实力不给认证，多憋屈。"

南歌想了想，莞尔一笑："你别站在自己的角度想，你带入范总的性格想一想，他会不会希望自己随时带着一个谁都看得见的实力证明？"

郑落竹摸着下巴，陷入深思。一个会在雪洞里布陷阱的男人，一个会在别墅里藏石块的男人，一个恨不得把所有风险都提前规避掉的男人……

"不，他不会。"郑落竹有答案了。

如果有洗徽章的地方，范总说不定会把唯一的提尔徽章也洗掉——让敌人掉以轻心，是所向披靡的前奏曲！

十二人起航时，卡戎开始看回放，结果十二人向着集结区航行一天两夜了，卡戎才把回放看完，中间还抽空关心了一下5号孤岛的考核。

看回放之前，他想的是但凡潘恩在守关过程中有一点儿丢脸的地方，他都可以说说风凉话，谁让那小子平日里对他毫不客气，极度缺乏尊老爱幼的美好品格。看回放之后，他想的是下次见面给对方带什么补品，能治愈心灵的那种。

毫无防备，一个对话请求弹出来。

满腹愧疚的卡戎瞬间心虚，差点儿按了拒绝，幸亏最后关头看清了对方的名字——得摩斯。轻轻呼出一口气，平复了心跳的银发守关人接通联络。

半空中立刻出现一张苍白英俊的脸，眉毛不怀好意地挑着，眼里带着奚落："你近期最好别去公共区，我刚刚吃了早餐回来，潘恩可满世界转悠想和你偶遇呢。"

公共区，守关人平日放松休闲的场所，餐饮、娱乐一应俱全。

"你到底对他做什么了？"潘恩口风太紧，得摩斯八卦了半天也没挖出料，好奇得他早餐都没吃好，回来就第一时间寻到二号当事人这里了。

卡戎暗暗松口气，还好，得摩斯对于考核内情还一无所知，否则以这位同事恶劣的品性，能把他嘲……

"我记得某人曾对我惊呼：'三十人？你没有故意放水吧？'"

得摩斯惟妙惟肖的模仿拉回了卡戎的注意力，银发守关人咽了下口水，有种不祥的预感。

果然，得摩斯下一秒就露出愉悦微笑："可我刚刚看了最终考核结果，怎么经过你一番严一格一考核，才刷掉一个人？"

卡戎："……"

得摩斯凑近投屏，快乐得像一只金色小鸟："你给我具体讲讲他们的通关过程，我不差这点儿时间。"

沉思良久，卡戎抬眼，前所未有的真诚："其实我也只考核了三组，另外两组由潘恩联合守关，要不我先帮你把联络转到他那里去？"

潘恩，哥也是被逼无奈，反正你都记仇了，不差再记一笔。

"你找了他联合守关？"得摩斯非常惊讶，随后乐得眼睛都亮了，"不用帮我转，我直接发邀请，三人一起通话多热闹……"

卡戎心惊肉跳："不，不用……"

"得摩斯？找我干吗？"投屏里已出现一头红发。

卡戎："……"

晚了！

整整一上午，三个守关人都在"融洽"的氛围里分享讨论3/10的工作经验。由于交谈得过于"热烈"，潘恩数次按捺不住"飞扬"的心情，想要跨越投屏的阻隔，和卡戎面对面直接地聊。

就在卡戎绞尽脑汁想出一个个婉拒的理由时，1号、3号孤岛联合组的渡船，终于在一片辽阔大陆靠岸。不是海中孤岛，更不是地下城、水世界，而是真真正正的陆地。头上是宽广的蓝天，晴空万里，日光和煦；脚下是踏实的大地，一望无际，看不见尽头。

"叮——"

小抄纸："请沿当前道路，进入3/10通关集结区。"

新提示在十二人听来像天籁。他们第六天就通了关，生生在海上漂到这第八天的上午，短时间内真的一点儿都不想再坐船了。

船板自动放下，搭上码头。

码头上盖着一个玻璃通道，一直通向远处的一幢巨大建筑，占地很广，方方正正，规矩得像某个大型工厂的厂房。但它可比厂房高多了，目测至少十几层，除了第一层是透明玻璃外，上面都是银灰色的金属板一样的外立面和密密麻麻的窗户。透过玻璃，隐约可以看见建筑物里有人在走动，而上面楼层的许多窗户后面，似乎也有人在窥探着他们这艘刚刚靠岸的船。

"那里就是通关集结区了吧……"有人自言自语。

但其实不说也很明显了，玻璃通道罩住了整个码头，他们下船只能进通道，而通道只通向前方那幢建筑，想去其他地方都不可能。

十二人没耽搁太久便陆续下船，很快走过玻璃通道，来到建筑物的大门前。

仿佛感应到有人抵达，透明门水平移开。

十二人踏入，迎接他们的是一个足球场一样大的一层大厅。大厅里被绿植、各种装饰分隔成了许多区域，每个区域里都有人。随着他们的到来，这些人不约而同降低了分贝，无数道目光在他们身上汇聚，或直白，或隐晦，或好奇，或意味不明。

成为焦点的十二人吓了一跳。他们没想到通关集结区会有这么多人，还以为只是其他孤岛通关过来等待的伙伴。不过人越多，他们反而越安心，因为这样就意味着这里并不危险，应该是和水世界酒店类似的闯关前的安全区。

"叮——"

新提示如期而至。

小抄纸："欢迎来到3/10通关集结区，这里共有十九层，一层是活动区，二层及以上是居住区，每人一个房间，你的房间号为××××，请对号入住。"

虽然暂时没危险，但整个一层大厅的视线还是让十二个伙伴如芒在背，所以他们也顾不上去找周围有没有其他组的熟人了，大家彼此看看，默契地走向电梯。

每个人的房间号都不一样，像是随机分配的：唐凛是9087，范佩阳是1611，南歌是1025，郑落竹是4033。九层、十六层、十层、四层，别说房间不连着，连楼层都不同。

"每个人先去自己的房间，"唐凛和自家伙伴道，"我估计进房间后还会有新信息。一小时后，如果再没有新情况，我们到一楼会合。"

郑落竹、南歌："明白。"

范佩阳："注意安全。"

电梯一层层停下，轿厢内的人越来越少，最终，十二人就像水滴，汇入了这幢建筑的汪洋大海。

楼上虽然是居住区，但结构和商场很像，每一层从房间出来，都可以扶着栏杆，俯瞰下面的一层大厅。所以唐凛来到九楼时，走廊上有一些人，三三两两聚着，不时向他投来玩味的目光。

唐凛没理，沿着走廊走了大半圈，才来到9087房间门前。他刚一站定，门板上便浮现出一个猫头鹰轮廓的光影。唐凛试探性地把手臂举起，上面的猫头鹰图案立刻发出光束，直直照进门板的光影轮廓里。门扇应声而开。

唐凛走进去，原以为会是水世界酒店单人间那样的房间，不料却是一个格局明朗的超大套房。他简单走了一遍，目测面积约在四百平方米，不仅有卧室、餐厅、浴室这样的基本配置，还有训练室、购物区、医疗区这样的额外配置，单是一个训练室就占了近两百平方米，显然鸮并不只想让他们在这里简单休息。

"叮——"

"叮——"

"叮——"

接连三条新提示。

小抄纸："进入4/10关卡前，这里就是你的居住区，你可以在此休息、训练，提升自身的能力，也可以使用经验或者现金在购物区、医疗区消费，以满足日常所需。"

小抄纸："4/10闯关口每月开启一次，进入闯关口的人数没有限制，你可以选择在任一开启日进入。注意：在3/10通关集结区停留，会消耗2经验值/天，当你的经验值消耗完毕，无论当天是否为闯关口开启日，你都会被强制送入4/10关卡。"

小抄纸："恭喜你获得3/10通关经验值1200。扣除经验值1000，解锁永久性文具树'狼影追踪Ⅱ'。"

信息量有点儿大，唐凛一条条看下来，看得认真。

第一条和他想的一样，这个房间不单是给他们休息的，还是给他们训练的。相比水世界酒店，这里的环境又高出了一个档次，和地下城比更是天壤之别。如果给予闯关者的条件，代表了鸮的态度，那么很明显，鸮对他们这些3/10通关者的重视要远高于地下城。

因为他们通过了三关的筛选，所以是值得给予优渥条件的"人才"了？唐凛抿紧嘴唇，这感觉就像是准备把猪养肥了再宰掉一样，实在很难不让人多想。

第二条信息也很耐人寻味。下一关的闯关口每月开启一次，进入的人数没有限制，意味着鸮是鼓励他们去下一关卡的。这个倾向从水世界开始就露出端倪了，当时的闯关口也是不限制人数。但在这个集结区，或者说这幢建筑里停留，是要消耗经验值的，一旦经验值为零，愿意不愿意也得硬着头皮去闯关。

再结合第三条，他获得了1200经验值，又扣掉了其中的1000来解锁四级文具树，剩下的200经验值，加上之前关卡剩下的经验值，合起来也不够在这里住上一年的。而他在前两关的时候，还算是一起通关的闯关者中获得经验值比较多的。

这样上下一联系，鸮的导向就很明显了——允许他们在这里提高自身能力，甚至尽可能提供便利条件，但绝不允许他们像地下城那些人一样，缩在安全区里裹足不前。

可以理解，都辛苦筛选、培养过三个关卡了，换谁当老板，都不可能眼睁睁看着人才闲置，不去创造价值。

只是，这个关卡世界，到底想从他们身上获取什么价值？

嘈杂声突如其来，打断了唐凛的思绪。他循声抬头，就见客厅墙壁上出现清晰投屏，画面是一个和这里一样的房间，只不过房间中的人是一个陌生闯关者，他正在训练室里做力量训练，估计是觉得比较孤单，每做一下就吼一嗓子，不看画面光听声音，还以为是开往伊甸园的车。

投屏左上角有一组数字——1345。

唐凛疑惑地歪头：房间号吗？

投屏上方忽然滚出个小猫头鹰，瞪着圆溜溜的眼睛："不要盯着我看，我会害羞的哟。"

唐凛好久没看到这位 NPC 了，一时有些恍惚，1/10 地下铁经历的那些惨烈画面不受控制地在脑海里回放。

"不要这么严肃嘛，"小猫头鹰歪头，"我现在是你的找朋友好帮手哟。"

"找朋友？"唐凛对这位 NPC 的一切卖萌词都保持警惕。

"4/10 关卡要 6~10 人组队才能进闯关口，"小猫头鹰扑打扑打翅膀，"如果你还没找到足够的人，可以通过墙上的监控屏幕去观察每一个房间的闯关者，是每一个哟！如果发现心仪的对象，就可以登门拜访啦。"

唐凛："……"心仪？登门？

小猫头鹰："当然，我们也考虑到，这么多的房间，你们逐一去找分明是大海捞针，所以通过数据分析，我们贴心地给你推荐了一些匹配契合度高的闯关者。现在这位 1345 就不错哟，如果你不喜欢，我可以继续帮你换下一个。"

"啊啊啊——嗯嗯嗯——啊啊啊——嗯……啊……"

1345 房间辣耳朵的"训练音"让唐凛对鸮的数据分析处理能力，产生了深深的怀疑。

"看来你真的不太喜欢。"小猫头鹰像是读得懂唐凛的心声，小身子一倒，骨碌碌从投屏左边滚到投屏右边，监控画面和左上角的房间号随之变成了 1611。

投屏里，熟悉的身影坐在沙发前，也看着自己房内的投屏，而那块投屏里，是 9087 的唐凛。

"这个怎么样？"9087 的小猫头鹰期待地问。

唐凛："……"

与此同时，1611 的范总对着 1611 的小猫头鹰说："我觉得可以。"

唐凛无语地看着投屏，他和范佩阳还需要系统来匹配吗，他俩早死死捆在一起了，不一一解开捋顺了，就是他想散伙，范佩阳都不会放手。

他想散吗？唐凛望着投屏里范佩阳的身影，第一次认真思考这个问题。

如果是在刚进入鸮、刚失去记忆那会儿，他一定毫不犹豫选择"想"。

从那时到现在，还不到一个月的时间，可同样的问题，他竟然犹豫了。

他不知道是不是得摩斯说的那些回忆起了作用。

在此之前，他对那段被遗忘的记忆没有任何真实感，范佩阳虽然一再坚持，但也没拿出过硬的证据，而以范佩阳的性格，想等他动之以情地给你分享生活点滴，还不如等哪一天记忆忽然自己复苏。

得摩斯窥探的那些，恰恰补上了那段被遗忘的时光的重量，虽然都是些不开心的，但依然让那些记忆变得有画面，有质感，仿佛触手可及。

第五章

新伙伴

XIN HUO BAN

1

"哗啦——"海浪一样的水声从外面传来，打断了唐凛的思绪。

投屏里1611房间的范佩阳也在同一时间偏过头看门的方向，显然也听见了。

全封闭的建筑，且离海边很远，怎么会有这么大的水声？

二人同时起身，开门走出房间，来到各自楼层所在的走廊，刚扶着栏杆往下看，就听见一声气愤的叫骂："霍栩，你来真的？！"

各楼层走廊上已经出来不少看热闹的，这幢建筑是以一层大厅为核心的围拢式结构，在大厅里喊一声，二到十九层都听得清清楚楚。但现在不是喊一声的问题，而是两个人在大厅正中央打起来了。

正在叫骂的男人二十六七岁，剃着青皮头，高大健硕，不过现在有点儿狼狈，因为他从头到脚湿得透透的，脚下一大摊水，像是刚被海浪迎面扑过。

被他骂的叫作霍栩的人，二十出头，穿着灰色的无袖T恤，两条手臂都缠着绷带，不是包扎伤口那种缠法，更像是某种训练需要。

唐凛在九楼，看不太清他们的脸，却看得出叫骂的男人身体绷紧肌肉偾张，是个严阵以待的架势，反而是被他骂的霍栩身形放松，好像就是随意打打。

越来越多的人探头看热闹，甚至有好事者吹口哨，给两人呐喊助威。

气氛都这样了，青皮头不再犹豫，直接朝绷带青年冲过去。

唐凛一怔，水世界酒店是明令禁止闯关者互相攻击的，难道这里不是？

眨眼间，青皮头已经冲到霍栩面前。霍栩轻巧后退，一瞬就和青皮头拉开了不小的距离，身形敏捷得令人惊叹。青皮头不甘，继续铆足劲儿往前，霍栩突然脚下一蹬，又迎着他冲了上去。青皮头刚开启新一轮全速冲刺，根本来不及刹车，等他想举拳时，霍栩已到跟前，一记勾拳自下而上直接揍到他的下巴。青皮头直接被揍飞了，后仰着摔倒在地，身体在大厅的大理石地面上撞出沉闷声响。

霍栩转转挥拳的手腕，看也不看青皮头一眼，冷冷骂一句："傻子。"

围观众人不管哪个楼层都有叫好的，因为这一拳打得确实漂亮，单是移动速度就让人眼前一亮，轻松碾压青皮头，而且还巧妙地先退再进，将由青皮头带起的对战节奏瞬时扭转。

郑落竹在四楼，看得更清晰，霍栩在转守为攻那一刻的移动速度堪比崔跑跑。

"竹子……"

极轻的呢喃在郑落竹耳边响起。郑落竹吓得一激灵，条件反射地左右看，由于动作幅度太大，把左右看热闹的闯关者也吓一跳，回敬过来的全是"你有病啊"的眼神。

"竹子，是我，你往十楼看……"

这回郑落竹终于反应过来了，是南歌的"余音绕梁"。这不是他第一次体验伙伴的新文具树，但还是无法适应那种隔空传音带来的诡异感，简直清凉恐怖，提神醒脑。他连忙抬头往上面望，很快就看见了冲他轻轻挥手的南歌。

"余音绕梁"只能单方面传音，不能双向沟通，所以郑落竹只好用一个翻上天的白眼，来表明自己的心情。

南歌很开心，罕见地露出恶作剧成功的孩子气。

不过她也不是单纯开玩笑，是的确有事想问自家伙伴："那个叫霍栩的，你用'彩虹眼'看看，他用没用文具树。"

"都打完了还怎么看啊？"郑落竹连比画带对口型。

再说，那么快的速度，绝对不正常吧，80%可能是文具树，剩下那20%，就是在许愿屋里要了身体强化。

南歌还想要说什么，下面的青皮头又爬起来了。

"你骂谁傻呢？"语气比刚才更阴沉。

得，这架还没完。郑落竹连忙给南歌比了个"交给我"的手势，而后立刻启动"彩虹眼Ⅱ"。这是他刚得的四级文具树，还没用过，正好试试。

同文具树的联系一建立，郑落竹就知道它和三级"彩虹眼"的区别了——三级文具树一次只能锁定一个目标观察，但"彩虹眼Ⅱ"可以同时锁定多个目标。

郑落竹再低头往下看，青皮头周身已经有了深蓝色气流。深色，攻击型吗？他又去看霍栩，霍栩周身什么都没有，和旁边那些围观的人一样。他根本没启动文具树，还是刚刚交手的时候用了，现在又切断了？郑落竹皱眉。文具树操控有两种方式，脑内控制和点击手臂猫头鹰图案都行，但那家伙手臂上缠着绷带，摆明全是脑内操控，所以也没办法从动作去观察。

还没等他想出个所以然来，青皮头手里已经多出一把匕首。

"有能耐你就一直别用文具树。"撂下这么一句，青皮头又攻了上去，带着哪里跌倒就必须从哪里爬起来的倔强。

霍栩这次没等，直接闪身向后，速度比前一次还快，顷刻就和青皮头拉开了超远距离。

郑落竹现在可以确定了，在移动速度上，绷带青年根本没用文具树，就是自身的速度。果然是在许愿屋里要了速度强化？总不能是天赋异禀吧……

有气流了！郑落竹霍地瞪大眼睛，只见绷带青年周身在极短时间内涌出无数冰蓝色气流，漂亮极了，在郑落竹见过的文具树气流里，只有自家队长使用"狼影"时的银蓝色可以与之媲美。

什么？范总的不美？那种永夜深渊一样的黑色，已经不能用肤浅的美与不美来评价了，那是一种卓然的气质。

随着霍栩发动文具树，他身前突然出现一人多高的巨浪，狠狠拍向正持刀冲过来的青皮头——他的文具树是"水"攻击！

郑落竹真心酸了，要不要这么帅啊，能不能给他这种"铁板朴素防御族"一条生路啊。

巨浪的出现也解了一小部分人的疑惑，因为他们出来看热闹时，和郑落竹、南歌、唐凛一样，都是听见了水声才出来的，都只看到了青皮头浑身湿透的结果，没看见原因，现在随着霍栩再次操控巨浪出现，一切都有答案了。

但是大部分人好像对此并不惊奇。

唐凛仔细观察了一下周遭，对于霍栩的水系文具树，似乎很多人都见怪不怪了。看来，这不是绷带青年在这幢建筑里的第一场战斗了。

巨浪没有再次打到青皮头身上，而是在扑到他面前时骤然冻住了，从浪头到浪底急速冰封。这一下，各楼层围观者一片哗然。

青皮头绕过冰冻在半空的巨浪，隔着几步之遥，和霍栩面对面，不屑地冷笑："真以为有个水系文具树就可以谁都不放在眼里了？不好意思，哥们儿的文具树恰好是冰冻，你说巧不巧。"

"深藏不露啊——"

"你说实话，是不是故意来找碴儿的，哈哈哈！"

"楼上你是不是被霍栩虐过啊，这么开心？"

"滚蛋——"

各楼层围观者开始起哄了，你一言我一语发弹幕似的。显然，青皮头的本事，在这里还是第一次大范围公开。

唐凛也听到旁边有人议论——

"终于有人能把这个刺儿头拿下了。"

"等等，那个冰冻是哪个组织的？"

"不知道，好像是自由人吧。"

"啊，我可买的是甜甜圈把霍栩收编啊……"

"我还同时在白组和还乡团身上下注了呢，血本无归了。"

"谁开的这个赌盘来着？太阴险了，庄家通吃啊！"

"你们先别急，那小子连还乡团都看不上，能甘心跟这么个名不见经传的组队？"

"有道理，他也没说打败他就答应入伙……"

"那小子就是狂，眼睛长脑袋顶上了，谁他都看不上，估计就等着经验值耗没，被强制送走呢……"

唐凛微微挑眉，这还是个人气选手。不过他刚才露那两下身手，加上文具树本身的潜力——水系持续升级，几乎可以预见到未来的可怕攻击力——想不抢手都难。毕竟组队战，谁都愿意要强者。

战场中央，绕过冰幕的青皮头撂下那句气死对手舒坦自己的"巧不巧"之后，直接盯住霍栩，集中精神，全身发力。

空气一霎安静，所有围观者都意识到了，青皮头这是要直接对霍栩发动"冰冻"。

人被冻住会如何？这恐怕就要看青皮头操控文具树的水平了，如果他冻人也可以像冻水那样利落，那他想冻伤就冻伤，想冻死就冻死，霍栩的性命只在他的一念之间。

"咔……"像是什么东西断裂的声音，在青皮头身后响起。他一怔，条件反射地回头，只见被他冻住的冰幕上，一截冰柱像是被什么力量扯断，脱离了冰柱，但没落地，而是悬在低空。青皮头呼吸一滞，对于危险的感知本能，让他飞快往旁边躲闪。可惜还是慢了一步，尖锐的冰柱以极快的速度飞驰而来，刺穿了他的肩膀。

整个楼里，静得连呼吸都能听见。

唐凛用余光暗中观察，看见的是一张又一张惊诧的脸。霍栩的文具树不仅可以操控水，还可以操控改变形态之后的水。这一点，恐怕之前没展露过。

"唔——"青皮头咬紧牙关，忍住了没喊，但剧痛还是让他踉跄一步，身形晃了又晃，很艰难才重新站稳。

他周身的文具树气流迅速散去，郑落竹清楚，这代表伤势让青皮头再难集中精神力去操控文具树。

通常战斗胜利的一方，都会在胜利之后走到失败者面前，居高临下发表一番感想，再不济，也得欣赏够了失败者的痛苦，才能补偿自己付出的汗水。但霍栩没有。像是已经对这场战斗不耐烦了，他皱着眉，草草瞥青皮头一眼，转身离开，连句"傻子"都懒得骂了。

随着他的消失，嵌在青皮头肩膀中的冰柱和被冻结在半空的冰幕同时融化。"哗"的一声，那巨浪终究还是落在了青皮头身上。

从楼上围观者的角度看，霍栩已经消失了，但在一楼的闯关者还是能清晰看到霍栩走进了大厅一侧尽头的楼梯间，已经按了电梯准备上楼。

楼上重新恢复嘈杂，对于绝大部分围观群众来说，霍栩打架已经是常态了，所以没谁吃饱了撑的，去找一个浑身散发着"别烦老子"的气息的刺儿头采访获胜感言。

但崔组长是个例外。

2

孔明灯、十社、铁血营、还乡团的集结区负责人和骨干正带着自家新进抵达的成员，同其他三组开展睦邻友好的见面活动，以便为日后的部署和联手做准备。

孔明灯这次通关周云徽、老虎、强哥、华子四个，十社崔战、郝斯文两个，铁血营何律和三个组员，还乡团则是祁桦和丛越。

其实五个孤岛求生小组中，不算甜甜圈，崔战、周云徽、VIP的联合小组是通关最早的，结果却是最晚抵达集结区的，连临近第七天结束才通关的祁桦、大四喜等人那组，都比他们早到这里，可想而知，他们那座冰天雪地的孤岛有多偏远了。

十二个通关者加上四个负责人和若干骨干，一共二十几位。人一多，聚在一起就比较忙活，光寒暄就寒暄了半天，没等进入正题，那边霍栩和青皮头已经打起来了。

崔战本来急着去自己房间看看，到底这里给的住宿条件什么样，结果在大厅就被等在这里的十社集结区负责人截住，然后被带着和一些认识的不认识的人搞社交，集体相亲似的，幸好后面近距离看了一场对战，也算意外收获。

霍栩的实力绝对是那种让人眼前一亮的，崔战相信整个集结区的人都看得出来，所以对于这种出色人才，必须下手快。

崔组长没去想为什么霍栩兄弟到现在还单着，只觉得机不可失时不再来，故而趁着负责人不注意，偷偷从外围溜掉，踩着"滑板鞋"就朝霍栩离开的方向去了。

别人没注意，周云徽可看得清楚，他起先不知道崔战要干吗，只觉得这人偷偷摸摸准没好事，于是也趁自家伙伴不注意悄悄跟上。刚跟进电梯间，他就看见崔战侧身，肩膀倚靠在墙壁上，问旁边正在等电梯的霍栩："喂，要不要来我们十社？"

知道的，知道崔组长这是在招募新兵，不知道的，还以为这是流氓在搭讪。

伴随一声清脆的"叮"，电梯抵达一层，轿厢门缓缓而开。霍栩迈步而入，将崔组长从头到尾无视得彻底。

崔战不悦，伸手去搭对方的肩膀："小子，我和你说话呢。"

霍栩在马上就要被碰到时突然抬起胳膊，"啪"的一声重重打掉伸过来的手，给崔战一个标准的白眼："别动手动脚。"

崔战还没遇见过脾气这么臭的，心里腾地就起了火："哎哟我去……"

霍栩才不管他，径自走进电梯。

轿厢门开始缓缓关闭。霍栩转过身来，透过轿厢门仅剩的1/3空隙看向崔战，眼眉间尽是桀骜不驯："回去问问你们十社负责人，冲浪冲上十九楼的感觉爽不爽。"

轿厢门合上最后的一丝缝，轿厢开始往楼上去。

崔战简直要被怒火烧着了，回头问身后不远处的周云徽："你见过这么横的没？他幸亏是水系文具树，要是气流能直接上天！"

"哟，你看见我了啊。"周云徽故作惊讶，实则调侃。

崔战翻个白眼："废话，你一过来，这电梯间温度都上升了。"

周云徽服了，这都什么被害妄想症："我的文具树是火，不代表我也是一团火，谢谢。"

崔战不纠缠这个，反正周云徽一过来他就热，没准是他自身的高级防御天赋呢，他自己清楚就好："你过来干吗，也想拉那小子入伙？"

"你自己蠢就行了，别捎上我。"周云徽幸灾乐祸，"那小子最晚也是在我们前一拨儿进集结区的，也就是说至少在这里待两个多月了，他要那么容易答应入伙，能耍单到现在？"

崔战一看见霍栩的实力和打架的劲头，就热血上涌急匆匆过来了，还真没想过别的，现在经周云徽这么一讲，再联系霍栩最后那句"回去问问你们十社负责人"，全明白过来了，敢情自家十社早伸过橄榄枝，然后被人用巨浪无情地撅折了。

"别丢人现眼了，"周云徽催，"趁负责人没发现，赶紧回去，万一十社要和孔明灯联手，咱俩也好一起投反对票。"

崔战莫名其妙："为什么要反对？"

周云徽更莫名其妙："难道你愿意和我组队？"

这个问题吧，就说来话长了。崔战从头捋："刚上岛的时候吧，我是真看不上你，但是……哎，你别走啊——"

周云徽完全没耐心听对方的絮叨，知道彼此看不上就行了，这是一种令人欣慰的默契。

崔战三两下就追上了周云徽，不过刚才回顾心路历程的气氛已经没了，所以他又把话题扯到了霍栩身上："哎，你说就那家伙的性格，跟谁能组成队啊！"

周云徽："组不成就单着呗，人自己都不着急，你替他急什么。"

"也是。"崔战说着又想起了霍栩那张好像谁都欠他八百万的脸，撇撇嘴，"我以为我脾气就够差的了，见到他才知道，我就是一朵小白花。"

周云徽："……Excuse me？"

崔战："Little……white flower？"

周云徽："不是让你翻译！"

十社和孔明灯的集结区负责人已经发现两个分部组长不见了，刚要派人去找，就看见两人回来了，一同由远及近的，还有他们互不相让的"友好讨论"。

两个负责人头疼。明明十社和孔明灯的关系还算融洽，但这二位一起闯上来的地下城组长，没一刻"爱与和平"，随便什么话题都能聊到"火花四射"，虽然没真动手，可旁边还有还乡团、铁血营两组的负责人看着呢，丢面儿啊。

不过两位负责人很快就得到了心理平衡，因为那边崔战和周云徽还没彻底归队呢，这边还乡团也出了内部问题。怎么起的头，两位负责人没注意，等注意到的时候，还乡团负责人脸已经黑了。惹他生气的，就是还乡团本次通关仅剩的两个人——水世界组长祁桦，以及他手下的小队长丛越。

"我最后问你一遍，"还乡团负责人紧盯着祁桦，"人是不是你杀的？"

祁桦直面负责人的视线，一字一顿："不是，是手枪意外走火。"准确地讲，是他上去抢夺手枪的时候走了火，但有些细节没必要说，徒增嫌隙。

负责人又看向丛越："你说他杀了自家兄弟，你亲眼见了，还是手上有证据？"

丛越没亲眼见，也没有证据，只是一进集结区，正好遇见下山虎。下山虎是和他一起经历得摩斯"窥探恐惧"考核的，知道他和祁桦闹掰了，所以好心提醒他小心祁桦，同时讲了祁桦在孤岛上枪杀组员的事。

"我没看见，也没证据，"丛越实话实说，"但有人看见了。"

负责人摇头："外人的话我不信，你怎么知道他们不是故意挑拨离间？"

丛越："……"

话说到这份上，傻子也听明白了，负责人不想扩大事态，只想大事化小。

解决完丛越的举报，负责人又看向祁桦："你说他吃里爬外，出卖还乡团情报给那个……什么来着……"

祁桦："VIP。"

"对，VIP。"负责人重复着完全没听过的不知名小组织，丢给祁桦和丛越一样的问题，"你有证据吗？"

祁桦斩钉截铁："我就是证据。2/10 守关人考核时，得……"

得摩斯的名字根本没出来，甚至连"得"字都只发出半个音节，祁桦的头就炸裂般疼起来，疼得他一下子捂住脑袋，浑身痛苦地颤抖。

负责人立刻反应过来："涉及守关人和关卡考核内容？那你别说了。"

事实上就算祁桦想说也没可能。除非在场所有人 2/10 的考核内容都一样，他们才可以互相交流。比如之前下山虎和丛越，因为一同经历了卡戎的"孤岛求生"，虽然孤岛组别不同，但本质上是同一考核，所以下山虎才能把手枪连同祁桦杀人的事讲给丛越听。但此刻，在场的四大组织二十来号人，显然在 2/10 闯关时轮到了不同的守关人值班，故而当祁桦想讲出得摩斯的名字时，关卡的阻止和警告便以头痛欲裂的形式抵达。

不过如果是守关人发起的沟通，好像就不受这种限制。丛越无意中想起了得摩斯在神殿里的最终考核前，先看了他们有无徽章，并说出了"提尔""维达""希芙"等几个 1/10 守关人的名字。对于当时的每一个闯关者，都一定有两个名字是陌生的，但也没见谁头疼，或者突然听不清。

祁桦的头疼随着他的闭嘴渐渐缓解。他不甘心极了。丛越控诉他的时候，绝口不提"孤岛求生"，只说他杀了人这件事本身，完美避开了泄露关卡内容的警告。他却不能不提得摩斯的"窥探恐惧"，否则无法解释他是怎么知道丛越吃里爬外的。

负责人见他慢慢直起身子，知道没事了，便安慰性地拍拍他的肩膀，语重心长道："你们两个都是九死一生才到这里，还乡团还要靠你们这样的精英来支撑，以前不管发生过什么不愉快，都过去了。"

这话就是打定主意和稀泥了。

铁血营负责人是从头到尾一点儿不落旁观下来的，对于这个结果，早在还乡团负责人听到双方控诉还能保持心平气和时，他就预见到了。那不是会严格处理的较真态度，显然，对于还乡团负责人来说，如何最大限度保证向后面关卡的人才输送才是第一要务。他理解还乡团负责人中庸的做法，但不敢苟同，不过毕竟是别人的家务事，他不好说什么。

祁桦也看明白风向了，垂着眼，压下一切情绪，再抬头时已大度平和："好，一切往前看。"

负责人欣慰地点点头,又去看丛越。

丛越对这个组织的最后一点儿热血凉了:"我辞职。"

负责人一愣:"你什么?"

"哦哦,我退出。"丛越连忙改正口误,刚树立起来的凛然气势一秒垮掉。

但负责人还是急了,拢共通关进来俩,没混热乎呢,就要撤一个:"你别冲动,等会儿回去,我们关起门来再好好交交心,没有什么不能解决的。而且这次只有你和祁桦闯过了3/10,说明你的能力并不在他之下,他可以当水世界分部的组长,你未来同样可以独立带队。你现在退出,是还乡团的损失,更是你自己的损失……"

丛越辞过那么多次职,这是第一回被人用升职加薪来挽留,说心里一点儿波动没有,那是假话。但闯关毕竟不是上班,在这个随时可能有生命危险的世界里,他没办法把自己交给这个组织,把自己的后背交给这些人。

"不是还乡团的问题,是我自己的问题。"辞职的终极奥义,就是心里把老板骂成狗,嘴上悲痛欲绝似分手,"一路从地下城到现在,越闯关,我越感觉到力不从心。在3/10的时候,我好几次险些撑不下去……"

一直安静得近乎没有存在感的何律组长,眼底露出一丝不易察觉的疑惑。撑不下去?在孤岛上的时候吗?怎么自己回忆的画面里,都是丛越在吭哧吭哧啃食叶片,每找到一种能吃的植物,就幸福得像进了粮仓的硕鼠?难道……他不是真正的快乐?

丛越还在饱含深情地陈述:"还乡团带给我很多东西,一想到要离开这个大家庭,我也特别不舍,但我现在的心理状态,不管和谁一起继续闯关,都只能连累别人,我不想这样……"

十社、孔明灯的负责人听得动容。他们怎么就没福气拥有这种组员呢,知恩感恩,动心动情,尤其和旁边那俩一直在掐架的家伙比,丛越简直就是微胖小天使。

崔战、周云徽:"……"死胖子戏太多!

最终,还乡团负责人还是没松口,只说回去从长计议。但谁都看得出来,他根本不想放人,所谓回去,不过是当着外人的面,丛越又表现得那么诚恳,他不好强硬,唯有先敷衍过去。然而丛越这边看似伏低做小,实则态度坚决,即便答应了回去再聊,也不见眼里有真正的动摇。这事儿恐怕很难转圜了。

四个负责人里,就铁血营的心情最好了。他旁边的这位何组长,既没和人结怨掐不停,也没嚷着要辞职,放平日里是正常表现,放今天就是全场最佳,省心得让人老泪纵横。

"对了,你刚才说有件事情要和我汇报?"看完了热闹,铁血营负责人才想起来自家被打断的正事。

何律点头："是的。我们这次可以通关四人，其实全靠白组的白路斜，这是一个很大的人情，所以后面闯关如果遇见他，我会尽我所能帮他通关，如果我们不巧被关卡弄成竞争关系，那我会主动放水。"

铁血营负责人："……"大意了，他应该回去再问的！

十社、还乡团、孔明灯负责人："……"家家有本难念的经啊。

就在何律说这番话的时候，遥远的1999房间内，白路斜打了个喷嚏。

不久前，他才在走廊看完楼下打架的热闹，本来没准备那么快回房间，不过范佩阳找过来了，说想和他进屋聊聊。白路斜不想和范佩阳聊，只想和范佩阳打，一想到范佩阳的文具树，他就跃跃欲试。

范佩阳倒是很痛快，说："你帮我一个小忙，我们就可以打。一楼大厅、各楼层走廊或者房内训练室，场地随你挑。"

这态度反而让白路斜好奇对方想聊的内容是什么了。

结果就是现在范佩阳站在他的房间里，像一个遮光的大型家具。

"说吧，想让我帮什么？"白路斜随意坐进沙发里。

范佩阳没急着答，而是先问："你的三、四级文具树都是什么？"

白路斜的字典里从来没有保密一说，如果条件允许，他恐怕会全世界发传单炫耀自己的实力："催眠术。"

范佩阳点点头，再进一步确认："所以你的四个文具树，依次是'孟婆汤''孟婆汤Ⅱ''催眠术''催眠术Ⅱ'？"

"嗯。"白路斜随意应一声，但很快想到什么，眼里亮起期待的光，"如果你想更直观地了解，我现在就可以让你深度体验。"

范佩阳眼里的期待却黯淡下去："所以你的文具树方向，其实不是记忆，而是更侧重精神控制。"

白路斜向来不在乎人心，更没什么细致的观察力，竟也感觉到了范佩阳的低落。

可范佩阳只让这情绪一闪而过，快得像是旁人的错觉，再开口时，已坦然沉静："说回'孟婆汤'，你在用它让目标失忆的时候，具体是怎样的过程，能看见别人的记忆吗？"

白路斜展开胳膊搭在沙发靠背上，仰头若有所思地研究了范佩阳一会儿，慢悠悠地回溯记忆，想到了在神殿时，得摩斯窥探唐凛记忆牵扯出的那些信息，心里渐渐了然。他露出饶有兴味的笑："你想让我帮唐凛解封记忆？"

范佩阳以问代答："你做得到吗？"

白路斜歪头，明明坐在沙发里的他比站着的范佩阳矮了许多，却自有一派高高在上的范儿："现在是你求我，你是不是应该配合我的节奏？"

范佩阳静静看了他片刻，沉声开口："我的确在找能让唐凛恢复记忆的方法。"

白路斜对于他良好的态度很满意，眼里好事者的光芒越来越浓："我一直好奇一件事，有滋味儿吗？"

范佩阳看得出白路斜是故意的，不疾不徐地回答："好奇的话，你可以找人尝一尝。"

"找谁呢……"白路斜故作思索，不怀好意地一笑，"我看唐凛就不错。能让你这么惦记，失忆了还千方百计要找回从前，他肯定有过人之处。""过人"两个字被刻意咬得轻佻戏谑，意味深长。

范佩阳平静地看他，说："你试试。"语气很轻，深不见底的眼里却蒙着一层霜，像凛冬的夜，致命的黑暗与冰冷。

"威胁我？"白路斜不喜欢他的语气，不喜欢他的眼神，更不喜欢他的气场，傲慢地摇摇头，"你这可不是求人的姿态。"

范佩阳似笑了下，可还没到嘴角就淡了："闯关者的文具树存在重复，你死了，我可以再去找其他的'孟婆汤'。"

"拿唐凛开个玩笑，你就要我死？"白路斜露出感动的模样，"人间真情啊。"

范佩阳料到了白路斜不会乖乖帮忙，但对方难搞的程度依然超过了他的想象。这种极度任性自我、不服天不服地，更不可能有团队观念、全局视野的人，到底是怎么在孤岛求生中存活下来的？

"不对啊，"白路斜像是刚想到什么，说，"神殿考核的时候，得摩斯在唐凛心里窥探到的记忆好像没一段是愉快的，如果照此类推，你俩的过去根本就是一部你的犯罪史嘛……"他问范佩阳，着实不解，"为什么非要唐凛想起来？他永远想不起来，你就永远脱罪啦。"

范佩阳还没消化完"犯罪史"这种令人沉重的比喻手法，又被新问题问住了。

为什么非要唐凛想起来？

如果是刚进地下城的范佩阳，甚至会觉得这个问题可笑。他的朋友把两个人的交情忘了，而这一切仅仅是因为治愈性幻具使用不当，那么用同样的方法，寻找合适的幻具将一切拉回正轨，不是理所当然的吗？就像电脑程序出了问题，要做的是打补丁，而不是把整个程序卸载掉。况且人与人的关系，还不是冷冰冰的电脑程序。他付出的时间、感情，并不会随着单方面的失忆而改变。这些记忆的空白，对于失忆者只是遗憾，或许连遗憾都感觉不到，对于仍然记得的人却是剥皮拆骨。

可是现在，站在这个房间里的范佩阳想到了唐凛。那些他以为岁月静好的过往，在唐凛心里却是另一番模样，所有他不曾留意的细节都成了唐凛心上深不见底的伤。唐凛没拿这些控诉他，因为失忆了。唐凛仍愿意为他过命，因为只记得他的好，记得是他用了唯一的愿望救了自己的命。但是——

"这样对他不公平。"范佩阳缓缓地说。

白路斜等得太久了，久到开始走神，还要自己续一下前文，才想起来他们在聊什么："你是说，你千方百计想找回唐凛的记忆，是觉得失忆对唐凛不公平？"结论太匪夷所思，他上扬的尾音里全是困惑。

"任何人，都要为自己做过的事情负责。"范佩阳说。

白路斜眉头快打结了，他难得调用了平时闲置的大脑理性思考区，半晌才捋出范佩阳的逻辑："你要唐凛想起你干的那些蠢事，再决定怎么对待你，才算是给他的公平？"

范佩阳："如果唐凛想不起来，我就可以脱罪了。这是你刚才讲的。"

白路斜："所以你就要他想起来，顺带让本来可以维持的朋友关系也彻底决裂，就公平了？"

"这是最坏的结果。"范佩阳眼睛闪了闪，说明他对此并非无动于衷，可原则上他依然坚持，"如果真出现，我会尽力挽回。"

这个人有病。

在白路斜有限的闯关者记忆库里，范佩阳荣登"迷惑动物大赏"榜首。

房间里安静下来。

范佩阳在沉默。他在等白路斜的答复，也在想刚刚那个被描绘出的最坏结果，本能地开始未雨绸缪，考虑着如何才能在唐凛找回记忆的情况下，规避掉这一结果的发生。

白路斜在这来之不易的宁静里，终于把被范佩阳带偏的思路拖回了自己的轨道："别说得那么好听，"他曲起一条腿，胳膊搭在膝盖上，轻瞥范佩阳，"什么公平，什么要为做过的事情负责，你就是希望从前的那个唐凛回来，继续听话，继续乖巧，继续委曲求全。"

范佩阳没说话，脸上看不出情绪。

白路斜乐了，朝他扬了扬下巴："这里只有我们两个，我可以帮你保密，你说句实话吧，被我猜中了对不对？"

"你知道我是在什么时候，发现自己对他和对别人不一样的吗？"范佩阳突然问。

白路斜猝不及防，一脸蒙："我怎么知道。"

"是有一次我们聊事情，意见发生了分歧，他朝我拍桌子，凶我，"范佩阳第一次说这些，对着不相干的白路斜，很奇怪，奇怪到他不得不承认，可能只是想把这些话认真说一次，给自己听，"我却觉得他很漂亮。"

白路斜："……"

他为什么要坐在这里听这种微妙而诡异的心理活动？不过想听的八卦都听到了，不想听的也被硬塞了，白路斜再不兜圈子，直截了当承认："'孟婆汤'看不到记忆，操控过程和其他文具树一样，建立联系，选定目标，精神力执行。"

范佩阳早有心理准备，真等听见，比他自己预计得还要平静："谢谢，打扰了。"说完转身离开，干净利落。

白路斜看着他走到门口，忽然叫住："喂——"

范佩阳的手刚搭上门把，闻声回头，面带疑惑。

白路斜："你要帮他找回记忆，你认为失忆对他不公平，你觉得哪怕他恢复记忆后再和你决裂，也可以尽力挽回……你要，你认为，你觉得，怎么全是你？"他倚着沙发，邪气的笑里，透着看热闹不嫌事大的情绪，"你问过唐凛愿意不愿意吗？"

3

一小时后，VIP 四人如约在一楼大厅一个小型休息区集合，休息区的位置比较偏，基本没什么人。

唐凛、郑落竹、南歌都提前几分钟到了，只有范佩阳，最后一秒才抵达。

这不是范佩阳的习惯，唐凛觉得有些奇怪，但从范佩阳喜怒不形于色的脸上，又看不出什么。没犹豫太久，唐凛直接问："怎么了？"

这话问得含糊，南歌和郑落竹听得一头雾水，不约而同去看范总：没什么异常啊。

范佩阳惊讶唐凛的敏锐，同时也有了决定："回去再说。"

"行。"唐凛答应得干脆。

人家都聊完了，郑落竹和南歌也没听明白一个字。什么叫默契，就是正常聊天都能形成对暗号的效果。

"我刚刚看了一下房间，"唐凛言归正传，"卧室、训练室、购物区一应俱全，你们也一样吗？"

"一样。"南歌说，"训练室免费，购物区和水世界的差不多，食物、用品一应俱全，可以用经验值换一次回现实的机会，还可以领取一些能赚经验值的任务。"

"其中一个任务是'电梯筛选'。"郑落竹突兀地强调。

南歌听出不寻常，问："这个任务……有什么特别吗？"

"当然特别，特别难忘。"最后四个字，郑落竹简直是咬牙切齿地说的。

当时他们初来乍到，真当一同乘坐电梯去地下城的都是同路人呢，结果差点儿被假张权弄得全军覆没，要不是唐凛及时识破了……

不对啊。郑落竹疑惑地看南歌："你进地下城之前没坐电梯吗？"

南歌："坐了啊。"

郑落竹又问："那没遇见伪装成新手的老手吗？就是誓要杀光一电梯人的那种？"

南歌茫然："没有，就是坐了很久的电梯，平平顺顺到了地下城。"

郑落竹："难道你进地下城的时间太早，还没有这个任务？"

"也可能是她进来的那个时间段，没有3/10集结区的人领这个任务。"唐凛说了另外一种推测。

不管哪一种，都够让郑落竹庆幸的。那种突如其来的、对心理防线毁灭性的冲击，少一个人经历，就少一个人遭罪。不过既然这里可以领到"电梯筛选"任务了，那说明……

"假张权也在这里？"郑落竹当下左右环顾，好像能用火眼金睛一秒看穿似的。

"有这个可能。"唐凛说，主要是叮嘱郑落竹，"如果真遇见了，直接无视，无须起没必要的冲突。"

郑落竹不敢保证自己能控制好情绪，但态度端正："我努力。"

唐凛点头，继续道："我刚刚问了其他人，最后一次闯关口开启是在三周前，也就是还有一周，闯关口就会再开……"

"一周就开？"郑落竹反应有些大。

"我想说的是，一周时间太短，我们需要休息，还需要练习新的文具树，所以不用急于往下走。"唐凛解释完才看向郑落竹，他察觉到了对方的异样，"竹子，你是有自己的安排吗？"

郑落竹坦诚地点头："我想回去一趟。"

唐凛没问他回现实做什么，只问："回去多久？"

郑落竹："快的话一天，慢的话两天也够了。"

唐凛点点头："注意安全。"

郑落竹请假的小插曲之后，VIP在集结区的第一次小会终于进入最重要的议题。

唐凛："进入4/10闯关口最少要六人组队，我们还差两个。"

范佩阳自集合后第一次开口："对于人选，你有想法了吗？"

唐凛愣了愣，莫名生出一种新鲜感，他仔细品了品，才意识到，范佩阳很少主动问"你有什么想法"这种话。除非是刻意要听下属自我思考的结果，比如开会听方案，工作听汇报，否则范总通常是表达想法的那一个，旁人只剩下"同意"或者"不同意但最终被其说服"这两个选项。

此等的待遇，唐凛一点儿不浪费，直奔主题："我想先留个位子给丛越。他和祁桦肯定是翻脸了，如果还乡团在集结区的势力支持祁桦，丛越就很难在组织里立足。"

"要我说，就算不支持祁桦，那种连祁桦都能当上领导的组织也别待了。"郑落竹的嫌弃溢于言表。

"这个还要看丛越的意愿。"唐凛说，"如果他离开还乡团，需要组队进下一关，我们义不容辞，如果他有更好的选择，我们再作其他考虑。"

"那第二个人呢？"南歌总觉得自家组长似乎也有意向了。

唐凛静了片刻，试探性地问："你们觉得刚才打架的那个怎么样？"

南歌、范佩阳："……"

郑落竹艰难地咽了下口水："具体是哪个？"

唐凛陷入回忆："水系文具树，绷带缠得挺可爱的那个……好像叫霍栩？"

范佩阳轻哼："可爱？"

南歌蹙眉："或许？"

郑落竹完全不记得那人模样了，只记得那人从头到脚散发着"你们这些傻子离我远一点儿"的独特气质："组长，你口味太清奇了……"

在想拉霍栩入伙这件事上，唐凛的理由很简单，就三个字：战斗力。这里面既包括了他的文具树属性，也包括了他的文具树操控，更包括排除文具树因素后，他呈现出的身体素质和战斗天赋。说直白点儿，霍栩的强是带着光芒的，但凡有一点儿战斗经验的人，就不可能忽视。所以他刚刚打架的时候，围观者从楼上到楼下没一个移开眼。他们心里想看热闹，可最终都专注到了战斗本身——不是他们想专注，只是本能地移不开眼。

"他的确很厉害，但看起来可不太好相处。"南歌首先肯定了自家组长的眼光，然后委婉地表达了担忧。

"不太好相处？"郑落竹白眼快翻到天上去了，"就那个脾气，每天让人打一顿都不稀奇。"

"刚才围观的人里，看神情一大半都知道他，"唐凛笑着接茬，"很显然他不仅没被人打，还在这儿混得挺出名。"

"只能说集结区里的人脾气太好了。"郑落竹撇撇嘴。

唐凛半开玩笑半认真地说："也可能是最初都和你一样，想揍他，说不定一部分还真上手了，结果无一例外地都回了自己房间的治疗室，最后脾气想不变好也不行了。"

郑落竹不满："组长，你怎么总帮那小子说话……"

"因为他真的很强。"唐凛收起笑意，正色道，"我们要组六人队，如果丛越加入，就只剩一个位置，它直接关系到我们全队的最终战斗水平。我希望能给这个位置找来最强的闯关者。"他的眼里有光，那是一个组长的责任感，他要找最强力的合作者，他要尽可能提高自家伙伴在关卡中的存活率。

透明的落地窗外，广阔平坦的大陆在阳光下看不到尽头。没人知道那里有什么，没人知道4/10藏着怎样的凶险。

南歌收回眺望的目光，欲言又止。

唐凛明白，说："战斗力是硬指标，但人品是底线，如果你们同意把他列为备选，接下来我会启动暗中观察，如果不行，随时否决。"

郑落竹悲观地叹口气："就怕他人品还不如脾气。"

南歌忍不住乐了："那个脾气恐怕没有下降空间了吧，顶多就是人品和脾气一样。"

"此话有理。"郑落竹深深赞同，赞同完又回过味来，有点儿良心发现，"哎，你说咱俩背着人家这么吐槽，是不是有点儿……那个？"

南歌摇头："别有负担，我俩只是吐槽，"她说着看向自家组长，"那边已经把人算计上了。"

正在沉思的唐凛闻言无辜地眨下眼睛："特殊的人才当然用特殊的招募方式，怎么能说是算计呢？"

南歌："……"

郑落竹："那组长我问一句，就他油盐不进那个死样，你打算怎么招募？"

"暂时还是一些不成熟的初步想法，等彻底落实成可行性方案，我们再议。"唐凛没忘这场讨论的初衷，说完看向郑落竹和南歌，"也就是说，你们同意将他列为第六人备选？"

南歌第一个点头："他的战斗力不是一般的亮眼，我相信很多组织都和他接触过，以他的性格，拒绝一家就等于得罪一家，还是往死里得罪的那种。集结区好像不禁止闯关者之间的攻击，也就是说那些组织想收拾他，随时可以，这样他都能平安地活到现在，战斗力就不是亮眼了，是恐怖。"

"抛开个人喜好，他的实力没槽点。"郑落竹心不甘情不愿地说，"列他当备选我没意见，就希望人品考察阶段能搞到他的黑历史吧。"

唐凛莞尔一笑，这是真实心声了。

两个人都同意，唐凛看向从始至终都没说过太多话的范佩阳，问："你怎么看？"

范佩阳微微发怔，和唐凛对视了一秒才回过神来。

唐凛一看就知道他的心早飘了，蹙起眉头："想什么呢？"找队友属于闯关大事，这都能不上心？

"性格好不能当饭吃，"范总慢条斯理地开口，"闯关和做工作一样，出成绩才是最终目的，如果让我选，我也会挑他。"

唐凛："……"走神了还能接上话题，就问你服不服？

南歌、郑落竹："……"性格好不能当饭吃，这话从范总嘴里出来莫名的有说服力。

霍栩的事就算暂时定了，话题又回到了丛越身上。

给丛越留位置只是他们一厢情愿的想法，具体还要看丛越和还乡团的关系，所以唐凛叮嘱自家伙伴："这件事先别声张，再观察几天看看，万一丛越不想离开还乡团，我们太积极反而让他处境尴尬。"

"这个容易，"郑落竹说，"屋内投屏可以监视任何一个房间，我一天二十四小时看着他，只要有一个还乡团的过来串门儿，就能知道他的态度了。"

说到这个房内投屏，南歌就一言难尽："这种监控模式也就在关卡里，在外面分分钟让人告到破产。"

郑落竹一愣，这才反应过来，男人间互相这么看，他虽然觉得别扭，但可以忍，反正你看我我也看你，不吃亏，但放在女人身上，这玩意儿就太丧心病狂了。

"你别睡卧室了，睡训练室。"郑落竹立刻给自家伙伴献计献策，"我转了好几遍，可以百分百确认，训练室不在监控范围内。"

训练室是暴露文具树绝对实力的地方，鸦显然并不希望闯关者们知己知彼。不过闯关者们本身也不希望自己的能力人尽皆知就是了。

南歌也转了房间，知道训练室没有监控，但郑落竹声音里的着急还是让她心头暖起来："放心吧，床垫、被子、枕头、床头柜……能搬的我都搬进训练室了，如果不是床太大，我能把整个卧室搬空。"

郑落竹："……"永远不要小看女人敏锐的洞察力和彪悍的行动力。

"那就先这样。"唐凛说，"这几天就是自由活动和休息，霍栩和丛越那边的观察交给我，一旦有情况，我们再进行下一步，"说着他又看向郑落竹，"你回你的，这边有我们。"

郑落竹已经极力隐藏想尽快回到现实的急切了，但他想，可能不太成功。

"嗯，"他朝自家组长郑重点了一下头，保证道，"我快去快回。"

VIP在集结区的第一次小会，到此结束。

四人回到电梯里的时候，郑落竹才想起来问："每个队不是六到十人吗，我们为什么只组六个不组十个？人多力量不是更大吗？"

电梯开始往上走，唐凛望着变换的数字，说："人心是最难猜的，非要日久才能见。

现在组陌生人，观察再久也是赌。赌错一个，我们五打一，还能挽回，赌错五个，五打五，那就是灾难了。"

郑落竹没想到唐凛连这些都想了，脑补一下，如果组五个霍栩……人间惨剧。

六人队，挺好。

电梯在四楼停，郑落竹下；九楼停，唐凛和范佩阳一起下；就剩南歌孤零零地在空荡的轿厢里怀疑人生。范总不是住十六楼吗，跟唐总在九楼下是个什么节奏？

相比南歌，唐凛淡定多了，因为范佩阳在整个会议过程中，注意力都是不集中的，就差在脸上写"走神中，勿扰"了。这种情况在范佩阳身上很少见，他是那种前一秒还在处理其他事，后一秒可以迅速切换状态的人，所以唐凛更想知道发生了什么。

回到房间，唐凛直接带范佩阳去了训练室。不管聊什么，他都没有让别人远程围观的习惯。

训练室很大，大得两个人站在其中都感觉发空，说话稍大点儿声，就总觉得有回音。唐凛没往里走，关上训练室的门后就转过身，单刀直入："现在可以说了吧，刚才你一直心不在焉的，到底想什么呢？"

范佩阳都跟来了，唐凛就默认对方想聊，没想到对方第一句是："心不在焉这个评价我不认可。整个会议从头到尾，我都记得很清楚，如果你需要，我可以复述一遍。"

唐凛无奈地叹口气："行，你没有心不在焉，你只是没有百分百专注。"

范佩阳点头："这个评价比较客观。"

唐凛不说话了，就看他，看他什么时候能领会自己想下逐客令的心情。

好在，范总还不算太迟钝。

"我去找白路斜了。"他说。

这个话题来得太突然，唐凛有点儿蒙："白路斜？"

后面本来还想问"你找他做什么"，可话到嘴边，他就想起了神殿里，范佩阳听见白路斜文具树时频频侧目的情景，一霎了然。唐凛看向范佩阳的目光里，多了一丝复杂。

范佩阳没去费神猜对方是否明白，因为他本就打算和盘托出的："我想去了解一下，他的'孟婆汤'在操控时能不能看见目标的记忆，如果可以，或许能对你找回记忆起到一些作用。"

唐凛静默了一会儿，问："结果呢，他看得见吗？"

范佩阳摇头，平静地说："看不见，就和操控其他文具树一样，选定目标，执行，仅此而已。"

唐凛试图从男人的脸上、眼睛里找到一些情绪，可是范佩阳藏得太深了，他看不透。

如果是刚进地下城，不，哪怕是水世界那会儿，对着这样的范佩阳，他都会本能地得过且过。看不出就不看了，大家都不提，心照不宣地和平相处，省心又省力。可是现在，他想要弄明白。或许是得摩斯的神殿考核把那些过往记忆都撕开了，让他不得不去面对，也让他彻底明白，有些事情，不是你不提，就不存在了。

"你很失望？"唐凛静静地看着范佩阳，问。

其实这不该是个问句，可是陈述句太冰冷了。

"是。"范佩阳坦然承认，"我以为他就算办不到，至少可以提供一些有用的线索。"

熟悉的语气让唐凛恍惚间好像又回了公司办公室，他脸上忍不住泛起一丝笑："你没当面批评他能力不足吧？"

"忍住了，"范佩阳说，"毕竟是我有求于人。"

唐凛："……"果然还是差一点儿把对方当员工。

"白路斜那个人太古怪，没必要的话，还是少接触。"唐凛思来想去，还是多说了一句。如果是别人，他不会多此一举，范佩阳也不需要别人来提醒他小心，但是白路斜自带的邪性劲儿实在让他不说不放心。

"古怪吗？"范佩阳倒不觉得，"极度任性、自负、漠视除自己以外的所有人，唯恐天下不乱，以及骨子里带的攻击性，除了这些，没什么其他了。"

唐凛："……你还想要什么？"

一个集齐这么多重恶劣性格的少年，都能召唤地狱神龙了。

"他讲话还挺有意思的。"范佩阳说。

这句夸赞来得没头没脑，听得唐凛有点儿蒙，他很自然地问："他说什么了？"

范佩阳回答："他说我一直在说'我想''我认为''我觉得'，问我有没有问过你……"

唐凛："问我什么？"

范佩阳看进他的眼睛，目光直接而霸道，像要往他心里闯："唐凛，你想找回那些记忆吗？"

那些可能都是让人不开心的，可能会把现在的关系都毁掉的过往，想找回来吗？

这个问题唐凛不止一次问过自己，可是被范佩阳问却是第一次。

这个话题有些危险，危险到唐凛觉得自己离范佩阳太近了，应该拉开些距离，再聊比较踏实。可他刚往后撤半步，手腕就被人抓住了。

"你跑什么？"范佩阳皱眉，手上不自觉地用力。

"我什么时候跑了。"唐凛被握得生疼，扯了扯手腕，没扯开，叹口气认命道，"我只是稍稍往后撤了半步。"

范佩阳："撤就是逃跑的热身动作。"

唐凛哭笑不得："训练室就这么大，连个遮挡物都没有，能跑到哪儿去？"

范佩阳定定地看着他："跑房间里，关门，第二天开始装傻。"

唐凛怔住。这是他和范佩阳刚发现他的记忆有缺失的那个晚上，他给出的反应，从头到尾，一个环节都没落下。他以为这事儿大家都心照不宣地翻篇了。可是此刻，他又在范佩阳眼里看见了和那晚一样的受伤。

"对不起。"道歉就这么自然而然出口了。唐凛不知道自己具体为什么道歉，只知道他忽然心疼范佩阳，这是那一晚没有的感觉。

范佩阳愣了愣，没松手，但力道松了。

"别道歉。"

他不想听，因为唐凛没做错任何事，一个没做错事的人，道歉等于拒绝。

唐凛看着范佩阳眼里的排斥，本能感觉到对方误解了自己的意思，刚想再解释，对方却没给他机会。

"你还没回答，"像是怕唐凛再道歉，或者说出其他让人不愿意听的，范佩阳生硬地将话题拉回了最初，"那些失去的记忆，你想找回来吗？"

唐凛沉默片刻，抬眼："你要听实话吗？"

范佩阳心乱了，好像有个人在里面抓狂，咆哮着说"如果是难听的实话就不要让他讲"。可他神情未变，连声音都是稳的："要。"

话音刚落，他就听见了唐凛的回答："想。"

干净利落，毫不犹豫。

这答案让范佩阳措手不及，就像砌好了城墙准备迎接炮弹，可来的只是一双贴上砖石的手，柔软，温暖。好半天，他才找回自己的声音："你最好想清楚，得摩斯随机抽取的记忆，没有一个是……"停顿片刻，范佩阳还是直面了一切惨淡，"没有一个是让你开心的，这样你也要找回来吗？"

明明是自己想听的答案，可听到后，范佩阳只喜悦了短暂一瞬，接着就涌起自己都说不清来由的不安。

唐凛感觉到了，可他没说破，只晃了晃被抓住的手腕："能先放开你的组长吗？"

范佩阳想一想，松了手，但锁定着唐凛的目光一刻没放松——组长，可以放；唐凛，不能跑。

气氛不知从什么时候开始变得轻松了，可能是范佩阳坦然提到那个晚上的时候，可能是唐凛道歉的时候，也可能是他痛痛快快回答"要"的时候……这样的轻松让人舒服，也让人更容易卸下心防。

"开心也好，不开心也好，都是我实实在在经历过的，"唐凛垂下眸子，揉着手腕，话却是一个字一个字清晰递给范佩阳的，"如果我不知道曾经有这些，那就无所谓，因为直到现在，我仍然觉得自己的记忆是连贯的……"

范佩阳最在意的就是这个，最无能为力的也是这个。他可以用尽手段去找恢复记忆的方法，却没办法让唐凛真正生出"缺失感"。一个人从不觉得自己"失去"，又怎么会去想要"寻找"？

"但是你在这里，"唐凛放下手，抬起头，第一次承认自己在意，"你看我的眼神，你说的话，你做的所有事情，都在提醒我，那些过去是存在的，虽然我忘了，但是你记得。有时候我甚至觉得，你连我那份都一起记住了，我……"

身体忽然被人紧紧抱住，唐凛的声音戛然而止，直到抱着他的手越来越紧，他才回过神来："等一下，我还没说完……"

"你说完了，"范佩阳说，"我都明白了。"

什么你就明白了啊？！唐凛想去推他，可手臂抽都抽不出来。他只能绝望地看天花板："我是说我想找回记忆，但这只是若干重要事项之一，而且还排不上第一。"

范佩阳终于松了手，抬起头，两个人距离极近："没有任何事情比这个重要。"他说得认真而郑重，好像这样就能给对方洗脑。

唐凛庆幸自己这时候了还有耐心摆事实讲道理，可能是以前在公司被范总折磨出了深厚内力："有。闯关，你、我、南歌、竹子的性命，每一个都比记忆重要。关卡闯不完，我们永远没自由，永远要面临随时可能出现的死亡威胁，就算恢复了记忆有什么用？性命更不用说，命都没了，记忆还有意义吗？"

记忆重要还是性命重要？这是唐凛第二次把这个问题提出来了。

范佩阳记得很清楚，第一次就是在水世界他擅自去洞穴群，回来后两人吵架的那次。只不过当时两个人都没有心平气和讨论的意向，他的态度估计让唐凛没了最后一丝耐心，对方连说服的意愿都没了，直接拍板做了组长，单方面夺取了以后行动的控制权。那时候如果他敢像现在这样，得到的一定是地狱模式。

好好听唐凛说话就可以收获好东西，范佩阳把这一超高性价比的发现深深记在了心里的备忘录上。

除此之外，好好听别人说话还有一个附加效果，那就是范佩阳第一次听出了一个人藏在话语之下的心情。

换以前的范佩阳，听唐凛问"命都没了，记忆还有意义吗"，只会直接去思考问题本身，然后得出一个"有"或者"没有"的答案，并用自己的理由说服唐凛接受这一结论。可是现在他才意识到，其实这不是一个非要他来回答的问题，更不需要逻辑清晰地给个标准答案。提问者从头到尾只是想说"我担心你"。

范佩阳没去验证自己的理解是否准确，反正他理解出来了，那就是对的。

唐凛发现这会儿的范佩阳似乎特别能听进去"良言"，所以趁机把"生命可贵""安全第一""高高兴兴闯关来，平平安安通关去"这些一股脑炖成心灵鸡汤，一碗接一碗给范佩阳灌。以至于送走范佩阳之后，唐凛连喝了两大杯水。

队伍，太难带了。

不过再难，该按部就班进行的还得进行。当天稍事休息，唐凛就把投屏锁定在了霍栩和丛越两个人的房间，以半小时为间隔轮流看，一看就看了两天。

其间郑落竹回了现实，南歌练习新获得的四级文具树"余音绕梁Ⅱ"，并在练习空隙出房间放放风，顺便和左邻右舍还有一楼大厅的八卦闯关者们探探情报信息。

当然她也给不少进关卡世界时间不长的闯关者们科普了一下这里从前是男女都有的，一方面解释自己的身份，一方面更容易打开聊天局面，建立广泛的沟通渠道。

能到这里的，基本都把闯关放在关注的首位了，所以当接受了南歌之后，便也一视同仁，该怎么讨论还怎么讨论。但今天有个例外。这人在和南歌搭上话之后，就说些有的没的。南歌本来不想搭理，不料对方变本加厉，手脚也开始不老实。周围人都看不过去了，南歌也打定主意，对方再不收敛，直接"曼德拉"伺候。结果还没等她或者周围看不过去的闯关者出手，一颗空气子弹打在了骚扰男脚边。像是远程狙击枪，来时几乎没声响，直到子弹在地上打出弹孔，所有人才一惊。

空气瞬间安静。

骚扰男也消音了，愣愣地看了脚边半晌，忽然抬头环顾各楼层，嚷着："谁，有种就下来，别躲在背地里放冷枪！"

喊完了他才发现，人家压根儿也没躲在暗处，就明目张胆地在二楼站着呢。

莱昂一跃翻过栏杆，稳稳落在一楼大厅，径直走过来，一直走到骚扰男面前，从始至终，脸上也没什么特别表情，连声音都淡淡的："我下来了。"

骚扰男抬头看着比自己高出一截的男人，咽了下口水，没词儿了。不是莱昂气势多惊人，而是骚扰男认出来了，这是刚到集结区没多久的六个新甜甜圈之一。新甜甜圈们实力如何，他不清楚，但已经盘踞在集结区多时的老甜甜圈们给他留下的印象已经足够深了——甜甜圈绝对不能硬啃，会崩掉牙。

随便找个借口，骚扰男溜得那叫一个快。

围观者们虽然鄙视他，但也破天荒地升起些许同情和理解。因为他们和骚扰男一样，认出了莱昂的甜甜圈身份，而"草莓甜甜圈"五个字，在集结区里就代表"十万一闪"——十分奇葩，万万别惹，一旦遇见，赶快闪。

原本热闹的讨论区，在莱昂抵达后一秒凋零。

南歌尚未获得有关甜甜圈的这一情报信息，于是看着转瞬变得冷清的休息区一头雾水。直觉告诉她，草莓甜甜圈在这里的口碑可能比较"特别"，但毕竟莱昂帮她出了气，所以南歌压下调侃的心思，先和莱昂道了谢："谢谢你出手。"

道谢的心是真诚的，但在这样的关卡世界里，相比被保护者，南歌更想做一个可以独当一面的闯关者，所以表达完感谢之后，她又笑着提了一句："其实我已经酝酿好'曼德拉的尖叫'了，他再多说一句，我就让他耳鸣一晚上。"语气是半开玩笑的，但南歌相信，莱昂听得懂她的意思。

对面的男人的确懂了，因为沉默片刻后，他开口的第一句是："我找你有事。"

南歌微怔，尴尬得简直要钻地缝。敢情根本不是英雄救美，纯属碰巧撞上，举手之劳。脸热得能煎荷包蛋了，南歌现在只能祈祷自己够白，不显红。

清了清嗓子，她若无其事略过前一节，露出自然微笑："什么事？"

莱昂顿了下才问："组好队了吗，我记得你们VIP只有四个人？"

南歌愣住，斟酌了一下才说："嗯，还在寻找合适的新队友。"

不算具体，但也是实话。好在莱昂没继续往深问。这让南歌松了口气，但她很快又发现另外一个严重问题——冷场。休息区人都走光了，就剩她和莱昂大眼瞪小眼，然后莱昂还只抛了一个问题，接着就一副"该做的我都做完了"的坦然样子。

无奈，南歌只能没有话题创造话题，俗称尬聊："你们呢，去4/10的队伍组好了？"

莱昂问什么，她就问什么，礼尚往来最安全。

"组好了。"莱昂说，"在我们六个的基础上，又加了两个甜甜圈的人，他们比我们提前到集结区，他们的文具树是……"

"等……等一下，你不用和我说这么细。"南歌连忙出声阻止，心突突地跳。这上来就和盘托出是什么操作？她只是想客气地聊个天，不要让她过早地背负不属于她的情报啊。

"哦。"莱昂倒是听得进劝，耸耸肩，不说了。

一不说，又冷场了。

最后也不知道是莱昂无聊了，还是意识到方圆十米已冻结，说了句"先走了"，就真的走了，留南歌一个人在休息区里凌乱。如果她没记错，莱昂说找她有事吧，所以值得甜甜圈出动莱昂找她的事，就是问一句"组好队了吗"？莱昂还真就找上门问了？南歌怎么想，都觉得以莱昂的性格，听见这个任务的第一反应就是冷漠脸，然后让关岚自行体会。所以，莱昂到底为什么会出现在这里？

南歌在休息区伤脑筋的时候，唐凛也在房间的投屏前伤脑筋。

他观察丛越和霍栩两天了。丛越那边暂时还看不出什么动静，这两天他除了睡就是吃，做一个快乐的小胖子。霍栩那边比唐凛预计得还有难度。整整两天，霍栩没出过屋，然后除了一日三餐在客厅，晚上睡觉在卧室，其他时间也没离开过训练室。而每次霍栩从训练室出来，必定汗流浃背，从呼吸和身体状态就能看出他给自己设定了极大的训练量。

唐凛才观察两天，可是看霍栩作息的规律程度，这种生活应该是一直持续下来的。高强度训练不可怕，可怕的是一直高强度。这种恐怖的自律，普通人是很难做到的，换句话说，这其实是这个人性格的另一种投射——极度坚韧，极度倔强，极度固执。这样的人，一旦认定一件事情，是很难改变的。如果他早就把其他闯关者划入了"傻子""废物"的范畴，并打定主意不组队，要等到经验值耗尽被强制送入 4/10，那可就真的棘手了。

望着投屏里的绷带青年，唐凛一声叹息，总觉得自己的 HR 生涯，还没上岗，就要落幕了。

不过话说回来，唐凛疑惑歪头，这人连在训练室里洗澡都是缠好了绷带再出来，晚上睡觉绷带也不拆，是有多喜欢束缚 Play？还是文完花臂后悔了，只能自制"绷带马赛克"？

看监控也是个熬心熬力的活儿，唐凛只能这样三五不时地放飞大脑，权当休息。

半小时到，唐凛困倦地打个哈欠，将投屏房间又转回丛越的房间——两天以来，丛越房内第一次出现访客。

唐凛困意尽消，立刻坐直，紧盯着投屏，让小猫头鹰将声音调到最大。

集结区二楼，2002，丛越房间。

窝在沙发里吃着薯片、喝着快乐肥宅水的越胖子怎么也没想到，负责人会主动登门。他以为上次就算辞职成功了，所以一开门见到负责人和蔼的笑脸，丛越当场呆住。

还是负责人主动调侃："不请我进去吗？"

"哦哦，"丛越回过神来，连忙让开，"组长请进。"

集结区负责人虽然没办法对"孤岛求生"的还乡团组员提供任何闯关前的统筹和帮助，但作为还乡团在 3/10 的常驻负责人，他的地位和各关卡的总组长基本一致。虽然他总说自己不是组长，只是个承上启下的联络人，可是在集结区的还乡团成员还是对他毕恭毕敬，一口一个组长。即便他嘴上拦着，丛越那双看别的不行看领导一看一个准的眼睛，还是在第一次见面就看出了这是个喜欢被捧着的。

负责人进了房间，很自然地在沙发的正中间坐下来，然后拍拍侧面的单人沙发，示意丛越也坐。丛越赶忙坐下，顺带还把茶几上乱七八糟的零食包装袋一并扫进垃圾桶。

负责人先嘘寒问暖几句，然后才握住他的手，语重心长地说："冷静下来了吧，以后别总把退出挂嘴边，说一次两次行，说多了就让其他兄弟伤心了。"

丛越竟无言以对。要不说人家能当负责人呢，连拒绝的机会都不给，直接默认他已经收回辞呈了。

如果没有祁桦在，丛越说不定真会回心转意，但现在的情况是自己表明了"有我没他"的态度，结果这意见在负责人这里就跟个屁似的。

以为丛越的沉默是默认，负责人立刻给迷途知返的组员勾画美好前景："最慢四个月，最快两个月，等比你先来的兄弟都去了后面关卡，你就可以在新抵达集结区的兄弟里挑人了。我让你独立带队，自主挑人，一旦你带队进入4/10，那里的还乡团就会默认你是分部组长级别，以后都是。"

这个大饼，负责人两天前就给他画过，不过这次画得更细致，更情真意切。可惜丛越知道自己的斤两，让他带队，能不能活过4/10都很难说。

9087房间里，唐凛看得和丛越一样明白，或者说比丛越更透。

昨天南歌就探回消息，说丛越提过退出还乡团，不过消息好像被封锁了，现在只是小范围传播，还有很多人说是谣言。眼下，算是这条流言第一次被佐证。

丛越只是觉得自己没办法胜任分部组长，所以对于诱惑内心毫无波澜。唐凛却是站在负责人角度，一眼看穿了他的动机。作为3/10集结区的负责人，任务就是接收通关者，再将他们做统筹整合，输送到4/10。只要丛越离开这儿的时候，还是还乡团的人，那不管他在4/10表现稀烂也好，直接退出也罢，都与这里的负责人无关了。再来，如果丛越坚持退出，还乡团势必人心浮动。有一个丛越，就可能有两个、三个，这种影响效应才是负责人最担心的。所以不管是为了"规避责任"还是"内部稳定"，作为负责人都不可能让丛越说退出就退出。

丛越会怎么选择？

以唐凛对他的了解，如果负责人咄咄逼人，他还可能硬杠到底，负责人这么苦口婆心，反而悬了。这是一个会把每一句认可和鼓励都当宝贝似的珍藏起来的单纯家伙。

"对不起，"丛越的声音同时在两个房间响起，"我担不了那么大的责任。"

唐凛颇为意外。

负责人的眼底则慢慢沉了下来，但脸上表情和声音还是温和的："你先别急着拒绝，再想想。"

话说到这份上，丛越再迟钝也听明白了，还乡团就是不想放人。这还真是上贼船容易下贼船难。心一横，他也不说什么"还乡团很好"的客气话了，以免有人装傻，用"既然很好为什么不留下"来堵口。

"我没办法和祁桦共事。"丛越直接挑明了，不让对面有任何打太极的机会，"还乡团有他没我，有我没他。"

负责人的眉头深深皱起："祁桦可从来没说过你一句坏话，你这样是不是太小气了？"

激将法在丛越这里的效果为零："组长，你就当我小气吧。"

态度永远良好，决定永远不变。这样的丛越，终于让负责人陷入长久的沉默。最终他没再多说，只拍了拍丛越的肩膀，留下一句"人各有志，祝你好运"，起身离开。

丛越目送负责人走远，关上房间门的时候，感觉自己比打了一仗还累。但不管怎么说，这事儿算了了。他长舒一口气，为了补充身心的消耗，毅然决然走进购物区，点开了美食页面。琳琅满目的美食实在是对于吃货的巨大考验，这个也想要，那个也想尝，这个也诱人，那个也喷香，关键是标价还巨便宜，太罪恶了！

就在丛越浏览得不亦乐乎时，外面传来了敲门声。

不会是负责人又杀了个回马枪吧？丛越眼前一片灰暗，看美食都不来劲了。

生无可恋地离开购物区，他扯出假笑开门，然后假微笑就变成了真惊喜："唐队？"

唐凛朝他笑一下，问："我可以进去吗？"

"当然。"丛越连忙把人请进来。

"听说你退出还乡团了？"唐凛刚一落座就直奔重点。

丛越猝不及防，有点儿尴尬地摸摸脑袋，含糊道："哦，嗯……"

正想着如果唐凛追问原因，自己该怎么答，对面就抛来了邀请："要不要来VIP？"

丛越愣那儿了，两种情绪在心里交织：一个是被人认可的高兴，一个是有些顾虑的为难，毕竟前脚刚退旧组织，后脚就进新组织，总觉得对一次次挽留他的负责人过意不去。

"你不用急着答复我，"似看出了丛越的纠结，唐凛笑道，"我们VIP又不是马上就闯关，你慢慢想，就算最后不同意也没事……当然，"他的声音缓下来，透着真诚，"能加入我们更好。"

丛越心潮起伏，唐凛要再多说两句，他容易直接喊出"组长"。

唐凛看起来还真想多说，可是再开口忽然呛了一下，咳嗽起来。

丛越连忙站起来，懊恼地往茶水间跑："你等等，我这就去倒水。"

进了茶水间，丛越才意识到，他喝了两天的瓶装水和饮料，哪儿有"刚烧开的水"这种待客之物。现接水现烧，还不如直接去购物区买快。思及此，他果断转身，结果差点儿被站在身后的人吓得心脏骤停。

"唐……唐队，你怎么进来了？"丛越用尽全身力气才站住了，没往后来个大跳。但是唐凛离他太近了，眼下两个人面对面的距离不超过十厘米。

唐凛微笑："看你水倒得怎么样了。"

这话说不上哪里奇怪，但听起来就是有点儿别扭，可丛越急着解释，也没多想："那个，我忘了这里没水，我去购物区给你买。"

唐凛："不用了……"

丛越还想坚持，就听见对方淡淡吐出后半句："……因为你马上就要死了。"

丛越悚然一惊，在迟来的疼痛中低头，被刀锋的寒光晃了眼——那是剩在外面的1/3，其余的2/3已经没入了他的腹部。

丛越不可置信地瞪大眼睛。唐凛要杀他？巨大的冲击让他脑袋一片空白，根本什么都无法思考。

唐凛狠狠抽出短刀，握紧，再由下往上用力一刺！这回，他瞄准的是丛越的心口！

"啊啊啊——"

尖叫声在狭小的茶水间炸开，但不是丛越的，是"唐凛"的。

就在他持刀自下而上的一刹那，一团黑雾携着风而来，在笼住他手腕的一瞬间，风驰电掣化成狼影，狠狠咬住他行凶的手腕，狼牙死死嵌入。

刀尖最终没能刺进丛越的心口。

看见投屏里有另一个自己进入丛越的房间时，唐凛就知道事情要坏，立刻出门直奔现场。

丛越住2002，唐凛住9087，中间隔了七层楼。唐凛没等电梯，直接选择跑楼梯，因为这是下楼不是上楼，有等电梯的时间，他早就能跑到地方了。

但唐凛忘记考虑一个细节。每个楼层的房间都是从左到右依次排列，他和丛越不仅有七层楼的纵向距离，还有2号房间到87号房间的水平距离，加之每间房的面积都很大，房与房的间距也被相应拉得更长，所以唐凛一到二楼，迎接他的就是无比漫长的"跑道"。

唐凛脚下没停，一鼓作气继续往前跑，但强烈的不祥预感让他等不及自己跑到了，直接启动"狼影独行"，放小狼以黑雾形态先一步咻地溜进门缝。后面发生的事情他都不清楚了，因为看不到现场，他只能用精神力维持住和狼影的联系，同时下达"保护丛越"的指令，至于如何执行，全靠小狼自己判断。

就在他距离丛越房间只剩几米时，2002的大门忽然被用力推开，"唐凛"从里面冲出来，翻栏杆跳下了一楼。

看着"自己"逃跑，这感觉太诡异了。更诡异的是，随之又冲出来一团打在一起的两个狼影。

两个？

还没等唐凛进一步去想，其中一个狼影就无声无息散了，撕扯中的小狼突然扑空，摔到地上，茫然四顾，蒙头蒙脑。

这是自己家的小狼，那另外一个，难道是祁桦的？他的"画皮"已经达到连文具树都能复制的地步了？

逃到楼下的人一溜烟就没了影。唐凛顾不上多想，飞快跑进屋内，就见丛越瘫坐在茶水间门口，手捂着肚子，持续的失血已经让他意识模糊，手也开始一点点往下垂。他连忙把人架到治疗室，将丛越手臂上的猫头鹰图案贴到治疗开启屏上，随后，一团温暖的淡金色光芒笼罩上丛越的身体。光芒中，血即刻止住，伤口慢慢愈合，丛越的气色也一点点恢复，意识逐渐清醒。

丛越缓缓睁开眼，怔怔地看着仍架着他的唐凛，像是身体好了，大脑还没工作。

为免受无妄之灾，唐凛迅速开口表明身份："我是真的，真是真的。"三个"真"，一个比一个恳切。

丛越的目光渐渐清明，被唐凛难得一见的求生欲逗乐了，虽然残留的疼痛感让这个笑有点儿虚弱："我知道……"

第一个狼影出来咬住"唐凛"的时候他还有点儿蒙，等第二个狼影出来，和第一个狼影开打，"唐凛"趁机跑路，他就彻底明白了，后面虽然意识模糊，也记得是有人冲进来把他架到了治疗室。如今再回忆整个过程，行凶者的身份几乎是明摆着的。

"祁桦……"丛越咬牙切齿说出这个名字。

文具树是"画皮"的闯关者未必只有祁桦一个，但既有"画皮"，又和丛越有过节，目标确定且唯一。

唐凛将人扶回客厅沙发，不放心地又问了一遍："伤真的没事了？"

"放心，"丛越把衣服撩开，拍一下圆滚滚的肚皮，"全好了。"

唐凛松口气，说："没想到祁桦现在不仅能复制外貌，还能复制文具树。"

"但是说话的语气和表情骗不了人。"丛越懊恼地说，"我现在再回想，他从一进门就有破绽，想学你的气质，其实根本没学到位，我简直迟钝到家了……"

自我批评中，还能捎带着捧他一句，唐凛觉得丛越在彩虹式夸人上的技术可以跟一口一个老板的郑落竹媲美。

"你怎么知道我出事了？"丛越这才想起来问。

唐凛实话实说："我这两天一直看着你呢。"

丛越困惑:"啊?"

"神殿考核,你不是和祁桦闹掰了吗,"唐凛说,"我估计到了集结区,这事儿还得有后续。"

丛越叹口气:"让你猜中了……"

丛越把他和祁桦怎么当面吵的,负责人又是怎么和稀泥,还有后面他的退出,负责人的努力挽留,全给唐凛讲了一遍。

唐凛安静听完,问:"那你现在准备离开还乡团?"

"之前是准备,"丛越说着,眼底涌上复杂情绪,"现在是铁了心了。"

唐凛感觉到了一些东西,没言语。

丛越却看向他,问:"唐队,你说我都要离开还乡团了,祁桦为什么还要来杀我?落一个对前队友赶尽杀绝的名声,好吗?"

唐凛顿了顿,露出个轻松的笑:"他不是变成我的模样了吗,这罪名再怎么也落不到他头上。"

"但杀了我对他没意义。"丛越不敢说自己脑袋有多灵光,可偏偏这件事,他轻而易举就想通了,"他连负责人和稀泥的方案都表示同意,愿意和我平起平坐,怎么当我要离开还乡团,永远不碍他的眼时,反而费力气来杀我?"

"反正都过去了,"唐凛拍拍他的肩膀,直接把话题换成热情洋溢的邀请,"要不要和我们组队?"

丛越愣住,有点儿受宠若惊:"我?你们要我?"

唐凛乐了:"不是要,是请。你的'慢慢来'绝对是战斗中牵制对手的利器,我怕再晚,你就让别的队抢走了。"

丛越不能听表扬,一听就来劲,立刻坐得倍儿直,精神抖擞:"现在不是'慢慢来'了。我的四级文具树是'静止键',可以让单个目标时间静止,就是当场定住,不过持续时间太短,就几秒,我还在练!"

唐凛知道他的文具树前景广阔,没想到现在就有惊喜:"我就知道我来对了,怎么样,考虑一下我们?"

"还考虑什么,"丛越一脸坚决,双眼放光,"我跟定你们了。"

唐凛露出一丝为难:"要不你再想想?按照我的预设环节,你应该再三推脱,然后我就把范总搬出来,你立刻化身迷弟,无条件入伙。"

丛越开始还挺认真听,听到中间就知道唐凛逗他呢,也配合着点头:"是,我答应得太快,显得我太不矜持了……"

意向达成，后面唐凛就把接下来的计划简单给新队友讲了，下次闯关口开启肯定是不走，这一个多月时间就是休息和训练。其中训练的部分，先个人训练，等对新文具树操控的熟练度足够了，再聚一起团队训练，文具树互相搭配磨合。对霍栩的打算，唐凛暂时没说，因为还没接触，他其实也没什么把握。

聊得差不多了，唐凛起身告辞，让丛越好好休息，更重要的是从现在开始凡事小心，可别再轻易给人开门。

刚在鬼门关前走一遭的丛越哪儿还用唐凛提醒："等会儿我就把门焊死了！"

唐凛很欣慰："就要这种警惕性，注意保持。"

送走唐凛，屋子里重新冷清下来。丛越脸上的笑慢慢消失了，他坐回沙发，呆呆地看了很久吊灯。

祁桦杀他毫无意义，为什么还要做？这个问题被唐凛的邀请打断了。

他知道对方是故意的。因为连自己都能想通的事，聪明如唐凛，恐怕早在发现祁桦伪装潜入的时候就明白了——要杀他的从来都不是祁桦，而是还乡团。他的死，是一个要脱团的叛徒的下场，是对那些因为他的退出申请而心绪浮动的摇摆者的杀鸡儆猴。负责人从来都不在乎一个闯关者的加入或者退出，他在意的是整个集结区还乡团的颜面和军心稳定。

丛越可以确定，唐凛知道他也看出来了，可唐凛选择不点破，甚至故意用邀请他入伙来转移话题。明明把这些都摊开，后面邀他入伙简直不要太容易，还可以顺便用还乡团的无情来衬托 VIP，然而唐凛还是一个字都没说。因为说了会让他难堪，会让他在还乡团的这些岁月彻底成了笑话。

就是在那一刻，他突然特别羡慕唐凛的组员，羡慕南歌，羡慕郑落竹。一个对外人都这么细心、体谅的组长，对自己的伙伴只会更好。

4

唐凛回到自己的房间，还在想丛越的事。

丛越入伙虽然已经敲定，但还乡团那边始终是隐患，他总觉得还是应该找机会单独和集结区的还乡团负责人聊聊。一方面让对方明白丛越已经有 VIP 罩着了，别再动手脚；一方面也让其安心，丛越退还乡团加入 VIP 这个事，VIP 不会张扬。如果负责人够聪明，就该知道两边都低调不作声，是这件事最好的结果，到时候老人离开集结区，新人再涌入，稀里糊涂就过去了。

南歌的声音隔空入耳的时候，唐凛正想到怎么创造"私聊"机会，是直接上门，还是假装偶遇。

"组长……"

这一声"余音绕梁"，自带鬼怪气氛。唐凛下意识感到凉气窜过后背。

"看我……"

又来。

"房间……"

就不能连起来说，非要用这种女鬼语速吗？！

小猫头鹰把投屏画面调到1025，南歌正坐在客厅朝他笑得明艳妩媚，显然"吓自己组长"是一项愉悦身心的活动。

唐凛心累："知道你文具树升级了，不用看见人也能传音，但传的时候能不能轻快活泼一点儿？"

南歌乐够了，才言归正传："丛越就算定了呗？"

唐凛惊讶："你已经知道了？"这是什么光速消息渠道？

"我刚才想看一下越胖胖的情况，正好围观了你进门之后的全过程。"南歌解释。虽然唐凛把观察丛越和霍栩的责任揽到了自己身上，但她训练间隙也会盯这两人一会儿。

唐凛没想到自家队友也帮忙操心呢，有点儿暖，自然而然朝南歌笑了一下。

不料南歌一声叹息："组长，你刚才对丛越就这么笑，现在又对我这么笑，你再继续散发魅力，范总分分钟就要上门了。"

唐凛一愣，差点儿就回头往门口看了，幸亏最后一刻忍住，没让组长形象崩塌。不过心里仍然不踏实，他克制不住去想：范佩阳现在该不会真在看他房间吧？

"放心吧，"看出自家组长的困扰，南歌好心提供情报，"范总满世界收购文具呢，我刚刚上楼的时候正好遇见。"

唐凛总算安心下来，不过转念又一想，他慌什么啊，他又没做什么见不得人的事，为什么要怕被范佩阳看见？

想了半天这些有的没的，他不经意抬头，发现南歌托腮望着自己笑，像看见什么有趣东西似的。唐凛不明所以："笑什么？"

南歌："你变温柔了。"

唐凛愣了一下，问："我以前不是吗？"他还在公司的时候，可是被所有员工认可的脾气好，逢人笑。

"当然不是。"南歌毫不留情截破自家组长的幻想，"地下城闯关口遇见'斯芬克斯'

》190《

的时候，你来找我帮忙，我反问'你的朋友，我为什么要去救'，你当时怎么回我的？"

无视自家组长婉拒的目光，南歌清了清嗓子，从神情到语调由内而外地冷漠，完美还原当时的唐凛："没有理由，你完全可以拒绝，但请快点儿给我答复，时间有限，我还要去找第二方案。"

唐凛："……"被自己人翻黑历史最为致命。

"我那个时候想，这人太冷了，白瞎一张好看的脸。"南歌仍然陷在"美好"回忆里，"不过后来进了VIP，见到了范总……"

有对比，才有温暖。

一切尽在不言中。

唐凛的思绪也被南歌带回了地下城，明明是不久前的回忆，却有种相隔很远的感觉："那时候刚进关卡，还没适应，其实我很紧张，整个人都是绷着的。"

南歌却摇头："不全是紧张，你那个时候很……我不知道该怎么形容，就像一个蚌壳你知道吗，紧紧闭着的蚌壳。"

自家组员不光说，还比画，生怕他不懂。

唐凛扶额，这形容没法接。

"但是现在打开了，"南歌总结，还不忘弥补之前的伤害，"帅气和温柔成正比。"

唐凛："……谢谢你夸我。"

南歌乐不可支，故意瞥过来一个暧昧眼神，说："也幸亏遇上能打开你内心的钥匙……"

"和范佩阳没关系，"唐凛想也不想就否认，"我当时一是没适应，二是和你们不熟，现在熟悉了自然就……"

"组长，我说的钥匙是得摩斯，你是在他的'窥探恐惧'之后彻底转变的。"南歌说着，露出恶作剧得逞的笑容，"你好像想多了……"

唐凛："……"套路，防不胜防。

"叮——"

提示音在两个房间同时响起。

唐凛和南歌皆是一愣，待清手臂上的提示信息，都有些诧异。

小抄纸："4/10 闯关口将在六天后开启，请闯关者做好准备，届时按照地图行进。"

这是他们第二次收到闯关口开启的信息了。第一次是昨天，提示闯关口将在七天后开启，第二次就是现在，天数变成六天。

在地下城和水世界的时候，可没有这种情况。闯关口开启的提示只在临近七天的时候来一次。现在这种情况，就像"小抄纸"在主动帮他们倒计时，莫名给人一种紧迫感，仿佛暗中有什么在催促着他们快点儿去闯关。

地图倒是在孤岛求生的时候见过，不过放在闯关口提示里也是第一次。唐凛将昨天就看过的地图再次点开，一幅立体的地貌画卷在半空缓缓浮现：最下方是大海，涌动的海浪泛起细碎阳光；海边不远一幢方方正正的建筑，是集结区；集结区出来再往上，是一片广阔大陆，有平原，有森林，有河流，甚至还有沙漠、沼泽和一些奇奇怪怪暂时看不出具体是什么的地方；在这片大陆的尽头，是一座看不见顶的高山，真的看不见，山顶被浓浓的云雾遮住了，而山又在立体地图的最上方，所以云雾一直蔓延到地图尽头，但山脚看得很清楚，因为那里被醒目地标识了出来——4/10 通关。

离开集结区，穿过大陆，抵达山脚，即通关。

地图指示很清晰了，只是不知为什么，唐凛总想拂开那些云雾，去看山顶的更上面。直觉告诉他，这份地图还没展开全貌。

夜幕低垂，月朗星疏。

集结区每个屋子的卧室都有一面墙的透明落地窗，窗外就是 4/10 关卡地图所示的广阔平原。白天阳光好的时候，站在窗前，可以一直看到遥远的地平线。

这是进入集结区的第三晚，唐凛已经习惯了一翻身就能看见外面的星空，可惜吹不到夜风——为了让闯关口成为唯一进入 4/10 大陆的渠道，房内的窗户都无法打开，暴力破坏也没用。他将床头微蓝的夜灯关掉，房内彻底暗下来，只剩淡淡月光穿透落地窗，洒在床边。

夜深了，唐凛轻轻舒口气，找了个舒服的姿势，准备入眠……

"咚咚咚！"

夜半，鬼砸门。

唐凛的睡意被成功震飞。

扰人清梦绝对是这世上最不容原谅的恶行之一，但今天，唐凛没一点儿火气，甚至不自觉地加快脚步去开门。原因无他，会在这个时间点拍门的人，想来想去，只有一个。

唐凛很快穿过客厅，抵达玄关。

敲门声还在继续。其实并不算太用力，就是正常叩门，但夜太静了，就显得声音很大，而不间断的频率更泄露了来者内心的急切。

唐凛将门打开，对上自家伙伴的脸，打趣地笑："欢迎回来。"

郑落竹的手还在半空，愣了一瞬，尴尬地摸上自己的鼻子："组长，我原本想明天早上再来找你，但……"

但他实在等不及了。事实上半小时前他就回来了，在自己房间坐也坐不住，躺也躺不住，最后满屋子溜达，还是不行，所有的沉着所有的耐性，在这件事面前不堪一击。

"我懂。"唐凛直截了当地朝他伸手，"东西给我。"

郑落竹瞪大眼睛，是真的吃惊了："你怎么知道？"他把一直背在身后的左手拿出来，手里握着一本被卷成圆筒的薄本子。

唐凛拿过本子，展开，是本有着岁月痕迹的作业本。本子封面的下方，字迹工整漂亮：三年六班，施方泽。

"从你知道我的新文具树是'狼影追踪'，你的心就没定过。"唐凛把门关上，带着本子和自家伙伴回了客厅，"你现在的社会关系基本为零，一进集结区就着急回现实，除了找你朋友的东西让我追踪，我实在想不出第二件能让你这么火急火燎的事。"

这不是唐总，这是大神啊！郑落竹佩服得五体投地："组长，你太可怕了……"

"你要总这么夸人，就别夸了。"唐凛调侃着，在沙发旁的空地上站定，低头看向手中的作业本。

"这个是他初三的东西，"郑落竹有点儿担心地问，"时间是不是太久了……"

他原本想去施方泽家里找些年代近的东西，比如大学之后的衣服、物品等，他知道叔叔阿姨把自家儿子留下的东西都好好收着呢。可他又担心自己突兀的拜访会影响对方的生活。近两年叔叔阿姨好不容易接受了儿子失踪的现实，日子才平静下来，他怕自己的出现会让这一切再起波澜，更怕自己索要施方泽物品的行为会让对方多想。为人父母都是很敏感的，万一看出端倪，重新燃起希望，可最终他又无法把施方泽找回来，那样的二次伤害他不敢想象。

纠结来纠结去，他还是把自己仅有的施方泽的东西，给拿回来了。

估计到现在，施方泽都不知道当年为什么翻遍书包也没找到自己的作业本。

没错，就是他给藏起来了。一个特别幼稚的恶作剧，想看看好学生交不出作业，会不会被老师骂。后来老师骂了还是没骂，他已经记忆模糊了，只知道这个作业本，他一直都没还。

"时间确实有点儿久，而且后面一直在你手里，我没办法保证狼影能准确判定所有者并进行追踪，"唐凛的声音拉回了郑落竹的思绪，"但我会尽力。"

郑落竹郑重地点一下头："谢谢组长。"

唐凛将注意力收拢，完全聚焦在作业本上，闭上眼，缓缓和"狼影追踪Ⅱ"建立联系。这是他新获得的四级文具树，这两天也用南歌和范佩阳的东西试了一下，比三级的"狼影追踪"锁定目标更快，更准。

客厅里静下来了。

郑落竹压抑着自己的呼吸，怕打扰唐凛，心跳却越来越快。

一团黑雾凭空而出，在唐凛面前聚成狼影轮廓。下个瞬间，狼影突然冲向门口，遇门板受阻，便化成黑雾顺着门缝急速而出。

郑落竹按捺不住激动，可又怕空欢喜，紧张地问："找……找到了？！"

唐凛睁开眼，没答，而是转身追了出去。

郑落竹连忙也跟上。

打开房门，狼影就站在门外，似乎在等他们。见唐凛出来，狼影一跃跨过栏杆，化成黑雾，从九楼轻飘飘落进一楼大厅。

郑落竹立刻也去翻栏杆。幸亏唐凛眼疾手快，抓住后衣领将人拎了回来："你当自己腾云驾雾呢，坐电梯。"

深夜，电梯没人用，很快将他们送到一楼。二人走出电梯，一眼就看见狼影。小狼正撒欢儿地飞快往一楼大厅的另一端跑，他们再慢点儿，估计都看不见影了。

唐凛和郑落竹一路狂奔，追着小狼穿过整个一楼大厅，来到了一楼尽头的一扇玻璃门前。玻璃门又高又大，呈圆拱形，气派得像某个城堡花园的入口。

但门外不是花园，是 4/10。

"狼影追踪"把他们带到了 4/10 的闯关口。

更意外的是，门前还站着一个人——何律。

何组长也没想到这么晚了，还有人来闯关口遛宠物，有些困惑地看着二人一狼，问："你们这是……"

闯关口也好，何律也好，小狼对这些毫无所觉，它只知道要追踪，可玻璃门将它挡住了，无论它化成黑雾找缝隙，还是聚成狼影连扑带撞，玻璃门都纹丝不动，于是它越发急躁，呜咽起来，像受了多大委屈似的。

唐凛连忙过去摸摸它的头。小狼立刻顺杆爬，赖在唐凛怀里蹭啊蹭，不走了。

何律看着这一幕，突然有点儿羡慕，或许夜深人静容易被感动，他认真考虑着等到了 4/10，也就是外面这片大陆，看能不能找到野猫什么的，拿小鱼干诱拐一只，养起来。

"我们在找人。"看唐凛没有回答何律的意思，郑落竹就知道自家组长不想多说他的私事，但找人没什么不能说的，又不是要把来龙去脉都交底。

找人？何律不是太懂，但也没多问，毕竟是别人家的事。

"竹子，"既然自家组员不介意，唐凛便直接说了，"如果作业本只有你和他拥有过，那小狼现在锁定的目标就是他，绝对不会错，不过他在集结区外。"

郑落竹的心快跳出胸腔了，声音克制不住地轻微发颤："4/10吗……"

唐凛不想泼他冷水，但客观地说："外面应该不是只有4/10，'小抄纸'里的地图我觉得还没全打开，很可能后面的关卡都算作集结区外。"

如果真是这样，那小狼的表现只能说明施方泽在3/10后面的关卡里。

"但也可能就在4/10。"郑落竹眼里已经燃起了光，仿佛冲破这扇玻璃门，就能与朋友重逢。

唐凛切断文具树，让小狼消失，起身挡在郑落竹面前，不让他再往外面看："竹子，一件事，如果你总想着最好的结果，多半要失望，但你如果想着最差的结果，通常就会有惊喜。"

施方泽就在他应该在的地方，不会近，也不会远。但唐凛希望郑落竹走向这位朋友的一路，是不断希望，而不是不断失望。

"组长，我明白你的意思。"郑落竹有些艰难地说，像在和不断膨胀的期待对抗，最终失败，"但我做不到。"

唐凛有些心疼地拍拍他的肩膀，不再劝。

"收好。"唐凛把作业本还回去。

郑落竹还沉浸在波动的情绪里，愣了好一会儿才接。

何律有些尴尬，走也不是，不走也不是，终于等到对面告一段落，才找到机会开口："我先上去了，你们忙。"

刚转身，唐凛把他叫住了："何组长，等一下。"

何律又把身体转回来，面露不解。

唐凛笑了一下，很自然地寒暄："进集结区之后，还没正式和你打过招呼。"

何律摇头，说："我们几队一起从地下城闯过来，有过协作，也有过交手，这样的关系，打不打招呼都只是个形式，你们一进集结区，我就已经知道了。"

唐凛不觉莞尔。同样是直接，潘恩会让人感到他想速战速决的急切，白路斜会让人深深领略什么叫任性妄为，唯有何律，从他嘴里说出来的都是最直接的实话，几无遮掩，却奇异地让人感觉不到任何强势或者攻击性，只觉得坦荡。

礼尚往来，唐凛也不再说那些客套话："我们一共三十人进了孤岛求生，最后二十九人通关，还挺不容易的。"

每个通关的人都会第一时间想要知道还有谁通关了，所以何律对于唐凛掌握这些信息不奇怪。他更想知道唐凛叫住他的目的，便直截了当道："你想知道什么，尽管问我，能回答的我一定告诉你，不能回答的就抱歉了。"

唐凛歪头想了想自己要问的，先帮何律衡量了一下："这个应该能……"

何律被逗笑了，温和点头："请讲。"

唐凛："我听说孤岛求生的时候，你和白路斜分到了一组？"

何律没想到他问这个，的确属于能回答的范畴："是的。"

唐凛："那你们是怎么通关的，他没抢小面包吗？"

他只打听到了分组，具体的通关过程全是谜。以白路斜的性格，不可能不出手抢，但凡抢了，就一定会有冲突，最后能六人一起通关，很不可思议。

"他在第一天的确是想抢小面包，"何律不懂唐凛问这个做什么，但还是据实相告，"我阻止了他。"

唐凛："后来呢？"

何律："后来我就给他讲了道理，让他明白，既然选择大家联手，就要有同伴的自觉和意识……"

"等等，"唐凛有点儿怀疑自己听到的名词，"他选择和你们……联手？"

"呃，严格讲，不是他选择的，是我邀请的。"何律说。

"你一邀请，他就同意了？"唐凛怀疑他们是不是在谈论同一个白路斜。

"那倒没有，"何律实话实说，"起初他是拒绝的，后来……"

郑落竹不明所以地围观，对于组长为什么拦住一个偶遇的何律秉烛夜谈完全迷茫。而且他心里还在想着寻找施方泽的事儿，所以俩人说了什么，他也完全没听进耳朵，只看见自家组长神情专注，就像在听大师讲课。

第六章

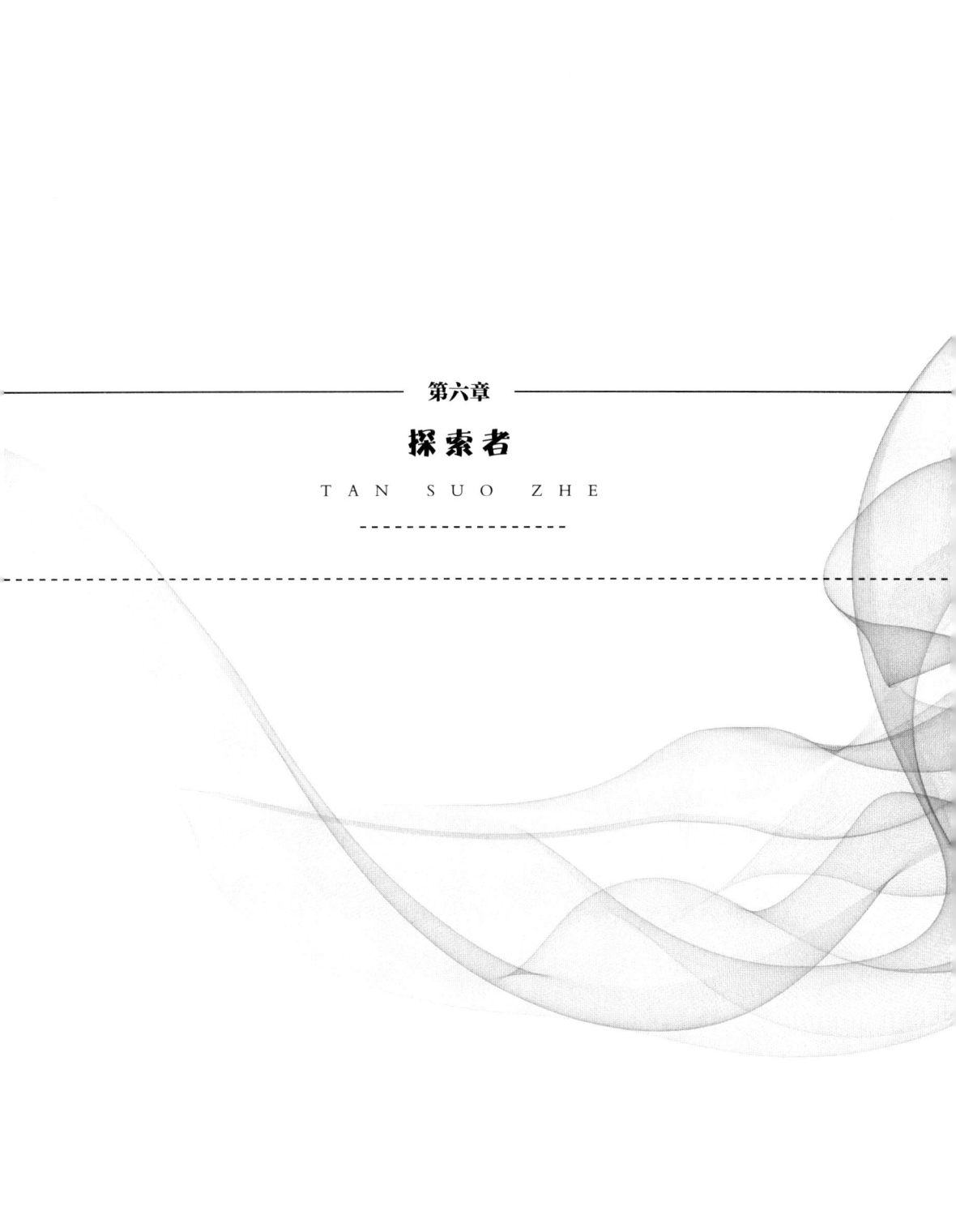

探索者

TAN SUO ZHE

1

翌日清晨，唐凛和范佩阳、郑落竹、南歌、丛越聚到一起，五个人汇总目前情报，顺带部署下一步计划。

继那日训练室交谈过后，范佩阳就一直自由活动，唐凛也没管他，只要求离开集结区的话要报备。其间范佩阳只报备了一次，就是回地下城，但从返回后没急着来找他的情况来看，唐凛判断对方这次没收到什么值得一试的幻具。

果然，再见到的范总周身低气压，明明面无表情，也让人觉得天寒地冻。

丛越作为新成员入队的第一次亮相，在和范总打了个招呼后，满腔的热情就被冻住了，等到南歌和郑落竹过来，只看到一个缩着脖子无比低调的越胖胖。

唐凛没徒劳地去化解范总的低气压，多年合伙人经验告诉他，这时候无视就好了。

众伙伴一落座，他便缓缓开口，眉眼温和而舒展："南歌，先说一下你这几天得来的情报。"

仨伙伴齐刷刷看向唐凛，感觉春天又回来了，风也暖了，花也开了。

南歌清了清嗓子，条理清晰道："有价值的情报大概三条。一、水世界和这里都可以通过购物区领任务，来获得经验值和随机的一次性文具，但据说在 4/10 之后，就没有这种任务了，也就表示后面获得一次性文具的机会越来越少，有些关卡可能都没有，所以文具树将会成为我们赖以生存的全部战斗力，对文具树的挖掘和训练必须是第一要务。二、这个世界的关卡应该是一直在往上走,进地下城的时候我们不是都坐了很久的电梯吗,就感受到的距离来算,几乎可以到海底之下了,所以地下城出来,等于从海底出来,就到了海里的水世界,水世界再往上,离开海面,到了孤岛……"

郑落竹低声提醒:"但孤岛之后是集结区,这片大陆和孤岛基本在一个水平面上。"

"可是'小抄纸'给我们的地图上,大陆的尽头是山,4/10通关点就在山脚下。"南歌说。

郑落竹听出端倪:"难道5/10关卡就在那座山上?"

"这就是我想说的第二条情报,"南歌说,"可以确定5/10关卡和那座山有关,但具体是什么无从得知。"

众人对这个结果不意外。鸦禁止通关者将关卡内容泄露给未通关者,所以不管什么时候,关卡内容都是绝密。

"第三条情报呢?"唐凛问。

"第三条情报,就是组长你最好做足思想准备,"南歌朝唐凛苦笑一下,"霍栩到这里快三个月了,集结区所有有名有姓的组织都试图招募他,没一个成功。而且除了草莓甜甜圈被拒绝就干净利落走人之外,其余所有组织都是和他打过一架才不欢而散的,有的还不止打了一架。"

郑落竹:"……"听起来简直就是集结区公敌。

丛越:"……"要招募霍栩?唐队拉他入伙的时候,没讲还有这么危险的发展计划啊!

唐凛思索片刻,扬起嘴角:"所以他现在是集结区最闪亮的星,大家都等着看他花落谁家?"

南歌愣住,这番解读好像和她的初衷离得有点儿远。

一直没说话的范佩阳开口:"喜欢打架,战斗型。对于展示自己的文具树无所顾忌,不惧怕被人窥探能力,自信型。有实力的人多半桀骜,但这样的人只要能成功拿下,通常会创造比预期更多的价值。"

范佩阳说的就是唐凛想的,在对待人才上,他俩一向有着难得的默契。

"我们想拉霍栩入伙,"唐凛看向丛越,算是第一次正式询问这位新队友,"你怎么看?"

丛越立刻举双手赞成:"我觉得这个大胆的想法很好。"

唐凛、范佩阳、南歌:"……"

郑落竹:"越胖胖,'大胆'这个奇特的形容词,已经出卖了你的心。"

唐凛的一贯宗旨是:布局要稳,行动要快。所以当天和自家组员把整个招募方案反复推敲了好几遍,一直到每个细节都稳妥,他才放大家回去休息。

经过一夜的养精蓄锐,在进入集结区的第五天清晨,踏着明媚阳光,五人来到霍栩所住的 8066 门口。

南歌站在 C 位，正对着门，负责用"余音绕梁"隔门递出 VIP 的橄榄枝。

郑落竹坐在她和门中间的地上，举着一沓纸给她当"人肉提词板"，纸上都是唐凛事先写好的招募词，有理性的，有动情的，还有面对霍栩不同反应的各种应对方案。

丛越站在他俩左边，负责一旦发生意外，及时给意外套上"静止键"。

唐凛站在他俩右边，见大家就位，给了南歌一个"开始"的眼神。

范佩阳站在队伍最后，离门最远，挨着栏杆。他没被分配到任何任务，但作为一个自我要求严格的人，作为一个刚刚拥有了"中级破坏狂"的闯关者，范总还是自己给自己划分了责任模块——一旦谈不拢，或者对方坚持不开门，适时进行定向爆破。

8066 房间，卧室。

两米宽的大床上，一个人侧身睡着，柔软的羽毛被子裹得严严实实，除了露出一个脑袋，其他地方不留缝隙，乍看就像一个蚕宝宝。

厚厚的窗帘挡住了一切明亮，外面的世界已经日光和煦，这里依旧暗如静夜。霍栩的呼吸很轻，轻得不像正在熟睡，而他微微皱着的眉头更是同安逸乖巧的睡姿截然相反，就像是身体已经放松了，可精神上还以平日的倔强警惕着一切。

他是一个睡眠很浅的人，浅得几乎不做梦，很偶尔地做了，也能立刻意识到这是梦，而后迅速强迫自己苏醒。所以他的记忆里从无任何梦境碎片，哪怕是那些强制唤醒自己后仍清晰记得的，也会被他很快遗忘。

再美的梦也改变不了现实，霍栩本能地抗拒这些无意义的东西。

但今天不一样。今天的梦境里没有画面，只有声音。那是一段陌生的旋律，被一个女声哼唱着，舒缓、婉转，像银色月光下静静流淌的小河。

是摇篮曲。

霍栩此前从未听过，可他就是知道，因为很久很久之前，也有人给他哼唱过另外一首，不同的旋律，同样的温柔。所以他破例了，明明知道是梦，却耍赖地不愿醒来。

一曲哼完，霍栩闭着眼睛更用力地裹紧羽毛被，乖巧地等着下一段旋律的到来。然而旋律没来，却来了说话声，还是那个女人，可是再没有哼唱时的温柔——

"组长，还要坚持这个'聆听大自然叫醒服务'吗……我哼得自己都困了，你确定真能叫醒他？"

问谁呢？什么组长？一头雾水中，霍栩再次听见女人的声音——

"好的，那我自由发挥了……"

自由发挥？

"霍栩……霍……栩……霍霍霍霍……栩栩栩……"

极度富有节奏的呼唤声中，"蚕宝宝"一个鲤鱼打挺，直接在床上站了起来。羽毛被落在脚边，露出的却不是睡衣或者赤膊，而是穿戴整齐的身体——霍栩睡觉根本就没脱外衣，连手臂上的绷带都和平日一样缠着。

他眯着眼睛警惕观察四周，看不出一丁点儿刚睡醒的样子，仿佛这里不是床榻柔软的卧室，而是危机四伏的野外，有一丁点儿不对，露宿者便惊醒御敌。

然而敌人不在屋子里，只在他的耳朵里。

"霍栩……"

无影无形，鬼怪妖魅。

"谁？出来——"四下环顾未果，霍栩烦躁地一声厉喝。

这一下吼得毫无保留，充满力气的音量直接穿透门板，回荡在整个八楼走廊。站在门口的南歌一惊——惊喜的惊——第一时间看自家组长。

"叫醒服务"比唐凛预期的更快起效，他对这个进度很满意，当下回给南歌一个肯定眼神。

南歌收到，即刻进入第二阶段：稳住目标，为顺利开启实质性谈判创造条件。

"霍栩，你好。"南歌一秒变身知心姐姐，声音暖得能抚慰众生，"我叫南歌，我现在正通过文具树'余音绕梁'和你说话……"

寒暄问好，自我介绍，情况说明——有效沟通三板斧。

霍栩那边是否被稳住还不清楚，但纵观整个八楼，已经有好几扇门推开了，全是被霍栩那一嗓子震出来的邻居们探头想看看究竟。不想没看见正主，只看见五个可疑分子站在人家霍栩门前，其中一个还是姑娘，柔情似水地对着门板倾诉着什么。

邻居们面面相觑，脸上全是问号。这是组团上门告白来了？

"相信我，我没有任何攻击的意图……"随着邻居们的注意力渐渐集中，走廊慢慢安静下来，南歌的声音也一点点清晰，"我现在是在自己的房间里和你对话……"

围观众邻居："……"女人的嘴，骗人的鬼。

越来越多的门被打开，都是霍栩那一声的后遗症，除了八楼，甚至还有七楼和九楼的扒着栏杆往上或者往下看。

VIP在昨天推敲方案的时候，就预料到了会被围观，说不定后面还会引起更大的动静，所以对此相当淡定。南歌仍在声情并茂，偶尔"人肉提词板"的速度慢了，她还要自己上手翻下一页："我所在的组织叫VIP，目前算我在内，一共五人，现在想邀请你成为我们的第六个伙伴……"

原来是招募。八楼的邻居们隔空交换个眼神，整齐划一给这支不怕死的队伍点蜡。七楼和九楼的看不见现场，但吐槽起来就方便了，不用顾虑当事人。

"VIP谁啊？"

"新组织，刚从孤岛求生过来。"

"才五个人也叫组织？"

"人虽然少，但心比天高啊，这不，一来就相中那家伙了。"

"我是不是太阴暗了，我竟然已经迫不及待地想看他们被虐了……"

"我更阴暗，我想看姓霍那小子被虐……"

"不，你这不是阴暗，是替天行道。"

有人围观VIP，也有人稳稳当当坐屋里，投屏看霍栩。此时的绷带青年阴郁地坐在客厅地上，周身风雨欲来的低气压让人觉得下一秒他就要跳起来，用巨浪摧毁能碰到的一切。可等了又等，霍栩什么都没干，他只是坐在那里，低着头看地面。

他的眼里有暴虐，可还有些别的东西。围观者们看不懂，只觉得他四肢发达头脑简单，别人说一句"我在自己房间"，他就真的不再出门验证一下。

唐凛也没想到，南歌都进行到"正式列条件"的环节了，门内还那么安稳。他昨天进行模拟推演的时候，原本认为霍栩刚被吵醒，就会迫不及待地冲出来找凶徒，才不管你在门外还是在自己房间。

只有霍栩清楚，他是给那首摇篮曲面子。

这个扰人清梦的狗屁组织被洪水卷走一万次都不可惜，但那个哼歌的开场白，误打误撞踩对了点儿。霍栩甚至下意识希望耳内女声在聒噪完那堆废话之后，再把先前的歌儿哼一遍，可这个见鬼的"余音绕梁"似乎只能单向沟通。

不过无所谓，就算能双向沟通，他也不会真的提要求，太傻。

"我就当你同意听我说了，下面，我开始正式阐述你必须入队的理由……"

必须？霍栩吊着眉梢，呵呵冷笑。他唯一能想到的理由，就是他能力强，所以他必须把自己的能力贡献出来，用以拉高其他蠢货的战斗力平均值。

"第一，你想进4/10。如果你不想，你就没必要每天进行那么严格的自我训练，如果你不想，你就应该尽可能领取任务，赚更多的经验值，来延长留在这里的时间……既然想进，既然早晚要进，为什么非等到经验值耗尽，孤零零一个人被强制送走呢？"

霍栩没控制住，出声反驳："你说谁孤……"话说到一半，才反应过来和空气说有屁用。

不想耳内声音像是听见他说话了似的，改正道："我们组长说了，不能用'孤零零'，你的战斗力很强，要用'单枪匹马'……"

难道她真的在房间里，正透过投屏看着自己？组长又是谁？现在就在她身边吗？

"既然说到组长了，我就先插播一下我们VIP的成员介绍。唐凛，我们组长……"

霍栩："……"

耳内声音每次都和自己的内心活动无缝衔接，这让绷带青年很不爽，莫名觉得满墙都是眼睛，一眨一眨亮晶晶。他整张脸都皱在一起，又过了片刻，果断起身。

满楼各房间围观投屏的闯关者眼睛都亮了：呦呵，这要打了！

霍栩走出卧室，向右转，去了最里面的训练室。

众投屏偷窥者："……"你躲去训练室做什么？不是连睡觉都不怕人偷窥的吗？赶紧出去寻找声源啊，文具树暴走啊！

霍栩这一非常规的反应，让近一大半原本坐房内看投屏的人都转而开门去走廊，倒要听听VIP用了什么神奇招募词，能让这个一碰就炸的主儿稳当听到现在。

8066房间前的南歌刚把VIP五个成员介绍完，准备重新言归正传。

唐凛已经退到范佩阳身旁，侧靠栏杆，这个角度可以轻易捕捉各楼层的动静，比如刚刚，一下子多了许多人探头出来看。

这批人同时出来肯定有原因，而距离霍栩那一声厉喝已经过去很久了。所以唐凛唯一能想到的，就是霍栩离开了房间或者进了训练室，以至于这些"偷窥者"一下子失去目标，才扎堆出来。

霍栩当然没离开房间，否则现在他们就要打上照面了。那就表示，霍栩进了训练室。

唐凛眼底闪过一抹光，同时对南歌道："不拖了，加快节奏。"

当一个人不想听你说话的时候，你说的再多也是废话，所以可以东拉西扯拖一拖。但现在，他觉得霍栩应该听得进去他们的话了。

南歌得令，正色起来，声音恢复平日的飒爽，少了几分温柔，多了几分冷静果敢："经验值直接关系到文具树解锁，你如果把它们都浪费在这里，又单枪匹马到了后面关卡，等于自己单方面给自己闯关制造了巨大障碍，何必呢……第二，如果你不想组队的理由是觉得陌生人没感情，那和我们VIP组队……"

就能给你一个温暖大家庭？众偷听者心有灵犀地一起露出讥讽表情，这说辞都已经被前面各组织用烂了。

"和我们VIP组队就对了，我们不会强行和你培养感情，就是大家搭个伴，一旦进入4/10，只要关卡规则允许，你可以随时离开……"

众偷听者："……"还真是没感情。

"第三，如果你不想组队的理由是觉得能力不足以和你匹配，那更简单，VIP的训练室随时向你敞开，VIP 的伙伴随时恭候抽检考核……第四，我们组长觉得这条对你可能没什么诱惑力，但礼貌上我们还是要提一下，就是和我们组队还有现金奖励，入队即付款，霸气范总，在线转账。另外，组队之后你在集结区和后面关卡的一切消费，除了自动扣除无法代缴的之外，VIP 都给你报销，只要你还在我们的队伍里，此承诺永久有效……"

众偷听者骚动起来，饶是见过那么多打霍栩主意的组织了，VIP 这番招募词也绝对是够水准的——第一条，申明组队必要性；第二、三条，从感情和实力两个方面来打消霍栩的顾虑；第四条，拿、钱、砸。

有个别按捺不住的，直接呼喊了："他不可，我可啊！"

这一声没打动 VIP，倒惊动了霍栩。合着全集结区直播呢？！

绷带青年一阵旋风似的从训练室出来，砰地打开大门。VIP 五人组映入眼帘：一个背对着他坐地上，举着可疑纸张；一个正对着他站在门口，妩媚漂亮；一个目瞪口呆立右边，胖子；两个肩并肩靠着栏杆……是不是离得有点儿太近了？

"哈喽？"南歌露出尴尬而不失礼貌的微笑，先开口打了招呼。她也紧张，但没辙，谁让她站在 C 位呢。

"我不打女人，"霍栩沉声开口，"但你要是还继续唠叨什么第五条，我就不敢保证了。"

按照招募方案，霍栩只要开门出来，就由唐凛接手，但他说"不打女人"这话，真的非常拉仇恨。

"还真有第五条。"南歌微微抬起头，直接迎着他的视线，目光毫不闪躲。

郑落竹腾地站起来，挡在南歌身前，和霍栩几乎脸对脸，带着火气道："我来说！"

霍栩冷笑一下，水系攻击已在手中酝酿。

郑落竹丢掉提词板，那些话他早记心里了："第五，我住 4033，你住 8066，你的房间号正好是我的房间号的翻倍，这是不是缘分？！你说啊！"

霍栩："……"

众偷听者："……"

缘分不缘分的先不说，这个台词原本设计的语气，绝对不是现在这样吧？！

霍栩面无表情地看着郑落竹，脚下突然涌出一大片水，瞬间将以他房间为中心点的一大截八楼走廊浸湿，就像十几户同时开门朝地上泼水似的。水在漫过地面之后顺着栏杆空隙冲出楼板，却在冲出的一刹那骤然升高，水量也随之激增，变成两米高的巨浪。

这一切只发生在眨眼间，卷起的巨浪凶猛地往回扑，分明就是要把 VIP 五人拍死在浪里。

但这附近可不是只有 VIP，还有围观者们。众邻居要疯了，手忙脚乱想要关门，然而巨浪已经扑过来了，根本是无差别闪电群攻。

"哗——"海浪扑下,却没落地,而是停在了VIP五人头顶,就像一只扑食的饿虎被半路定格。

邻居们惊呆了,VIP们却没闲着,趁机敏捷开溜,哒哒哒一路跑到十几米开外。

那边脚步还没停,这边巨浪就骤然恢复,"哗啦"扑下来。除了霍栩在巨浪来袭的最后一刻轻巧一跃,踏上浪口,其余邻居有一个算一个,都浪花一朵朵了。待潮水退去,被殃及池鱼的邻居们或呆立原地,或扶门喘息,全从头湿到脚。

霍栩看都不看他们,目光只锁定十几米外跑路成功的VIP五人。

丛越举起右臂,朝他友好地挥一挥:"我叫丛越,丛越就是我!刚才那个是我的'静止键',不过持续时间太短了,范总说还有进步空间,我会努力练的。"

霍栩眼里泛起危险的光,刚要再集中精神力,一个不知名物体突然凌空飞来。他本能地往旁边一闪,不明物体"咣"的一声撞到他的门板上,爆了。

十几米外,丛越立刻后退,给偶像腾地方。

范佩阳上前一步,好整以暇地望向霍栩:"范佩阳,'中级破坏狂',训练室切磋一下?"

唐凛费尽力气才拨开越胖胖,扯回范佩阳,深吸一口气,冲"准队友"露出亲切笑容:"按照原定流程,接下来我要夸你的文具树能力了,所以刚才的邀约可以无视,请把记忆回拨到'静止键'那里,我们重来。"

霍栩:"……"

记忆回拨是没可能的。好好一个宁静清晨被搅和了,霍栩现在的心情不是糟,是相当糟,正愁不知道先拿哪个家伙开刀呢,就有往枪口上撞的。

"切磋是吧?"他的视线越过最后上前的唐凛,落在范佩阳脸上,"死了我不负责。"

范佩阳欣然点头:"我邀请你,你说了算。"

唐凛无声地叹了一口气,他还真是被无视得很彻底。不过算了,原计划这一架就是要打的,只不过稍微提前了。提前就提前吧,再压下去,范总容易掀桌。

"唐凛?"霍栩突然把目光又放回唐凛身上,带着不确定的疑问。

自报家门的只有南歌、丛越、范佩阳,剩下唐凛和郑落竹,霍栩只能凭直觉去判断谁是谁。

唐凛想不到霍栩会问他。虽然招募邀请是VIP发的,但他以为霍栩并不关心谁是VIP的组长。确切地说,今天来敲门的是VIP还是MVP,在霍栩眼里应该都没差别才对。

"我是。"疑惑归疑惑,唐凛还是认领了身份。

得到肯定答案,霍栩眼里浮现嘲讽:"你的组员现在要和我切磋,你还坚持回拨重来吗?"

这时候征求他意见就很微妙了,但唐凛还是浅笑一下,摇头:"不了,他邀请,你愿意,我没话说。"

霍栩也笑了，毫不掩饰地看不起："连自己组员都管不明白，你这个组长太水了。"

2

8066，训练室。

唐凛、郑落竹、南歌、丛越坐在训练室一侧的边缘，背靠墙壁，面朝训练区域。

范佩阳和霍栩站在训练室中央，距离他们有十几米。

郑落竹悄悄凑到唐凛身边，说："组长，我才回过味儿来，那小子刚才问你身份是故意的吧，就为了怼你？"

丛越在旁边听着直抚额，这反射弧够长的。

唐凛倒是一路都在反思，此刻被自家组员正面提了，他坦然点头："我的确管不住范总，作为组长，领导力不足，被'水'不冤。"

"你这还叫不足？"郑落竹无语，"组长，咱可以谦虚，但不能谦虚得这么凶残，我老板要不是有你在管着，现在能上天。"

"我同意，"旁边飘来南歌闲闲的附和，"如果让范总跟着心情走，外面的门现在已经不存在了，霍栩也没什么机会听我们阐述一二三四五，训练室这里此刻应该开始打第三轮了。"

唐凛："……"

夸夸群真是一个危险的地方，稍不留神，就容易被彩虹屁拍得忘乎所以。

"组长，他们说的可能有水分，但我被范总用切磋教育过，实打实的过来人，我说你得信吧？"丛越一拍胸脯，"我拿我的体重担保，范总比揍我那时候收敛多了，从眼神到气场，从语言到行动，都收敛起了他独有的耀眼的不可一世的光芒。"

唐凛："……"越胖胖说的范佩阳确定是他认识的范佩阳？

同一时间，8066门外。

无数个脑袋挤在一起，希望能从门缝、锁孔以及一切空隙中探听到切磋的进展。

还有楼上、楼下、对面的众好事者隔空问："怎么样？什么情况？"

"听不见！"门前的脑袋们无不沮丧。

训练室一旦关起门，那就是完全的私密空间，投屏无法监控，声音也与外界全部隔绝，最大限度为使用者的文具树和实力保密，但对于此刻无比想追剧情的一众闯关者来说，就很让人抓心挠肝了。

"哪儿不能切磋啊，非进训练室，"有不乐意的抱怨了，"一楼'磋'呗，又开阔又敞亮！"

对面楼层有人搭话："怕输了丢人呗。"

整个集结区已有不下 1/3 的人出来看热闹了，现在直播中断，他们只好发发弹幕聊以慰藉——

"你们说，是霍栩怕输还是 VIP 怕输啊？"

"这还用问吗，霍栩可在集结区打脸一圈了，五大势力都没把他拿下，VIP 能？"

"你提醒我了，现在那个盘口还能下注不，我赌 VIP 能！"

"哎哟，你认识他们？"

"不啊。"

"……那你往他们身上砸钱？"

"前面所有投注的钱都让庄家吃了，我不怕再输点儿，但万一赢了呢，VIP 这种名不见经传的队伍赔率绝对高，赢一次就翻盘啊。"

十七楼走廊，某转角处。

周云徽："好像有人提到你们了。"

崔战："听清楚，是五大势力都没拿下，我们十社是失败了，你们孔明灯也没成。"

周云徽："但我没贴过去给人打脸啊。"

崔战："打就打了，无所谓，下次看见能力强的单身的，我照样往上贴……"

周云徽："单身？"

崔战："就是没组织的，单打独斗的。"

周云徽："你下次就说大白话，别用形容词。"

崔战："总之，想让自己队伍兵强马壮，就必须时刻保持一颗求贤若渴的心。"

周云徽："那你赶紧去'求贤'啊，跑十七楼来敲我门干吗？"

崔战："要不要来十社？"

周云徽："哈？"

崔战："来了就是分部组长，和我平起平坐。"

周云徽："你挖角挖到我身上？！"

崔战："我觉得你挺好。"

周云徽："我觉得你不行。"

崔战："考虑一下？"

周云徽："没可能。"

十五楼走廊，某转角处。

关岚趴在栏杆上，真心没想偷听，但楼上的楼上那两位旁若无人，他只好配合着从头听到尾,一边听还一边认真分析,周云徽是发自肺腑地拒绝还是欲拒还迎……

"喂,"旁边的甜甜圈集结区负责人还在锲而不舍地游说,"去试试吧,以你的魅力,说不定能吸引霍栩。"

关岚翻个白眼,果断拒绝:"不要。"

负责人:"他很有能力,也很有个性,完全符合甜甜圈的风格。"

关岚抱住栏杆,像个无尾熊:"甜甜圈里奇怪的人已经够多了。"

负责人不再坚持。

耳根一清净,关岚反而好奇了,转头问:"你既然那么想要他,为什么被拒绝一次就放弃了?"

负责人毫不犹豫地摊手:"没有人可以拒绝我两次,再吸睛的尤物也不行。"

关岚:"……"他就说这个团都是奇奇怪怪的家伙!

关组长和栏杆玩耍的时候,十一楼的何律正转身回房。跟在他旁边的,是一起从孤岛求生过来的铁血营组员:"组长,你不看了?"

"短时间内恐怕不会有什么结果,"何律拍拍他的肩膀,"与其看别人,不如抓紧训练,提升自己。"

铁血营组员没自家组长那么收放自如,思绪还在VIP身上,一边跟着何律进屋,一边问:"组长,你刚才说昨天唐凛问过你,孤岛求生的时候怎么说服白路斜那家伙联手的?"

何律:"嗯。"

组员神秘兮兮凑近他,带了点儿调侃:"组长,原来你也会骗人啊。"

何律停下走向训练室的脚步,不解皱眉:"骗人?"

组员一副"你就别装了"的模样,说:"他问你这个,肯定是觉得白路斜和霍栩属于同一类家伙,同样难搞,所以想跟你取经对不对?"

"应该是这样没错。"何律点头。

"那他问完了,今天就实践了,那些招数不是组长你传授的,还能是谁?"组员挑挑眉毛,化身毛利小五郎。

何律哭笑不得:"我们当时怎么和白路斜联手的,过程你清楚,我只是将那些原原本本告诉了唐凛,没有任何夸张和篡改。"

组员蒙了。自家组长是不会骗自己的,那么问题来了——VIP是怎么从自家组长光明磊落的行事中,衍生出今天这么多磨人招数的?中间的思考发散过程太令人费解了!

不过VIP在见识到了那么多人碰壁,以及霍栩本身的糟糕性格之后,还坚持招募,比今天那些一言难尽的招数更让人迷惑。

"组长，我觉得这些上赶着招募霍栩的，连咱们铁血营集结区的都算在内啊，肯定全是没吃过亏的。像白路斜那种人，联手七天就快把我们折腾疯了。现在遇上一个更难缠的霍栩，他们还都争着抢着要，自讨苦吃。"

"每个人都有自己适合的地方，"何律走到训练室门口，中肯道，"白路斜不适合铁血营，未必就不适合其他组织，他在白组就待得好好的。"

待得好好的？铁血营组员对此表示强烈怀疑。

这边何律和自家组员进入训练室，开启每天例行的对抗训练，那边十九楼的白路斜百无聊赖打个哈欠，坐在栏杆上，双腿在栏杆外晃荡，抱怨道："训练室这种没劲的地方，应该取缔。"

"对对，取缔。"旁边一个瘦高个点头哈腰地应声。

这是白组在集结区的负责人，但不同于其他组织，负责人可以和分部组长画等号，白组这个负责人纯粹就是管后勤的，任务就是把所有到集结区的白组骨干照顾好，及时传递消息，输送人才，承上启下。他平日里对着其他白组成员就是低姿态，但对着白路斜更低，因为这是半年来白组第一次又有新人通关到集结区，且是在地下城的时候名声就已经传到耳朵里的组内高手，对于这种大神，当然要供着。

"上面说了，我们这里安逸太久，是时候组织队伍闯关了……"瘦高个小心翼翼地给白路斜递话。这其实有点儿不地道，毕竟其他人至少都在这里休整半年了，白路斜才来，上面就催着闯关，可他就是个听话办事的，只能硬着头皮来。

没承想白路斜十分配合，随意道："当然要继续闯，不然在这里安度晚年吗？"

瘦高个愣了愣，等反应过来，感动得想哭："嗯，闯，闯！那你看你想和谁组队，只要你点名，剩下的交给我。"

"我点名？"白路斜这会儿才听出端倪，歪头看瘦高个，"要我当组长？"

"当也行，不当也行，都听你的。"瘦高个很灵活，反正核心是白路斜就行了，"但是下一关要求必须组队，最少六人，你提前挑一些你认可的或者看着顺眼的兄弟，将来组队也合拍。"

白路斜无所谓地笑笑，坐着顶楼的栏杆，低头看大厅的闯关者，一个个都小得看不清脸："随便找几个就行，反正都不认识。"

瘦高个等的就是这个："不认识可以现在开始认识啊，我们集结区的白组兄弟都很好相处的。"

白路斜缓缓抬起眼，转头看他："进了关卡，下一秒就可能死，有必要相处吗？"

瘦高个打了个寒战。不是白路斜的话冷，是他的眼睛太冷，好像没有承载任何感情，只一片空旷的漠然。

8066，训练室。

第一个巨浪打下来，直扑范佩阳。

再没有丛越的"静止键"，巨浪的速度和范围根本不允许人逃避闪躲。范佩阳抬起手臂挡住头，生生接了这一下。汹涌的水瞬间将他吞没。

墙边四人再信得过范佩阳的实力，也依然呼吸发紧。

然而这浪还没完。霍栩慢慢抬手，吞没范佩阳的巨浪竟也跟着升高，像被狂风吹起的海面，一下子被掀上了训练室的天花板，连同浪里的人。

巨浪在天花板上撞出震耳欲聋的声响。

霍栩不屑地"哼"一声，手落下，浪也跟着落下。

水散去，范佩阳躺在地上，一动不动。

"老板！"

"范总！"

郑落竹和丛越同时呼喊出声，后者甚至忍不住要冲过去，被唐凛牢牢拉住了。他紧紧盯着范佩阳起伏的胸膛，一字一顿道："这是他的战场。"

躺在地上的人终于动了，慢慢撑起身体，重新站了起来，抬起满是水珠的脸，目光沉静。

霍栩好整以暇地看着他，没有嘲笑，没有讥讽，就是陈述事实："如果我刚刚乘胜追击，你已经死……"

"砰！"

一块小石子在霍栩右腿小腿处爆裂。它的速度极快，偷袭的角度也极刁钻，防不胜防。

击打加爆裂的剧痛，让霍栩的右腿弯了一下，但他还是站住了。

范佩阳抬手抹掉脸上的水，说："如果我这一下打的是你的要害，你现在不死也重伤。"

第一轮交手，谁都没占到便宜，但在交手之前，两个人都以为自己会占到便宜，所以此刻战场是平静的，双方的内心却不是——

霍栩惊讶于范佩阳的身体素质。刚刚那一击，他原想直接用浪将对方拍晕，一波流结束战斗，可是范佩阳不仅没晕，还有力量操控文具树。

范佩阳则惊讶于霍栩文具树的威力。那个巨浪不是冲着要他命来的，说明霍栩并未使全力，而就是这样有所保留的攻击都能造成如此杀伤力，不敢说是所有攻击型四级文具树里最强的，但也足以碾压绝大部分了。这还不包括霍栩本身的素质。刚刚那一块爆裂的石子，他的攻击目标是霍栩的右膝，可在石子抵达前的最后一刻，霍栩察觉到了，只是没完全躲开，才被击中小腿，但凡再快一点点，就彻底闪过了。更重要的是，他用的是新获得的四级文具树"中级破坏狂"，刚刚的偷袭是他最快的攻击速度了。

战场陷入安静，暴风雨来临前的安静。

无声无息，霍栩脚边再次溢出水。

范佩阳全神贯注盯着，没有轻举妄动。

这次不是水浪，而是徐徐铺开的水，一点点逼近范佩阳的脚下。

训练室是绝对的密闭空间，只要水一直在流动，想躲是不可能的。范佩阳没徒劳后撤，站在原地，等着霍栩下一步的行动——这顶多打湿鞋底的水是不可能有杀伤力的。

水很快流到范佩阳这里，将他所在的地面变成一片浅浅水洼。

霍栩眼底突然闪过冷冽的光。

水面一瞬上涨，顷刻漫过范佩阳的膝盖，同时剧烈波动震荡起来，就像有一股无形的力量在水里搅动。霍栩就在这时动了。他猛地从水中跳起，踏着水面朝范佩阳猛冲而来，如履平地。

"他要近战？"郑落竹疑惑出声。霍栩在体格上并不占优势，和范总肉搏不等于以短搏长了吗？

话音还没落，那边范佩阳已在防御本能的驱使下很自然地后退，想延长抵御应对的时机。可他一退，就发现不对，他的移动在水流的阻碍下变得极迟缓。

"他在拿水流牵制范佩阳的行动。"唐凛低低开口，带着一丝担忧。

说话间，霍栩已到范佩阳跟前，借着冲来的速度，上手就是一拳。

范佩阳在发现行动受阻后，第一时间就放弃了闪躲，沉下心来等对手抵达。霍栩这拳直冲范佩阳面门，又快又狠。然而范佩阳更快，抬手啪地抓住了霍栩的手腕，一抓一别，标准的擒拿术，直接将霍栩的手臂牵制住。

近身相搏，双方连彼此最细微的表情都看得清清楚楚。在被擒拿的一瞬间，霍栩似笑非笑哼了一声，带着浓浓嘲讽，下一刻手臂用力一甩。

远处围观的丛越见状撇撇嘴："真当我范总闹着玩儿呢，你想甩开就甩开？"

"啪"，霍栩甩开了。

丛越、南歌："……"

郑落竹："老板你别保留实力了，认真起来啊！"

唐凛不自觉抿紧嘴唇，因为他看见了范佩阳眼底不易察觉的惊讶。很少有事情能超出范佩阳的预判，但唐凛知道，霍栩超出了——范佩阳想抓住一个人的时候力道有多大，唐凛是清楚的，当时被扣住手腕的他试着甩，根本纹丝不动，而刚刚范佩阳钳制霍栩的力道只会更大,这是事关脸面的对战,范佩阳绝对不可能放水,但就是在这种情况下,霍栩轻而易举甩开了。

唐凛没看错,范佩阳内心的确被震动了。但震动他的不是被霍栩甩开,而是霍栩甩开他时的力量,那绝对不是正常体质能拥有的力量,他的手掌现在还在发麻。

身体强化?范佩阳暂时只能想到这一个推论,但内心的起伏没影响他的动作,在被霍栩甩开的第一时间,他便欺身上前。

"凭这点劲儿就想抓住我,再练练吧。"霍栩冷冷对着范佩阳说,脚下却没动,像是等着范佩阳扑来。

范佩阳从对手的稳若磐石中察觉出不寻常,脚下急停。霍栩却在这时跃起,一下子扑倒范佩阳。两个都想要近战的人,双双跌入水中。水面一下子泛起浪花,只能看见两个人纠缠在一起,却看不清谁是谁。

"为什么不用文具树呢?"南歌奇怪地看着战局,喃喃自语,"他俩都可以远程攻击,为什么非要赤手空拳死磕?"

唐凛冷静道:"文具树的消耗是巨大的,今天一定是场持久战,范佩阳在保存体力。至于霍栩……"他看向战场的目光清明犀利,"他一直在用文具树啊。"

南歌一怔,终于发现自己进入一个盲区。霍栩的攻击一直用"水浪",让她产生了"没水浪=没用文具树"的潜意识,但实际上,霍栩的文具树不是"水浪",是"水"。从开打到现在,训练室的地板就没干燥过,范佩阳不仅被影响了行动,实际上是从始至终一直被霍栩的"武器"包围。

像是配合围观者的谈论,战场中央的水流突然退去,露出地板上两个正在较劲的人。范佩阳别着霍栩的手臂,压着霍栩的腿,看起来已经把对方锁在地板上了。可先前轻松甩开范佩阳钳制的画面还在,不管是围观者还是范佩阳自己,都不敢掉以轻心。

目光都集中在战场中央,谁也没注意退开的水流中有细细一小条停在了地板上。

也就在它停住的时候,霍栩突然停止较劲,彻底松弛下来,看着上方的范佩阳,用毫无起伏的语调通知:"你可以死了。"

停在地板上的细条水流倏地腾空,暮地成了一道锋利水刺,以比高压水枪更快的速度、更强的力道,直冲范佩阳的后背袭来。

墙边四人不约而同呼吸一滞。水到了一定程度也是可以杀人的,这一下足以洞穿范佩阳的身体!

敏锐的警觉让范佩阳迅速回头,可水刺更快,已经到了跟前,眼看就要洞穿范佩阳的肩膀,根本避无可避。

"唰——"

水刺停住了。

在最锋利的尖端碰到范佩阳衣服布料的这一刻,它像被按了静止键,停在了范佩阳肩膀前。

霍栩眼里腾地升起怒火,转头直视墙边的丛越,目光简直能将越胖胖烧着。

丛越瞪大眼睛,冤得能六月飞雪:"不是我!"他是想帮忙来着,但在最后关头被唐凛阻止了啊。

霍栩一把掀翻范佩阳,从地上跃起,嘲讽地看着墙边四人:"也别围观了,一起上吧。"反正都是出手,正大光明,他打起来也方便点儿。

丛越也来气了:"你这人怎么……"

"忘了说,"范佩阳起身,往旁边走两步,从容离开水刺的攻击范围,"我的'中级破坏狂'是隔空移物加爆裂。"

说完,他利落切断文具树。水刺咻地飞射出去,还是继续沿着刚才的攻击路线,但没了目标阻碍,水刺最终撞上了直线尽头的墙壁,"咚"的一声散成水花。

霍栩当然知道范佩阳可以隔空移物,不然先前那些攻击都是小石子成精吗?但让他没想到的是:"原来隔空移物还能移别人的文具树。"

"以前不能,到了集结区才可以。"范佩阳实话实说,"你是第一个体验者,记得给我用户反馈。"

霍栩没给,而是看向越胖胖:"信你了。"

丛越:"……"这叫信他?要没范总澄清,他这个偷偷用文具树的黑锅能背到鸦崩溃!

"老板什么时候练的……"郑落竹叹为观止。在地下城和水世界的时候,他用铁板陪范佩阳练过无数次,那时候范佩阳的文具树对他的铁板根本没用,他当时还劝过,说不可能隔空移动别人的文具树,要真能不就无敌了。现在,范总亲自给他示范什么叫"没有不可能"。

"哎,不对啊,"后知后觉的丛越悄悄凑近南歌和郑落竹,压低声音问,"隔空移物应该来自'懒人的福音'吧,"入伙之后,他已经在组长的带领下,对每个伙伴的文具树了如指掌,"'中级破坏狂'是在'懒人的福音'基础上增加的爆裂,为什么范总只给那小子说'中级破坏狂',不说'懒人的福音'呢?"

郑落竹摇摇头,眼里写满了"小朋友,你还是不了解范总啊"。

南歌则直接给答案:"不好听。"

"……偶像的偶像包袱也太重了。"丛越抬头看向战场,范总正迎着新一轮的攻击。巨浪压顶，范总面不改色，越胖胖眼睛里闪满星星："包袱重也无法折损他迷人的风采。"

郑落竹听不下去了："你也太狗腿了！"

南歌拍拍郑落竹的肩膀："你在这方面也毫不逊色。"

郑落竹："……"

自家队友轻松起来，因为看见了范佩阳可以用隔空移物来阻止对方的攻击。但唐凛没那么乐观。刚才攻击的"水刺"水量极小，如果范佩阳可以控制全部巨浪，最开始就不会让自己成为落汤鸡。

"哗啦——"又一波巨浪打下，范佩阳晃了晃，依然站稳。

霍栩停下攻击，因为已经测试出结果了："你的隔空移物只能对很小一部分的水流有效，你挡不住全部。"

范佩阳将额前被打湿的头发往后拢一把，让视野更清晰："你的水系攻击只有将水化为利器，才有杀伤力，利器必然水量稀少，结果就是被我挡住。如果不想被我阻止，你只能像刚刚那样用大水量，然而一旦水量增大，杀伤力就会骤减。两种方式好像都不是太好的攻击选择。"

"你好像忘了，"霍栩提醒，"我的巨浪还可以把你送上天花板。这个高度摔下来虽然不会死人，但反复摔，你也坚持不了多久。"

"你好像也忘了，"范佩阳以提醒还提醒，"从开始到现在，一直都是你在攻击，我除了最开始打了一下你的膝盖，后面再没出手。"

霍栩上下打量他："你是想告诉我，你一直在保留实力？"

范佩阳捏起衣服抖了几下，让它们不至于沾在身上，影响形象，而后才抬头："我是想告诉你，最好现在就放弃速战速决的念头，我的战术是和你耗，而且我耗得起。"

"耗？"霍栩像听见了什么好笑的话，"我以为你的目标是赢。"

"目标不影响战术。"范佩阳对这场 PK 看得清楚透彻，"你我都是攻击型文具树，没有防具，我不能 100% 躲开你的攻击，你同样不能。并且这里有个很让人困扰的问题，就是你和我都没打算今天杀人……"

霍栩眯起眼，不置可否。

范佩阳："你真想杀我，刚才的水刺不会只冲着我的肩膀。我真想杀你，第一次就不会让石子在你腿上爆裂。不过受伤是难免的，所以今天的 PK，就看谁先流血过多，支撑不住。"

霍栩露出了对决到现在第一个真正意义上的笑，这让他周身的压抑和死气沉沉一扫而空："那就看看。"

墙边，郑落竹摸摸发凉的后脖颈，说："我怎么感觉他要疯？"

》214《

唐凛乐见其成："疯了更好。这场 PK，他越认真，对我们越有利。"

"呃，组长，我有点儿没懂这个逻辑，"丛越艰难地挠挠头，"他越认真，范总不是越难打吗，怎么叫对我们有利？"

郑落竹也看过来，同样困惑。

唐凛无奈地叹息，递给南歌一个眼神。

南歌心领神会，替自家心累的组长问俩队友："我们今天干什么来了？"

郑落竹和丛越互相看一眼，总算还记得："邀霍栩组队。"

南歌点点头："所以，这场 PK 的目的不是胜负，不是打脸，是尽可能让霍栩看清我们的实力。"

找伙伴需要的不是"碾压"，是"认可"。

正午时分，阳光透过穹顶花纹的空隙照进集结区，在一楼大厅落下满地斑驳。这是一个暖洋洋的中午，宁静，安逸，很适合吃饱喝足往床上一躺，睡个幸福的午觉。这也是大部分集结区闯关者的日常。

但今天，全体清醒得像猫头鹰，放眼望去，每层楼上都是密密麻麻的人影，连一楼大厅都人满为患。

如果说早上 VIP 刚去骚扰霍栩时，看热闹的闯关者只有 1/3，那现在基本整个集结区都在关注这件事了，并且随着时间的推移，众人的胃口被吊得越来越足。他们或游荡在自家走廊，或盘踞在一楼大厅，只为等一个实况信息：到底切磋得怎么样了？

从早晨到现在，快五个小时了，VIP 和霍栩就没从训练室里出来过。要知道，密室 PK 是公认决胜负最快的 PK 模式，因为没地方让你跑，让你拖延时间，就是实打实的正面对决。而高手对决，往往几招就见分晓，是死是伤，是胜是负，分分钟就出结果。这打了四个多小时是什么鬼？跑马拉松呢？就算耐力跟得上，精神力也跟不上啊！持续操控四个多小时的文具树，还是这种激烈战斗的 PK，两人确定还活着吗？

"例行一问，什么情况……"某楼层传出有气无力的声音。

过了十几秒，另外一楼层有人从屋里身心俱疲地出来："情况就是没情况，训练室门还关着呢……"

"你确定没看漏？"有人强烈怀疑。

这位怒了："我盯投屏盯得眼睛都快瞎了！"

何律属于绝无仅有不好奇的个例，在早上看 VIP 进入霍栩房间之后，他就和组员在训练室进行日常训练了，直到中午，他和组员吃过饭，开启午休，组员才按捺不住好奇出去瞄了一眼,然后回来汇报情况。不过也没什么可汇报的,就是一句——还没出来呢。

"组长,你说这么久没出来,是不是有门儿?那小子该不会真被 VIP 拿下吧?"组员本来认定 VIP 要踢铁板的,但现在有点儿动摇了。

何律没想过这个,因为那是别人家的事,但既然组员问了,他便认真想了想,末了摇头:"不会。这场 PK 无论输赢,霍栩都不会同意入队。"

"VIP 赢了也不行?"组员蒙了,一想到霍栩那个欠揍样,口气就不太好,"他到底想找什么样的队伍啊,要不要让守关人组一队陪他玩?"

"他根本不想组队。"何律没亲自邀请过霍栩,只和他在一楼大厅有过一次擦肩,却至今记得他眼里的桀骜和疏离,"他信不过任何人。"

8066,训练室。

两个精疲力竭的对战者,大伤小伤无数。

一间伤痕累累的训练室,水渍硝烟满目狼藉。

到处都是湿的,像被海水泡过。到处都是坑洼,像被炮弹炸过。

墙边"铁板一圈",里面是唐凛、南歌、郑落竹、丛越,四个脑袋由上到下叠在一起,透过缝隙,偷窥战场——不这样不行,两个话少的人真甩开膀子打起来,太要命了,没有间歇,没有喘息,就是干!

不过现在,切磋已经进入尾声。

早在一小时前,两个人的精神力已经耗尽,文具战由此变成自由搏击。霍栩在速度和力量上都高于范佩阳,或者说高于一切正常人类的水平,但有一点,他冲动。这让他的每一次攻击都不留余力,于是越打到后面,范佩阳在体力上的优势越明显,只要他顶得住霍栩的一次次高强度、避无可避的攻击,就稳赢。

但他没顶住,在霍栩最后一次攻击中倒地,再无力撑起。

霍栩摇摇晃晃来到他面前,气喘吁吁地擦一把脸上的血,嘴角勾起轻微弧度,眼里却是大大的开心:"我赢了。"

范佩阳躺在地上,呼吸急促地看着他。

"咣啷——"挡着四位观众的一块铁板离开"铁板一圈"凌空飞来,结结实实拍在了霍栩的脑袋上。体力只剩一丝的霍栩扑通倒地,脸朝下。

范佩阳仰望天花板,静静舒出一口气。

缺了一面的铁板里,几人一脸茫然,只有唐凛,目光一言难尽,赞叹中杂糅着无语,无语里还带着佩服。

他是第一个反应过来的,立刻跑上前扶人。三个伙伴随后跟上,郑落竹帮着唐凛扶范总，南歌和丛越架起被拍晕的霍栩。

"老板，你不是一小时前就不能操控文具树了吗？"郑落竹一头雾水。

范佩阳支撑着勉强站起来，他体力透支，但声音依然很稳："我停止操控的时候，感觉上还可以操控三到五次。"

郑落竹记得自家老板是和霍栩几乎同时停下文具树的操控的："他精神力耗尽的时候，其实你还有？"

范佩阳把大半个身体的重量搭在唐凛身上，舒服地点一下头。

郑落竹越问越蒙："那为什么不一鼓作气？那时候要是继续攻击，提前一个小时就能结束战斗。"

范佩阳没回答。

唐凛感受着他的重量，知道他是累得不想再说话了。将人架得再稳当些，唐凛才替他给郑落竹解惑："第一，那时候就算他用文具树攻击，也未必能结束战斗；第二，那时候结束战斗，他亮给霍栩的就只有文具树能力，而没有身体能力和素质；第三……"

郑落竹以为到二就完了："还有三？"

"不只有，还很重要。"唐凛扬起嘴角，说，"第三，他担心打到最后，霍栩潜力无穷，还能迸发小宇宙，所以保留少许精神力，随时准备像刚刚那样终结战斗。"

郑落竹咽了下口水："如果我没撑开铁板呢？"

"那就操控其他东西，石子、铁片、钢针，看他心情吧。"唐凛说着，发现范佩阳的头发乱了，想也没想就很自然地抬手帮他理顺，像做过无数遍一样，"他身上带了很多东西，我口袋里还有他事先放的一把刀呢。"

郑落竹："……"他现在是应该膜拜范总还是心疼霍栩，还是咔吧咔吧嚼狗粮？

这边唐凛和郑落竹把范佩阳架到门口，准备回自己房间再行治疗。那边南歌和丛越已经将霍栩放进治疗室，准备解开霍栩的绷带，好用手臂图标开启治疗。可南歌的手刚碰到绷带，霍栩突然惊醒，猛地一把抓住南歌的手，力气大得根本不像前一秒还体力透支陷入昏迷的人。

南歌吓一跳，丛越也惊呆了："你干吗？看清楚，这是治疗室，我们要帮你开启治疗。"

霍栩皱起眉头，费力地看了他俩半晌，好像才理解越胖胖的话。

"不用，"他松开南歌，同时抽回胳膊，简单粗暴地说，"你们可以滚了。"

"哎，你个臭小子，你绷带下面是藏宝图啊？！"丛越这叫一个来气。

霍栩没说话，只死死看着他，目光阴鸷，像被侵犯了领地的野兽。

丛越被看得头皮发麻。

南歌适时出声，语气不算温柔，但平和："既然你醒了，那就尽快疗伤吧，我们先撤，回头……"

"没有回头。"霍栩打断他，疲惫让他的声音低哑，但态度坚决，"我不会和任何人组队。"

范佩阳房间，1611。

范总在治疗室疗伤，唐凛和仨组员在客厅里等。

"就是这样。"南歌将霍栩在治疗室里的反应和表态如实传达给唐凛，末了有些犯愁地看着自家组长，"他真的很坚决，你要不要再考虑一下，毕竟强扭的瓜不甜。"

"强扭的是不甜，"唐凛说，"但我们不强扭，我们要他心甘情愿。"

南歌以前只觉得范总自信爆棚，现在发现唐总也有这个趋势："都PK成这样了，他还不愿意，我实在想象不出他心甘情愿的画面。"

唐凛沉吟片刻，抬眼，说："其实昨天做方案的时候，我就知道今天不管这一架打赢还是打输，霍栩都不会同意入队。"

"啊？"丛越张大嘴，"那我们折腾一天图什么？"

"打招呼。"唐凛一本正经，"想拉人入伙，总要先寒暄一下。"

郑落竹："……"这个"寒暄"会不会太激烈了？！

"组长，"南歌听出一些端倪了，"今天只是寒暄的话，你是不是还有后招？"

唐凛没马上答，而是问了另外一个问题："你们觉得白路斜和霍栩像不像？"

郑落竹和丛越不明白这俩有什么关系。只有南歌，想了想，说："都比较……难搞？"

"我觉得白路斜还行。"丛越回忆一下，"孤岛求生的时候我和他一组，他虽然不太积极，但也没闹出大乱子，最后还帮我们上船了。"

郑落竹："……越胖胖，你没记错人吧？我们说的是白路斜，那个颜值和性格成反比的白路斜！"

丛越点头："就是那个白路斜。"

郑落竹不敢相信："这人性格重塑了？"

"是何律的功劳。"唐凛解释道，"他说服白路斜联手求生，其间也是他盯着，白路斜才那么乖。"

郑落竹目瞪口呆："他给白路斜下了什么迷魂药？"

"我也想知道，所以前天晚上才向何组长取经。"唐凛说着特意看了郑落竹一眼。

郑落竹想起来，正是自己刚回来找唐凛帮忙"狼影追踪"的时候。难怪追到一楼闯关口，唐凛和何律聊起来了。不过当时他压根儿没注意听。

"何律说了什么？"南歌好奇地问。

唐凛想起那晚请教，至今仍觉得受益匪浅："何组长表示，能说服白路斜全靠两个字——真诚。如果非要多加几个字，那就是锲而不舍的真诚。"

3

那一天的PK，满楼围观者们到最后也没弄清谁胜谁负。负责"监控投屏"的闯关者反映，当时两个人都是被架出训练室的，看起来都伤得不轻，唯一的区别是：霍栩直接被带进治疗室了，而范佩阳从头到尾挂在VIP组长身上，及至被送回自己房间的治疗室还不愿意松开。由此推测，范佩阳剩的体力还是比霍栩多点儿。

胜负虽然不明，但事件接下来的发展那是相当清楚——从那日之后，VIP对霍栩展开了惨无人道的"围追堵截"，只要霍栩开门，门口必定有VIP的笑脸。通常是三人，VIP组长带着左右护法，只要霍栩出来行动，必然被绑定"VIP尊贵级·24小时贴身防护"。

关键VIP还不是彻底的耍无赖，而是无赖中带着恳切，恳切里火热赤诚。

其中精神层面由VIP组长负责。他从不说话，只淡淡跟着，淡淡看着，甚至离霍栩的距离都不算近，乍看仿佛只是一个偶然经过的无关路人。但只要霍栩看他，就能收获一双淡然中藏着期待、期待里饱含真诚的眼睛。

霍栩和这双眼睛对上是什么心情，集结区的闯关者们不清楚，反正他们有时候不小心和VIP组长对视上，都心里一激灵，莫名地感到很大压力，当下无比庆幸享受这道"爱与和平"视线的不是自己。

至于郑落竹和丛越这俩左右护法，则负责实际操作层面，俗称"宣讲"。他们会从VIP的成立史讲到发展史，再到奋斗史，最后用展望未来完美结束。

别问只经历三关能有什么发展奋斗，问就是"太好了，我正想给你说说客观时间流逝和心里感受到的时间维度之区别之我见"。

如此这般过了两天，霍栩竟然忍住了没动手。闯关口如期开启，大的组织几乎都按兵不动，还没组齐人员的VIP当然更没动。

如此这般又过了近一个月，闯关口马上就要再次开启了，霍栩竟然还没对跟着自己的VIP们动过手。真的一次都没动过，这简直让人怀疑那个一言不合就"冲浪"的绷带家伙被魂穿了。

其中奥秘，只有郑落竹和丛越懂。

那是他们"真诚大作战"的第二天。

第一天霍栩开门看见他们，二话不说就砰地关上了门，一天再没动静。转天再开门，发现他们还在，他彻底毛了，脸色完全是黑云压顶、山雨欲来。但可能是 PK 的效果仍在，霍栩罕见地没有立刻动手，而是下了最后通牒："给你们一分钟离开。一分钟后我再开门，你们还在，我真的会杀人。"最后三个字，简直能听出磨刀声。

"砰！" 8066 的门再次关上，力道之大，震得门框都在颤。

郑落竹和丛越面面相觑，不约而同看向唐凛。

郑落竹："组长，我的铁板不是百分百防水，你懂的……"

丛越："组长，我的'静止键'只能坚持几秒，你知道的……"

"没事，"唐凛说，"打不起来的。"

丛越半信半疑："真的？我看他刚才的表情可是要暴走了。"

"我早说应该让南歌来。"郑落竹有点儿后悔自己没坚持，"那小子不打女人，让南歌来至少可以和平对话，和咱们根本连谈都不谈……"

"他会谈的。"唐凛笃定地看着门板。

郑落竹："……"到底是哪里来的自信啊？！

像是听见自家伙伴的吐槽，唐凛忽然转头，眉眼间少见地透出一丝顽皮："竹子，核武器从来都不是为了打仗，是为了和平。"

还没等郑落竹弄明白什么意思，8066 的门再次打开。霍栩看着门外的三个人，眼里的火简直要喷出来了。他没再废话，直接凝聚精神力，郑落竹和丛越一下子捕捉到了那抹细微却极度危险的水流声。

"你可以和我们动手，没关系。"唐凛温和出声，无比真诚地凝望霍栩，"我们倒下了，还有南歌呢，明天她会继续来。"

霍栩："……"

丛越："……"组长果然是狠人。

郑落竹："……"他飘了，他竟然敢质疑这个能把范总拿下的男人。

也就是从这天开始，VIP 形成了"唐凛带队 + 竹子、越胖胖辅助 + 南歌精神震慑"的战术阵型，对霍栩展开了长达一个多月的精神折磨……咳，真诚招募。

什么？范总在哪儿？

范总被自家组长判定为"不适合参与温情战术"，于是继续自由活动。

"叮——"

小抄纸："4/10 闯关口将在两天后开启，请闯关者做好准备，届时按照地图行进。"

距离新一次的闯关口开启只剩两天了。

夜色深沉，投屏监控里，霍栩已裹成蚕宝宝再次入眠，眉心皱得比前一夜还深。

唐凛房间里，VIP们正在开每日总结例会。

郑落竹把视线从投屏上收回来，心情并不比霍栩好多少："这家伙绝对是我遇见过的人里最倔的，一个月了，石头都能开花了。"

霍栩倒好，态度完全不见任何松动。这要是哪个姑娘看上他，那完了，追到世界末日都不一定能脱单。

这边郑落竹替素未谋面的霍栩另一半操心，那边丛越深思熟虑后，直截了当地问唐凛："组长，还继续吗，一直和他这么耗，我们就没法闯关了。"

唐凛沉默了很久。霍栩的固执和倔强的确超出他的预料。虽然这让他更想要这样一名伙伴，因为越倔强的人，当他愿意接受某些东西或者某种关系之后，往往更坚决更稳定。可就像丛越说的，他们不能无限地等下去。

"再坚持一个星期，"唐凛做了决断，"如果还是不行，我们放弃。"

一个星期？南歌看看"小抄纸"上距离闯关口开启还有两天的提示："所以，这次我们还不进？"

唐凛摇头："不进。"

"如果，我是说如果啊，"丛越举手，"明后天霍栩就同意了，那后天晚上零点，我们进不进？"

"越胖胖，你就别异想天开了，"郑落竹嗤之以鼻，"就他现在那个态度，两天内能同意，我背着你进闯关口！"

"我都说了，如果嘛……"丛越咕哝，明显底气不足。

"真同意了也不进。"唐凛给了清晰的答案，"到目前为止，五大组织都没动，我侧面了解过，他们队伍其实都组好了，但是还在训练磨合。"停顿了一下，给自家队友足够消化信息的时间，他才继续解释，"虽然4/10的关卡内容不能透露，但关卡的危险程度，各组织上面的人一定早早就传递下来了……"

南歌恍然："他们准备的时间越长，越严阵以待，就表示4/10越危险。"

唐凛点头："即使我们现在组好队伍，也要再磨合至少一个月，何况我们还没组好。"

从开会就保持"静听模式"的范佩阳毫无预兆地开口："我来。"

所有人一愣。

唐凛茫然看向他："什么你来？"

"明天开始，跟霍栩，我来。"范佩阳言简意赅，神情自然。

南歌、郑落竹、丛越一脸茫然，六只大眼睛里写满困惑。

唐凛一字一顿地和他确认："是跟着，伺机真诚招募，不是跟踪尾随，也不是打服为止，你确定要跟？"

范佩阳微微蹙眉，像是不太高兴自己被怀疑："放心，我会控制情绪。"

唐凛、南歌、郑落竹、丛越："……"

这个保证听起来让人更不放心。

迟迟没等来队内通过，范佩阳眉头皱得更紧了，视线锁定唐凛："你已经贴身跟了他一个月零一天。"

贴身……一个月零一天……虽然这话可以理解为既然长时间没效果，那就换个人试试，但仨伙伴暗自交换个眼神，还是觉得微妙用词和精准的时间计算里隐藏着巨大的信息量。比如，范总吃柠檬了。

唐凛抚额，果断跳过一切深入探讨的危险话题，再抬起头时，直接向范总投去信任目光："行，交给你。"

翌日，霍栩打开门，猝不及防对上范总的一张冷漠脸。

范佩阳："早。"

霍栩："今天换你？"

范佩阳："以后都换。"

"砰！"

霍栩退回去，关门，一气呵成。

对面走廊有出来早的，见此情景，一声叹息："我有点儿心疼那小子了。"

楼上也有早起的，每天看霍栩花式被跟已经成了日常娱乐，不过今天换了范佩阳，才让他开始深思一个问题："楼下的，你说霍栩既然那么不耐烦，像现在这样躲屋里不就得了，吃饭、训练，什么不能在屋里干，他为什么还非要天天出来送人头？"

楼下的人安静了很久才幽幽道："一个人久了，也有点儿寂寞吧。"

范总在霍栩门口真诚等待大半天，终于把人再次等出来了，不过不是因为他，而是因为集结区来了新人。

那是下午三点多，明明该是阳光正好的时候，可不巧今天阴天，从上午开始，整个集结区的光线就有些暗，到了下午三点，压得低低的黑云终于变成了一场暴风雨。集结区一下子暗如黑夜。但只持续了几秒，整个集结区原本只在晚上开的灯就提前自动开了，一霎又让光明重临，甚至比白昼更刺眼。

3/10通关的新人，就在这样一个夜晚般的下午抵达。

彼时除了范佩阳，其余VIP伙伴都在唐凛的训练室里进行文具树的战术搭配训练，正挥汗如雨，一个戏谑的提示音响起，穿透门板，穿透墙壁，回荡在集结区的每个角落——

鸦："又有新的通关者要进入集结区了哟，请大家做好迎接准备。"

唐凛听了这个提示音才明白过来，为何他们进入集结区的时候，明里暗里那么多打量的视线，就像提前知道他们会来似的，敢情是有提前通报。

"这不就是摆明提醒我们看热闹嘛，"郑落竹收起铁板，期待地望向唐凛，"组长，出去看看？"

唐凛也想知道新通关的都是些什么样的人，遂点点头，指令明确："休息一下，前去围观。"

四人行动迅速，可出了门，才发现他们已经算慢的了。各楼层都已经有人出来，尤其正对着集结区大门的方向，堪称黄金观赏位，从一楼到十九楼都被占满了，剩下其他没那么热切的闯关者，就和VIP四人一样站在自己门前的走廊上，不时往栏杆外看一眼。

如果这批闯关者遇见的也是孤岛求生，那此刻抵达的应该只是其中一个岛，后续估计还会有人来……唐凛正想着这些有的没的，集结区的大门就开了。空气瞬间安静，每一道视线都无声而迅速地射向大门口，仿佛即将开幕的舞台被打亮一束追光。

两个男人走进来，一前一后，都身材修长，都穿着黑衣，都戴着黑口罩，看起来像组团行凶的杀手。

唐凛皱起眉头，不是因为通关者，只是被黑口罩勾起了一些不愿意回想的记忆。

上次见到这样的黑口罩还是在地下城，一个戴着黑口罩的男人招募走了郁飞。再往前推，郁飞之所以会跟着对方走，是因为想替死去的朋友李展报仇，而杀死李展的，是"假张权"，一个领任务从上面关卡下来执行电梯考核的闯关者。

刚进3/10集结区的时候，他在购物区里第一次发现了可以领取"电梯考核"任务，还因此想过假张权说不定也在集结区……这么想下去就没完没了了，唐凛及时收回思绪，这才发现下面两个黑口罩已经停了下来。他们站在一楼大厅的正中央，彼此没有交谈，只静静停在那儿。

这画面在其他闯关者看来倒也不算太奇怪，众目睽睽之下，谁也不会在这种情况下聊什么，站定等组织来接应，是正常反应。

可唐凛渐渐觉出不对。前面那个黑口罩的身形和当初招募走郁飞那个实在太像了，越想越像。而后面那个黑口罩的身形，还有他仅露出的那双似曾相识的眼睛，都和郁飞不谋而合。难道真是郁飞和黑口罩通关过来了？

随着时间流逝，迟迟没有人进入大厅接应，各楼层围观者等不住了，窃窃私语声渐起，有些原本在屋里没打算出来看热闹的人也在发现外面过分安静后一个接一个打开房门，一探究竟。

就在全集结区好奇心上升到最高点时，那个被唐凛认为和郁飞很像的黑口罩突然抬头，环顾四周各楼层的人。他的目光与其说是观察，更像寻找，由左到右，由下到上，飞快地扫过一个又一个面孔。

扫到八楼范佩阳的时候，他顿了一下，但很快继续。

扫到九楼唐凛的时候，他又顿了一下。

在他第一次停顿在范佩阳方向时，唐凛就确定了五分，待到在自己这里又停顿第二次时，唐凛几乎可以确认了，那就是郁飞，否则没道理只对范佩阳和他有反应。

可随着确认而来的不是释然，反而是更深的惊讶：一是惊讶郁飞竟然真的可以在这满楼密密麻麻的围观者里没有遗漏地扫到范佩阳和他，且准确认出；二是惊讶对方的变化，他看向自己的那双眼睛里，再没有曾经的冲动和莽撞，只剩一片深沉和漠然。

黑口罩的视线错开，继续往后寻找。短短的目光接触，除了当事人，谁都不曾察觉。

唐凛敛下眸子，看着金属栏杆上自己模糊不清的影子。距离电梯考核才过去短短三个月，可从踏进电梯那一刻开始，每个闯关者的人生就已经开启剧变。

"找到你了。"黑口罩忽然出声。

他这一声不大，可集结区太静了，静得他说的每个字都听得那么清楚，静得他声音里的那一丝诡异的愉悦无所遁形。

就是郁飞。唐凛再没怀疑。

然而对方口中说的"你"是谁？

整个集结区的视线，都随郁飞看向十楼的某一方向。

唐凛也看过去，然后怔住了——十楼某个近乎隐蔽的转角处，一个刚在他回忆里出现过的中年男人赫然站在那里低调围观，还是那张带着点点胡茬的脸，正是假张权！

这人竟然真的就在集结区，那为什么一个月了，不管是自己还是范佩阳还是郑落竹，都没遇见过他？

唐凛想来想去，只有一个解释：对方刻意避开了。他们进来这里的时候，自然也像今天这样，全集结区都清楚，假张权当时肯定也在围观，认出他们之后，接下来的日子就刻意避开了他们，估计是不想生出不必要的麻烦。

其实多虑了，唐凛想，他们三个和假张权还真没什么深仇大恨，对方最应该防备的只有郁飞。结果偏偏在最应该防备的这里，假张权又出来看了热闹。

而郁飞故意——是的，唐凛现在几乎可以判定，郁飞是故意的了——戴口罩遮了脸，故意在大厅停留许久，只为尽可能多地聚集看热闹的人，终于成功钓上了他想要的那条鱼。

假张权仍蒙着，显然还没弄清楚，为什么随大流看个热闹会突然被新人锁定，成为全场焦点。

郁飞没让他苦恼太久。几秒钟后，整个集结区都看见郁飞摘下口罩，露出一张年轻帅气的脸。

"别来无恙。"他隔空和胡荏男打招呼，一个字比一个字冷。

面对黑口罩下那张熟悉的脸，胡荏男僵在十楼。

他能在唐凛和范佩阳进集结区的时候一眼认出，何况郁飞。他只懊恼自己没在对方戴着口罩时就发现不对劲。但没关系，大家都是四级文具树，甚至很可能郁飞刚到集结区，还要再过几分钟才能得到四级文具树，真动起手来，自己没什么可忌惮的。而且自己的房间就在身后，真到了最坏情况，他也随时有退路。这样一想，胡荏男又有底了，原本那点儿心虚也烟消云散。

"托你的福，还不错。"反正已成焦点，胡荏男索性走出转角，给全场一个气定神闲的印象，扶着栏杆望下方，和郁飞说，"倒是你，这么快就能来集结区，有点儿本事啊。"

把已经没用的口罩随意往旁边一扔，郁飞热身似的活动活动肩膀："不敢慢，怕你跑了。"

胡荏男冷笑："小子，说话别太狂。"

全场的人还是没懂他们之间有什么过节儿，可一个来寻仇，一个也知道对方要寻仇，这是肯定的了。围观目光重新转到郁飞身上，按照回合制对话，现在该他继续发言了。

然而郁飞好像没有再开口的意思，他静静看着假张权，专注得近乎偏执，像锁定了猎物的猛兽，积蓄着力量，准备一击致命……

他在酝酿文具树！

众围观者一霎恍然，还没等他们把视线转去十楼，十楼已响起胡荏男的痛叫和咒骂："啊啊——我去！"

围观者们迅速看过去，只见胡荏男两只手鲜血直流，疼得满地跳脚。

同在十楼离得近的闯关者看得更清楚，胡荏男是两只手掌上各一道伤口，像是被利器割伤，从虎口一直横断整个手掌，看流血量，伤口必然极深。栏杆上也有血迹，是胡荏男刚刚扶着的地方。

手扶栏杆，掌心必然和栏杆贴着，这种情况下，郁飞还能割破对方的掌心，这到底是什么文具树？

围观者们可以想这想那，胡荏男不行，在倒吸几口凉气后，他咬牙忍住剧痛，重新低头，阴鸷的目光锁定郁飞。

电光石火间，郁飞脚下窜起粗壮藤蔓。那藤蔓是极深的深绿色，近乎发黑，刹那间就将郁飞的双腿紧紧缠住，且还在继续往上面生长、缠绕，像一条正在绞杀对手的蟒蛇。

那是胡荏男的文具树。

唐凛、范佩阳、郑落竹都记得。在电梯里，被识破的胡荏男就是靠这个文具树，轻而易举制住了他们，一直到电梯停在地下城。

显然，胡荏男是准备困死郁飞，就算困不死，至少郁飞现在别想自由活动。

牢牢牵制住对手，胡荏男不再恋战，迅速转身去开房门，准备火速去治疗室先解决手上的伤。不料他把门用力往外一拉，门扇没开，握着门把手的四个指头直接飞了，仿佛他用力搭上的不是门把手，而是刀锋。

"啊啊啊——"胡荏男抱着只剩一个拇指的手，疼得满地打滚。

众围观者倒吸一口凉气。十指连心，单是看着，他们都觉得头皮发麻。

不过接连两波攻击，大概可以看出郁飞的文具树属性了——将对手接触到的东西变得致命锋利。胡荏男扶栏杆，栏杆变得锋利，所以他手掌被割伤；再去开门，门把又变锋利，于是这次用了更大劲的胡荏男切掉了自己的手指。

伤再重，只要能回到治疗室，依然无碍。只是……众人将目光转回郁飞身上，不知道这位复仇者肯不肯给对手机会。

郁飞身上的藤蔓已经在胡荏男被切断手指的那一刻，消失得无影无踪。驾驭文具树需要精神集中，胡荏男现在早疼得什么都顾不上了。

一直在郁飞身旁存在感极低的"通关队友"，也就是地下城那位真正的黑口罩，突然退开两步，定定地望着郁飞。

毫无预警的，不知哪儿来的一阵旋风刮到郁飞脚下，竟将他一瞬托起腾空，恍若看不见的云梯，眨眼便送至十楼！

再迟钝的围观者这时也看明白了，黑口罩在用自己的文具树协助队友复仇。郁飞从始至终要的也不是胡荏男的手指头，而是他的命。

踩着染血的栏杆，郁飞跳进十楼走廊。胡荏男躺在地上，脸色煞白，喘着粗气，但哀号停了。他咬紧牙关，用掀起的衣服下摆裹紧手，强撑起半截身子，死死盯住郁飞。

"你一开始就不应该跑，"郁飞一步步走近他，平静地说，"不跑，就不会遭这么多罪，至少死得痛快。"

胡荏男的脸因剧痛和愤怒而狰狞。他想集中精神力，再用文具树攻击，可集中不起来；他想再和郁飞说什么，但嘴唇动了又动，还是没发出声音。

"咻——"一片树叶凌空飞来，划破空气的声音却像利刃。

郁飞脚下一顿，叶片从他面前擦过，啪地打到走廊墙壁上，近1/3深深嵌入进去。

与此同时，十一楼翻下来一个人，正落在郁飞和胡荏男之间。那是一个三十岁左右的男人，其貌不扬，整张脸上最引人注目的就是那个鹰钩鼻。

在集结区待得时间长的老人都认识，这是个小组织的头目。

集结区不止五大势力，如果把大大小小的组织都算上，没有一百也有八十。除了极端不合群的，比如霍栩那样是单漂着的，其余基本都有归属。假张权有组织很正常，反倒是伤成这样了自己才出来，围观者们反而有些纳闷。

"差不多行了。"鹰钩鼻对郁飞开口，没有要为同伴报仇的意思，纯商量的口吻。

郁飞不为所动："没有'差不多'，他欠我一条命，就该还我一条命。"

鹰钩鼻有些无奈地皱眉："'电梯筛选'的规则是这个鬼地方定的，他只是按照规则执行任务，杀你的朋友不是他的本意。"

郁飞："但是领任务是他的选择。"

话至此处，围观者才终于听明白，原来是"电梯筛选"惹的祸。

其实集结区的大部分人都不会领那个破任务，别说后续会不会被寻仇，先说电梯里杀人就不是谁都能下得了手的。所以郁飞说得没错，领任务是胡荏男自己做的选择。不过鹰钩鼻怎么那么清楚，郁飞是替朋友寻仇？

众围观者自己思考自己的，却几乎在同一时间琢磨出了门道：鹰钩鼻的反应太自然了，自然得就像早知道胡荏男会被寻仇。如果他不是未卜先知，那就只剩一种可能，胡荏男在"电梯筛选"后和他汇报过筛选过程，二人，或者说他们整个组织，对于胡荏男未来可能被寻仇，都有心理准备。如果再往下发散思维，会不会"电梯筛选"这种事，该组织并不是第一回做，也并不是只有胡荏男领过任务？那他们到底杀过多少新人……细思极恐。

"在这里停留是要消耗经验值的，"鹰钩鼻还在试图解释，"没有经验值，只能领任务。"

郁飞摇头："别和我说理由。哪怕这里所有人都领了任务，杀我朋友的是他，我就找他。"

鹰钩鼻："你已经废了他一只手了！"

郁飞的表情变得不耐烦。他的视线越过鹰钩鼻，重新锁定胡荏男，眼里的寒意渐深。

天降浓雾，一下子吞没了冲突中心的三人，并以极快速度扩散，转眼便将以十楼战场为圆心的一大片区域完全笼罩，下到六楼，上到十六楼，都成了一片白茫茫。

"<防>五里雾中"，1/10地铁关卡时VIP们用过这个一次性防具，对它的效果再熟悉不过。

浓雾笼罩，没人知道十楼正在发生什么，只听见一些杂乱的声响，像脚步，又像撕扯，紧接着就是一声胡荏男的惨叫。

大雾散去，只见鹰钩鼻靠着走廊墙壁，像是让人撞开的，而胡荏男扶着栏杆，像要往外翻逃。但他没机会了，他的后背插着一把刀，直抵心口。

郁飞松开刀柄，伸开双臂，将已经死透的胡茬男用力往栏杆外一推。尸体翻出十楼，直直坠落，"砰"的一声摔进一楼大厅，血色染红地面。

众闯关者一片哗然。

"人都死了，要不要这么狠啊……"

唐凛默然。当时的胡茬男就是这样大臂一挥，将他们集体推出电梯的。今天的郁飞，用一模一样的动作送对方最后一程。

"探索者，郁飞，欢迎随时来找我报仇。"

这是郁飞留下的最后一句话，留给鹰钩鼻，留给鹰钩鼻所在的组织，也留给全场围观者。

他说这话的时候，露出了进入集结区的第一个笑，带着痛快，带着挑衅。这是仅有的一个瞬间，唐凛在对方身上捕捉到了曾经熟悉的影子。

这场冲突，以郁飞和黑口罩的从容退场而落幕。鹰钩鼻没再给他俩找任何麻烦。

围观众人对此毫不意外。如果说先前还疑惑鹰钩鼻为什么等到胡茬男受伤才出来，现在则完全想通了——晚出来，就是不想和郁飞起正面冲突，等到胡茬男受伤了，算是付出"代价"了，再出来劝和，既避免祸及自己，也不至于被指责"不护着自家组员"。但现在胡茬男都死了，他再揪着郁飞不放，组员的性命也回不来，他没必要为一个已经死掉的人和郁飞甚至整个探索者为敌。

对此种行径，鄙视者有之，唾弃者有之，理解者也有之。但不管心里怎么想，此刻没人真的议论出声，毕竟死了人……

一团紫光包裹住胡茬男的尸体，将其送上天花板，慢慢没入，直至消失。大厅地上只剩血迹。

郁飞和黑口罩走了，鹰钩鼻也趁着紫光分散众人注意力的时候悄悄溜掉了。众围观者开始慢慢散去。

唐凛却一直记得，郁飞最后说了"探索者"，而从鹰钩鼻和众围观者的反应看，大家好像都知道这三个字的意思。

"探索者……"他看向自家组员，"郁飞所在的组织吗？"

郑落竹一脸茫然。

南歌："应该是吧。"

丛越困惑歪头："你们都没听说过探索者？"

有时候，丛越觉得自己是新晋 VIP；有时候，他又觉得自己是知识点 NPC。

"你们掌握的情报也太匮乏了。"被队友合力架回房间的越胖胖立刻开启科普，"探索者是一个特别奇怪的组织，组内成员也都是特别奇怪的人……"

郑落竹："你还有没有别的形容词？"

丛越："那就诡异，反正他们的脑回路异于常人。"

南歌："怎么个异于法？"

丛越："他们不追求闯关，也不急着离开这里，他们追求的是真相。"

郑落竹："什么真相？"

丛越："这个关卡世界的真相。他们致力于弄清楚鸮到底是什么，为此无所不用其极，据说曾经有探索者成员已闯到某一关的关底了，眼看就要通关，突发奇想离开规定区域，结果被关卡直接处理。"

南歌沉默。

郑落竹也有点儿动容，挠着头道："听起来像是为科研事业奋不顾身的勇士……"

"实话实说吧，我其实也挺佩服他们。"丛越说了心里话，"但凡事也得量力而行，鸮能把这么多人拉进来，能制造这么复杂的规则和关卡，还让每个人拥有了匪夷所思的文具树，这需要多大的能量？我真不觉得我们能和鸮抗衡。"

"别说抗衡了，"郑落竹叹口气，"就是按照规则走，能不能通关还得看运气。"

"就是说啊……"丛越跟着叹，忽然瞥见南歌，后知后觉地露出疑惑，"不对啊，你不是在地下城待了很多年吗，怎么也没听说过探索者？"

"她不是待了很多年，她是宅了很多年。"郑落竹捂住耳朵，比画着，"基本等于信息全封闭。"

"我谢你替我解释。"南歌没好气地踢他一脚，才又看向丛越，"后面这些年我不清楚，但可以确定我刚进地下城的时候，没听说过探索者。"

"也正常，"郑落竹揉着腿，"要是你进来的时候，他们就成立了，现在说不定早探索出阶段性成果了……"

三人你一言我一语，后面基本就开始瞎聊了。

探索者，唐凛在心里默念着这个名字，似乎能感受到组织者强烈而坚定的意志。他抬头看向窗外，一片未知的广阔大陆，那是他们即将踏入的战场。

4

郁飞给集结区带来的话题，在第二天淡去不少，因为距离新一次的闯关口开启只剩一天了。

说是一天，其实就是晚上零点。已经有几支准备就绪的队伍，才中午，便开始在一楼闯关口附近晃悠。

　　唐凛没想过会再和郁飞碰面。他趁着训练结束的午休时间出门，纯粹是想去看看范佩阳那边的情况。范总已经跟了霍栩一天半，没出任何事情，风平浪静。但越是风平浪静，越让唐凛心里直打鼓，总怕一旦出事，就是双方酝酿多时的大招，所以趁着自家伙伴在吃午饭溜出来看看。

　　他先到了八楼，发现走廊没人，又乘电梯到一楼，刚走进大厅，远远就看见霍栩坐在某个休息区里啃面包，每啃一口都很凶恶，浑身散发着"生人勿近"的气息，而范总坐在他旁边的一张餐桌旁，慢条斯理地吃他的牛排，还配了一杯红酒。

　　这又盘子又刀叉又牛排又红酒的，连餐巾都一应俱全，是范总在一楼公共购物区买完端过来的，还是在自己房间买完一路端到休息区的？唐凛暗自叹息，还是别细想了。

　　郁飞就是在这时候出现的，来到他面前，挡住了他的视线，露出一个友善的笑："好久不见。"

　　唐凛有点儿意外，但很快也回以微笑："还好，你没说'别来无恙'。"

　　郁飞被他逗乐了，摇头："那是给仇人的，不是给队友的。"

　　唐凛微怔："队友？"

　　郁飞收敛笑意，正色问："唐凛，要不要加入探索者？"

　　唐凛上一次被挖角还是几年前。

　　当时公司已经做出一些成绩，圈子里也都知道他这个财务总监其实是公司半个合伙人，结果不知哪家猎头公司刚入职的小朋友搜罗到了他的电话，打过来问要不要跳槽。他当时只觉得有趣，没太当回事，很快就忘了。

　　不想没过几天，一个认识的关系还不错的猎头公司老总非要请他吃饭，殷勤得有些奇怪。赴约之后，他才从对方的话里听出来，那个呆头呆脑的小朋友是他们公司的，他这算是替自家不懂事的员工赔罪。

　　一个电话而已，唐凛觉得对方有些太郑重了，后来才知道，在他接完挖角电话的第二天，范总特意请这位老总吃了个饭，并深入聊了聊"你觉得我的财务总监是否需要跳槽"的问题。

　　那之后，唐凛再没接到过一个猎头电话，哪怕是误会的都没有。

　　直到今天，郁飞问他要不要加入探索者。

　　唐凛第一个反应就是越过对方的肩膀去看范佩阳听没听见。好在这里离那两人还有一段距离，而专心就餐的两个人从始至终都没抬头看过这边。

　　郁飞察觉到他的视线，跟着回头望，一眼就看见了范佩阳——在休息区里吃牛排，还讲究地配上冰桶放红酒，想不注意到都难。

他把目光转回来，调侃唐凛："怕被听见？"

"是你来邀请我，我怕什么？"唐凛底气十足地反驳，然后自然流畅地转身，"我们换个地方聊。"

郁飞："……"

休息区。

范佩阳放下刀叉，抬眼看那两人消失的方向，神情晦暗不明。

霍栩叼着半个面包，斜瞥过来，满是嘲讽："你的组长让你在这儿逼我入队，他自己倒是要跟别人跑了。"

"不是'逼'，是'请'。"范佩阳纠正霍栩的用词。

霍栩不屑地扯扯嘴角："呵。"

范佩阳看了绷带青年几秒，忽然说："你这种对谁都爱搭不理的性格，分他一半就好了。"

分谁？唐凛吗？

还没等霍栩想明白这是夸他还是骂他，那边范佩阳已经起身，离开餐桌往休息区外走。

霍栩愣住，垂眼看看咬在嘴里的半个面包，确定自己还没吃完。所以这个贴身跟了自己一天半简直让人窒息的家伙，这么轻易就要撤了？

走到休息区出口，范佩阳皱眉回头："你还愣着干什么？跟我一起。"

霍栩一脸茫然："一起什么？"

"偷听。"范佩阳答得光明正大。

霍栩更莫名奇妙了："我为什么要跟着你去偷听？"

"我现阶段的工作目标是用真诚感动你，"范佩阳理所当然道，"所以你只能随我一起去偷听，不然我真诚招募的工作进程就中断了。"

"嘶啦——"

那是面包包装袋被狠狠揉成团的声音。

一楼大厅，楼梯通道附近。

"你还真是选了一个谈话的好地方。"郁飞环顾左右，连个鬼影都没有。

电梯上下方便，很少会有闯关者选择走楼梯，故而这片区域一直冷清。结果唐凛还不罢休，又一路在冷清里找了个最冷清的角落。

"你邀请我加入，我总要了解清楚探索者到底是什么。"唐凛四下看看，很满意这个位置，"想问的太多，当然得找个清静地方。"

"你想问什么，我知无不言，言无不尽。"郁飞拿出诚意。

唐凛先问最好奇的："为什么找我？"

》231《

"我很想说是念念不忘，惦记已久，"郁飞笑了下，"但我不能骗你，的确是在集结区看见你了，才临时起意。"

"临时？"

"我没想到会在这里看见你们。我以为我的闯关速度已经算快了，结果你们更快。速度代表实力，我不想错过这样的队友。"

"所以你其实想邀请的是我们三个？"

"三个一起当然更好，但如果只能选一个，我选你。"

"因为我在电梯里找出了假张权？"

"因为你在电梯里……给他盖了大衣。"

李展，唐凛还记得那个白净秀气的青年，却忘了自己曾脱掉大衣盖住了对方的尸体。

但是郁飞记得，电梯里的种种，清晰得恍如昨日。

唐凛停下来，给郁飞时间缓和情绪。

郁飞却摇头："我没事。你的第一个问题，我给答案了，第二个是什么？"

唐凛心情复杂。眼前的人比在电梯里时成熟太多，可这种成熟不是时间积累下的自然而然，是转瞬间的一夜长大。

"关于探索者，我大概听说一些，但我想听你讲，一定比传闻更靠谱。"不再想其他，唐凛直奔重点。

郁飞："我知道你听的都是什么。一群奇葩？疯子？可能是吧，但我们至少知道抗争，而不是在别人画好的圈里当小白鼠，还为所谓的通关沾沾自喜。"

画好的圈，小白鼠……用词还真是毫不留情。

"你可能觉得我说得刺耳，但事实就是这样。"郁飞嗤笑，"我们被卷进这里，我们被要求闯关，我们被一级接一级地解锁文具树，这些有得选吗？没有。明明是被迫的事，但所有人都好像默认接受了，没人去想凭什么。我们凭什么要做这些？鸮系统是谁的？这些见鬼的规则和关卡是谁定的？我们好好的生活被搅得天翻地覆，活生生的人下一秒就可能没命，这一切的罪魁祸首在哪里？为什么我们要乖乖听鸮的话，让我们闯关就闯关，为什么不是把罪魁祸首找出来，碎尸万段？！"

郁飞越说越激动，到最后几个字，甚至在这片冷清区域里吼出回声。他的眼里有一团火，烈得能灼伤一切，包括他自己。

唐凛久久不言。

郁飞慢慢冷静下来，似乎意识到了自己的失态，有些尴尬地道："抱歉，我还是有点儿冲动，"说完，他又半开玩笑，努力缓和气氛，"不过，比电梯那时候强多了吧？"

"嗯,强很多。"唐凛笑笑,配合着接过话题,揭过前面的尴尬。

郁飞回到正题:"你不要觉得我刚才说的那些是不自量力,事实上我们已经探到一些'真相'了。"

唐凛心里一震。他不是没想过这个可能,但亲耳听见,还是让人振奋:"是什么?"话一出口,他才反应过来,自己有些欠考虑,忙又补上一句,"如果这是探索者内部信息,不方便透露,你不用非给我答案。"

"没什么不能透露的,"郁飞说,"我们巴不得所有闯关者都知道。知道了'这些',才更想知道未知的'那些',求知欲是最好的探索动力。"

唐凛莞尔一笑:"探索者是不是对你们的口才进行了专业培训?"

郁飞定定地看他:"如果能说动你,培训多久都值。"

唐凛感受到了对方的真诚,就像他要求自家队友对待霍栩那样。果然,出来混,都是要还的。

郁飞没废话,直接分享探索者目前掌握的信息:"据我们了解,这里和地下城之前的关卡不同……"

"这个我知道。"

唐凛没经历过,但也从郑落竹的讲述里了解了个七七八八。那些关卡的内容和形式,与地下城、水世界这些很不一样,没有文具树,只有一次性文具,也没有守关人,而是每一关都给个不同的世界,在这个世界里的人就像NPC,哪怕这次死了,下次闯关仍会出现。

还有更重要的两点:一、闯关者每天只在零点被吸入关卡,至凌晨五点再被弹回现实,就像每天晚上被强迫上了五小时夜班,而不是像地下城之后的关卡,进来就很难再回家,即便通关后到了水世界酒店、3/10集结区这样的地方,可以用经验值购买回家的机会,在时间和次数上也有严格限制;二、前面的关卡不会死人,一旦闯关途中遭遇危及生命的重伤,即刻被弹回现实。

郁飞不知道唐凛是从许愿屋才进来的,默认他和所有人一样闯过前面关卡,所以一听唐凛说"知道",便摇头:"我说的不是关卡内容,是整个关卡世界的存在形式。"

"存在形式?"唐凛在意了。

"对,前面的关卡,关与关之间是没有连贯性的,更像许多个独立的虚拟空间,里面的城市也好,建筑也好,人也好,更像是虚拟数据,随时可以一键还原,死了的NPC下次就会复活,还是那些台词,还是那些反应,根本不会记得你曾经闯过关……但这里不一样,"郁飞转头看窗外,"这里是一个真实存在的地方,所有关卡都建立在这片土地上,下到海底,上到天空,连成一道攀登梯。"

真实的世界？唐凛心中悚然，却仍冷静地问："你怎么能确定这里是真实的？"

"我们在后面关卡的一支队伍，一直在尝试将这里的东西带回现实，试过无数次，都失败了，结果偶然发现，回到现实后的鞋底上还沾着这里的泥土……"郁飞看向他，"经过化验，他们在里面找到了一些已知的化学成分，但还有更多的不明物质，其中一种会在特殊试剂的作用下发光……"

能带回现实甚至被化验的泥土，存在性的确毋庸置疑了。但郁飞特意说到化验结果，难道是……

"你们在其他地方找到同样能在试剂下发光的物质了？"唐凛试探性地问。

郁飞："是。"

唐凛："哪里？"

郁飞："我们的血液里。"

唐凛不自觉握紧手，指尖微凉："每个人？"

"至少能回到现实配合检查的探索者都有。"

"那为什么不把这些在现实中公布出来，发动更多的人……"

"没用，"郁飞打断他，"只要我们想向闯关者之外的人透露这里的信息，哪怕只是想想，都会头痛欲裂。"

"你们不需要说，直接拿泥土样本就行了，这是实实在在的证据。"

"泥土在化验途中自行销毁了，那时候我们的人才刚刚用试剂让特殊物质发光，如果再给我们一些时间，说不定会有更多发现。"

关卡世界是真实存在的。

这里的泥土和他们的身体里有同一种不明物质。

总结起来似乎只有两条信息，可若发散思考，涌出的无数可能性和猜想几乎把唐凛吞没。

"我们的人猜测，这种物质就像一种标记，也是一种能量，"郁飞继续道，"标记我们闯关者的身份，用来区别普通人，同时也用它的能量阻止我们透露关卡世界信息。"

"那篡改记忆呢？"唐凛记得郑落竹说过，闯前面关卡的时候如果正巧有人看见，他们在零点被紫色光芒卷入关卡，这个人的记忆就会被修改，变成另外一种既解释得通又不会泄露关卡秘密的记忆。

"也可能和这种物质的能量有关。"郁飞说，"可惜在那之后，探索者再没有成功带出过泥土，估计是被他们发现了。"

唐凛："他们？"

"负责管理运行这个关卡世界的人，也可能他们背后还有人。"郁飞低头，看着手臂上的猫头鹰图案，一字一句冰冷森然，"总之，一个都别想跑。"

杀意，呼之欲出。

短短几分钟的交谈，唐凛见过两次了。这不是郁飞一时激动，这是已经根植在他心底的东西。

"现在知道他们的身份吗？"唐凛尽量平静地问。

郁飞深吸一口气，抬头："还不清楚，但守关人肯定算其中的一部分，他们守关是有一定工作规则的，还有轮班制，而且我在地下城的时候和得摩斯……"说到守关人的名字，郁飞下意识地停顿一下，发现并没有头疼征兆，了然，"你闯 2/10 的时候也是得摩斯守关？"

唐凛点头。

只有经历同一个守关人的闯关者之间，才可以谈论关卡内容和守关人的名字。

"我在地下城的时候，和他面对面打过一架……好吧，是我单方面被打。"郁飞坦然承认，"他当时说，'我还挺喜欢你们这些探索者的，不过要有意思的人才行。你这种无趣的，就乖乖待在笼子里听话，好吗？'……"

郁飞的语调没有任何起伏，好在唐凛对得摩斯印象深刻，自动在脑内切换成那位金发守关人的语气和神态，立刻活灵活现了。

"他知道探索者，还提了'笼子'。"唐凛在这番话里捕捉到两个信息。

"没错。"郁飞点头，"所以，这里的守关人不是每天一键还原的 NPC，他们有血有肉有记忆，他们甚至清楚闯关者里的组织。至于笼子，就是我之前说过的，按照他们定好的路线和范围，去闯他们希望我们闯的关卡，就是在笼子里被他们玩儿。"

信息量太大，唐凛需要消化。

这里面有一些，他或许曾凭直觉怀疑过，比如他曾觉得文具树就是一种能量，夜游怪也是一种能量体，所以进入他身体的小狼就成了第二棵文具树。但这些都是模糊的，从来没有像此刻这么清晰、真切，带来的冲击根本不能同日而语。

"唐凛，加入我们吧。"郁飞再次发出邀请，炙热的目光像肩负着某种使命感，"我们一起找出真相，一起把这个该死的世界摧毁！"

唐凛承认，他有一刹那的热血沸腾。事实上他和郁飞深入聊这么多，也是抱着或许 VIP 可以和探索者联手，一边闯关一边找寻真相的想法。可看着眼前近乎狂热的青年，他又渐渐冷静下来。毁掉关卡世界，他当然想，但该怎么做才能将目标化为结果？

"你们具体是怎么做的？"唐凛问。

郁飞以为他终于开窍了，立刻讲解："首先就是要忘掉关卡，闯关只是你去拓展新地图的手段，但绝对不是目的，我们要做的是尽可能最大限度探索每一个关卡所在的地方，尤其是那些关卡路线外甚至是规则不允许的地方，越是不让我们去，越要去，才越可能有收获。"

丛越说过，曾经有探索者去了关卡规定外的区域，被直接处理，看来是真的。

"再具体一些呢？"唐凛继续问，"就是单纯去闯未知的地方吗，有没有更系统的探索方案？"

"当然有，我们要从这个世界的存在、守关人的存在，还有关卡内容三方面去着手，但是守关人和关卡内容只有在进了闯关口之后才有机会探索，并且关卡是设定好之后呈现给我们的，我们内部都觉得探索意义不大，所以重点就在关卡外那些不允许我们去的地方。"郁飞滔滔不绝，似乎聊起这些有着无穷无尽的热情。

可唐凛只注意到，从刚才到现在，对方连着提两次"不允许"了。他委婉提醒道："不允许就意味着危险，很有可能被直接处理。"

"任何探索都是有危险的，"郁飞不假思索，"没有勇气，就别当探索者。"

这不是"有危险"，这是根本没有章法地往危险上撞。唐凛轻轻呼出一口气，下决心似的抬起眼："我敬佩你们的勇气，但我更想带我的伙伴回家。"

郁飞听出了话里的拒绝，却无法接受："你现在有机会找出真相，有机会拯救这里的所有人，你却只在乎你那几个伙伴？！"

唐凛摇头："你太看得起我了，我负责不了那么多人。"

郁飞急了，口不择言："你那些伙伴没你会死吗？就算会，难道摧毁这里，救出所有人的命，还抵不上你伙伴的几条命？"

唐凛静静地看着他："我是 VIP 的组长。"

第七章
关卡巨变

GUAN QIA JU BIAN

1

一楼大厅，楼梯通道附近，某面适合偷听的墙壁背后。

霍栩："他们走了。"

范佩阳："嗯。"

霍栩："你们组长还行，没头脑发热。"

范佩阳："嗯。"

霍栩："你还要拿刀叉对着空气多久？"

范佩阳静了静心，切断文具树。悬浮在他左右的崭新的一刀一叉"当啷"一声落地。

霍栩白眼往上一翻，无力吐槽。什么人吃牛排会配两副刀叉？一副进餐用，一副随身携带，以便顺手拿来攻击？还有，唐凛除了把郁飞拉到这里密谈的姿态看起来有点儿可疑，后续表现都还凑合，旁边这家伙在气什么？尤其当郁飞说"如果能说动你，培训多久都值"，霍栩简直要被旁边的杀气逼得条件反射动手了。

完全忘了自己曾一言不合就把十社集结区负责人冲到十九楼的霍栩，给范总下了评语：莫名其妙，暴力狂。

暂时把那个敢对唐凛动心思的郁飞放到"待处理文件夹"里，范佩阳审视着打量霍栩，突然问："为什么跟来？"

霍栩猝不及防，怔了一下，才哼道："不是你让我一起吗？"

范佩阳："你要这么听话，就不会浪费我一天半的真诚。"

霍栩："……你可以选择不跟。"

"我不跟，唐凛就会跟，"范佩阳一想到前些日的场景就频频皱眉，"他对你笑的次数太多了。"

霍栩再次陷入茫然，范佩阳说的话就和他口袋里会飞出锃亮刀叉一样令人迷惑。

范佩阳完全没觉得自己的话有什么不妥，见霍栩没有继续询问，便很自然地回到先前的话题："我大概猜出你为什么跟过来了。"

霍栩吊着眉梢，不言语。

范佩阳知道自己猜对了："你以前是探索者。"

霍栩的目光有一瞬的飘忽，像想起了什么，嗤笑："嘁，一帮上赶着送死的。"

"你不觉得他们会成功？"

"没头苍蝇似的横冲直撞，所有发现都是拿一条条命堆出来的。运气好的话说不定真能成功，但我运气向来很糟糕。"

范佩阳挑眉："那你之前为什么加入？"

霍栩看着他："那时候我傻，行吗？"

范佩阳喜欢这个干净利落的答案，并欣慰终于发现绷带青年一个优点。不过自黑不能掩盖本质，能被探索者说动，想来想去也只有一个原因："相比闯关，你也更想探索真相？"

"你想说加入你们就能找到？"霍栩嘲讽反问。

"不能，"范佩阳答得毫不犹豫，"所以你最好想清楚。"

静默对视半晌，两边都是同样冷漠，同样没有感情。

"你们叫什么来着？"

"VIP。"

"真难听。"

"组长起的，你来之后可以改。"

"哦。"

"但我不会承认。"

"……"

唐凛回到房间没多久就听见了敲门声，他以为是回自己房间午休的哪位勤奋队友提前结束休息过来开启下午的训练，结果一开门，是范佩阳和霍栩。

"他同意了。"范总直接宣布自己的工作成果，都等不及进门，第一时间站在门口昭告天下。

喜讯来得太突然，时间点又太凑巧，偏是他和郁飞聊完之后，唐凛的视线在两人之间来回，不得不怀疑。

见霍栩迟迟不说话，范佩阳难得耐心地手把手指导："叫组长。"

霍栩沉默两秒，转头就走。

幸亏唐凛眼疾手快，把人拉回来："不用，叫我唐凛就行。"说完他又飞快朝范佩阳皱了一下眉，希望对方明白，这是千辛万苦招募到的队友，不是他作为家长拎着孩子来见老师。

范佩阳没解读出这么具体的意思，但也勉强领会了。他耸耸肩，专心做一个沉默的男人。

唐凛没浪费时间客套，什么进屋小叙之类的，对霍栩，时机一旦错过想再说动就难了，于是在拉回对方之后，他顺势就给了保证："之前说的不变，我们组队进入4/10，只要关卡规则允许，你可以随时离开。"

是保证，也是把霍栩心中最后一丝摇摆捶定。

"欢迎加入VIP。"唐凛向他伸出手。

递到面前的手让霍栩愣住，怔了几秒，才反应过来似的，双手插袋，冷酷转身："回去补眠。"刚走两步，他突然又回头警告，"不许再守我的门。"

唐凛乐了，点头："今天放你半天假，明天一早过来参加集训。"

霍栩不置可否地"哼"一声，走掉。

门前就剩范佩阳。

"我可以说话了吗？"

唐凛侧身让开："不光可以说，还可以进来说。"

好吧，范佩阳决定不计较刚刚的禁言。

"我和郁飞的谈话，你们听见了？"一进客厅，唐凛就迫不及待地问。除此之外，他实在想不出霍栩突然松口的原因。

"听见了。"范佩阳在沙发上坐下来。

唐凛给他倒了杯水，语气微妙："我可是特意把他带到很偏的地方才聊的。"

范佩阳接过水，喝一口，点头："所以偷听的位置很不好找，以至于错过了你们最初的几句话。"

这差评真是给得理直气壮……

"行，"唐凛没好气道，"下次我选个方便偷听的地方。"

"霍栩以前是探索者。"范佩阳言归正传。

"探索者？"那就难怪会对自己和郁飞的谈话有反应了。

"和你一样，不赞同拿命拼运气的探索法。他没说在探索者里面待过多久，但以他的性格……"范佩阳不假思索，"理论上不会超过试用期。"

这种员工，老板不会喜欢，因为主意太正，很难指哪儿打哪儿，再有才华，不听话也是白费。可唐凛不是老板，他也没打算找员工，他要的是能把自己后背交付给对方的伙伴。

"希望他能在 VIP 待得长久一点儿。"唐凛轻轻叹息。信任是需要时间积累的，时间不够，再怎么也强求不来。

"你就这么想要他？"范佩阳皱眉。

当然想要，不然这么多天组团去给人家当门神，图什么？但"想要"两个字让范佩阳说出来，总像带着莫名深意……为避免掉坑，或者引出什么一发不可收拾的话题，唐凛决定直接略过，换正经话题："所以，霍栩同意加入，就是因为我拒绝了探索者？"

不是，是那句"我更想带我的伙伴回家"。那个刹那，霍栩的眼神就变了。情绪感知力迟钝如范佩阳都能察觉到。可是以霍栩的能力，范佩阳不认为他需要倚靠谁来带自己回家，所以那句话里，真正打动霍栩的，是唐凛对伙伴的态度。

范佩阳很少去认真分析某个人的心理，今天难得分析了，还小有收获，但他完全不打算告诉唐凛——霍栩是被你的人格魅力吸引进 VIP 这种话，等到世界末日，范总也不会讲。

"对，就是因为你拒绝了郁飞。"范佩阳面不改色，顶天立地。

唐凛不疑有他，开始考虑另外一件事。虽然拒绝了探索者，可探索者给他的那些信息，却让他想了很多："郁飞说的那些，你怎么看？"

"关于鸦和这个世界的？"范佩阳轻轻摇头，"远没触及本质。关卡为什么存在？让我们闯关的目的是什么？他们的探索还在这两个核心问题的外围打转。想毁掉这里，怎么毁，目前已知了什么可行性方案？这个问题他们更是一片空白。"

"但是他们敢想，敢做，敢拿命去拼，值得敬佩。"唐凛看向范佩阳，"如果在接下来的闯关过程中，我们有机会探到真相，你想不想试试？"

范佩阳不答反问："你想试？"

"嗯。"唐凛点头，"我想试试。"

"可是你拒绝了探索者，"范佩阳提醒，"就算你不想加入，也可以让 VIP 和他们成为战略合作伙伴，至少他们起步早，规模大。"

"不行，"在每个目标的轻重缓急上，唐凛很确定，"你们的安全第一、闯关第二，找出这里的真相第三。如果和探索者联手，我没办法保证这三件事的排序。"

范佩阳："又想找真相，又不想冒险，我还没见过这么便宜的事。"

"竹子要找他朋友，南歌要回家，我好不容易才得来第二次健康，还要天天看住一个总想冒险的家伙，"唐凛单手托腮，瞥他一眼，"我才不要冒险。"

范佩阳："……"被不点名批评了。

"不过我总觉得会有机会的。"唐凛保持谨慎乐观，"现在关于这里的情报还很少，随着我们闯关，也许将有越来越多的秘密浮出水面，多到足够支撑我们制订一个可行性作战计划。"

"也可能一直到最后，我们对这里的核心秘密仍然一无所知。"范总向来喜欢做最坏的打算。

唐凛原本确信范佩阳和他一样，是想要探索真相的，但现在一直被对方泼冷水，就有些犹豫了："刚才的问题，你还没回答。"

"如果我们有机会探索真相，想不想试试？"范佩阳重复问题，不等唐凛说话，斩钉截铁给了答案，"当然要。背后不管是一个人还是一群人，我都会让他们明白，浪费别人的时间是最不可原谅的事，如果这个时间恰好是奋斗的黄金期，罪上加罪。"

"可是如果你没卷进来，没进许愿屋，我可能活不到现在。"唐凛实事求是地说。

范佩阳慎重地考虑了一下："行，那就让他们死一遍。"

唐凛："……"所以之前是想让那些幕后黑手死几遍？

2

好事不出门，奇事传千里。刚到傍晚，霍栩加入 VIP 的事就有人知道了，等到晚上八九点，已经传遍了整个集结区。连在闯关口徘徊准备零点就进入 4/10 的几支队伍，都暂时忘了马上要到来的关卡，抬头和楼上走廊的闯关者们隔空讨论。

楼下："真的假的？"

二楼："比你头发上仅剩的那几根毛都真。"

楼下："聊八卦就聊八卦，能不能不搞人身攻击？"

四楼："哎哎，到底因为什么就同意了啊？"

三楼："我倒觉得他现在才同意挺坚韧了，就 VIP 那么围追堵截，别说一个月，一天我都能疯……"

这件事自然也传到了一些熟人耳中。

何律听闻这则喜讯后，由衷地替 VIP 高兴，并为自己之前轻率的判断而惭愧。霍栩可能对人缺乏信任，但一颗真诚的心果然可以融化另外一颗冰冷的心。

关岚听到这件事后则长长地松了口气，终于不用再担心霍栩成为自己盒子里的甜甜圈。

崔战最初的反应是惋惜，把一个人才错过了，但随即想起霍栩的臭脾气，又觉得这么一个祸害，错过就错过吧。

周云徽无暇理这些八卦，正抓紧时间带队训练，准备下次闯关口开启就进。

步步高升的骷髅新娘和江户川因为跟过 VIP 一起孤岛求生，深知其实力，对此事有更透彻的想法——骷髅新娘觉得肯定是靠范总的实力，把霍栩打服的；江户川则坚信是靠唐凛的魅力，把霍栩折服的。

这件事一直到夜深才降温，因为闯关口要开了。

不同于平日午夜的冷清，此时的集结区人声嘈杂，一楼大厅更是人头攒动。有闯关的队伍已经不太走动了，聚在闯关口附近，严阵以待。也有想近距离观察观察闯关口外面情况的人，在闯关人群的外围来回溜达，不时向闯关口瞄一眼。

VIP 们也出了房间，在各自门前的走廊上，悠闲地看热闹。

"当……当……当……"一楼大厅的落地钟敲了十二下，零点了。

但闯关口毫无动静。

起先众人只觉得奇怪，后来就开始议论纷纷，再后来天都亮了，闯关口还是没开，集结区炸了。

同一时间，守关人休息区也炸了。

先是已经提前到岗的 4/10 守关人小组发现一队闯关者都没从集结区出来，还以为是过度谨慎，后来才发现，敢情闯关口根本没开。就这么傻傻在 4/10 待了一小时，他们才收到上面的指令：回休息区待命。守关人小组就这么茫然地回了休息区，再然后就听见几个夜猫子同事在传播小道消息，说好像是培育区出状况了。

那时候他们还没当回事。因为培育区前阵子就出过问题，某一关的鸦玉被闯关者偶然破坏，以至于第二天该关卡没有照常开启，间接导致鸦系统的应激反应，直接将后十关由系统控制的关卡部分难度大幅提高。不过系统只用了一天时间就将鸦玉修复了，那个关卡也恢复正常。虽然应激反应造成的后十关难度上升没有再复原，但关卡毕竟还有相当一部分考核内容是由守关人把控，所以问题也不大。

作为一个自动运行多年的系统，培育区出现各种各样的小 Bug（漏洞）是常态，加上鸦系统的自动纠错、修复能力，谁也没觉得这次会有什么大问题。不承想临近天亮，确切消息传来——培育区十三个关卡的鸦玉在前一晚被同时挖出毁掉了！

至此，守关人休息区彻底炸开了锅。每个得到消息的守关人都恨不得全场飞奔，像花蝴蝶一样，将采来的八卦之蜜传给下一个不知情的同事——"你们听说了吗，培育区那边十三块鸦玉被同时挖出来了，整个培育区被迫永久关闭！"

连一贯晚睡晚起的得摩斯都被惊着了，大早上五点半，在用起床气教训了一个擅自用紧急联络吵醒他并试图传播八卦的同事之后哒哒哒跑出房间，精神抖擞地砸响了提尔的门。

睡眼惺忪地靠在门口听得摩斯讲完了重大八卦，提尔就一个问题："为什么放着紧急联络不用，要特意过来砸我的门？"

得摩斯一脸义愤填膺："紧急联络就是变相的闹钟，我最恨闹钟，怎么能用它来伤害你。"

提尔："……"所以砸门就行了？

"快点儿换衣服，我们去餐厅。"得摩斯催促。

"现在吃饭？"提尔打个哈欠，默默看一眼时间，才五点半。

"你什么时候见我吃过早饭？"得摩斯对自己夜猫子的属性还挺骄傲，但随即压低声音，神秘兮兮道，"去餐厅，有大事。"

餐厅，守关人休息区日常最热闹的地方，也是公认的信息集散中心。

最后一丝睡意淡去，提尔看着眼前一袭黑色睡袍、头顶毛球睡帽的同事，深感无力——从像梦游似的人嘴里说出的"大事"，实在很难让人信服。

提尔最终还是换了衣服，和睡衣造型的得摩斯去了餐厅。去了才发现，他们竟然已经算晚的了。休息区几十个守关人基本都聚在了餐厅，连不应该在休息区的4/10守关队都坐在餐厅一隅。所有人都在讨论着什么，或热切，或担忧，声音嘈杂。

向来心如止水的提尔都不禁好奇了，转头问得摩斯："到底发生了什么？"

得摩斯辛苦忍了一路，就为了等提尔亲口问，终于等来了，那叫一个成就感满满。他清了清嗓子，苍白英俊的脸上绽开一丝优雅的笑："培……"

"培育区被永久关闭了！"一个身影突然跳到二人面前，火红的头发，年轻的脸，"你们还不知道吧，培育区的所有鸦玉，一夜之间都被毁掉了！"

"潘、恩！"得摩斯气得咬牙，被剥夺了最大快乐的金发守关人心里流血。

提尔却只在乎听见的事情，他震惊地向潘恩再度确认："真的？"

"真的。"潘恩回手一指角落里的4/10守关队，"没看他们都回来了吗，今天4/10闯关口根本没开。"

"潘恩——"餐厅里有人看见了他们，热情打招呼。

潘恩早就用余光瞥见那一脑袋白毛了，就是不想搭理才装没看见，结果还要被点名。而全餐厅的人的目光都因为这一嗓子聚焦到了他们仨身上。潘恩骑虎难下，怎么想都觉得卡戎是故意的。红发青年硬着头皮走向银发大叔，一屁股在他旁边落座，连敷衍的笑脸都懒得给。

卡戎殷勤地推来一杯冒热气的牛奶："小朋友，还生气呢？"

潘恩踹他凳子一脚："别叫我小朋友。"

提尔和得摩斯也跟着走了过来。一是这边有空座，二是和提尔轮班守 1/10 的希芙、维达就在卡戎的邻桌。得摩斯社交广，基本和每个守关人都能聊上两句，但死宅属性的提尔除了得摩斯这个朋友，也就算是和同关卡的这两位还比较熟悉。

待走近，他们正好听见维达笑着调侃隔壁桌的紧张气氛："卡戎，你怎么惹他了？"

作为守关人队伍里最尽职的 Coser（角色扮演者），维达常年扮成中世纪宫廷剑客，只是服装审美上还杂糅了戏剧舞台风，不是大红就是大绿，偶尔还有明黄和丝绒蓝，并且一定要佩戴礼帽，穿高筒牛皮靴，从头到脚极尽华美。只是得摩斯没想到，这一大早，他竟然还来得及置办这一身行头。

面对维达的揶揄，卡戎举起双手做无辜状："我可是本本分分，什么都没干。"

潘恩"呵呵"一声："对，你只是好事想不到我，一遇见难搞的就想起和我联合守关了。"

"咳，这个吧，是正常的工作流程。"卡戎露出尴尬而不失礼貌的微笑，"再说，都一个月了，年轻人要胸怀宽广。"

"难搞？"维达拨弄一下礼帽上的羽毛，"有多难搞？比能同时毁掉十三关鸦玉的那帮人还厉害？"

潘恩不知道怎么解释："他们的难搞不全在实力，而是其他非常一言难尽的地方……"

眼看着话题又要偏，静静围听的提尔感觉心累。他只是想系统了解一下究竟发生了什么……

"这一次恐怕要牵连到试炼区了。"一直没说话的希芙单手撑着下巴，温柔出声。

"如果真是培育区永久关闭，影响是肯定的，"提尔接口，"地下城不会再进来新人，整个试炼区的闯关者只会越来越少，到最后就没人再闯关了。"

"不是如果，是已经确定了。"维达凑过来，"那帮家伙是真把十三块鸦玉毁掉了，据说鸦在最后关头启动了修正程序去围剿带头那一队，没成功。"

"真确定了？"得摩斯皱起眉头，毛球睡帽歪了一点儿，遮住他半个额头。

提尔莫名其妙看他："你大清早来砸我的门共享消息，现在又来怀疑？"

"传播是一回事，相信又是另外一回事。"得摩斯自有一套理论，"我刚才在路上又想了一下，还是觉得不可能。他们是怎么知道鸦玉是能量源的，又是怎么同一晚在十三个不同关卡挖出鸦玉的？可行性根本为零嘛。"

希芙偏过头来，淡淡道："他们组了十三支队伍，同一晚闯十三个关卡。至于怎么知道鸦玉是能量源，又怎么确定的鸦玉位置，好像是利用的系统 Bug。"

"我就说培育区自行运转了那么多年，早该派个人过去维护系统了。"卡戎倚老卖老地放马后炮。

"不对啊,"潘恩搬着椅子转过来,"昨天出的事,怎么今天才传过来?"

"听说是第一时间就派人过去看了,"维达一边擦拭自己雕花繁复的佩剑,一边说,"手动修复系统,供给备用能量……能使的招儿都使了,一直试到今天,这边闯关口没开,捂不住了才松口透风。"

"提尔,想什么呢?"希芙发现有同事在发呆。

"我在想你们刚刚说的那个带头的队伍。"提尔静静看着桌上的玻璃杯,仿佛能透过它看见那场难以想象的背水一战,"就算利用了系统 Bug,他们竟然真能找到那么多愿意联手的队伍,并且最后成功了……不可思议。"

"现在都是'听说''据说',上面还没给我们确切消息呢,别那么早下结论。"得摩斯把睡帽扶正,依然对鸮系统有信心。

希芙嫣然一笑:"无数经验告诉我们,一件事如果传来传去传到人心浮动,还没被上面辟谣,那就是真的。"

得摩斯不喜欢被人唱反调,但如果是不久前才因为被人割掉一截头发,不得不将齐腰金发剪到刚过肩膀的希芙,他决定忍了。女人的怒火可是很恐怖的,哪怕只是迁怒。

"哦,对了,"希芙侧头,将头发编成稍短一些的麻花辫,状似不经意地问,"白路斜到哪一关了?"

提尔、维达、得摩斯、卡戎、潘恩集体一寒。

永远不要相信女人的"不经意"。

希芙没等来想要的答案,因为下一秒,所有守关人耳内都听见了一条语气严肃的通知——"各位守关人请注意,一小时后,会议厅集合。禁止请假,务必准时参会,违者重罚。"

不是一遍,是滚动了三遍,生怕他们听不清,记不准。

只有高级别的人物过来召开会议,才会有这种待遇。

这条会议通知终结了休息区的猜测,也让一些像得摩斯那样仍保持怀疑的守关人彻底相信,的确是出大事了。

一小时后,会议厅。

众守关人没等来高级别人物亲临,只等来高级别人物的投屏影像。

"各位辛苦了,"投屏中的人着装考究,面容和蔼,只是这表面的和蔼下是连亲自过来都不屑的傲慢,"想必各位已经知道了,今天试炼区的 4/10 闯关口没有如期开启。通过调查,我们发现是培育区的鸮系统出现故障,间接影响了试炼区的鸮系统运行……各位都清楚,我们这里成立已久,在很多年前,鸮系统就停止了更新。也就是说,我们这么长时间都是在用一套陈旧的系统,维持一个陈旧的培育、试炼模式。此次培育区发生的事情给了我们契机，是时候做出决定了……从今天开始，培育区正式关闭。"

空气安静，全体守关人更安静，心照不宣的尴尬在空气里旋转跳跃——能把"被迫关闭"说成"主动决定"，也是很懂说话艺术了。

"培育区关闭势必会对试炼区的可持续运行造成阻碍，"投屏内的人面对一片沉默泰然自若，情绪和语速完全不受影响，"我之前也提到了，我们这里培育、试炼的方式已经过于陈旧了，现在培育区关闭，试炼区其实也应该退出历史舞台……"

此话一出，沉默的会议厅一片哗然。这是要连试炼区一起关了？

"不要误会，"投屏里的人笑了，看着会议厅里的众守关人，就像看着一群乱哄哄的工蚁，"试炼区不会关闭，只是试炼的属性已经不合时宜，我们希望能让仅剩的这些虫子发挥他们的最大价值。所以从今天开始，试炼区正式变为娱乐区，每一关都不再设守关人，而是全面对外开放，未来会有一大批尊贵的客人进入这里……你们的工作重心，也将从培训虫子转向服务顾客，我相信以你们对关卡的了解，一定可以做得很好……不过为了让你们更好地适应工作转变，稍后会有新的工作团队入驻各关卡，他们有新理念，你们有关卡经验，希望大家可以相互配合，努力将这里打造成最好的娱乐胜地。"

新团队？众守关人面面相觑，满腹吐槽，直接说要来新人把他们这些老人架空才对吧？

"请问……"

会议进行到现在，第一次有人公开发声。所有的窃窃私语一瞬间停住，会议厅重又寂静。守关人们的视线全聚到一个地方，是1/10的提尔。

投屏中的人也有些意外，但很快温和地笑："有疑虑尽管讲。"

"不算疑虑，就是想再问清楚一些，"提尔抬头看着大人物，"我们具体要给那些'未来的客人'提供什么样的娱乐服务？"

"我果然是老了，话都说不明白了。"投屏中的人哈哈大笑，眼角堆满皱纹，眼里却冰凉阴鸷，"简单讲吧，客人会代替守关人进行守关，玩的还是鸦系统设定的关卡内容，不过在限制方面，从前你们需要遵守的工作规则，他们一条都不必遵守，在鸦系统的设定之内，他们想怎么玩，就怎么玩……"

笑意淡去，大人物和蔼的目光经过投屏，直直落在提尔身上："你现在，听懂了吗？"

得摩斯也狐疑地看他。提尔不是多事的人，别说对方之前已经讲得挺明白了，就算真不懂，以提尔的性格，也不会这样当众问。

"懂了。"长久的静默后，提尔垂下眸子说。

他把情绪藏在心底，得摩斯看不清。

闯关口没有按时开放的一周后，有返回现实的闯关者将前十三关被永久关闭的消息，带回了 3/10 集结区。他是从另外一个以前闯关认识的人那里听来的。那个人一直在前面的关卡里，两人碰面时，对方已经因为前十三关的关闭回归了正常生活，但也说不清这事儿是谁干的，只知道好像是几队人一起。因为当天晚上他也碰到了一支奇怪的队伍，不闯关，而是在关卡里满世界找什么东西，现在想来，就是在为关闭关卡而努力。

这消息让集结区又炸了第二次。但这次却炸得大部分人捶胸顿足，几近呕血。

如果我还在前十三关，如果我没那么积极闯关，这次不就跟着一起获救了吗？这念头一旦炸开，就像致命病毒，瞬间就能将人拖入无底深渊，什么精气神都没了。所以那之后的几天，整个集结区都被愁云惨雾笼罩，随处可见恨不能咣咣撞大墙的含恨者。

但 VIP 幸运的是个例外。

之所以说幸运，是因为这份从容心态和坚强意志、信念什么的毫无关系，纯粹是命运——

丛越一辈子走背字儿，对于这种事轮不到自己太习惯了，要是真轮到了他才慌呢，就像握着一笔横财，镇不住，总觉得未来要付出代价。

南歌十年前就进地下城了，再怎么拖也赶不上这趟大营救。

郑落竹要找施方泽，你让他留在前面关卡他都不干。

范佩阳更不用说，不闯过前十三关就不能进许愿屋，不进许愿屋就不能救唐凛，谁敢把他拖在前十三关，范总教你做人。

唐凛想后悔都没立场，他压根儿没经过前十三关。

霍栩是 VIP 里唯一心思成谜的。但听见这则消息的时候，大家正在训练室里"磨合"，他听完之后问的第一句是："这事儿和我们有关系吗？"

当然有。虽然他们赶不上营救的春风，但至少要知道这风是怎么吹的，也许同样的风还能吹进后十关呢。

"我们要回去一趟。"这天训练结束，唐凛和范佩阳有了决定。

丛越："现在回去？"

"我们想找到关闭前面关卡的那些人弄清楚，他们究竟怎么做到的，也许会对我们有启发。"唐凛说，"就算不能用同样的方法关闭这里，至少也可以了解更多这个世界的秘密。"

南歌："可是现在还不清楚那些人是谁，你们怎么找？"

"樊先生！"郑落竹灵光一闪，对范佩阳道，"老板，樊先生卖给咱们许愿屋情报的时候不就说过，如果在许愿屋放弃许愿和进入后十关，可以利用 Bug 把另外一个鸦叫出来，然后就有机会关闭前十三关。他们会不会也买了这个情报？"

话都让自家组员抢答了，唐凛只好点头，以免浇灭伙伴的热情。其实他和范佩阳商量的时候，就是打算去找这位樊先生。

樊先生是一个闯过前十三关后，就在许愿屋成功摆脱关卡世界的人，再不用像普通的闯关者那样继续进入地下城，闯后面的关卡。范佩阳当初被卷入关卡世界，才闯了几关就遇到一个中间人，说是可以帮他牵线搭桥，买到提前离开的方法，由此认识了樊先生。

范佩阳买情报的初衷，是想尽快离开闯关世界，让被搅乱的生活恢复正常秩序，让他可以全心去陪伴唐凛走过最后的岁月，去看上哪怕一次午夜场电影。可等他花了一百万，从樊先生那里买来了提前离开的方法，却改变了主意。因为樊先生的情报透露了一个重要信息——许愿屋。

当时的范佩阳对关卡世界的认识全部源于"小抄纸"和自身闯关经验。根据"小抄纸"的提示，关卡世界一共有二十三关。而根据自身经验，闯过一关，便会在隔天自动进入下一关，以此类推。所以他想当然地认为闯过第十三关后，就该直接进入第十四关。可樊先生给的情报是：第十三关通关后，闯关者会进入一个叫作"许愿屋"的地方，在这里鸦会满足你一个特定条件的愿望作为进入后十关的奖励，许愿完成之后，闯关者才会进入后十关，继续完成后面的关卡。

但这里也是唯一可以提前离开闯关世界的机会，那就是不要许愿，大喊三声"我要和鸦对话"，就可以把另外一个鸦（类似系统 Bug）召唤出来。这个鸦会给你两个选项：A. 关闭前十三关；B. 提前离开关卡世界。樊先生当年选了 B，并在后续这些年里以贩卖此情报发家致富走上人生巅峰。

就一条情报能赚多少钱？

明码实价一百万，这还是给范总牵线的中间人口中的"打了八折"。

不过范佩阳在听到"许愿屋"三个字的时候，就知道这条情报他用不上了。他既不会选择 A，也不会选择 B，他选择遵循关卡规则许愿，然后继续往下闯。唐凛就是那个愿望。

"你浪费了一百万。"坐车去樊先生家的路上，前财务总监唐凛还是没忍住，念叨了一句。

浪费？收回眺望车窗外的视线，范佩阳觉得有必要纠正一下自家总监的价值观："一百万能换到你的健康，在我看来就和不要钱一样。"

唐凛哭笑不得："你这是偷换概念，就算没情报，你也会到那里。"

也会做同样的决定……

"但是情报可以让我提前锁定目标，更有针对性地提高效率。"范佩阳至今都很庆幸，遇见了那位帮樊先生牵线卖情报的中间人。

"换来我健康的不是一百万……"唐凛忽然说，声音很低，像呢喃。

范佩阳微微皱眉，不懂他为什么又要重复一遍。确实，就算不花一百万，他也会到许愿屋，但这个意思唐凛刚刚已经表达得很清楚了，没必要再……

"是提前离开的机会。"唐凛抬起头，静静看他，"你是拿可以提前结束梦魇、重获自由的机会，换了我的健康。你可以避重就轻，但我不会忘。"

"你是想说你很感动？"范佩阳的语调微微上扬，透着危险。

感动往往只能换来报答，可范佩阳想要的却不是这些，唐凛知道。但唐凛更不希望范佩阳因为"不想挟恩图报"这种莫名的理由，规避甚至抹掉那些付出，这对范佩阳不公平。

"我很感动。"在被得摩斯揭开那几段记忆之后，唐凛就决定，以后无论何时都要诚实把自己的心情传递给面前这个人。

被突然征招来开车的单云松单特助完全听不懂后面两位老总在聊什么，不过在经历了唐总身体神奇痊愈、范总公司莫名放权、两位老总一起神隐等多件奇事后，再发生什么，他都不会觉得奇怪了。

"就这样？"范佩阳突然靠近，几乎遮住了唐凛眼前全部的光。

唐凛吓一跳，后背条件反射地紧靠座椅，想和范佩阳拉出一些安全距离，但在车内有限的空间里根本没用。

范佩阳微微低头，呼吸掠过唐凛的眼睛。

唐凛痒得眨了眨眼，心跳快得厉害，但立场坚定："就这样，就是感动。"

"所以呢？"范佩阳问，像在期待着什么。

唐凛茫然，都感动了，还有什么所以？

范佩阳怀疑他在装傻："通常人在感动的时候，都要给对方一些热烈的回应。"

唐凛没装傻，他是真没跟上范总的脑回路。所以，生气的不是自己说"感动"，而是感动之后没有及时给一个表达感动的拥抱？！

抱着试试看的心理，唐凛艰难抽出手轻轻环抱，拍了拍范佩阳的后背。

范佩阳舒坦了。虽然他想要的是更扎实的，但其他的还会远吗？范总在心里的"项目进度表"上，又画了一个阶段性小目标达成的勾勾。

前方开车的单云松透过后视镜围观了全过程，心想，他错了，他真的错了，永远都会有更奇怪的事情发生！

黑色宾利已经行驶到了北京市郊，再有十几分钟，就能抵达樊先生的别墅。

而同一时间，樊先生已经迎来了第一拨儿客人。

"又见面了。"会客厅里，樊先生和两位客人握手。他四十多岁，保养得好，气质儒雅。

来者是两个二十八九岁的年轻人。神情淡然的是吴笙，先伸手过来握了下，时间很短，完全的礼节性，而后坐进沙发里。进门就挂着笑脸的是徐望，握住樊先生的手时很亲切："我能问一个失礼的问题吗？"

樊先生不知他要问什么，但还是礼貌点头："请问。"

徐望笑得更灿烂了，帅气里透着活泼，活泼中又满满真诚："你说有两个还在后面关卡的人，希望能了解前十三关关闭的情况，我们一接到电话，就二话不说、排除万难、风尘仆仆赶过来了，那之前买情报的一百万能不能给我们适当性地返还一些？"

樊先生："……"在听到"失礼"这种描述词的时候，他就应该悬崖勒马。

"来，请坐。"樊先生用这辈子最大的修养，先邀请提问者坐下。

徐望在吴笙身旁落座，期待的目光粘在主人家身上。

樊先生深呼吸，放平心态，才开始掰扯："第一，你们拿到了情报，并且进行了充分的利用，银货两讫，没有返还尾款的道理；第二，你们永久关闭的不只是前十三关，还有我赖以生存的财路。"

断人财路，犹如杀人父母。徐望陷入深深反省，并果断改正："抱歉，前面的提问收回。"

没聊两句，便有人送来茶水，不过摆到面前，吴笙和徐望才发现只有白水，没有茶。

"对不住，"樊先生致以歉意，"以后再无情报可卖，我得从现在开始节衣缩食了，茶叶太贵。"

吴笙、徐望："……"

两位客人在这幢随处可见名画、古董、珍稀老黄花梨家具，占地巨大且产权明确的别墅里，想围殴户主。

唐凛和范佩阳被人从大门引到会客厅时，见到的就是这样"宁静和谐"的场景——三个人，喝三杯白开水，彼此凝望，默默无语。

"樊先生，客人到了。"领路的小伙出声提醒。

樊先生放下水杯，起身给两边引荐。其实也不用说太多，在提前用电话沟通敲定今天会面的时候，两边都已经清楚情况了。

沙发上的两人起身，先自报家门——

"吴笙。"

"徐望。"

后来的也礼貌回应——

"唐凛。"

"范佩阳。"

简单地打招呼的时候，四人都在暗中打量——

唐凛想：原来这就是豁出去放弃离开的机会，选择关闭前十三关还成功了的人。

徐望想：原来这就是花一百万买完情报却不用，竟然还选择继续闯关的人。

吴笙想：两个人看起来都不笨，很好，可以沟通。

范佩阳想：刚才二人坐在沙发上的时候，彼此间几乎没有社交距离，原来朋友之间也可以离这么近，他以后和唐凛一起坐的时候就不用顾忌了。

"四位随我去楼上吧，"樊先生温和道，"上面房间安静，方便说话。"

关卡世界的事是禁止对闯关者之外的人传播的，一旦被判定为有可能泄露关卡相关信息，闯关者就会头疼欲裂。所以之前在车里，范佩阳和唐凛聊了那么多，也只是围绕"情报"，而避开了"许愿屋""关卡"这样的词，以至于单云松从头听到尾还是一脸茫然。

四人被樊先生带到二楼尽头的一间书房，宽敞明亮，又安静怡人。

"你们聊，我就不打扰了。"樊先生退出房间。

唐凛颇觉意外，刚要出声询问，徐望比他更快："你不和我们一起？"

"不了，"樊先生笑笑，"还是当中间人比较轻松，剩下的你们直接沟通。"他安排了一个青年站在门口，"这扇门隔音很好，你们放心聊，有事开门叫他就行。"

樊先生退得干净利落，几乎没给四人再议的机会。

书房门阖上，樊夜白独自走过长长走廊。一方是关闭了前十三关的人，一方是希望能获取有用线索和经验，抱着"或许同样的方法也可以作用于后十关"的人，他这个中途逃跑的人没资格坐在其中。

他在走廊另一端尽头的房间门前停下来，推门而入。这是一间茶室，但因光线不足，在这样不开灯的白天一片晦暗不明。

"这么快就结束了？"一个和樊夜白年龄相仿的男人大咧咧地坐在茶海前，一条腿搭在另外一条腿上，与茶室淡然静心的气氛格格不入。

"没，让他们自己聊了。"樊夜白说完才注意到男人坐的位置以及洒脱的坐姿，礼貌下逐客令，"请远离我的茶海，谢谢。"

男人完全没有挪地儿的意思："我就看不惯你这些穷讲究。"

樊夜白在茶海对面坐下："我自己关起门来讲究，你上门来看不惯，真是辛苦了。"

"别跟我绕圈子了，"男人毫不留情截穿他，"是不是觉得特羞愧，特无地自容，特没脸和他们待一起？"

"你再废话一句，我就把你脑袋按茶海里拿开水浇。"

"这就对了，别一天天装文化人，我就喜欢你当年三句话之内必定问候对方女性亲属的潇洒。"

"……你这品位也是绝了。"

不过对方那些刺耳的话，全中。

樊夜白煮上泡茶的水，幽幽道："他们都是敢于向未知危险发起挑战的人。如果我当年不是选择离开，而是鼓起勇气孤注一掷选择关闭……"

"你不只没关，还用情报来赚钱。"男人闲闲接茬。

樊夜白眯起眼睛瞥过去："哪次赚的钱没分你？"

男人理直气壮地摊手："当年要不是我带着咱们队所向披靡，你能顺利闯过十三关？"

樊夜白："你可别往自己脸上贴金了，多少次因为你的随心所欲，我们退回去重来？"

男人："啧啧，当年一口一个哥叫得多亲啊，现在咱没利用价值了，就说咱随心所欲……"

水开了，发出声响。

樊夜白也不泡茶了，直接给自己倒了一盏水，心太累。

男人还等着喝茶呢，看樊夜白这架势，直皱眉："你不会打算也用白水招待我吧？"

樊夜白给自己倒完水就结束了，云淡风轻地道："不好意思，招待客人是白水，招待你连水都没有。"

"料到了。"男人咧开嘴，"所以哥们儿我自己带了。"他变戏法似的拿出一瓶烈酒，"咚"的一声放在茶海上，朝樊夜白一扬下巴，"来不来？"

书房内。

樊先生走后，四人进行了简单的寒暄。

"谢谢你们愿意见我们。"唐凛说的是真心话。突然被两个陌生人邀约，不是谁都愿意欣然前往的，何况吴笙和徐望才刚经历过一场串联十三个关卡的大战。

"不用客气，"吴笙说，"大家一起闯关，互相帮助义不容辞。"

"我不是，"徐望坦诚道，"我主要想来看看拿一百万打水漂的土豪。"

唐凛乐了，把旁边的范总往前推一点儿，说："看他就行了，买情报并且买完不用的事，我也是后面才知道的。"

徐望视线终于落在范佩阳身上，抬头仰望，土豪果然很高大。

还没膜拜完，脑袋就被吴笙扳回来："说正事。"

徐望撇嘴，乖乖落座。

唐凛微微挑眉，不动声色。

四人面对面落座。

徐望开门见山："你们既然也买了情报，在许愿屋的操作我就不说了，就说选了'关闭鸮'之后发生的事。"

"嗯。"唐凛点头，洗耳恭听。

"选了关闭之后，那个鸮，就是Bug，和我们说，前十三关和现实世界的连接通路是靠鸮玉进行能量供应的，而每一关的鸮玉，都可以通过其他关卡的鸮玉能量进行修复，所以想永久切断这些通路，就要在同一晚将十三块鸮玉都挖出来毁掉。"

"所以你们毁掉的其实不是关卡，而是关卡和现实世界连接的通路？"这和唐凛之前的认知有些许出入。

"是的，Bug鸮明确说了，关闭的是通路。"徐望肯定道，随后话锋一转，"不过关闭通路了，里面的所有闯关者都会被直接弹回现实，也不会再有新人被吸入，所以从我们闯关者的角度来说，关卡就是关闭了，但对于关卡里面那些……"他斟酌了一下用词，"程序也好，NPC也好，应该还在运转吧，毕竟已经自行运转那么多年了，而且有一些NPC好像也隐约有了自主意识……"

"自主意识？"唐凛没经历过前十三关，但根据范佩阳和郑落竹的描述，那里更像一个依照程序运行的游戏世界，所有的关卡内容还有NPC都能像数据一样在隔天完美还原。

"具体的我们也没搞太清楚，"徐望抬手一指吴笙，"反正他觉得就算通路关闭了，里面那些关卡世界还会继续运行。"果断把锅甩给自家头脑担当，是徐队长的天赋技能。

唐凛点点头。

其实前十三关的属性究竟是虚拟空间还是异空间，究竟是数据程序还是意识臆想，都不是他今天想了解的重点。因为后十关明显和前十三关是两个世界，闯关的体验感完全不同，关卡的规则和形式也大相径庭，唯一算得上二者有交集的，就是"鸮"这个系统。

所以唐凛今天想重点问的，也是这个："樊先生说之所以能找到提前离开的方法，是因为鸮出了Bug，你也说是Bug鸮告诉了你关闭通路的方法。但我想不通，鸮为什么会出现Bug？就算真出了，为什么不是关卡紊乱或者其他影响，而一出就是这种有着自我毁灭倾向的Bug？"

徐望："这两个问题，我没办法给你确切答案，但我可以把我的事情还有我们的推论一起讲给你听，做个参考。"

唐凛疑惑地蹙眉："你的事情？"

徐望："对，我从头给你讲。"

唐凛："从第一关？"

徐望："从十年前。"

唐凛："……"

唐总不再说话，默默地给徐队长杯里续了水。

茶室。

酒过三巡，樊夜白有点儿上头，趁着还算清醒，暂时中断和前队友把酒忆往昔，找来那边守着书房门的人问："情况怎么样了？"

守门青年："中间进去送过一壶水，好像只有两个人在交谈，另外两个就一言不发地听，跟领导似的。"

樊夜白揉揉额角："哪两个？"

守门青年："就那两个。"

樊夜白了然："哦，那两个。"

守门青年："那我过去了？"

樊夜白："去吧。"

人走门关，茶海另一边的男人一脸茫然，到底是哪两个啊？！

樊夜白懒得解释："说了你也不明白。"

吴笙和范佩阳两位的特殊气质，只有接触过的人才懂精髓。

3

书房。

唐凛感觉自己听了个科幻故事。

事情真的要追溯到十年前，故事中不仅有徐望、吴笙，还有樊先生。

那是一个雨夜，还是高中生的徐望被短暂地卷进了前十三关中的第三关，一个丧尸横行的末日都市。

正常被选中的闯关者初到关卡世界理应进入第一关，然后一点点熟悉规则，闯荡关卡。而徐望不仅直接进入了第三关，还是以"透明人"的形态，就是他可以看见同在一个关卡内的闯关者，但闯关者们看不见他，也听不见他说话，就算碰到他也会从他身体中穿过去。相反，那些丧尸却可以撞到他，但又不会对他采取攻击，看起来就像是把他当成NPC同类一样。

他就在这样的形态下，看见了正在闯关的樊先生小分队，并跟着他们从头到尾围观了一场"闯关"，直到小分队将疫苗交给老医生。可是当小分队的大部分人阵亡弹回现实，樊先生跑掉脱身之后，徐望却没有被弹出去，反而看见那个拿了疫苗的老医生又把疫苗从仪器里取出来，丢进了垃圾桶。

同时樊先生小分队战斗时使用了一个文具——〈幻〉灵魂画手。这个文具使用后会出现一只小三花猫，帮忙探听位置房间的情况，樊先生小分队离开关卡后，小三花也还在。

徐望抱起小三花，然后就听见了鸮的求救。那是一个在耳内响起的破碎电流音，不断重复："帮帮我……"可是还没等徐望问清楚终究该怎样救，他就被弹回了现实，抱在怀里的小三花竟也被带回现实，成了一个可爱的钥匙扣。

回到现实的一刹那，他在关卡内的记忆就被抹掉了，误以为钥匙扣是吴笙的，便偷偷留了下来，之后安然度过十年，直到再次被卷入关卡世界。这次他是以正常的"闯关者"身份进入的，并在里面和吴笙重逢，又因为一些契机找回了十年前那晚的记忆。

唐凛认认真真从头听到尾，最好奇的竟然是为什么误以为是吴笙的钥匙扣，徐望就要偷偷留下，以及十年前读高中的那个雨夜，徐望为什么和吴笙一起离开宿舍，跑到教室……

不行，唐凛压下探索欲望，强迫自己收回发散的思维。他已经被一个男人困扰得夜不成眠了，这时候探索另外两个男同学的十年前往事，怎么想都是自己给自己挖坑。

"也就是说，"唐凛试着总结，"鸮十年前就出现了Bug，那一晚Bug不仅找了你，还找了跑出你视线范围但其实并没有离开关卡的樊先生，你没听完的后续故事，樊先生听完了。"

"对，"徐望说，"当时Bug鸮就希望樊先生能帮它关闭前十三关的通路，樊先生也答应了，可是临到许愿屋，Bug鸮又给了他第二个选择，就是如果不选'关闭'，就可以选择'提前离开'。"

提前离开自然比前途未卜困难重重的关闭前十三关有诱惑力多了，给出这选项，就差写明"我不想让你选择关闭"了。可是唐凛越听越迷惑："既然Bug鸮希望你们帮它关通路，为什么又要弄出这么一个选项进行干扰？"

"吴笙猜测是程序的自我修复能力。"徐望说，"Bug鸮其实就是原来的鸮系统，但是当系统意识到自己出了故障后，进行自我修复，用新的鸮系统覆盖了旧的，这也是为什么后来十年，Bug鸮没有再出现。"

"但它并没有完全被消灭，"唐凛听明白了，"而是蛰伏在许愿屋里。所以为了规避风险，新的鸮系统给最后残留的这部分Bug套了一层防护，就是'提前离开'的选项，这样就算有人触发了Bug鸮，也会毫不犹豫选择提前离开，而不会选择尝试关闭，从而影响前十三关的正常运行。"

"就是这样。"徐望猛点头，第一次感觉到和聪明人对话好轻松，这条理清晰的总结完全不逊于吴笙啊。而且人还温柔，一说话就让人想听，眉眼也好看，虽然气质有点儿冷，但笑起来像微凉的风，更有种特别的味道……

"咚"，一杯水放到自己面前。

徐望收回视线，茫然抬头，对上了范佩阳的眼。

那个前十三关排行榜上的常客，那个拿一百万打水漂眉头都不皱一下的霸道总裁，那个今天从头到尾除了说一句自己名字再没开过口的男人，此刻正定定地看着他，说："喝水。"

压力突如其来，徐望咽了下口水，拿起自己的水杯："呃，我有。"

范佩阳轻轻点头："那就喝两杯。"

徐望："……"他想起了大学毕业刚入职时被狗头上司支配的恐惧！

旁边伸过来一只手，把范总放过来的水杯又给他送了回去，同样"咚"的一声："谢了，他不够喝，可以喝我的。"

唐凛没注意周遭情势，全部心思都在高速处理得来的信息。

Bug十年前出现的基本确定了，但为什么出现，不详。

徐望小分队挖鸦玉的经验是否适用于后十关，不详。

徐望小分队曾无意中挖出过一块鸦玉，导致那块鸦玉所在关卡短暂关闭，但很快修复了，他们也不清楚自己究竟做了什么。后面他们闯过十三关，进入许愿屋，召唤出Bug鸦，才知道那时候挖出的鸦玉就是关闭前十三关的关键……

等等！唐凛仔细回忆徐望说的他们第一次无意中挖出鸦玉的时间，眼睛赫然一亮，迫不及待地开口："徐望，你们无意中挖出第一块鸦玉的时间点，就是我们在……唔……"

剧烈的头疼突如其来，狠狠截断了唐凛的后半句话——就是我们在地下城发现关卡难度提升的前夕。他猝不及防，猛地低下头，咬紧牙关才忍住没有狼狈地抱头，豆大的汗珠瞬间渗了出来。

范佩阳伸手将他揽过来，将他的头按进自己的肩膀："不是告诉过你，不要和他们讲后十关的事。"

吴笙、徐望："……"

声音是绝对的不悦，语气是绝对的责备，但这温柔的动作是什么搭配？

唐凛抵着范佩阳的肩膀，额头的汗将对方的衣服濡湿，过了好久才感觉疼痛渐渐散去。他轻轻喘息，觉得自己今后都不会再碰禁忌了——之前是没经历过前十三关，虽然知道试图透露会被头疼警告，但没有那么强烈的"禁止意识"，现在记住了。一次惩罚，足以警钟长鸣。

不过事情虽然不能拿出来和吴笙、徐望讨论，但唐凛有八成的把握，后十关关卡难度的提升和对方那次无意中挖出鸦玉有关系，很可能是刺激到了鸦系统，像修复Bug那样，因为感受到危险，所以有了增加难度的应激反应。

一块鸦玉就让后十关的难度增加了，现在所有鸦玉被毁，前十三关通路被彻底关闭，对后十关的影响会有多大，唐凛无法想象。只是闯关口不开吗？还是在用暂时的平静，酝酿更大的灾难？

徐望不知道唐凛心中所想，就是单纯觉得眼前两位已经抱很久了，虽然不是严格意义上的拥抱，但当坐在对面的他和吴笙是空气吗？！还有，这种十分熟悉的微妙气氛是他的错觉吗？

"咳，"吴笙清一下嗓子，毫不留情地打破微妙空气，"总而言之，我们能提供的信息就是这些，希望对你们有所帮助。"

徐望立刻挺直腰杆，默默用眼神给自家军师的行为点赞。

唐凛平复得差不多，想把头从范佩阳的肩膀上移开，结果发现后脑的大手完全没有放他走的迹象。他哭笑不得，可又觉得在这种小地方犯幼稚病的家伙有一点儿可爱，于是不着痕迹地用手轻轻扯了扯范佩阳的衣角。范总收到明确信息，不好再装傻，悻悻地把人松开。

"抱歉。"唐凛朝吴笙和徐望笑一下，为自己刚刚的失态道歉，然后真诚地说，"谢谢你们愿意告诉我们这么多，这些信息对我们很有用。"

"不用客气。"徐望摆手，欲言又止。

唐凛带着探询的表情看他。

徐望实在按捺不住了："我们回答了你那么多个问题，你能不能回答我一个？就一个。"

唐凛莞尔一笑："几个都行，你说。"

"你们都买到提前离开的情报了，为什么还要继续闯关？"徐望真的要好奇死了，就算土豪喜欢撒钱，也不用把自己赔进去吧，彻底离开关卡世界，回到现实想怎么撒就怎么撒，多快乐。

唐凛有些犹豫。倒不是不想回答，而是不知道这个回答会不会又触发什么"泄密信息"然后头疼，他是真怕了。

"情报是我买的，"范佩阳沉声开口，"当时他没进关卡，是我在许愿屋许愿把他拉进来的。买了情报没离开，也是因为我想许愿。"

徐望、吴笙双双惊呆。信息量有点儿大，他们得一条条捋。

徐望："你把他拉进的关卡？"

范佩阳："对，他没闯过前十三关，进来就是后十关。"

吴笙："你为什么把他拉进来？"

徐望："对啊，为什么啊，他欠你钱？"

范佩阳："……"

很好，看来只要不涉及后十关的具体内容，都可以安心聊。

唐凛接过沉默下来的范总的话头，大方给了答案："我得了绝症，他想救我，所以拉我进关卡，用了治疗性幻具。"

徐望张大嘴，知道自己为什么当不成一掷百万的老总了，这想法秀得一骑绝尘，关键不光敢想，还敢干。

吴笙更好奇后续："治好了吗？"

唐凛顿了下，点头："嗯，好了。"

吴笙："回到现实中也好了？"

唐凛："至少一直到现在，身体指标都正常。"

震惊过后，徐望突然发现他忽略了一件更重要的事，比范佩阳大胆的想法重要得多得多的事："所以……"他看向范佩阳，"你放弃了一百万的情报，放弃了离开的机会，甚至用了一个可以实现很多事的愿望，就换他进来，换他身体健康？"

范佩阳淡淡地问："不值吗？"

"值。"徐望毫不犹豫。不仅值，而且让人动容。他用泛起了雾的眼睛寻找吴笙，眨巴的眼睛里全是一个问题：感不感人？就问你感不感人？！

吴笙："……"

感不感人等会儿再说，他必须把那个嘚瑟的范佩阳压制了，不然让徐望这么感动下去，自己这边的故事就彻底黯淡了。那句话怎么说来着，人比人得死，货比货得扔。范佩阳这就是上门挑衅！

"其实我们分开了十年，"吴笙拿杯喝一口水，开启回忆模式，"这十年我一直在国外，后来回国就是想找他，结果现实里还没见上，就直接在关卡里见到了。"

唐凛没想到这中间还有十年的错过，顿时也很感慨："你们是高中同学，中间分开十年，还能在关卡里遇见，真是很难得的缘分。"

吴笙却摇头："不是缘分，如果我没有回来找他，如果不是和他在同一个城市，甚至区域都离得很近，可能就不会被一起选中进入鸮。"

唐凛："……"如果他这时候还听不出对方的言外之意，这些年的人生就白过了。

"我们一起创业的，"范总说得云淡风轻，但插入聊天的姿态很强势，"很多年前就一起白手起家，一直到现在，最好和最坏的日子都在一起。"

唐凛："……"为什么突然说这个？

吴笙："我们高中三年，同吃同住。"

徐望："……"这是什么见鬼的胜负欲？！

范佩阳："我现在和他住在一起。"

吴笙："我现在也和他住在一起。"

范佩阳："我们曾经是最好的朋友。"

吴笙："我们现在也是最好的朋友。"

范佩阳："……"

对战结束，范总，卒。

最后，这场四人会面以唐凛把范佩阳拖走而告终。

不拖不行，不拖范总能换一百零八种方式再战吴笙，不胜不休。

想返回关卡要等午夜零点，时间还没到，唐凛便让单云松送他俩回别墅。至于公司那边，既然已经全权托管，就没必要露面造成不必要的猜测和影响。

将两个老总送到，单云松就撤了，从头到尾一句话都没多问。

空置许久的别墅竟还窗明几净，冰箱里也塞得满满的，除了方便食品、罐头这些可以长期保存的，居然还让唐凛找到了一点儿新鲜蔬菜和水果。

"把备用钥匙交给单特助果然是明智选择。"唐凛关上冰箱门，拿着找到的一小盒香草冰激凌返回客厅。

范佩阳还坐在沙发里，进门脱掉外套之后他就坐在那儿，倒没板着脸，微微向后靠，像在看天花板，但眼神很远。他偶尔会这样放空，为了让长时间不停歇的大脑获得片刻休息。唐凛对此也很习惯。但就是因为习惯，他可以轻易分辨出"放空"和"假装放空其实我在闷闷不乐"之间的区别。

范佩阳情绪很低落，唐凛感觉得到。这种低落不是真的因为和吴笙逞口舌之快输了，是因为他原本也可以理直气壮地说他们现在是最好的朋友，而不是曾经……呃，虽然也不是多健康的关系就是了。

轻声叹口气，唐凛将小小的冰激凌盒贴到范佩阳脸上。

突来的冰凉让范佩阳一怔，转过头来。

唐凛站在客厅柔和的灯光里，比范佩阳回来这一路上不断想起的过往记忆中的每一个唐凛都更真实，更鲜活，更漂亮。但是这个唐凛不会主动和他亲近，只会拿一盒小孩子吃的玩意儿冰他的脸，还企图用微笑进行迷惑。

"香草口味，吃吗？"

范佩阳想都没想："我从来不吃这种东西。"

好吧，白献殷勤了。唐凛收回冰激凌，坐到范佩阳对面的沙发里。本来希望冰激凌能给范总沮丧的心情带来一点儿甜，现在只能自己享受了。他揭开冰激凌盖子，挖一小勺送进嘴里，丝丝凉意里透着奶香和香草气息，先前在樊先生别墅被搅乱的大脑在舌尖的微凉里渐渐平静下来。

刚挖第二勺，对面的范佩阳突然起身。

唐凛不明所以地看他。

范佩阳绕过茶几，来到唐凛这边径自坐下，而且非常近。

唐凛吓了一跳，还以为范佩阳又要像车里那样搞突然袭击。可是没有，范佩阳紧挨着他坐下之后，就稳稳当当坐着了。

唐凛彻底茫然了。这么大房子，这么宽敞的客厅，这么多组沙发，非和自己挤一个？行，就算想和自己坐同一边，也不用挨这么近吧……等一下。唐凛脑海里闪过之前的四人会面，吴笙和徐望好像从头到尾就是靠这么近坐着的，所以范总这是受到了"成功人士"的启发？

还没等唐凛想出所以然来，拿着冰激凌勺的手腕就被人握住了。范佩阳就着唐凛的手，吃掉第二勺冰激凌，然后眉头立刻皱成了喀斯特地貌："这么甜，你怎么吃的？"

唐凛："……"所以到底为什么要坐过来抢他的冰激凌啊？！

虽然满脸写着拒绝，但在唐凛把冰激凌吃完的整个过程里，范总又很勉强地如法炮制，吃了三口。

一小盒冰激凌才几口，唐凛看着被挖空的冰激凌盒，陷入沉思——范佩阳到底是勉为其难还是口嫌体直？

范佩阳一连喝了两杯水，才把那股甜腻的味道压下去。唐凛喜欢吃甜食这事儿，他以前不理解，现在也不能理解——刚住到一起的时候，唐凛吃甜食总要让他也尝，被他一连拒绝了大概七八次后，就再没提过。这应该是很久之前的事了，久到在今天唐凛把冰激凌递过来的时候，他都忘了对方喜欢。

清水冲散了甜腻，却留下了香草味，淡淡的，温柔的，像唐凛。

范佩阳静静品味了一下，觉得好像也还不赖。关于甜食好不好吃的事，他可能要重新评估一下了。

午夜零点，紫色光晕旋涡将两人带回 3/10 集结区，9087，唐凛的房间。

他们是从这里离开的，自然也在这里返回。

失重感散去，视野才刚刚重新清晰，两人就听见了各自手臂传来的提示音。

"叮——"

"叮——"

一共两条信息。

小抄纸："即日起，所有闯关口永久性开放。满足关卡相应条件即可进入闯关口，进入闯关口的总人数/队伍无限制；完成关卡考核即可通关，通关总人数/队伍无限制。欢

第七章 关卡巨变
GUAN QIA JU BIAN

迎随时闯关。"

小抄纸："单调的战场已成昨日，热闹的嘉年华正在欢歌。战斗吧！层层关卡铺就回家的路，第十关尽头等待你的，除了财富，还有自由！"

唐凛低头看着手臂，久久不言。第二条绝对是他进入关卡世界以来，收到的最有蛊惑性的信息。

虽然这里的很多闯关者都抱着"闯过所有关卡就能回家"的信念，但据他了解到的情况，像此刻这样由鸮发出的明确保证，此前从未出现过。倒是不久前的四人会面，徐望提过一句，曾在和Bug鸮的沟通中被对方告知，通过全部关卡就能回家。但这是通过Bug透露的信息，和通过正常运行的鸮发出的"小抄纸"完全是两个性质，就像一个是内部文件，一个是官方公告。

而且这则"公告"还多透露了一个奖励——财富。也就是说，只要闯关者能闯到最后，就要钱有钱，要自由有自由。健康可以通过治疗室搞定，从水世界酒店和3/10集结区都有治疗室来看，很大概率每过一关就可以迎来新的治疗室，那剩下闯关者们想要的，不就是"小抄纸"里的那两样？钱在关卡世界里没用，但拿着钱回家一举实现财务、人身双自由，你要不要？字里行间，就差写明"我在诱惑你闯关"了。

这时候再看上面的第一条，所有闯关口永久性开放……唐凛不寒而栗，仿佛看见一个个深渊已经打开，等着抵不住诱惑的人往下跳。

"信息时间是这里的十点，"范佩阳先抬起了头，"两个小时前的。"

唐凛看见了。这意味着闯关口在他们返回这里之前就已经全部开启："你怎么想？"

"玩法变了，"范佩阳一针见血，"前十三关关闭，不会再有新人进来，他们需要新规则来刺激那些本来不想闯关的人。"

"但这样只会加速闯关者的消耗。"唐凛说，"之前地下城闯关口的人数限制，很明显是为了从源头限流闯关者的消耗，各闯关口不定期开放，也是为了让闯关者的流动速度更慢，为什么前面关卡关闭了，规则导向就变了？"

四目相对，两个人几乎同时有了预感。如果规则只是关卡世界这座冰山露在水面上可见的那1%，恐怕水面下不可见的99%，也已经随着这1%一起天翻地覆。

"组长组长，我是南歌，我和竹子还有越胖胖在门外，收到请回复。"

耳内突然传来自家队友无比正规的军事化呼唤，唐凛一时不知该抚额还是该感动——这么一呼叫，真是完全没有惊悚感了，还莫名地带一些使命感，南歌为了不吓到他这个组长还真是用心良苦。

开门，三个伙伴果然就在外面。

唐凛蹙眉："不是说了，不用特意等我们。"

零点返回是固定的，所以走之前他特意叮嘱自家队友该休息休息，不用等门。

"回去了也睡不着。"郑落竹往楼下瞥一眼，"都这样。"

楼下大厅热闹得像菜市场。一大部分闯关者聚在闯关口，在不越雷池半步的前提下，抻脖子往外望，有前面看完的撤了，就有后面想看的补上，也不知道夜色朦胧能看出什么。还有更多的人在走来走去，在交换信息，在相互讨论。

忐忑、焦灼、按捺不住的好奇，还有来自直觉的恐惧，这些复杂的心情交织成一张厚厚的网，罩住了这个深夜的集结区。

"霍栩呢？"唐凛左看右看，没看见自家新组员。

"他想得开，"丛越羡慕嫉妒恨，"早早回自己屋里睡觉了，心态超佛系。"

"他要佛系我都能升天了，"郑落竹无语，"他那是社交障碍，所以破罐儿破摔。"

"查到什么了吗？"唯一还记得正事的南歌问唐凛和范佩阳，"前十三关到底什么情况？"

范佩阳："一个叫徐望的召集了十三支队伍，合力关闭了前十三关。"

唐凛："……"吴笙果然不配有姓名。

"南歌，"唐凛说，"叫霍栩过来开会，午夜座谈会。"

南歌嫣然一笑，带着调皮："明白，保证把人叫来。"

眼看漂亮姐姐背过身走向阴暗角落，郑落竹和丛越对视一眼，忽然有点儿同情即将接到"午夜凶铃"的霍栩。

唐凛忽然又把南歌叫住："先等等。"

南歌一愣，回头："不叫他了？"

"叫，"唐凛说，"不光叫他，还要叫集结区的所有人。"

南歌："……都来开VIP的会？"

"霍栩来开会，"唐凛说，"其他人在自己房间看直播。你就和他们说，把投屏调到9087房间，VIP有关卡情报共享。"

十分钟后，霍栩顶着一脸暴躁进入9087。

二十分钟后，集结区近半数房间将投屏调到了9087，不过其中的绝大部分人都认为VIP吃饱了闲的搞噱头，带着批判的目光看看他们到底作什么妖。

三十分钟后，还有一小部分闯关者坚持在外游荡，对于VIP的可疑召唤不予理睬，但时不时还会抬头望望各楼层走廊，看看那一扇扇紧闭的房门后有没有好事者中场休息，跑出来吐槽直播观后感。

没有。整整一个小时，所有最终选择回房看直播的闯关者都没再挪过地方，连口渴都忍着不去拿水，以免漏掉任何细节。

唐凛把得来的全部信息原原本本传达给了自家伙伴，也分享给了所有正在看投屏的闯关者。但有关隐私的部分，比如吴笙和徐望的关系、自己是被范佩阳通过许愿屋带进来的，还有范总和吴笙幼稚的PK一类……嗯，都作为"没必要的部分"被唐凛略过。

然而仅仅是讲出来的这些信息量已经够大了，VIP伙伴和投屏前的众闯关者都需要时间消化。

"十年前，怎么好像每件事都指向十年前？"南歌脑子乱得厉害，"地下城不再进女人也是十年前，十年前到底发生了什么？"

郑落竹也蒙："前十三关关闭，导致了现在闯关口全开，我信，时间点根本是无缝衔接。但这个因果关系我想不通，为什么前面关闭了，后面闯关就不限制了？"

丛越只觉得最近的两条"小抄纸"可疑，听完组长补全的背景信息后，更可疑："'随时可以闯关'分明就是巨坑吧，出了闯关口就尸骨无存的那种！"

霍栩不耐烦地皱眉："我是来闯关的，不是来破案的，说了那么多废话，你们到底闯不闯？"

"闯。"这点唐凛没犹豫。也许答案在外面，也许一直闯到最后，他们也窥探不到关卡世界全貌。但往前闯，才有希望去靠近他们想要的，不管是自由还是真相。

抬头，他对着斜上方，像是能透过那里，看见所有投屏前的闯关者："这就是我们掌握的全部信息，希望对你们有用。"

1704房间，周云徽坐在地上，背靠沙发一角，静静看着投屏，若有所思。

5072房间，崔战丢掉喝空的啤酒罐，起身去找十社集结区负责人，重新调整闯关计划。

1148房间，何律平复了内心的波动，继续回训练室夜训。

1999房间，白路斜关掉投屏，睡觉。

1530房间——

和尚："VIP那个胖子说得有道理，现在闯关口全开就是陷阱。"

全麦："知道是陷阱，你跳不跳？"

五五分："跳啊。每天一出去就看见大开的闯关口在招手，你能忍住？"

探花："跳是要跳的，但我们得用一个比较稳妥的姿势。"

关岚："莱昂。"

莱昂："嗯？"

关岚："从头到尾都是唐凛在讲，你为什么一直盯着VIP的其他组员？"

莱昂："……"

VIP直播之夜过后，闯关口真的像"小抄纸"所言，再没有关闭过。它就像一个潘多拉魔盒，静静地在集结区尽头敞开着，引诱着你纵身投入。

明知危险，别无选择。

二十多天后，天刚蒙蒙亮，就像约好似的，十几支队伍聚在闯关口，只等太阳升起，便投入这片未知的大陆。

VIP就在其中。

4

晨曦渐起，黑夜和白天即将完成最后的交替。有风从敞开的闯关口吹进来，微凉，静谧，像无声的邀请。十几支队伍在下面等待天色全亮，更多的人在上面等着看他们出发。

探索者这次没有参与。三楼走廊上，郁飞倚着栏杆，低头把所有队伍清点了一遍：VIP、甜甜圈、孔明灯、铁血营、十社、白组、还乡团、步步高升、莲花……总计十六支队伍，全部来自不同组织。换句话说，无论组织规模大小，无一例外都只派出了一队。

"还以为五大势力会搞人海战术。"他对旁边的黑口罩说。

旁边的人淡淡地说："今天这拨儿都是探路的，你会用主力部队探路？"

"所以今天这些都是被各组拿出来牺牲的？"郁飞眼睛扫过那些或熟悉或陌生的面孔，待到看见VIP时停住了。呃，这队肯定不算"被牺牲的马前卒"，他们组织总共才六个人，还有一个是后来好不容易凑上的。

"凡事分两面吧，"黑口罩说，"你仔细看，下面有不少人是互相认识的。"

不用仔细看，扫一眼就能看见好几队在互相交谈，还有一些明显已经熟悉到可以互相Diss（Hip Hop文化，指互怼）了，正在那儿相爱相杀，连文具树都酝酿起来了。

但这些在郁飞看来很正常："在集结区一待就是几个月，想不认识都难。"

黑口罩："还真不是。西北说和VIP同一批通关进集结区的那帮人，基本都在这次的队伍里。孔明灯、铁血营、十社的领队，以及甜甜圈今天这队全六人，更是从地下城开始就和VIP同步闯关，一路闯到这里。"

西北是探索者在集结区的负责人。郁飞和他交流不多，地下城那时候又无心去关注其他闯关者，所以听见黑口罩说的这些信息有些愕然，第一反应是唐漂私下召集了大家，但很快又否定了。五大势力不可能因为自家组员过来说"我和VIP熟，我要和他们一起闯关"，就二话不说一路亮绿灯。

凡事分两面吗……郁飞想起了黑口罩刚刚说过的话，有点儿明白内中乾坤了。

对于五大势力来说，刚进集结区这拨儿是新人，新人探路，他们自然乐见其成。而对于这些人来说，知道VIP要闯关，可能也给了他们一个"启动"的信号，反正迟早都要闯，那就熟人往一起凑凑，未必非要在关卡里互相照应什么的，仅仅是一个精神上的陪伴感就够了。

对于即将踏入未知凶险领域的人来说，哪怕熟人是要防备的，防备成本也绝对要比提防一个陌生人低得多。更何况，还有二十多天前那场令人震动的"直播"——震动众闯关者的不仅是唐凛透露的信息，还有唐凛竟然愿意将这些信息无偿共享。换郁飞，也想和这样的人一起闯关。

"唐凛……"耳边忽然传来黑口罩的低语。

郁飞一怔："什么？"

"我说唐凛，"黑口罩望着闯关口那个修长的背影，"没能把他招进来，是探索者最大的损失。"

头脑冷静，思维敏捷，善于捕捉信息并有针对性地整理、分析，不会太谨慎，又不会太冒进，永远知道"想要什么"和"以现有条件能要到什么"之间的区别……黑口罩不自觉握紧栏杆。探索者现在不缺盲从献身的狂热分子，最缺的恰恰是唐凛这样的人。

"我能力有限，"郁飞承认自己的失败，但一直想不通，"后来西北让你去游说，你为什么不去？"

黑口罩收回思绪，不着痕迹地松开栏杆上的手："没用。他从一开始，和我们就不是一路人。"

"叮——"

小抄纸："队伍认证成功，可以进入闯关口。"

和煦日光里，十六支队伍一个接着一个通过认证——

VIP：唐凛、范佩阳、郑落竹、南歌、丛越、霍栩。

草莓甜甜圈：关岚、探花、全麦、和尚、莱昂、五五分。

孔明灯：周云徽、老虎、强哥、华子……

十社：崔战、郝斯文……

铁血营：何律……

白组：白路斜……

还乡团：祁桦……

步步高升：佛纹、下山虎、骷髅新娘、江户川……

莲花：清一色、大四喜……

……

除了甜甜圈还是老组员，其余所有一同从3/10闯过来的队伍都或多或少添了新组员。再加上另外七个组织的队伍，浩浩荡荡近百人。熟悉的、陌生的、并肩战斗过的、初次组队的，大家一起走出集结区，走入阳光下的广阔大陆。

迈出这一步没有想象中的难。

闯关口出来不远处就是一条河，河面很宽，湍急的河水向着北方奔腾，抬头可以见到尽头若隐若现的山脉。河上没有桥，也没有码头、渡船。幸而眼下十六支队伍也不需要过河。

"一直沿着河岸往北走，就能到那座山的山脚。"有人打开了"小抄纸"中的地图，河流和4/10终点所在的山脚位置一目了然。

"那就走呗，别在这儿浪费时间了。"

"地图上看着近，你抬头再看看，没五六个小时绝对走不到。"

"如果走五六个小时就能通关，我都想给这一关送面锦旗。"

"同意，不可能就是简单徒步，里面肯定有诈。"

"那你们到底走不走？"

当然要走，只不过不能"裸走"。

各家队伍拥有防御文具树的组员，这时候就派上用场了。防御纷纷打开，一时间琳琅满目，各有特色——

草莓甜甜圈的"琉璃屋"，晶莹剔透。

孔明灯的"安全岛"，稳扎稳打。

铁血营的"墨守成规"，私人订制防御圈，高逼格于无影无形。

VIP的"铁板一圈"……呃，挺好的。

"当啷"，霍栩一脚迈得有点儿猛，踢上了自家铁板，终于忍无可忍，沉默转头盯住郑落竹。

郑落竹瞬间就做好了对战心理准备，只等霍栩先发招。

不料霍栩愣是生生盯了他好几秒之后，才说："你操控文具树有延迟吗，连行走速度都跟不上？"

郑落竹眯起眼，深深打量他半晌："你和我说实话，刚才是不是想喊我名字再吐槽，结果半天没想起来只能放弃？"

霍栩："……"

"你叫他竹子就行。"南歌在旁边乐，给被戳中痛处的小伙伴解围，"那边是越胖胖、组长、范总，你就这么叫，比名字好记，还比喊名字亲切。"

霍栩也斜她一眼，态度毫不客气："怎么喊你？"

南歌比他更不客气："喊姐。"

霍栩："……"

对待熊孩子，就不能惯。

丛越亦步亦趋地在三人后边跟着，随时准备万一一言不合大打出手，他好先来个"静止键"，为组长接下来的"调解"争取时间。

唐凛看着"团结有爱"的四个伙伴，很欣慰。

范佩阳看看四周，第一次感受到了关卡世界的"真实"。

他们正在走的河左岸一片平坦，右岸放眼望去是大片森林，如果地图标记没错的话，这片森林会一直覆盖到山脚。而左岸，如果他们一直前行，就将遇见沼泽和沙漠。但因为河岸两旁一直有路，所以只要他们不远离河岸，这些地形不会对他们造成太大影响。

这是一片真正的陆地，没有地下城的破败末世感，没有水世界的光怪陆离，也没有无人孤岛说变就变的诡异气候。他们就像一队普通的旅人，正沿着事先画好的路线行进。

半小时后，几乎所有赶路的队伍都停止了文具树防护，因为对闯关者的消耗太大，而且整整三十分钟，他们没遇见任何危机，没看到任何敌人。

两小时后，大部队进入了一个相对稳定的前进状态。有个别像十社组长崔跑跑那样想利用文具树给自己加速的，也在众人鄙视的目光中打消了念头。

五小时后，山脚就在眼前。十六队，九十六人，就这样沿着蜿蜒的河岸足足走了半天，更重要的是他们走到了，一路上真的什么都没发生。

"就这么过关了？"丛越看着前方最多还有两百米远的山脚，有点儿不敢相信幸福来得这么容易。

"竹子，"唐凛警惕道，"用'铁板'。"

郑落竹立刻照做，迅速操控铁板护住自家队伍，然后才问："组长，你发现什么了？"

"没有，"唐凛说，"但就是这样才不对。再简单的关卡，也要有内容才能称之为关卡，4/10如果是一张白纸，凭什么成为4/10？"

大部队另一边的草莓甜甜圈也在讨论相同的问题。

和尚："说不定是奖励呢，奖励我们敢于迈出规则改变后的第一步。"

全麦："仔细想想，走满五个小时也算一种考验吧，我脚底板都走疼了。"

探花："是的，大音希声，大象无形，越是好的关卡，越有一种缥缈宏远的意境，不能用那些庸俗的具象化的关卡来做比较。"

"我就佩服你头脑简单，你盲目乐观，你睁眼说瞎话。"五五分把仨队友挨个抨击一遍，透过额前的微卷发丝眼望山脚，忧郁叹息，"这是暴风雨前的宁静，灭顶之灾前的温馨，看着吧，最后这两百米绝对是无间地狱。"

关岚让这帮家伙吵得脑壳疼，剥开一颗薄荷硬糖丢进嘴里，仰起脖子问身旁的莱昂："发现什么了？"

虽然莱昂一贯沉默，但如果他沉默的时候眼神变冷了，那就是感知到了危险。

"有一种说不上来的……"莱昂左右寻找，却始终无法锁定，"熟悉气息。"

熟悉？还没等关岚想明白，大部队前方突然乱起来了。

打头阵的两个组织中，有人见山脚就在眼前，竟然瞬间提速开始冲刺。这一变故带来了连锁反应，有同队组员想拉住他们没拉住，只能在后面追着喊"别冲动"，旁边的其他队伍被干扰，也不自觉跑起来。

代表关卡终点的山脚就在前方一百多米了，走的话至少还要一分钟，可跑的话只要十几秒。通关＝安全，这个认知带来的诱惑，足以让人在面对近在眼前的终点线时奋力一搏冲一把。如果真有危险，十几秒的危险至少比一分钟的危险要幸存率更高。

"咻——"

细微的划破空气的声音，瞬间淹没在大部队凌乱的脚步声里。但是关岚听见了，那是类似消音狙击枪的声响。他也很诧异自己竟然可以捕捉到这么隐秘的动静，直到下一秒。

"扑通——"

旁边另外一个队伍中，有人应声倒地。

整个后半部分的队伍都因为这突来的致命攻击停在了原地，防御性文具树纷纷重新用上了。

前半部分冲刺的人已经到山脚了，可任凭他们怎么拍打山体岩石，怎么按照地图去踩最精准的终点坐标，也没得到想要的"恭喜你通关"提示。直到这时，他们才发现后方的异动，一个个回过头来。

死的是白组的一个组员。他的队伍离草莓甜甜圈很近，所以就仰面倒在关岚脚边，双眼圆睁，嘴巴微张，保持着死前最后一刻的惊愕——眉心一点红，弹孔小得几乎难以察觉。

关岚咬碎了薄荷硬糖。这是擦着他颊边过去的子弹，他当然听得见。莱昂说的"熟悉气息"，他现在懂了。

重重文具树的防御依然无法消除众闯关者的紧张。那个组员不是跑在最前面的，也不是落在最后面的，他就处在大部队中一个毫无特点的位置，为什么死的是他？还有，攻击者在哪儿？为什么那些已经到了山脚的人不能通关？4/10究竟是什么样的考核？！一个又一个的问题快把众闯关者的神经绷到极限了。他们不惧怕战斗,敢出集结区,就已经做好了战斗准备,但至少要告诉他们游戏规则啊!

"叮!"

九十五个提示音一齐响起,震耳欲聋。

小抄纸:"欢迎来到4/10,狩猎者游戏。在这片狩猎区里,你是已经被标记了归属的猎物,拥有你所属权的猎人正在暗处窥视着你,想活命,就快逃。不过如果想通关,那就去把你的猎人找出来,让他们带你到山脚!友情提示:猎人可不会乖乖配合哦。"

5

索贝克是4/10唯一的守关人。

该关卡原本是有两位守关人的,但分别在一年前和七个月前相继因身体原因被批准调离,于是当第二位也离岗后,原本专心在守关人休息区负责后勤工作的他被调来顶了缺,不光接任岗位,还接了"索贝克"这个代号。

当守关人根本不是索贝克的志向,他的理想国度就在后厨,食物是他的天使,食谱是他的圣经,烹饪就是他通往人生巅峰的路。但上命难违,他没得选。

好在经历了二百一十三天的煎熬后,他守得云开见月明。试炼区运营方向彻底更改,原本的守关人在给新进驻的运营团队完成工作交接后集体迁升,职位变成"运营顾问",今天起,工作场所也从各关卡换成了宽敞明亮的顾问室。

顾问室是新建成的,占地面积大,空间分区合理,工作区、休息区、运动区、娱乐区一应俱全,几十个前守关人简直能在这里颐养天年。

索贝克很开心,今早一来,就欢天喜地地扎进休息区的豪华厨房,徜徉在快乐的食谱里。

但其他顾问们好像不这样想。

"分明就是彻底架空!"潘恩抱着双臂堵在小厨房门口,已经愤愤不平骂了半小时,"看我们交接完了,就迫不及待地把我们踢走!"

"主人,你的蛋糕好了哟。"烤箱不合时宜地发出到时提醒,语音还是索贝克特意选的顽皮快乐风。

索贝克把满满一烤盘金灿灿的南瓜纸杯蛋糕取出来,深深吸一口浓郁香气,成就感爆棚。

潘恩气得脸快和头发一样红了:"你还有心情烤蛋糕?!"

"上面下令了,我们有什么办法。"索贝克端着烤盘走到门口,"让让。"

潘恩赌气，索性把脚一横蹬在门框上："我不！"

索贝克哭笑不得："你和我控诉也没用呀。"

"哎哎，什么玩意儿这么香？"

一个粗犷的声音由远及近，是原 5/10 的守关人。他来到厨房门口一看，乐了，立马伸胳膊越过潘恩的肩膀，拿了个金黄小蛋糕，撕开纸杯，一口吃掉。蛋糕下肚，守关人的眼睛都亮了："索贝克，你绝对是被守关耽误了！"

潘恩心绞痛，咣地用力踹一脚门框，转身离开，再不想多看这俩没心没肺的家伙一眼！

不想他前脚回了工作区，索贝克后脚就把蛋糕端了过来。但工作区的众人就没 5/10 守关人那么好心情了，数十块投屏照着数十个意兴阑珊的人，他们坐没坐样，站没站样，跟霜降后的菜园子似的。

"我就说他肯定在厨房。"得摩斯有气无力地趴在桌上，金色头发垂下来，挡住了漂亮的眼。

"行，你最厉害。"希芙一边敷衍着称赞，一边问，"索贝克，4/10 以前具体是什么规则？"

一个问题，把所有人的注意力都吸引过来了。

索贝克发现自己一下子成了整个工作区的目光焦点。显然大家对他的前工作内容，比对他刚刚用心烤制的纸杯蛋糕更关注。

这也不意外。今天是调岗的第一天，大家多少都还有些不适应，加上其他关卡都没动静，就 4/10 有闯关者出动了，还一出就是十六支队伍，也难怪大家好奇。

以前各关卡之间相互独立，上面也一直要求各关卡守关人之间不要就工作内容进行过多交流，所以大家对别人的关卡最多只了解一个大概，具体细则一概不知，有些不愿意打听的，可能连轮廓都不清楚。但现在，大家都被打发到了同一个工作区，当同一批运营顾问，各关卡景象、闯关画面通过眼前这密密麻麻的投屏实时传送，交流上自然也就不存在约束了。

把烤盘放到旁边闲置的桌子上，索贝克毫无保留地给同事们解惑："4/10 关卡主要考核的是闯关者的侦察与反侦察力。作为守关人，工作内容是藏在暗处，用适当的方法让闯关者们分散，再逐一击破。而作为闯关者，他们要做的是尽量避开守关人的追踪和攻击，同时又要反追踪到守关人。"

"这就行了？"维达离闲置的那张桌子最近，没忍住诱惑，伸手拿了个纸杯蛋糕。

"这只是第一步。"索贝克说，"'小抄纸'会明确地告诉闯关者规则，即找出藏在暗处的守关人，让他带领你去关卡终点所在的山脚。"

"你还要带他们通关？"一个 6/10 守关人听得直皱眉，"找到你，你就给带路？"

"不是的，"索贝克解释，"4/10的通关条件总结下来其实有两个：一、找到我；二、用实力获得我的认可，我才会带他们去山脚。"

得摩斯微微抬头，终于听见点儿感兴趣的事了："如果他们直接把你绑架到山脚呢？"

"应该也可以吧，毕竟能绑架我，说明实力足够强。"索贝克答得认真，"但我守了七个月，还没有遇见敢绑架我的。"

已经让维达默默帮自己拿了三个小蛋糕的原3/10守关人卡戎，朝投屏上正沿河岸前进的大部队努努下巴，说："我觉得他们敢。"

潘恩干脆直接走到投屏前，啪啪点了大部队中的若干位，没好气道："尤其是这几个。"

索贝克总觉得二位同事是经验之谈，但他也不知道，他也不敢问，只能装傻笑笑："反正敢不敢的，也轮不到我啦，就交给客人们头疼吧。"

全体守关人："……"

空气突然安静。

索贝克咽了下口水，觉得工作区本就低落的气氛以肉眼可见的速度变得更加压抑。

"唉——"好几个人异口同声哀叹。

"无聊啊——"又好几个人异口同声哀号。

索贝克理解大家的心情。工作待遇没变，甚至有些还提高了，可工作内容消失了，等于从充满乐趣的战斗第一线被迫提前进入退休生活，这些活力满满的同事当然会觉得无聊。

投屏里传来凌乱的脚步声，是大部队打头的一些人开始朝山脚奔跑了。

众人百无聊赖，有一搭没一搭地聊着——

"一群蠢货，还不知道规则吧。"

"鸦系统就该这样，先把他们玩儿得团团转，再点破规则。"

"恶趣味。"

"话说回来，那些贵——客——在哪儿呢？"

刻意拉长的讽刺语调，是很多守关人对影响他们职业生涯的"贵客们"最直接的态度呈现。要没这些家伙吃饱了撑的过来玩，试炼区转型计划绝对不会这么快成型。

"看不见。"一个老资格的8/10守关人说，"人家是花钱来玩儿的，能让你们一个个盯着吗，除非他们和闯关者同框，才能出现在画面里。"

"扑通——"

闯关者中，有人倒地死了。

整个大部队的后半部都因此停下来，防御性文具树一个接一个启动，原本嘈杂的空气一瞬死寂。

投屏前工作区的空气，也因为这突来的变故而凝住。有人将投屏特写拉近，看了一眼，摇头："没救，死得透透的。"

"叮——"闯关者们收到关卡规则。

守关人们也看到了"小抄纸"的内容，有些意外。

5/10："基本和索贝克说的一样嘛，就是换了点儿花哨的说辞。"

得摩斯："狩猎者游戏？谁起的名字，好土。"

7/10："上次开会就说了，鸮系统本身的考核规则不变，变的是我们原来把控的那部分。"

另一个7/10："我们的原则是实力够了就给通关，贵客们没这个要求吧？"

维达："肯定没有，估计就是看心情。"

6/10："啧，以后闯关就不是拼实力了，得看命运啊。"

8/10："你唤起了我少得可怜的同情心。"

潘恩："这次是来六个客人吧？"

希芙："听说是。"

6/10："那一个人就有十六只虫子，还行，能玩儿上一阵子。"

8/10："未必，要都像这个这么玩儿，分分钟碾死一串。"

5/10："花钱就是好啊，什么限制都没有。"

另一个3/10："这个潘恩最有发言权，听说他上次对一个闯关者释放能力了，是吧潘恩？后来被罚得酸爽不？"

潘恩："滚！"

同事们议论纷纷，南瓜纸杯蛋糕也一个接一个被拿走了，烤盘很快空下来，只剩一个孤零零地躺在角落。

索贝克拿起仅剩的一个，四下环顾，想看谁还没吃到。然后他就看见了角落里的那个沉静的男人——五官俊朗，身体线条优美有力，只需要安安静静坐在那里，就有一种特殊的古典气质。

1/10 守关人，提尔。

索贝克还没和他说过话，因为听说他是个独来独往的人，也只有得摩斯算得上和他熟悉，所以从前在休息区看见，索贝克也没好意思打招呼。但是今天，他莫名想和这个人说话。不是因为大家都在一个工作区了，而是刚才那么多的聊天，那么多的讨论，这人自始至终都安静地看着投屏，独特的气场仿佛形成了一个看不见的罩子，将他和周围的嘈杂彻底隔绝。

索贝克走过去，将最后一个南瓜纸杯蛋糕递给他："尝尝我的手艺。"

提尔没防备，把目光从投屏转到递到面前的纸杯蛋糕上，怔了几秒，才接："谢谢。"

索贝克还想继续和他说话，可又不知道该聊什么，站在那里一时有些尴尬。

提尔见他没走，略一思索，懂了，立刻尝一口蛋糕，然后礼貌地朝他笑一下："很好吃。"

索贝克："……"他敢发誓，对方连是咸是甜都没尝出来。

"你好像不太高兴。"索贝克也不搜肠刮肚找话题了，直接道出自己的感觉。

提尔愣住了，过了会儿，有些抱歉地笑笑，笑意很淡，转瞬就散了："突然被调职，谁都不会开心。"

"不是的。被调职的不开心应该是像潘恩那样抱怨，像得摩斯那样无聊，像大家那样聚在一起对新模式吐槽……"索贝克觉得自己一定哪根筋搭错了，明明对方表现出了明显的疏离和敷衍，在用标准的礼貌来试图结束话题，可他偏偏要对人家滔滔不绝，试图证明"你不开心"。关键他和这位同事还根本不熟……

"我觉得不对。"提尔的声音打断了索贝克混乱的思绪。

"啊，什么不对？"他回过神来，却更茫然。

提尔望向投屏："拿他们来娱乐，不对。"

他们，是指闯关者吗？索贝克虽然也不喜欢，但是："他们不过是一些虫子……"

而且有句话他没好意思说，1/10 其实是所有关卡中死亡率最高的。不只关卡内会死亡，地下城里更是每天都有人因为食物短缺、争斗而死去。

"强大也好，弱小也好，每一个生命的死亡都应该有价值。"提尔静静地看着投屏，"地下城里每天会死很多人，可是他们的死，让那些有潜力、值得我们培养的人更突出，这是筛选机制决定的必然要付出的代价……但是现在，"他没看索贝克，只轻轻摇头，"我不知道这些死亡有什么意义。"

索贝克低声道："你刚刚都说了，娱乐。"

提尔嘲讽地勾起嘴角："所以才更荒诞。"

他的侧脸轮廓被投屏的微光笼上一层温柔，可索贝克只觉得难过，哪怕他并没有真的听懂提尔的话。

第八章

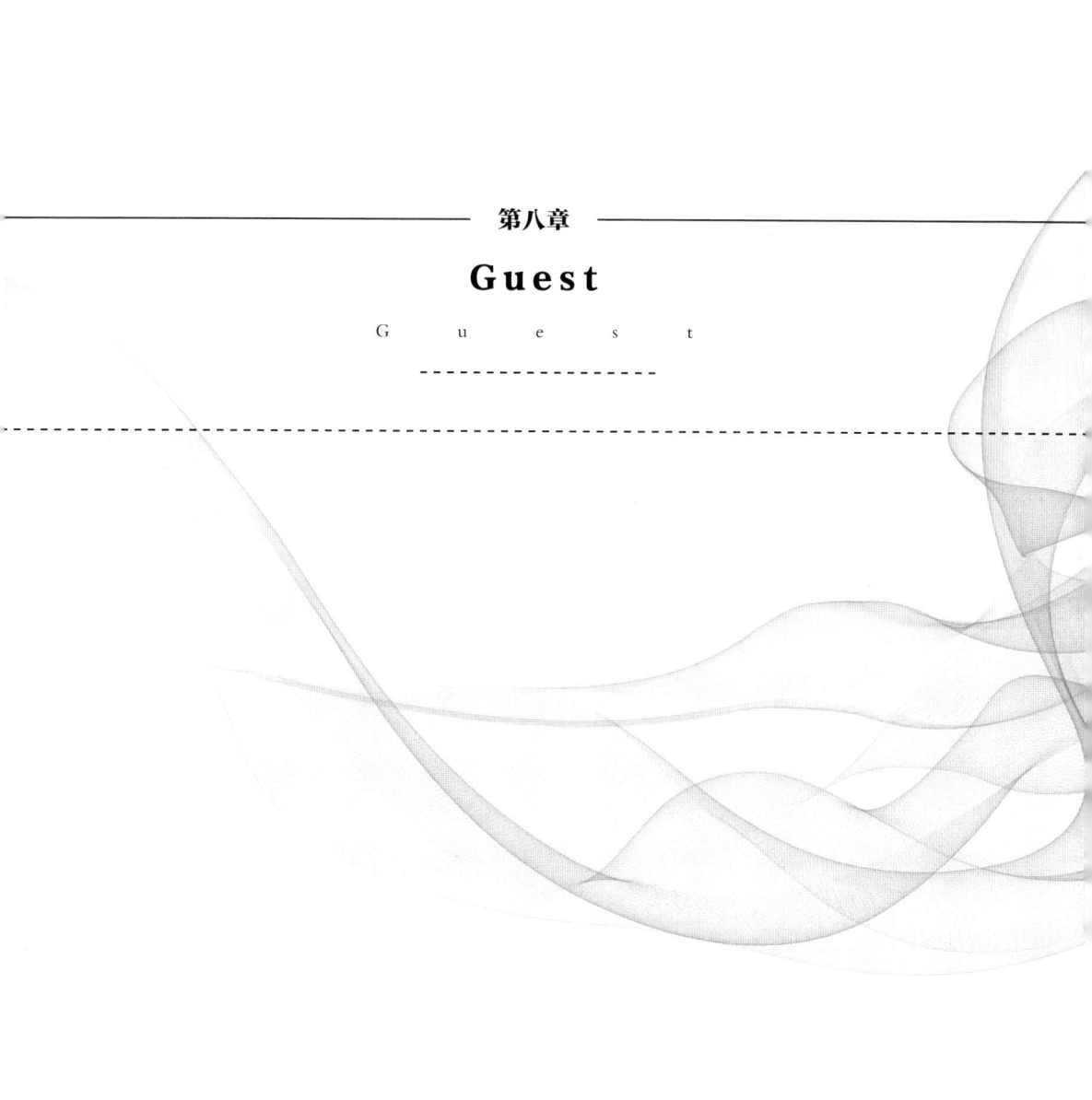

Guest

1

4/10，山脚。

紫光托着尸体升向高空，渐渐成为遥远天际的一个紫色小点，彻底不见。

闯关者们才刚刚知道关卡规则，甚至闯关都没有真正开始，九十六人已经变成了九十五人。

猎人在哪儿？各式各样的文具树防御之下，众闯关者环顾四周飞速寻找着。他们依然在河左岸，再往左，穿越河岸草木后，就是一片沙漠，而河右岸是茫茫森林。

"肯定在那边森林里！"有闯关者已经做了判断，"沙漠里根本没有狙击制高点。"

有人不同意："那也可能在山上啊。"

"在哪儿不重要，重要的是我们现在得赶紧找掩体！"铁血营组员一声吼。

这话说到很多人心坎里了："再傻站在这儿真就要被打成筛子了！"

周围连个遮挡都没有，防御性文具树不可能一直这样全力开着，他们现在就是活靶子。

"我提醒各位一句，"总有众人皆醉我独醒的，"这关的重点不是躲避攻击，是找出自己的猎人，你都跑出猎人攻击范围了，还怎么找人？根本和通关背道而驰嘛。啊什么鬼——"

独醒兄嗷的一嗓子变了调，没有给他的发言保持一个深沉的结尾。

因为他飘浮起来了。

不止他，九十五个闯关者都毫无预警脱离地面，就像突然失去了重力，成了太空飘浮物。大部分离地不算高，也就十几厘米，但一些被这变故弄得紧张的，因为急于落地，一挣扎，反而飘得更高。

"身体放松！"唐凛大声提醒，"越用力越容易失控！"

正在乱扑腾的郑落竹和丛越闻言一秒乖巧，身体终于渐渐取得了一个微妙的平衡，稳定在了离地二十厘米左右。

霍栩因为应激反应过于强烈，已经大头朝下了，听见唐凛提醒，不屑地哼一声，直接招来从空中往下冲的水浪。

旁边好不容易才稳住身形的南歌十分羡慕，她也想拥有能把自己冲回地面，重新脚踏实地的文具树啊……

呃，等等。水浪距离霍栩还有一米远，就开始变成无数个软软的润润的晃来晃去的小水团，跟史莱姆似的，又圆润又Q弹，速度也一下子变得巨慢，颤颤巍巍蠕动着，用能把人急死的迟缓飘飘摇摇到了霍栩面前，然后就没有然后了——水，也在失重！

大头朝下飘浮在那儿的霍栩依然冷酷脸，但就是让人觉得莫名心酸。

南歌收回目光，假装是什么都没看见的无辜路人。

"啾啾——"

又是狙击，一连两声。瞄准的正是因为突如其来的失重，而中断了文具树防护的某支队伍。

不过旁边的莱昂眼疾手快，抬手一个"高级狙击者Ⅱ"过去，二连击的空气子弹和真实子弹在空中砰地撞到一起，硝烟四散。没防护的那支队伍躲过一劫，但这两枪足以浇灭大部队的最后一丝侥幸心理。

"别磨蹭了，赶紧跑吧，命都没了你找个屁猎人——"

这话没毛病。先和猎人拉开距离，脱离他的追踪，再反过来想办法从暗处追踪到对方，这才是最科学的路，但是——

"失重了怎么跑，你见过在太空狂奔的？！"

众闯关者现在维持自身平衡都费劲，跑更是没可能，因为奔跑需要着力点，而这恰恰是他们现在最缺的。九十五个人现在就像水族箱里的水母……不，水母还能靠体内喷水的推力前进呢，他们连水母都不如。

"对对碰，"莲花那边的清一色突然灵光一闪，朝自家队友大喊，"用'一路顺风'！"

失重的闯关者们一脸茫然：那是啥？

对对碰捂着自己摇摇欲坠的眼镜，艰难维持着身体平衡，回应自家伙伴："怎么吹？"

吹？

清一色："直接吹！"

对对碰："这么多人，我没办法控制落点。"

清一色："只要不是这里就行，当务之急是把我们卷出狙击范围，越远越好。"

卷？众闯关者有种不好的预感……

"呼——"狂风大起，一瞬间将失重的九十多号人卷起，飞上天，和太阳肩并肩。

这是一路顺风？这是夺命龙卷风！

失控龙卷风里，被裹挟着的众闯关者只觉得天旋地转，眼睛根本睁不开，更不知道自己要被吹去哪儿。但同时心里又有些震惊，队伍里竟然有这样强大的文具树，可以同时卷起近百人，如果这不是帮大家逃走，而是闯关者之间PK，这文具树一出，根本无敌啊！

"咻咻咻——"

"咻咻咻咻——"

暗处的狙击者显然看出他们要跑，射向狂风中的子弹越发密集。

子弹遇风虽然会有偏离，可强悍的力道还是让它穿透风的屏障，射进众人之中，短短一两秒，已经有好几个人中弹受伤。

受伤者顶着狂风，艰难开口大吼："对……对什么来着，你让风速再快点儿！"

"对对碰！"眼镜同学好心重申了自己的姓名，因为对自己的文具树已经很熟悉，所以他算是唯一在风中比较适应的，"没办法再快了。"这是他目前能操控的最强风力了。

一问一答间，龙卷风又沿着河岸往回卷了数十米。

风内被卷得晕头转向的闯关者们不清楚方向，但对对碰心里有数，他们原本在山脚，前路都被山挡住了，狙击者肯定就在附近，那他只能带着大家往回跑，才可以尽快逃出狙击范围，而且他们刚刚走了五个小时的这一路沿途广阔，到时候想找掩体还是想打游击战、反追踪，都有施展空间。

短短七八秒，对于逃命中的闯关者来说，已经很漫长了。密集的枪声被甩到身后，风内再没有人受伤，虽不敢说彻底脱离了狙击范围，但胜利在望。

而在经过了短暂适应后，战斗经验丰富、身体素质也一流的众人，开始适应被风裹挟的状态，甚至还能分神回忆前事——

"那个对对碰，之前赶路的时候你怎么不用这招呢，要是用了，我们就不用赶路五小时了啊！"

对对碰："不行，我这个只能坚持十秒，用一次就要歇好久好久，长途赶路没用。"

清一色："用一次就要歇好久这种秘密不用说！"

众闯关者："……十秒？"

沿着河流方向往回移动的龙卷风戛然而止，十几米高空中的九十五人集体低头，身下是汹涌的大河。

"……你不早说！！！"

整齐划一的哀号声里，九十五人自由落体，下饺子一样噼里啪啦跌入湍急河水，转瞬便被水浪吞没。

东方，森林。

扛着狙击枪的Guest.001从树上跳下来，轻盈落地，几无声响。他用的是轻型狙击枪，可被他瘦小的身形一衬托，那枪就显得很威武了。

"跑得倒快。"Guest.001显然没尽兴，撇着嘴，锋利的犬齿若隐若现。

又一个人从树上跳下来，稳稳落地——Guest.002。他没Guest.001那么瘦小，身形修长矫健，落地也算轻盈，但依然有明显声响："说好了先让他们分散，谁让你大开杀戒了？"

Guest.001不以为然地笑，比常人尖利得多的犬齿彻底暴露出来，阴森森的："来就是玩儿的，哪儿那么多规矩。"

树下还有四个人，同样是这次的客人，大家并不互通名字，只有最原始的代号——Guest.003、Guest.004、Guest.005、Guest.006。他们喜欢这样，简单、直接，就像回归到了最原始的野蛮大陆，不用在花哨而无用的地方费心。

"规矩多了是烦，但没规矩也不行。"Guest.006看向Guest.001，"希望你至少记住一点，你的猎物随你玩，别人的猎物，你别动。"

Guest.001第一眼看见Guest.006时就很不喜欢，这人西装革履，头发梳得一丝不苟，很少拿正眼看人，傲慢得让人想一口咬断他的动脉。但他们之间不能互相攻击，这是绝对的红线，Guest.001也就只能在脑补里过过干瘾。

事实上，他看不惯的不止Guest.006，还有那个长发飘飘、背着箭筒、自诩高品位的Guest.003。

"1号，我们能在那么多的申请人员里被选中，成为第一批幸运客人，就应该像品极致的美食一样，一点一点地来……"

Guest.001："……"烦谁谁说话，也是服了。

教育完Guest.001，Guest.003从身后的箭筒抽出一支羽箭，搭弓，向森林深处瞄准，却不射，仿佛只是预热预热："他们都散了吗？"

"散了。"答他的是Guest.002，"大部分掉进了河里，估计上岸之后会先找地方躲。"

"那就是要进这片森林喽？"Guest.004跃跃欲试，他魁梧的身材能装下两个半Guest.001。

Guest.006 整理一下西装，抬头："看来我们也该散了。"

Guest.004 左右看看，奇怪道："5 号呢？"

Guest.005 不见了！

什么时候走的？鬼知道。

中部，河岸。

河水湍急，唐凛几次刚要碰到岸又被冲走，好不容易在最后一次紧紧扒住岸上横长过来的一棵小树，才费力地从河里爬出来，伏在岸上大口大口呼吸，头发、衣服全湿透了，周围一个人也没有，回头看河面，也找不到其他闯关者。

有人在他之前就上岸了，有人被冲到别处，还有人被河水吞没之后就再也没有冒头。

范佩阳、郑落竹、南歌、丛越、霍栩……唐凛在心里一个个过着自家伙伴的名字，眉头不自觉地锁紧。

"组长组长，我是南歌，收到请回复，Over。"

唐凛："……"什么时候又擅自加了英文结束语……还有，这种单线联系他怎么回复？！

估计那边也反应过来了，这不是双向沟通文具树，所以很快开始说重点："组长，我现在在森林里，周围有其他队的几个人，但没有我们 VIP 的。我会努力通关，你不用担心我，也别费心来找我们会合，你自己注意安全，全力通关就行，我们终点见。"

唐凛躲到河岸边一簇灌木丛后面，点开"小抄纸"里的地图。按地图显示，整片 4/10 大陆被河流纵向贯穿，北面尽头是山脚，南面尽头是集结区，而按地形分，南部平原，东部森林，西部沼泽，西北部沙漠。

虽然是立体逼真的地图，却除了山脚终点外没有任何标记点，也无法看见自己身处什么位置，所以唐凛只能通过观察周围景物判断，自己正在沙漠区的边缘，抬头就能望到一片沼泽地。

但这是因为他在河岸，有参照物，一旦深入各地形深处，看不见自身位置的地图就成了一张废纸。这也是为什么之前五小时的赶路，他们那么严格地循着河岸走。所以他很担心南歌。沙漠也好，沼泽也好，至少视野开阔，只要全力朝河流的方向奔，总能回到正确的点。可是森林不一样，尤其是那么一大片，茂密深郁，每棵树都长得一样，走着走着一定会迷路。

好在他有准备。这次闯关，唐凛穿的是从购物区新买的野外求生迷彩长裤，防水耐磨，还从上到下都是口袋，彼此独立，数量喜人，随便拉开一个拉链就能塞东西，想放什么就放什么，简直是作战界的九宫格火锅。

唐凛从裤腿上的一个口袋里取出了五样东西——范总的袖扣、南歌的发圈、郑落竹的皮质手绳、丛越的巧克力豆（关键时刻还能补充热量）、霍栩的头发（偷偷揪的）。为了应对这种伙伴分散的情况，他早就留了一手。

不过话说回来，以前他其实没有这么未雨绸缪。唐凛深入思考了一下，可以肯定自己是被某些危机意识过强的人影响的。

静静深呼吸，唐凛让情绪平稳，凝聚心神，启动"狼影追踪"。不过不是只追南歌一个，而是把五个物品都追踪了一遍，每次狼影刚锁定方向，他便切断，换下一个。

狼影奔跑的方向，就是五个伙伴的位置。意外的是，狼影前四次都跑向了东边，只有一次跑向了西偏南方向，那是沼泽的方向——霍栩。

西南，沼泽。

蓄满水分过度泥泞的土壤被湿性植物覆盖，一个个或大或小看着很浅的水窝，不规则地分布在这片土地上。但是千万不要踩，它们能吞没一切。

一棵孤零零的树下，霍栩被截住了。

Guest.002悬浮在半空，俯视着霍栩，同样的失重状态，可以让众闯关者狼狈不堪，也可以让操控者像俯视众生的神："我有十六个猎物，但是第一个，我选了你。"

霍栩冷冷看着他，透着轻蔑，透着桀骜不驯："通关条件，找到猎人，让他带你去山脚。你直接帮我完成了第一条。"

"我不喜欢偷偷摸摸，追踪、反追踪那一套太麻烦了。"Guest.002说。

霍栩咬住手臂上的绷带末端，将其扯得更紧，缠得更牢："正好，我也是。"

2

时间拉回一些。

Guest.002："我要这个。"

Guest.003："我也喜欢这个小可爱，2号你不要和我抢。"

Guest.006："和你抢的恐怕不只是2号。"

Guest.003："6号不是吧，你也来掺和？"

Guest.004："拥有1/10、3/10两枚守关人徽章，2/10没得徽章还是因为把守关人打伤了，遭到其没收徽章的报复，这种猎物大家都想要吧，那就用最简单的方法——猜拳。"

Guest.001："不用算我，我的第一个猎物名额要给那个棒棒糖小朋友。"

Guest.002："棒棒糖？"

Guest.004:"小朋友?"

Guest.001:"喏,就这个。怎么样,是不是又小巧又可爱,像棒棒糖一样Q?口感肯定好。"

Guest.002、Guest.003、Guest.004:"……"

Guest.006:"你的喜好真是让人不敢恭维。"

Guest.001:"话说回来,5号呢?"

Guest.002、Guest.003、Guest.004、Guest.006:"……"

Guest.001:"我从来到这里就没见过5号,他该不会压根儿不存在吧?"

Guest.005是否存在,Guest.002不清楚,他只知道为了赢得眼前这个猎物,他破天荒地用猜拳这种极Low(低级)的方法,同其他客人进行了较量。

这是发生在五小时之前的事了,那时候闯关者们才刚刚从集结区出发,他们也才刚刚拿到背景资料。资料上除了文具树能力保密——为了给他们制造惊喜和良好的狩猎体验——其他信息一览无余。

现在,等待已久的Guest.002终于要享受他来之不易的第一个猎物了。他几乎是以欣赏的目光在打量霍栩——他比在资料投屏里看到的更年轻,身体线条更漂亮,像刚成年的小豹子。

"我喜欢你的眼神。"Guest.002开始兴奋了,从悬浮的半空缓缓落地,"来,让我看看能把守关人打伤的你,究竟拥有什么样的能力。"

重力消除。

霍栩眯起眼,这个人就是先前山脚下,让他们突然失重飘浮的罪魁祸首。

冷风吹过沼泽地,霍栩身后突然掀起水浪,短短数秒,已近三米高。水浪越过霍栩的头顶,冲向Guest.002,奔腾犹如千军万马。

"水吗?的确是不错的能力。"面对袭来的水浪,Guest.002站在原地纹丝未动,"可惜没我预想的那么惊艳。"他的眼里掠过毫不掩饰的失望。

"唰——"全速前进的水浪在抵达他面前的一霎忽然分解成无数水团子,悬浮在半空,在微风的吹拂里轻轻晃动。这一幕和山脚下霍栩想用水流将自己冲回地面时,如出一辙。

"你就只会用这一招吗?"Guest.002一边失望道,一边解除能力。

水团子"哗啦啦"在他面前落下,巨大的水量刷成一片水幕,阻断了双方的视线。Guest.002没料到还有这个副作用,虽然视线的遮挡只有短短一刹,但战斗的本能还是让他警惕起来。

水幕落下,霍栩带着他的拳头已到眼前。

"啪",Guest.002张开手掌,从容包住袭来的拳头:"你的战斗思维还真是特别初级。"

霍栩本来也没指望这一下能偷袭成功,他只是想探一下对方的底。但握住自己拳头的力量大得超乎想象,完全碾压他曾经遇见过的所有闯关者,那五根指头几乎要把他的拳头捏碎。

"对不起,我不是那些束手束脚的守关人。"Guest.002咧开嘴,用力将霍栩扯到面前,膝盖猛地往上一抬,狠狠顶向霍栩的腹部。

"唔……"霍栩几乎咬碎了牙才没喊出来。但是真的太疼了,他的五脏六腑都被这一下搅在了一起。

Guest.002用力一甩。霍栩直接飞了出去,"砰"的一声落在了几米外,重重摔进淤泥里。

Guest.002一步步向他走近。霍栩挣扎着想要爬起来,但试了几次,都没成功。他的呼吸急促得厉害,像垂死之人最后的努力。

"别挣扎了,"Guest.002同情地看着他,"以我刚才的力道,你的内脏已经破裂出血了,很快你就会因为失血过多而休克。不,当场死亡也说不定……"他已走到霍栩身边,顿下来,语气放轻,像是怕再吓到猎物,"所以,你现在要做的,就是乖乖让我……"

"呼啦——"

水幕倾泻而下,将毫无防备的Guest.002浇得一个趔趄。他不可置信地瞪大眼睛,惊诧甚至盖过了战斗本能,一时忘了防御。

闯关者的身体脆弱得不堪一击,所以之前那些守关的家伙被要求不可使用真正的能力,就连近身对战的搏击能力都要控制在中等水平,因为但凡超过一点儿,都可能给这些虫子造成致命伤害,就像扯断蜻蜓翅膀那样简单。

可他是客人,他不需要遵守以前那些过时的规矩,刚刚那一下顶膝用了至少七成的力。之所以没用十成,是因为他不想那么快结束,如果用了全力,直接就能把猎物的身体顶穿。

然而七成的力,猎物不仅没受致命伤,竟然还可以操控能力。

脚踝忽然一紧,Guest.002低头,就见一只手紧紧握住了他的脚踝,手腕再往上,密密缠着绷带。

"上一个希望我乖乖让他杀的人,已经先死了。"霍栩用力一扯,趁Guest.002失去平衡之际奋力跃起,凶狠地扑了过去。

二人抱成一团在地上滚了几圈,等停下,是Guest.002压在霍栩身上。

"你的抗打击能力太让我惊喜了。"Guest.002气喘吁吁,兴奋让他的声音有点不受控制地发抖,手在霍栩的胸膛、腹部、肩胛处摸,"天生的? 还是用什么方法进行了身体强化?"

霍栩冷冷看着他,没说话。

》第八章 Guest《

》283《

Guest.002感觉到脑后有凉意，回头，一根锥形的细冰柱悬在半空，最尖锐的前端就在他的眼前。

"带我去终点。"霍栩努力克制住剁掉游走在自己身上的那两只手的冲动，一个字一个字从牙缝里往外蹦。

Guest.002却丝毫没有"往前一步就会被杀"的觉悟，看一眼冰柱，又看一眼不远处刚刚把自己浇成落汤鸡的那一汪水，骤然明亮的眼睛像发现了新大陆："你不仅可以操控水，还可以改变水的形态？"

霍栩不解地皱眉，他怎么还从对方语气里听出了"羡慕"？

明明是生死瞬间，可对方轻忽的态度就像在玩一个小孩子的游戏。这样匪夷所思的态度，只有两种可能：一、对方是个病人；二、对方真的只是在玩游戏。

"我越来越喜欢你了。"Guest.002收回目光，重新低头看向霍栩，露出一个真诚而又阴森的笑，"这是我第一次杀人，我会好好送你上路的。"

一只强有力的手扼上了霍栩的咽喉。霍栩本能地抬手，去抓扯他的手腕，却根本无法撼动，窒息感铺天盖地地压下来。

霍栩一边挣扎，一边拼命集中精神力，悬在Guest.002脑后的冰柱很快有了响应。它先向后退了近半米，然后突然向前加速，毫不犹豫刺向Guest.002的后颈。

Guest.002仿佛完全不知后方即将到来的致命袭击，仍持续收拢扼在霍栩脖颈上的手。

尖锐冰柱刺入Guest.002后颈！

"啪"，只尖端进入一点点，然后冰柱就碎成几截，四下飞散。

霍栩看不到Guest.002背后的情况，可从声音和冰柱碎裂的情况判断，也知道这一击没成。这一下，冰柱刺的仿佛不是身体，而是岩石。

守关人的身体是有基础防御的，在之前闯关的时候霍栩就知道，可他没想到会这样强。就像他没想到，原来守关人使出全力时，是这样的难以撼动。不，可能对方根本还没使出全力。

Guest.002用空余的那只手摸了摸后颈残留的水汽，碰到了冰柱刺破表皮后留下的一点儿伤。微不足道的伤口，他却咝一声，夸张地倒吸一口气："我不喜欢受伤，"他说，带着满满的遗憾，"只能让你更悲惨地死去了。"

Guest.002起身，直接就着扼霍栩咽喉的力道，将猎物提了起来。霍栩双脚离地，双手握住脖颈上的手用尽全力扯，可惜不过是徒劳。缺氧让霍栩渐渐恍惚，想再操控水，却怎么也集中不了注意力了。

Guest.002将人提到一个自然形成的水洼边缘。水洼不大，看着就像雨后形成的小泥坑，可在这片沼泽地里，这样的泥坑下面是深不见底的黑洞，黏稠的流动的淤泥能吞没一切。他将霍栩仰面朝天按进了沼泽里，看着淤泥一点点漫过霍栩的后背、前胸，最后是脸……

Guest.002能听见自己血液高速流动的声音。他的手在发抖，那是极度亢奋带来的战栗。对，就是要这样，像1号那种远程狙击简直是暴殄天物。

霍栩清晰地知道，自己正在被沼泽吞没。淤泥漫过他的身体，堵住他的耳朵，继续往上，开始吞噬他的脸。本就被扼喉缺氧的他，再过几秒，应该就要完全窒息了。

霍栩没想过自己会死在这里，真的一点儿都没想过。

以他前三关的经验，守关人的实力该是阶梯形往上升的，鉴于自己的能力也在阶梯形上升，所以他预计真正的难关至少要等到5/10以后。但关卡没有按他预计的走。

倒也合理。这个世界上没有任何一个人、一件事，有义务按他预计走。

他在地下城加入探索者的时候，满心以为真的可以摧毁这里，结果在2/10的环形城，自己就先差点儿被摧毁了。也是从那时候开始，他才真正明白，所谓"队友"，是可以在你放着闯关不顾，专心和他一起探索关卡边界时，扼着你的脖子把你按进水里的……

"对不起，霍栩，我要继续往下闯关，我不想还什么都没探索出来就死在这里。"

"我的颈环目标是你，我知道你的性格，肯定不会主动给我的。"

"对不起，对不起，你别挣扎了，乖乖去死吧……"

他的头被完全摁进了水里，和此刻一样的仰面朝天。

不同的是，那时的水很清澈，清澈到他可以看见对方说"对不起"时的毫无诚意和说"乖乖去死吧"时的真情流露。

他不会主动给颈环？给了颈环不过是进入"终极恐惧"，又不是一定会死，为什么就这么肯定他不会给？

"别恨我，毕竟你也从来没把我当成自己人吧……"

这是他最后听见的话。

那一刻他才知道，哦，原来自己心里想的和别人以为你心里想的不一定一致，有时甚至是相反的。

他不想去剖析这个误差产生的原因。可能是自己性格恶劣，可能是对方领悟力太低，也可能这种误差的存在就是世界的必然……但他知道解决方法——不需要同伴了。没有同伴，也就没了"别人以为"。

淤泥最终淹过霍栩的脸，将他完全吞没。

Guest.002意犹未尽，出神地盯着自己没入泥沼的手腕看了好半天，才恋恋不舍松开，将手往回抽。第一下竟然没抽出来。他微微发怔，黏稠的淤泥让他手上的感觉有些迟钝，因为自己并没有用太大的力，只是随意一抽，所以一时间也分不出来是淤泥阻碍了他，还是那个临死依然在抓扯他手背的猎物的手阻碍了他。

试探性地，Guest.002 又往外抽了第二下。不料手腕刚刚抽出一寸，又被淤泥里一个更大的力道狠狠扯了回去！这一下来得极其凶狠，像是拼尽了生命最后的力量，他猝不及防，竟被那力道拽着一头栽进了沼泽。

跌落的一瞬间，Guest.002 甚至没弄懂究竟发生了什么。如果是猎物拽着他，那不是应该借着他上岸吗？可死死拖着自己的那股力量，根本没想求生，而是要带着他一起下地狱。

霍栩的肺已经要炸了。被淤泥封住的他，甚至不确定到底有没有把人拖下来。他唯一能确定的是，自己绝对不会松手。

上一个让他乖乖赴死的人，已经先死了。他没说谎。那时的他也像现在这样，将企图抢他颈环的前队友一同拖进了水里。区别只在于，上一次，对方死了，他活了；而这一次，他死定了，对方可能还会凭借强悍的身体素质死里逃生。

那就是他管不到的地方了。他只能坚持到这里。

霍栩露出一个苦笑，也可能脸上没动，这情绪只传达到了大脑，就在恍惚间散了。

霍栩不知道，他的意识正在飘远，力气正在消失……

"嗷呜——嗷呜呜——"

什么鬼声音？地狱守门的恶犬吗？这么快就下地狱了？

"霍栩——"

谁在叫他？

"你给我松手——"

不要，他要拖着那个疯子下地狱呢。

沼泽边，和狼影奋力从淤泥里往外救人的唐凛组长心力交瘁。他要救的是自家组员，结果自家组员对那个企图杀掉自己的人十分眷恋，死不松手。他只能救一送一，拼命将两个人一起拖出泥坑。

进沼泽前都是人模人样，再拖出来，就成了两个浑身淤泥的小泥人，要不是身形有区别，唐凛都分不出谁是谁。

霍栩已经没意识了，躺在那儿一动不动。入沼泽时间晚的猎人状况好许多，已经开始在地上挣扎着抹脸，想擦掉脸上的淤泥，看周遭情况。

唐凛迅速操控"狼影独行"。刚合力救人的小狼立刻扑到猎人身上，两只前爪压住对方的喉咙。

"你敢再动一下，狼影就会撕碎你的喉咙，我说到做到。"唐凛声音极低，极冷，不是刻意恐吓，而是在远远看见自家组员被按进沼泽时就迸发的杀意。

"咳咳——"躺在地上的霍栩突然猛烈咳出一口淤泥。

原本想给他做急救的唐凛喜出望外，立刻过去把人扶起来。

霍栩一边猛烈咳嗽，一边努力睁开眼，可眼睛上糊的都是泥，睁开也什么都看不清，眼睛还剧痛。

"先别动，眼睛闭上。"

耳边的声音不大，却莫名带了一分严厉。霍栩脑袋还晕得厉害，胸腔里也疼，本能听话地闭上眼睛，只张着嘴巴大口吸气。

有手擦上了自己的眼睛，温柔的，温热的。

过了一会儿，他听到那个声音说："现在再睁开眼睛试试，如果不舒服就再闭上，我带你去河边洗。"

霍栩睁开眼睛，视野边缘依然因为残留的淤泥而模糊，可视野中心清晰了——唐凛，VIP 的组长正认真盯着他，想要从他脸上再看出什么隐藏的伤势。

"不用去河边，"霍栩开口，嗓子哑得厉害，但看着唐凛的眼神就像在说"你是不是傻"，"我自己就有水。"

"哗啦——"水浪倾泻而下，冲掉霍栩脸上、身上的泥，也把唐凛冲了个透心凉。

唐凛抹了一把脸。嗯，狼人都是这么贱，冲自己和冲敌人的水浪无论从力道、水量还是突然性上，都完全没区别。

"嗷呜！"

旁边突然传来狼影奇怪的呜咽。

唐凛转头，只见黑色狼影飘浮到了半空，原本被他用爪子按着的小泥人则同样飘浮而起，只是飘得更远，速度更快。

Guest.002 跑路了！

霍栩立刻要起身。唐凛拦住他："别追。"

霍栩不甘心："他是我的狩猎者。"

唐凛冷静地看他："就算追上了，你有把握战胜？"

"没把握。"霍栩承认，"但是，逃跑说明他心里也没把握了。"

"他不是没把握，他是不想以一个狼狈的姿态，来狩猎他本以为会取得碾压性胜利的猎物。"唐凛说，"一旦你穷追不舍，将他彻底激怒，狼狈也好，体面也好，都会被他抛到后面，他只会把你拖他进沼泽的新仇旧恨一起算。"

对方跑路用的是能力，说明对方完全有余力操控能力，可以想见，就算他不来，对方也不会真的跟霍栩同归于尽。一旦从最初的震惊中回过神来，对方就可以让自己连同沼泽一起消除重力，借此脱困。在没有掌握猎人更多信息的情况下，硬碰硬就是以卵击石。

　　每一个字霍栩都不愿意听，但又无法反驳，因为对方说得确实有道理，于是他就更不愿意听。

　　唐凛感觉自家组员眼睛里写满了"拒绝"，就差一巴掌呼他这个组长脸上了。叹口气，他不再多说。对这位新组员，任何过多的教育都是适得其反的，只能靠耐心感化。

　　天知道，当初和范佩阳合伙的时候，他已经感化过一次了，回想那段磨合，简直是噩梦。这还不包括后面被遗忘的记忆。所以他现在都想不明白，自己到底怎么头脑发热，就和范佩阳做挚友了。从"合伙人"变成"真朋友"，这样崭新的关系势必还要从头开始磨合，他到底是对岁月静好的生活有多倦怠，才这样坚持不懈地向一个人发起磨合挑战？

　　"谢了……"

　　耳边传来十分不自然的、生硬的道谢，他回过神来，面前是新伙伴那张一如既往的厌世脸。但这足够让唐凛欣慰了。揉了揉对方还没彻底冲干净的头发，沾了一手泥，唐凛却还是开心："不用说谢，我是你组长。"

　　霍栩皱眉打掉他的手。

　　唐凛不以为意，起身，站直后向仍坐在地上的新伙伴伸出手，说："永远在你抬头就看得见的地方，才配叫组长。"

　　霍栩沉默地看着他，久久未动。

　　唐凛就那样朝他伸着手，丝毫不退。

　　终于，霍栩握住他的手，借力起身，但起身后立刻松开。

　　"永远在抬头就看得见的地方啊……"他重复着唐凛刚刚的话，然后直视他，说，"现在另外四个叫你组长的，抬头都看不见你。"

　　唐凛："……"

　　破坏气氛哪家强，前有范总冷漠脸，后有霍栩耿直狂。

　　日光越来越刺眼，照着这片狩猎者的大陆。霍栩和唐凛走出沼泽，回到可以辨识方向和路线的河边，重新沿着河岸前行。

　　霍栩："我们现在去哪儿？"

　　唐凛："森林。我用过'狼影追踪'了，他们四个都在森林。"

　　霍栩："不找狩猎者了？"

唐凛："我们是猎物，猎物就要有猎物的自觉，比如等猎人主动找上门。"

霍栩："……"

唐凛："你刚刚和那个猎人打，他有没有透露一些有用的信息？"

霍栩："什么算有用？他说了一堆废话。"

唐凛严重怀疑，自家队友听什么都像废话。

霍栩："对了，十六人……"

唐凛："什么？"

霍栩："他说他有十六个猎物，第一个选择我。"

唐凛："十六个？如果每个猎人的猎物数量都一致……那就是一共六个猎人？"

霍栩："他还说他是第一次杀人。"

唐凛："第一次？新守关人吗？"

霍栩："我觉得他和前三关的守关人感觉不太一样……"

唐凛："还有其他吗？"

霍栩："他好像还挺羡慕我的能力？"

唐凛："……"

虽然不是很清楚每一条信息背后的含义，但这位跑路的猎人能让连思考都嫌麻烦的霍栩总结出这么多奇怪语录，果然是个聒噪的反派。

森林深处，接二连三的紫色光团缓缓升空，每一团紫光里都托着一个闯关者的尸体，短短两分钟，已经死亡三人。

Guest.003 歪头看着眼前仅剩的两个闯关者，简单束起的长发随风飘动，发尾不经意扫过背着的箭筒，高贵、空灵、英俊。他的颜值和气质衬得起过于刻意做作的弓箭手造型。

"想好了吗？还是不愿意陪我玩游戏？"他的声音也很迷人，温润里带着轻微的沙哑。

但刚刚捡回性命的两个闯关者，已经没办法再用恐惧之外的心情来看待眼前的男人了。

两分钟之前，他们和另外三人同这位 Cos 弓箭手的花哨男人偶遇，对方坦然表明猎人身份，并表示暴力什么的他最讨厌了，所以只和他们玩个"猜金币"的小游戏，就猜金币在哪只手，乱蒙都有 50% 猜对的概率，只要猜对，他就带他们去关卡终点。但是面对五打一的局面，他们怎么可能玩这种一听就是陷阱的鬼游戏，所以二话不说便群起而攻之。

那血腥的两分钟，幸存的两个闯关者不想再回忆。他们打不赢猎人的，不，根本连伤到对方都是妄想。哪怕好不容易拼死创造了机会，操控文具树击中了对方，效果也几乎是打对折，而对方匪夷所思的身体素质，让这 50% 的效果也显得那样徒劳。两分钟的交手，足以让他们认清了彼此间武力值的差距——对方那种恐怖的强大，几乎是不可撼动的。

"看来你们是真的不想玩，"Guest.003 从背后抽出一支羽箭，搭弓，拉满，对准仅剩的两个闯关者，遗憾道，"那就只好送你们上路了。"

"我玩！"两个闯关者中个子高的那个率先大喊，濒临死亡的恐惧让他几乎控制不住地破了音。

旁边的矮个受到刺激，也热血上涌："我也玩！"

Guest.003 欣慰地一笑："早这样多好。"

从怀里掏出一枚金币，Guest.003 先举起展示正反面，让两个闯关者看清楚，而后背过手，简单倒转后，便将两只握紧的手拿到前面，期待地看向高个和矮个："谁先来？"

高个紧张地吞咽了一下，再次和猎人确认："你说的，只要我们赢了游戏，就带我们去终点？"

Guest.003 优雅点头："当然。"

高个死死盯着伸到面前的两只手，他要选的不是左和右，而是生还是死，这简直要把人逼疯了。

"左边！"他心一横，豁出去了。

"很好。"Guest.003 看向矮个，"你呢？"

矮个大脑一片空白，呆呆看着猎人的手，好半晌说不出话。

Guest.003 有些不耐烦了，略一思索，说："这样吧，我替你选，左边，这样你们两个就可以同进退，活就一起活，死也不孤单。"

"不……"矮个终于吐出一个单音，又过了好几秒，他才抬头看向 Guest.003，彻底回过神来，坚定道，"我选右边。"

"也好，"Guest.003 倒是好说话，"这样你俩至少还有一个能活。从全局上看，这是最优选择……"

他将握着的两只手翻过来，手心朝上，缓缓打开："就是不知道，谁死，谁活……"

手掌全部摊开，金币在右边。

猜对的矮个整张脸都亮了，带着劫后重生的惊喜和庆幸。猜错的高个不可置信地瞪大眼睛，仿佛自己眼花了，再用力看上一会儿就能看到自己想要的结局。

"咻——扑！"一支箭深深射入他的眉心，高个轰然倒地。

矮个僵在那里，眉心一跳一跳钻心地疼，仿佛那箭射的是自己。

"走吧，幸运者。"Guest.003 收了弓，率先转身。

矮个一个激灵，再不看地上尸体，快步跟上猎人。

高个的尸体和前面三个一样，在紫光的承托下缓缓升空。

矮个随Guest.003走了近十分钟，越走树木越高大茂密，本来就不透阳光的森林越发幽暗深邃。矮个实在扛不住心理压力，终于发问："呃，请问我们还要走多久？"

走在前方的Guest.003停下脚步。

矮个浑身绷紧，担心自己多余的提问惹恼猎人。这样的胆怯，他自己都看不起自己，他甚至都没想过自己有一天会这样孬种。可他控制不住。这一关的猎人和前面那些关卡的守关人都不一样。前三关的守关人，行为是有逻辑可循的，鄙视弱者也好，筛选强者也好，哪怕他们用各种浮夸的言行举止来包装自己，本质上你还是感觉得到，他们就是在尽责守关，执行优胜劣汰。然而前方这个刚刚杀掉四人的守关人，从头到尾就像一个疯子。他甚至不能确定，对方究竟算不算是守关人。

"就是这里了。"前方停住的男人缓缓转过身来。

矮个茫然："这里？"

Guest.003缓缓露出微笑，温柔如水。

矮个愣了半秒，忽然发现，对方似乎并没有看自己，而是越过自己看……

"唰——"

矮个想回头，可他再没有机会了。凛冽风声掠过耳畔，他只觉得脖颈右侧一凉，鲜血喷涌而出。

一个高大的男人站在他身后两米远的地方，悠闲地看着猎物倒下。

Guest.003等到矮个彻底没声息了才走到他的尸体旁，貌似歉意地叹息："忘了说，你不是我的猎物，是4号的，所以很遗憾，我带你去了终点也没用。"

高大男人，也就是Guest.004，有些不悦地抱怨："等了这么久，还以为你能多带几个回来。"

"本来是五个，"Guest.003耸肩，"可惜都不配合。"

"是你没忍住吧？"Guest.004可没猎物们那么蠢，对方说什么，他就信什么。如果3号真想把猎物带回来，有的是法子。

"行，我欠你一次，"Guest.003大方道，"下次再遇见，你先来。"

Guest.004："这还差不多。"

说话间，矮个尸体也飘然升空。

Guest.004突然想起什么似的，问："你杀掉的另外四个，都是谁的猎物？"

Guest.003想了想，说："一个我的，两个2号的，一个1号的。"

"还行，"Guest.004说，"没6号的。"

Guest.003挑眉："怎么，你怕他？"

——希望你至少记住一点,你的猎物随你玩,别人的猎物,你别动。

这是Guest.006当着所有人的面,明确和当时拿狙击枪玩嗨了的Guest.001表明过的态度。虽然对象是Guest.001,但显然,话是说给每个人听的。

"怕?"Guest.004嗤之以鼻,"我既然答应和你同行,无差别狩猎,就没在怕的。"嘴硬地说完,他停顿几秒,还是又厌厌补了一句,"6号看起来就很麻烦,能不招惹尽量别惹。"

本以为会被Guest.003继续嘲笑,不料对方俊逸的脸庞上也蒙上一层阴影:"那家伙的确阴森森的。你注意他那双眼睛没有,我和他对视过两次,两次感觉都很不好,好像我想什么他都知道似的。"

"话说回来,他到底什么能力?"Guest.004问。

Guest.003摇头:"不清楚,一直到我们分开,他也没出过手。"

"所以说这种藏得深的,最好离得远远的。"Guest.004索性摊开说,"这里就我们两个,也没有什么难为情的,那就说定了,不碰6号的猎物。"

"嗯……"Guest.003应了一声,但人却一直抬头环顾四周茂密的大树,"我总觉得,这里不止我们两个。"

Guest.004一愣,随他抬头,但树太高太密了,森林里又在不久之前起了浓雾,根本什么都看不清:"爬上去看看?"他们没有Guest.002的"重力消除",也没有Guest.001的"轻盈",上树这种事,只能靠最原始的攀爬,顶多比猎物们爬得快点儿稳点儿。

"不用那么麻烦。"Guest.003扬起嘴角,反手从背后抽出四支箭,以迅雷不及掩耳之势搭弓射出。

四支箭一离弦,竟射向了东南西北四个方向,且在飞行过程中,一支箭分裂成四支,也就是说,四支箭总计分裂成了十六支,正好围成一圈,射向周围树木高高的、浓雾缭绕的树冠。

"扑啦啦——"箭雨惊起飞鸟,还有两只被射中,插着箭落了下来。

除此之外,再没其他动静。

Guest.003放下弓,扯一下嘴角:"看来是我想太多。"

Guest.004先前让他弄得精神紧张,现在才后知后觉地反应过来:"我们还用怕猎物偷袭?他们要是真敢,那就是提前往死路上去。"

"也是。"Guest.003把弓背到身后,"他们那点儿能力,实在不够看。"

Guest.004:"所以我就想不通了,为什么申请的时候还要签'安全知情书'。什么过程中不允许退出,故而存在风险,出现任何伤亡,概不负责……请问这种轻轻一捻就死掉的东西,能给我们造成什么危险?"

Guest.003："免责条款，有用没用都得加上，他们精着呢。"

Guest.004："也对……"

两个猎人渐渐走远，交谈声消失在浓雾森林里。

刚刚被羽箭射过的一棵树上，被雾气和枝丫掩映的树冠深处，下山虎、探花、大四喜齐齐看着范佩阳，六道目光里全是膜拜。

箭射过来的时候，谁都没敢动，因为这就是猎人的目的，但凡他们动一下，都绝对要暴露。幸好十六支箭要射十六个方向，横向上箭与箭之间空隙略大，而纵向上，一支箭只能射一个方向一个高度，真射到他们的概率其实不高，这场箭雨威慑大过实质。可就在这样的低概率里，射向这里那一箭正中范佩阳的手臂。

运气差归差，但范总一声没吭。

让另外三人服气的，不是说范佩阳忍耐力多强，因为如果被射中的是他们，在最初的一刹那过后，咬牙忍也是忍得住的。可怕就可怕在，被射中的一瞬间，范佩阳都没动静。那种情况下，是个人就绝对会在应激反应里发出那么一点儿声响，哪怕是"唔"一下呢。范总都没有，不光没出声，连姿势都没变，从头到尾只是皱起了眉头。还能说什么，牛就完了！

"你……不疼吗？"下山虎先回过神来，真诚发问。

范佩阳终于动了。他握住箭身，用力一拔。深深没入的箭头从小臂中抽出，箭头上的一点儿血随着惯性甩到范佩阳脸上。他先从裤腿的口袋里找出包着防水袋的止血纱布，给自己做了简单包扎，接着用随身携带的军刀将箭头撬下来收好，最后才仔细地擦了脸，抬起了头，回答下山虎："还好，不算太疼。"

这一系列操作给下山虎看得都忘了自己先前问过什么了。

探花记得，但他更好奇："范总，你是但凡能伤到你的东西，都要留下来作纪念吗？"不然完全没办法解释，为什么要把箭头擦干净放口袋里，太令人不解了啊。

其实他们四个碰到一起，就是几分钟前的事。

说是意外也好，说是缘分也行，在森林里盲目摸索的他们恰好就在这里撞上了。四个人来自四个方向，就在刚才两个猎人对话的地方走了个迎头碰。谁知道还没等他们彼此打招呼，就听见了远远传来的脚步声，还不止一个。敌我不明，四人二话不说，先上树。也幸亏有下山虎的"胶水侠"，往高处树枝上一甩一粘，分分钟带着他们荡了上去。

来的就是射箭的猎人和那个跟着他的闯关者，之后被称为4号的男人就出现了。

一切发生得太快，他们只看见4号猎人在矮个背后挥了一下手掌，矮个就被抹了脖子，然后就是数箭齐发。猎人们的攻击力、洞察力，甚至连直觉，都远远超出他们的想象。

雾更浓了，明明之前爬上树顶还看得见远山，现在只剩一片白茫茫，根本辨不清方向。四人暂时还没有下树的打算。刚刚是他们第一次真正看见猎人，虽然是单方面的，但有太多的信息需要消化。

"那个4号到底怎么攻击的？"下山虎百思不得其解，"他离了有两米远，那么挥一下手，根本碰不到对方的脖子。"

"应该是风，"探花一手抱着树杈，一手举起横向挥了挥，"手掌带起的风。"

探花这一动作，让下山虎又想到了刚刚被杀的闯关者。他不是第一次看到守关者杀人，却是第一次目睹这样残酷的杀法，更让他恐惧的是，4号猎人当时的神情——不是漠然，也不是冷静，而是在欣赏，静静的，甚至带了些许享受。

"他们和之前的守关人都不一样。"范佩阳迅速在脑内将信息处理完毕，沉稳开口，"前三关的守关人，无一例外都表现出'面试官'特征——观察、筛选、考核。他们的所有行为都围绕一个目标——优胜劣汰，为下一关输送更强者。"

"但是刚才那俩不是，"探花低头看下面，尸体已经消失了，血迹却仍刺眼，"他们在'游戏'，为此甚至可以欺骗闯关者。"

——忘了说，你不是我的猎物，是4号的，所以很遗憾，我带你去了终点也没用。

弓箭猎人对已经死去的闯关者说的这句轻飘飘的话，透露的信息令人错愕，更令人愤怒。

"除了态度和行为倾向之外，这一关的守关模式也发生了变化。"探花开启头脑风暴，进入高速分析状态，"之前关卡都是一个守关人，就算有联合守关的情况，也是新守关人代替旧守关人，而不是两个一起出现，"他说着看向范佩阳，"对吧？"

3/10的孤岛求生中，VIP和崔战、周云徽他们会合后，代替卡戎的潘恩就在别墅登场了。虽然卡戎和潘恩属于两个不同的守关人，但因为联合属性，经历过他们中任何一位考核的闯关者都可以彼此交流，所以拥有自己信息渠道的草莓甜甜圈能打听到其他队伍的考核内容，并不让人意外。

"嗯。"范佩阳认可地点了一下头。

"结伴出现，这是守关模式的第一点变化，原因未知。"探花继续道，"第二点是他们的战斗力大幅度提升，这和前面一、二、三关守关人能力阶梯形提升方式完全不同……不过，也可能是前面守关人都保留了实力，而到了这里，再没有保留实力这种要求。但是为什么突然就可以使全力了，我想不通，这就像给了我们一张完全超纲的考卷，压根儿没打算让我们活着通关……第三，也是我最在意的点，他们刚才的交谈中提到了'申请的时候还要签安全知情书'，听起来就像……就像他们不是来工作的，而是来冒险或者体验的，所以关卡运营方需要他们签免责条款……但这里的运营方究竟是什么鬼，那两个人口中提到'他们精着呢'的他们，又是谁啊？"他一口气说到缺氧，成功在头脑风暴里把自己逼疯了。

下山虎和大四喜听得云里雾里，原本还愧疚自己跟不上学霸的思路，现在看着抓狂的探花，忽然觉得做学渣也挺好。

"你提了三点，每一点落到最后，都是'原因不明'。"一直耐心听完的范佩阳给出自己的想法，"这些也许能给我们以后闯关或者分析这里的运行模式提供思路参考，但对于眼前的关卡毫……"

他想说"毫无用处"，可话却在第一个字这里戛然而止。这四个字触发了一些早就被他遗忘在脑海深处的记忆。那是很久之前的某次公司高层重要会议，身体还没查出问题的唐凛作为财务总监，自然也参加。

直到现在，范佩阳都记得那一天各位高管的糟糕表现，糟糕到他甚至怀疑自己整个高管团队昨天晚上是不是背着他搞了什么嗨翻天的团建活动，以至于今天大脑还没上线。每一个他抛出讨论的问题都得不到任何建设性意见，每一个他质疑的关键点都得不到清晰明确的回复，最后他干脆不问了，直接让他们自由发挥，结果每个人都阐述了一堆乍听高端实则无用的废话。

忍到最后都没发飙，是他能给这帮人的最大温柔。可是指望他睁一只眼闭一只眼是不可能的。每个糟糕透顶的发言都各有各的愚蠢，但到最后都归结为那四个字：毫无用处。对解决问题毫无用处，对判断抉择毫无用处，对公司发展毫无用处。

他将这些认知完完整整传递给了与会众人。"毫无用处"也成了那一次会议出场频率最高的关键词。当然，关键词是他给的定义，要用唐凛的说法，这四个字是他在每一位高管同事心上捅的刀。

"好言一句三冬暖，恶语伤人六月寒。"会后的傍晚，唐凛来到他的办公室，坐在他的对面，语重心长地说。

"他们的责任是给公司带来利益，我的责任是给他们发工资。我完成了我的，他们没有完成他们的，你还要求我用虚假的话来顾全他们脆弱的自尊心，"范佩阳摇头，"没这个道理。"

唐凛坐在斜照进来的夕阳里，明明是无奈苦笑，却也被落日余晖染上一层温柔："你还觉得你亏大了？"

"当然。"范佩阳说，"他们没给我带来收益，还带来了我财务总监的批评。"

唐凛单手撑着头，没好气地看着桌后面的他："不是批评，是建议。毕竟不是每个人都像你这么……"稍稍迟疑一下，才轻声道，"公私分明。"

范佩阳总觉得对方的神情和语气，在说这个词时有一瞬的微妙。可还没等他细想，就又听见唐凛继续说："你指出他们的不足没问题，但指出问题不是为了击溃他们的自信心，而是为了让他们进一步提高。"

四目相对，范佩阳认真打量了自己的财务总监，没发现有什么异常，便也不再多想，直言道："知道自己的不足才能进步，我一针见血指出问题，就是在帮他们。"

唐凛一声叹息，越发心疼高管同事们："你那不叫一针见血，叫全盘否定。他们不是机器，他们有心，有情绪，有喜怒哀乐，就算你不想去理解，至少要清楚，这些都会关系到你所谓的'给公司带来收益'，他们……"

"所以？"范佩阳希望他能略过那些冗长的铺垫，直接跳到结论，"你想让我怎么做？"

唐凛对被打断没太大反应，像是已经习惯了："打个巴掌还要给个甜枣呢。你不想给也行，至少'一针见血'的时候稍微温和委婉一点儿吧？"

"我拒绝。"范佩阳一秒考虑都没有。

唐凛单手撑着的头差点儿一滑，心塞至极："好吧，我放弃，你这辈子都学不会委婉了。"

范佩阳不喜欢在对方眼里看见失望，尤其是对自己的失望，眉头下意识就皱了起来："显然你并没有改变立场，我觉得有必要阐述一下我拒绝的理由，相信你听完……"

唐凛不想听。

范佩阳也没机会说。

因为唐凛突然起身，理直气壮地弯腰过来，把他的嘴捂住了。

那一刻，唐凛恰好在傍晚明暗交接的光影里，范佩阳看不清他的脸，只记得蜜糖色的黄昏日光照在他的眉骨上，很漂亮。

然而最后，还是范佩阳先后撤："下次不要这样了。"

唐凛一脸无辜："这是让你安静的最快方法。"

范佩阳挑眉："不想听我说话？"

"不是，"唐凛纠正，"是你不说话的时候，最迷人。"

等唐凛离开办公室，范佩阳才反应过来，他在给自己亲自示范什么叫"委婉的艺术"。

而唐凛说最后这句话时眼里一闪而过的东西和之前说"公私分明"时的神情，几乎是一样的——这件事，范佩阳是在很久之后的此刻才意识到。

那是难过。

他的公私分明，甚至他只要说话，就会让唐凛难过。

"你到底想说什么？"带着怒气的质问，把范佩阳从过往时光中唤醒。

探花不知道对方为什么话说一半突然失神停住，他只知道自己辛苦梳理出的问题，被对方评为，"也许……能给参考，但对于眼前的关卡，毫……"毫什么？毫无用处是吧？他顺嘴都能说出来，但他必须得让范佩阳说，说完了大家才能一起掰扯。别以为文具树攻击力强就可以不把别人放在眼里！

下山虎和大四喜察觉到了气氛微妙的紧张，但又不知道怎么调和，只好默默抱紧自己的树杈。

"我说，"范佩阳终于开口，仿佛经过了深思熟虑，"你提了三点，每一点落到最后都是'原因不明'。这些也许能给我们以后闯关或者分析这里的运行模式提供思路参考，但对于眼前的关卡……好像还不太够，还需要进行有针对性的深挖。"

探花眨一下眼睛，突然有点儿愧疚。原来他听错了，不是毫无用处的"毫"，是好像的"好"啊……范总，对不起！

下山虎、大四喜："……"总觉得范总这番话有那么一丝生硬，是他们的错觉吗？

范佩阳暗暗呼出一口气，"委婉的艺术"比文具树还耗精神力。

"那具体怎么深挖呢？"反省过后的探花真心请教。

范佩阳："第一，他们结伴同行，但一共有多少人？"

探花刚想说这哪儿知道，他们也才见到两个，但很快意识到不对，刚才两个猎人的交谈里似乎透露过一些讯息。

"1号、2号、4号、6号，"范佩阳说，"这是刚才两个猎人提到的猎人编号。弓箭猎人叫另外一个4号，然后说他们之前杀的猎物里，两个是2号的，一个是1号的，并且他们达成了'不碰6号猎物'的默契……最乐观的结果，猎人只有六个，编号1到6，弓箭手是3号或5号。最坏的结果，猎人有九十五个，只有2号对应两个猎物，其余猎人都只对应一个猎物……"

"不太可能吧，"向来不愿意动脑的下山虎都觉得这个数字非常玄乎，"要真有九十多个，我们在森林里走这么半天能才碰上两个？"

"而且我们在山脚，是被人用狙击加飘浮分散的。"大四喜回忆先前的惊魂一刻，"如果猎人数量多，就没必要分散我们，他们战斗力那么强，直接正面打就行了，把我们分散之后，反而利于我们藏身。"

"我也倾向乐观，"范佩阳说，"但不能不做最坏打算。"

探花、大四喜、下山虎："……"九十五个猎人这种打算会不会也太严酷了一点儿？！

范佩阳："总之无论猎人多少，我们的通关途径只有一个——人海战术。一打一必死，五打一勉强能保命，想获胜至少要十打一才有可能。"

"你还想获胜？"下山虎不想灭自己志气，但也得看实际情况啊，"这么悬殊的实力差距，我们现在能保住命就是万幸。"

"只要会合的人数够多，就有可能。"范佩阳看向探花，"你刚才说的第二点，他们对实力完全没有保留，在我看来是把双刃剑。虽然杀伤力高，但也让我们有更多的机会探到他们的底，文具树一样的特殊能力也好，强悍的身体素质也好，了解得越清楚，对我们未来布置人海战术越有利……"

"还有你刚才说的最后一点，他们来守关是经过了'申请'。但你忽略了'安全知情书'。"范佩阳眼睛垂下来，"既然他们被告知存在风险，我们就一定有机会给他们造成伤亡。"

不知哪里的雾被风吹出缝隙，一缕阳光溜进来，穿透繁密枝丫，落在范佩阳的身上，明亮耀眼。

探花、下山虎、大四喜久久不言。同样三条，探花说完，一人抓狂，两人茫然。可范佩阳说完，他们热血翻涌，只想立刻上场杀敌。

范佩阳，一个为战斗而生的男人。

片刻后，四人从树上落地。

探花："现在就开始找大家会合！"

下山虎："必须的，但怎么找啊？"

大四喜："我来。"

探花、下山虎："你来？"

"我的四级文具树是'幸运抉择'，"大四喜摸摸鼻子，对于炫耀文具树这种事有点儿不好意思，"就是可以在面临两个选择时，做出相对正确的选择。比如我们现在想和其他人会合，该往左边走还是右边走，我可以用文具树做出判断。"

探花和下山虎眼睛都亮了。这是什么神仙文具树，一树在手，人生无忧啊！

探花："那你快看看，现在往哪边走可以和更多的人会合！"

大四喜："稍等……"十几秒后，他缓缓抬头，转向右边，"这边。"

"呃，你再看看哪边更安全。"下山虎还是有点儿不放心。

又过了十几秒，大四喜仍面向右边，纹丝不动："还是这边。"

下山虎放心了："二合一，那我们赶紧走吧。"

三人刚要行动，发现范佩阳还站在那儿，没有要启程的意思。

探花狐疑地出声："范总？"

"唐凛，"范佩阳看向大四喜，问，"想找唐凛，要去哪边？"

大四喜怔了怔，没多问，直接垂下眼，凝神操控文具树。选择在他的感知里缓缓浮现，大四喜慢慢转向了左边："这边。"

谁都知道，唐凛是 VIP 的组长。下山虎更是亲历了 2/10 神殿考核，知道得摩斯从唐凛那里窥探来的一言难尽的故事，此刻看到大四喜从右转向左，就知道完了。一边是会合更多的人，不仅能保命，甚至还有通关希望，一边是唐凛，范总肯定要陷入纠结……

范佩阳："我往左走，你们保重。"

……你也太果断了一点儿吧！

范总一果断，就轮到三个伙伴犹豫了。

探花："我们坚持往右，去会合更多的人，还是改成往左跟上范总？"

下山虎："大四喜，快，再来'幸运抉择'。"

大四喜："这个不用文具树，用我朴素的第六感就能告诉你答案。"

三人面面相觑，默契在这一刻升华了。

雾重新笼上，森林又恢复了寂静。四人沿着左边的路渐渐走远，他们的脚步很轻，交谈声也很低，只有偶尔从他们脚边落叶上爬过的昆虫，或者停在附近树梢上的小鸟，才能听到一两句。

范佩阳："你们选择跟着我，就等于选择很长一段时间内无法和别人会合，只有我们四个，想提升安全系数，就要打起十二分精神，时刻让文具树保持在预热状态。"

下山虎："放心，我的'如胶似漆''胶水侠'随时待命。"

大四喜："'我是你的幸运星'随时加成。"

探花："'过目不忘''一目十行''记忆回放'，你们觉得哪个对付猎人效果好点儿，我就预热哪个！"

下山虎、大四喜："……"

范佩阳："你自己注意安全。"

同一时间，森林深处。

南歌已经独自一人行走了很久，越走越觉得不对。

树木茂盛到遮天蔽日，光线暗得几乎要伸手不见五指了，雾气也在下沉，别说爬树看山辨方向，就连十米外的都有些看不清。但这些都不是最让她脊背发凉的。她觉得自己被跟踪了。没有证据，甚至连一点儿异常的声响都没发现过，但她就是有种感觉，有视线在偷窥着自己。

同一时间，森林另一处。

莱昂和周云徽在一片灌木丛里偶遇了。

莱昂是独行找路，听见灌木里有声响，慢慢靠过来。周云徽是过来开闸放水，刚找到一个合适的地方，就警觉地捕捉到了对方的脚步声。两人一个狙击，一个火球，差点儿对轰，幸亏最后关头及时发现。

"我去，你能不能别像个幽灵似的。"周云徽让对方吓出一身冷汗。

莱昂："我以为是猎人。"

周云徽愣住："你遇见了？"

莱昂摇头："还没。"

周云徽："得，那你和我们一起找吧。"

莱昂："不用。"

周云徽："人多安全。现在是雾大看不清，之前一直有……紫光升空，你没看见？"

一团紫光就是一具尸体，可周云徽不想说那两个字。

他和莱昂没什么交情，但毕竟大家一起闯关，他不希望莱昂也成紫光："还是和我们一起吧。现在猎人在哪儿，战斗力怎么样，都还不清楚，这片森林一时半会又走不出去，你一个人乱晃基本就是自杀。"

对方又邀请了一次，莱昂才注意到周云徽说的是"和我们"："还有其他人？"

"有啊。步步高升的，莲花的，VIP的，我们都一起从河里爬出来的。"

VIP？莱昂犹豫了一下，还是点了头："好。"

两分钟后，周云徽带着新伙伴回到正在原地等着他的大部队。莱昂也如愿见到了临时队友们——步步高升的佛纹、骷髅新娘，莲花的清一色、对对碰，VIP的丛越。

莱昂："……"

丛越："嗯？"

3

关岚、五五分、郑落竹等一行十二人，在雾气渐浓的密林里摸索了快一个钟头。

他们是落水后最早一批上岸的人，为了躲避狙击，别无选择，一头扎进森林，后来脱了险，想再回到河岸，却怎么也找不准方向了。

虽说找不准，但凭借关岚的直觉，他们赶路的大方向其实一直是没出错的，虽然中间有绕路，有反复，然而现在他们的的确确是快到河岸了。

可这些，所有人都不清楚。雾遮了林，树迷了眼，哪怕离得已经算近了，抬眼也只有密不透风的高木繁枝，根本看不到河岸半分，连关岚都以为他们是徒劳地在森林里打转。

Guest.001就是在这时出现的。

三米高的树间，一个异常瘦小的男人端着轻型狙击枪，长长枪管直直对准下方众人中的某一点。

"你可让我好找。"他对着被瞄准的对象,咧开嘴,犬齿若隐若现。

十二人在他发出声音主动暴露之前,根本没察觉树上有人!他们骤然停住,循声抬头,待看见男人手里的狙击枪,难以抑制的战栗席卷而来,遍体生寒。

子弹擦过的声音还在耳边回响。不用对方自报家门,一把狙击枪足够表明他的身份了。

"别害怕,"Guest.001微微歪头,将眼睛从瞄准镜后挪开,看向树下众人,"我只要这一个猎物,你们可以继续往前走。"

他似乎想营造亲切氛围,刻意捏着嗓子,试图让声音温柔如水。但众闯关者只觉得诡谲、阴森,就像在古堡中蛰居了数百年的德古拉。

不过他的目标的确从始至终都很明确——枪口对准关岚,目光也锁定关岚。

"你是我的猎人?"关岚的目光从黑洞洞的枪口一点点沿着枪管往上,最终定格在瘦小的男人身上,虽然瘦小,但目测跳下来站直了也就顶多比自己矮上一两厘米。

猎人和猎物是按身高匹配的吗?关岚微微撇嘴,为这个身高歧视的系统打负分。

Guest.001:"我是你的猎人。不过我这么辛苦找到你,就别浪费时间聊这种白痴问题了。"

本来关岚落水的时候,他还锁定得很清楚,结果一不留神,小家伙就上岸溜进森林了,动作那叫一个快。猎人的特权只能看到猎物的存活状态,却看不到猎物的位置,他也只好和所有人一样,在森林里没头苍蝇似的找,中间还顺带狩猎了两只偶遇的自家猎物,原本想留给小可爱的NO.1位置也泡汤了。但这点儿小小的郁闷,都在抓到小可爱的这一刻烟消云散。

"看得出你很辛苦,"关岚定定地望着他,"你的枪口在抖。"

众人一愣,仔细去看猎人枪口,果然在轻轻抖动。

不料Guest.001的嘴角越咧越开,眼里跳动的光近乎狂热:"不是辛苦,是兴奋,你让我兴奋。"

关岚:"……"

众闯关者:"……"

猎人的台词都这么带感吗?

Guest.001突然转移枪口,朝向其他人:"我说了,我只要这一个猎物。给你们一分钟时间,跑,不然我就要亲自清场了。"

"你当你是谁啊?"有人不忿出声,"我们十二个还怕你一个?!"

Guest.001的目光缓缓移到他身上:"你确定?"

那双小眼睛里，对着关岚时的兴奋消失，又没有任何新情绪补上，只一片空空荡荡。可这空荡看久了，让人毛骨悚然。

出声的闯关者觉得喉咙发干，可还是梗着脖子硬杠："之前在山脚被偷袭，是我们准备不足，你还真以为凭一把破枪就能干掉我们？"

"能不能，试试就知道了。"Guest.001 说完，几乎没给众人反应时间便扣下扳机。

围观者来不及应对，可出声者是早有准备的，和 Guest.001 呛声的第一句，他就已经启动了自己的文具树"刀枪不入"。子弹在距离他额前仅一寸的地方撞上了文具树。那层看不见的防护在与外力的对抗下，呈现出清晰形状——一层淡金色的光罩，随着他身体的流线覆盖下来，好似一层刀枪不入的金丝软甲。

子弹没炸裂，而是将金色光膜微微往前顶了几毫米便停住了，就像陷进网兜里的小鱼儿。出声者暗自松口气，手心已被冷汗浸透，可脸上一点儿没露怯，全是对树上猎人的嘲笑："你果然也就这点儿本事，我……"

"噗——"子弹穿透金色光膜，嵌入他眉心。闯关者不可置信地瞪着双眼，倒地身亡。

死一般的寂静里，再没有人说话。

守关人的强大是毋庸置疑的。第一关，第二关，第三关……每一关的守关人，都或多或少展露了一些让人惊骇的实力，有些甚至是碾压性的差距。可他们都没这样上来就杀人。他们至少会讲考核规则，会表达出自己的筛选逻辑，哪怕一些任性的家伙，嘴上说着"我就要看心情来"，到最后也还是遵循着某些既定规则和守关步骤，没有谁是被挑衅了一句，就那么轻易扣下扳机的。

紫色光团托着尸体飘起。

郑落竹第一个找回了自己的声音，问树上的 Guest.001："他是你的猎物吗？"

Guest.001 摇头："很遗憾，不是，所以我要被 5 号埋怨了……呃，如果 5 号真的存在的话。"

众人没懂他的后半句，却听明白了前半句。

当一个比你强大得多的人开始这样行事，随时可能会死的恐惧感令人窒息。

"好了，不要再浪费我的时间。"Guest.001 端枪瞄准下一个不相干的人，"我再说最后一遍，一分钟时间，跑。"

被瞄准的闯关者二话不说，拔腿就跑。

漆黑的枪口对准下一个，或者说，下一群。

原本聚在一起的六七个闯关者哗地散开，四下奔逃。

Guest.001 突然端枪瞄准其中一个，精准狙击。

"扑通——"被击中的闯关者扑倒在草丛里。

其余人更疯了，几乎是手脚并用地逃。

Guest.001却从容放下枪，转回来对树下的人道："这个是我的猎物，实在做不到眼睁睁让他跑。"

树下站着没动的，只剩五个人——关岚、五五分、郑落竹、十社的郝斯文、莲花的十三幺。

一个猎人不止对应一个猎物，他们几乎可以确定了。

Guest.001对于剩下的人数有些意外，阴森森的目光在另外四人身上流连："你们和他一队的？"

郑落竹、郝斯文、十三幺整整齐齐向后撤一步，五五分成了关岚身边最闪亮的星。

撩开额前卷发，五五分看向Guest.001，无奈叹息："我和他是一队的，再具体一点儿，他是我的组长。"

Guest.001小眼睛上下瞟，很不喜欢这个看起来非常忧郁的卷毛，他冷冷地问："你要护他？"

"完全没有。"五五分答得那叫一个干脆，"我们甜甜圈向来是各人自扫门前……雪……"

最后一个字，气势突然垮掉。因为草莓甜甜圈的关组长默默凝望过来了，安静地，深情地，Watching you。

"雪……但我一直特别唾弃这个风气，"五五分猛一甩头，带动飘逸秀发，"组长，我绝对不会放下你不管的！"

郝斯文、十三幺："……"这转折真是行云流水，一点儿看不出生硬呢。

郑落竹："……"嗯，各人自扫门前雪，除非组长眼神杀。

"既然你们三个和他没关系，为什么留下来？"Guest.001是真好奇了，他明明清楚感觉到了他们的恐惧。

"再怎么跑，也迟早会遇见其他猎人，与其被藏在暗处的某个猎人射杀，不如和已经跳出来的你明刀明枪干一场。"十三幺顶着一头蓝毛，穿着打扮流里流气，说出的话倒挺通透。

郑落竹同意："我们挡不住你的子弹，同样也挡不住别人的子弹。可是反过来，如果我们五打一能赢你，后面就好说了。"

郝斯文没那么强烈的战斗欲，他留下来只是基于一个很朴素的念头："我不能放郑落竹一个人在这里！"

五五分："……哦。"

第八章 Guest

关岚："……原来如此。"

郑落竹："不是，没有，你给我把话说清楚！"

郝斯文："我们和孔明灯的联合队伍，在3/10孤岛上受到了VIP尤其是唐队和范总的照顾，没有他们，我们根本挨不过那场酷寒。现在既然郑落竹决定留下，那我就有义务陪他，这是十社对VIP的报答！"

郑落竹："……你就不能一次把话说完吗？！"

Guest.001发出怪笑："以为团结就能通关？你们真是傻得让人心酸。还不清楚自己的处境吗？根本就没什么闯关守关了，乖乖当猎物，是你们唯一的……"

"Guest.001，你已触犯保密协议，这是第一次警告。"

耳内突然想起尖锐警告音，Guest.001皱眉，闭嘴。

树下五人不知道发生了什么，只知道对方刚刚说了奇怪的话。

"什么根本就没有闯关守关了？"

"你这话什么意思？"

Guest.001不耐烦地把枪背到身后："你们没必要知道。"

"沙……"他从树下跳下来，竟然只发出了一点儿擦碰树叶的动静，落地几乎是没声音的。他前后左右晃晃头，像在做热身动作："接下来我不会再用枪。对待我喜欢的猎物，哪儿能这么简单粗暴呢。"

原本退后的郑落竹、十三幺、郝斯文三人上前，和关岚、五五分肩并肩。

对方敢不用枪，那就是有更可怕的能力在后面。

郑落竹启动"铁板一块"，挡在五人身前。

郝斯文的"捆仙索"在精神力里蓄势待发。

关岚抬起手掌，一块"绝命巧克力熔岩流心蛋糕"出现。

五五分一手持弩箭，一手持盾牌，还不忘问其他伙伴们："你们用什么武器趁手？我'兵器库'里有的随便拿。"

他之前的文具树"给我刀"可以随时召唤出刀具供自己使用，而3/10通关后新获得的四级文具树是"兵器库"，虽然都是冷兵器，但兵器的种类更全了，不仅召唤数量无限制，召唤出来给谁使用无限制，更方便的是，一旦召唤出来，武器就不会消失，哪怕精神力耗尽，武器依然在，简直是居家旅行必备。

郑落竹："不用。"

郝斯文："谢谢你。"

关岚："你盾牌挡我视线了。"

十三幺："我有锤。"

五五分："哦……嗯？你有什么？"

四人一齐转头，只见十三幺抡着个通体蓝光的金属锤，那锤子和他的发色遥相呼应，真是微风里透着纯真，纯真里还有点儿蠢萌。

十三幺，所属组织莲花，发型蓝毛，文具树"旅行锤"，效果是通过挥飞目标，使目标达到短途或长途旅行的目的，但目的地随机，落点全看运气，且附带低程度杀伤力。

"你们还有完没完？！"Guest.001发飙了。他下来不是听他们叽叽喳喳的。

"你叫什么名字？"关岚突然看向Guest.001。

Guest.001怔住，对这个问题完全没防备。正常情况不是应该问他不用枪的话，还有什么能力吗？再不济也要问问怎么才肯放他们走吧，虽然他是不会放的。

"你不需要知道我的名字，可以叫我猎人1号。"事实上透露名字是被禁止的，和关卡现在的运营方式改变一样，都属于保密协议的一部分。

"好，那么猎人1号，"关岚歪头，疑惑地问，"你既然不止一个猎物，为什么偏偏对我重点关照？"

刚刚逃跑被狙击的那个人和关岚都是1号猎人的猎物，可这个1号对前者随手狙杀，对关岚却又寻找又小可爱还有的没的聊这么多。显然，1号看上关岚了，这点有眼睛的人都看得出来。但1号到底看上关岚什么了？郑落竹、五五分、十三幺、郝斯文四位直男对此完全茫然。

"为什么对你重点关照？"Guest.001露出愉悦笑容，似乎很愿意讨论这个问题，"我看过你的闯关资料，我喜欢你在关卡里吃棒棒糖的样子。"

郑落竹、五五分、十三幺、郝斯文："……"这是什么魔鬼痴汉？！

关岚也被冲击到，懵懂地眨巴眼睛："你是变态吗？"

"这个我不知道。"Guest.001咧开嘴，慢慢地舔了一下自己的犬齿，"但我知道，吃东西的幸福感是共通的。"

关岚没觉得害怕，但对方的目光让他每个毛孔都本能地收缩。那是人在面对异类时的自然反应——猎人1号看他的目光不同于之前任何一个他见过的守关人，更加危险，带着吞噬的恶意。

"准备好了吗？我要来了哦。"Guest.001拱起后背，像一只盯紧猎物的鬣狗，脚下一蹬，竟就这样朝关岚冲了过来。

郑落竹召唤出两米见方的铁板，将自己和其余四人牢牢护在身后。可他其实没底。以1号猎人刚刚狙击展现出的攻击力，绝对可以轻易突破自己的防御性文具树。更令人心慌的是，对方已经不用枪了，那这次攻击究竟会用什么样的新能力？

对敌人一无所知，才是最可怕的。

"咣——"1号猎人撞上了铁板。

郑落竹在铁板后以手臂和肩死死顶住，饶是如此，仍被撞得后撤半步。可这样程度的冲撞比他预期得轻太多了，他本以为铁板会被直接撞碎。

"是不是还觉得自己防御力不错？"

头顶传来冷冷的调侃，铁板后的五人一惊，同时抬头，只见Guest.001蹲在铁板上沿，轻巧自如得就像在自家墙头。

郑落竹脸色变了。对方是什么时候爬上来的？就算动作再轻，其他人可能听不见，但铁板是两面一体，再细微的动静也不可能逃过他这个一直拿身体顶着铁板的人。

"这就是我们之间的实力差距，"Guest.001居高临下，逆在光里，像深埋地底多年又爬出来的鬼魅，"看明白了吗？"

话音刚落，他便纵身一跃，直直朝下扑向关岚，速度快到让人措手不及。

"郝斯文，'捆仙索'——"关岚在Guest.001跃下的一瞬间用力大喊。

话音还没落，Guest.001已经扑到他身上。

关岚做好了被扑倒的准备，可意外的，扑来的冲力极轻，恍惚间，他甚至觉得扑到自己身上的不是一个男人，而是一只山猫，或者一只小型凶兽。这样的冲击力根本不足以让他失去平衡。可下一秒，他的肩膀传来剧痛——挂在他身上的瘦小男人直接咬上了他的肩膀，犬齿刺透衣服，深入皮肉，往下撕扯，钻心地疼。

关岚疼得发抖，大脑有一霎空白，原本已经启动的"蛋糕有毒"因精神的恍惚而中断，藏在背后手里的绝命巧克力熔岩流心蛋糕也随之消失。

幸而"捆仙索"及时来了，"咻"的一声从天而降，将扑在关岚身上的Guest.001从肩膀捆到小腿，层层缠绕，细密牢固。

可郝斯文清楚："我捆不住他太久！"

就像先前这个变态狙击那个闯关者的时候，子弹在陷入"刀枪不入"的光膜几秒后，便轻而易举穿过，同理可推，他的"捆仙索"能顶多坚持五六秒。

但是有这几秒，就够了。关岚反手抱紧Guest.001，同时大声道："五五分、十三幺——"

两位伙伴早就准备好了。五五分一刀捅向Guest.001后背。十三幺一锤子抡向他脑袋。

刀尖先到的，却不料就在这一刹，被捆得严严实实的Guest.001突然挣脱关岚的手臂，带着"捆仙索"，整个下半身往上甩，仅凭咬住关岚肩膀的那一个支点，就把大半个身体腾空。五五分一刀扎空，都傻了，这耍杂技呢？！

"啪！"关岚一掌拍在 Guest.001 脑门上，用四级文具树"恶魔之手Ⅱ"补上了自家队友的落空。

与此同时，十三幺的"旅行锤"也到了。Guest.001 虽然身体偏移，头还咬着关岚的肩膀呢，"旅行锤"稳准狠地抡到他脑袋上。"砰"，Guest.001 直接飞起。

关岚捂着肩膀，和其他四人一起紧盯被捶飞的猎人 1 号。

"成为天边一个小黑点"这样的理想画面并没有出现，Guest.001 只飞出了十几米。纵然十三幺做了思想准备，仍有不小的心理落差："如果是闯关者，我这一锤能送他去马尔代夫。"

"这根本没得打啊，"郝斯文有点儿绝望，"要不我们趁现在赶紧逃吧？"

"现在逃了，等遇见你的猎人，你打不打？"郑落竹咬牙，"通关只有一条路，小斯文，别做逃兵。"

郝斯文："……"小郝，小文，他都被叫过。小斯文……这是什么新派昵称？

关岚放下捂着肩膀的手，血汩汩地冒出来。那里的皮肉被活生生撕开了一道狰狞口子，是锋利的犬齿毫不留情撕扯的结果。如果十三幺的"旅行锤"再慢一瞬，他的肩膀会被连皮带肉扯掉一块。

"还撑得住吗？"五五分问关岚，既没靠近嘘寒问暖，也没流露出一点儿心疼，语调甚至比平时更平静。

可郑落竹听在耳里，看在眼里，总觉得这个忧郁的曾做过偶像的甜甜圈生气了。

关岚倒还好，仍然是平日的模样，或者说，他那张娃娃脸实在很难看出除了天真可爱以外的东西。他大眼睛眨啊眨："撑不住怎么做你组长？"

郑落竹、郝斯文、十三幺："……"

看脸就行，不能看肩膀，那么可爱的娃娃脸搭配血肉模糊的肩膀，有鬼娃效果。

"身体轻盈，动作灵活，牙齿锋利。"关岚一边总结 Guest.001 的攻击特点，一边从肩膀破口处用力往下扯袖子，试了一下没扯掉，只是把破口扯大一点点，再试第二下，还不如第一次呢，果断放弃，朝五五分伸手，"剪刀。"

郑落竹、十三幺、郝斯文默默围观。诚实面对自己的甜甜圈组长有点儿可爱呢。

五五分立刻启动"兵器库"，手往自家组长手心一拍，剪刀就送过去了。

郑落竹、十三幺、郝斯文继续默默围观。这不是文具树，这是五金店。

关岚飞快将袖子剪掉，然后绑在肩上打了个结，暂时止住伤口出血："他的目标是我，看起来打定主意近身……算了，"放弃官方用词，甜甜圈组长直截了当，"他要吃我。"

另外四人沉默。他们不是没看出端倪，正常人的牙再怎么咬，也不可能造成这么大的杀伤，换句话说，野兽一般的犬齿就是1号猎人的特殊身体能力。但当一个人变态到极致，当一件事情匪夷所思到极致，他们首先想的是：也许自己猜错了呢？

闯关流程明明在前三关已经很清楚了：进入关卡，通过鸦设置的重重障碍，遇见守关人，通过考核。怎么到了4/10，就全颠覆了？守关人二话不说就拿枪狙击，狙击过完瘾了，又像个变态似的上来就啃闯关者，是守关人疯了，还是整个关卡疯了？

十几米外，Guest.001已经重新站起来。"捆仙索"早失了效，"旅行锤"看起来也没给他造成任何损伤。他一边用手扳扳肩膀，让关节重新松弛，一边向五人走回来。十几米的距离，他走得不疾不徐，偶尔脚踩到落叶，几乎都没有声音。

"铁板、锤子、刀、绳子，"他的目光依次扫过郑落竹、十三幺、五五分、郝斯文，同时点出他们的文具树，随意的口吻就像在数破烂，直到最后，视线落在关岚身上，"你的能力是什么？"问完，他又摸摸自己的额头，说，"我记得你好像拍了我一下……阿嚏！"

突如其来的喷嚏，打得Guest.001措手不及。他再吸吸鼻子，似乎还有点儿轻微的鼻塞，脑内灵光一闪，颇为感兴趣地向关岚求证："自带病菌？传染性抚摸？"

郑落竹、五五分、十三幺、郝斯文："……是恶魔之手！"

这人到底是怎么做到说出的每个字都散发变态气息的？

"恶魔之手"可以给目标带去小病小痛，而"恶魔之手Ⅱ"已经发展到可以造成高烧、重感冒、咳疾、肌肉暂时性萎缩这些足够影响战斗力的病痛了。事实上关岚刚才那一下，就是奔着给对方最大程度病痛去的。可最终，对方只是咳嗽一声加轻微鼻塞。

文具树效果没惊喜，对方的反应却让关岚挑起了半边眉毛："你作为猎人，不清楚我们这些猎物的文具树？"

Guest.001用力揉揉鼻子，稍微通气点儿了，这才舒服："狩猎的乐趣在于猎物反应的不确定性。你们本来已经弱到不堪一击了，再让文具树透明，那还有什么可玩的？"

"也对，"关岚点头，"那你想不想让它更有意思一点儿？"

Guest.001欢迎一切乐趣："说来听听。"

"放过他们，我和你一对一。"关岚说。

另外四人愕然，五对一都勉强，一对一是不想活了吗？！

Guest.001也失望透顶："我好像最开始就说过吧，我只要你，还贴心地给了时间让他们滚，"他轻蔑嫌恶地瞥了其余四人一眼，又看回关岚，"是他们非留下来，搞什么恶心的伙伴情深。"

"我还没讲完，"关岚说，"放过他们，我和你一对一。我输了，他们走，但如果我赢了，你不仅要带我去终点，还要带他们去找其他猎人。"

Guest.001怀疑自己听错了："你觉得你有可能赢？还有，你不是想救他们吗，让我带着他们去找猎人，只会让他们死得更快。"

关岚毫不动摇："这些和你没关系，你只需要做个简单选择。A. 同意；B. 拒绝。"

Guest.001舔舔嘴唇，笑了："A。"

关岚深吸一口气，对身旁四人道："你们闪开。"

郑落竹、郝斯文、十三幺对这位组长没有深入了解，完全不知道他葫芦里卖的什么药。五五分对自家组长了解深入，于是……更不知道卖的什么药啊！

"你没事儿吧？"要不是关岚肩膀受伤，他都想上手握住用力摇，"组长，苦情戏不适合甜甜圈的风格，为队友舍身奉献也不是你的常规剧本啊！"

关岚懒得和他们费口舌，直接往旁边走，一直走到离四人三米远，和Guest.001成一条避开四人的斜线。

五五分皱紧眉头，却闭了嘴。他和同样被晾在旁边的三人都没再干扰关岚，因为看得出，一对一这件事，关岚是铁了心了。所以他们也想看看，关岚到底要做什么。

"开始吧。"关岚朝Guest.001轻扬下巴。

"我已经迫不及待了。"Guest.001将背在身后的狙击枪带子紧了紧，以防止其影响行动的灵活性。下个瞬间，他竟高高跳起，一跃就到了关岚身后，身体之轻，动作之快，简直就像骷髅新娘的"背后灵"！

关岚根本连转身的时间都没有。

Guest.001落地的一霎，就瞄准关岚后颈，张开利齿，眼看就要咬下去。不承想关岚没转身是没转身，可右手风驰电掣抬起往后一糊，手心的抹茶蛋糕正迎向Guest.001压下来的脸。

围观四人一下子屏住了呼吸。

关岚是早有准备的！他料到了1号猎人的行动会更快，也压根儿没打算和对方拼速度和身手，他是打算利用对方不熟悉文具树的弱点，用还没有暴露的"蛋糕有毒"。

等等，不对啊。静待变态被糊一脸的四人突然惊醒，就算关岚一击得手，文具树对猎人的效果顶多持续几秒，后面他要怎么办？这种碾压性的实力差，就算打中对方再多次也没用啊。

"啪！"

手臂碰撞的声音。

关岚没打中，反而是Guest.001游刃有余地擒住了他的手腕。

"你真当我没看见你先前在铁板后面准备的巧克力蛋糕？"Guest.001嗤之以鼻，"我还当你有什么撒手锏，结果真是让人倒胃口。"

话音落下，就着握住关岚手腕的姿势，Guest.001一口咬上了他的后颈，牙齿深深陷入白皙皮肤，血立刻从牙洞的缝隙往外渗。Guest.001并不满足，他更加用力，让牙齿咬得更深……咦？Guest.001微微一怔：猎物的血怎么是……甜的？

"好吃吗？好吃你就多吃点儿。"关岚忍着疼，反手一把扣住Guest.001的后脑勺，将他死死压在自己后颈，"捆仙索、钳子——"时间有限，他甚至顾不上喊名字。

郝斯文一激灵，听见自己文具树的名字就条件反射启动，给Guest.001又从肩膀到脚踝来了个捆绑Play。捆完了，他才后知后觉："哎？你不是要一对一？"

提问和来自五五分"兵器库"的钳子同时飞向关岚。

"我说过吗？"关组长否认得一脸无辜，一个转身，飞快将Guest.001压在身下，抬手接住钳子，顾不上后颈正往外冒血的两个深洞，捏开Guest.001的嘴，就用钳子牢牢夹住他一侧犬齿，"你这口牙，早该修理了。"

钳子用力一掰。"咔！"1号猎人引以为豪的两颗犬齿之一，没了。

而这一切，只发生在短短数秒内。

郑落竹一脸震惊。关岚动作之快，下手之利落，绝对是闯关者里的顶尖水平，再配上他那张极具欺骗性的脸，根本就是大杀器。这人是抓阄抓到甜甜圈组长的？呸。他绝对是竞争上岗的！

"啊——"被关岚骑着的Guest.001突然惨叫一声，几乎是瞬间挣开"捆仙索"，掀飞关岚。

"咚"的一声，关岚落在数米开外的地上。

Guest.001怪叫着跳起来，疼痛让他一脸狰狞，他穷凶极恶地拿起背后的狙击枪，眼看就要扣下扳机。

"砰——"一记重锤捶飞了狙击枪。

眼疾手快奔过来的十三幺扛着锤子，一脸骄傲："我不能送你去马尔代夫，送一把破枪还是绰绰有余的。"

狙击枪飞进遥远浓雾，成为一个再也看不见的小黑点。

Guest.001满口鲜血，"嗷"的一声扑向十三幺。

十三幺往后躲得慢了一步，生生让对方啃上胸膛。

"啊啊啊啊——嗯？"十三幺惨叫了好几秒才发现，好像也没那么疼。

不远处，被跑过来的仨伙伴扶起的关岚，举起手里的钳子，露出胜利微笑："第二颗，也在我这儿了。"

十三幺其实看不太清钳子里到底夹没夹东西，但从胸口正常范围内的疼痛看，1号猎人应该是被"缴械"了。

Guest.001终于在拔牙的疼痛里清醒过来，松开十三幺，有些茫然地摸摸自己的牙，似乎不敢相信第二颗也没了。他明明在第一颗牙被拔的时候就醒了。不，不对。他为什么会被拔第一颗牙？他明明抓住了小可爱偷袭的手，咬住了白嫩的脖子，为什么突然就……好像全身麻木失去知觉了一样？

困惑，疼痛，还有嘴里的血腥味，将Guest.001搅得思绪纷乱。这场狩猎游戏本该像一加一等于二那样简单，到底哪个环节出了问题？

恍惚间，他听见"噗"的一声，随之而来的，就是腹部的凉意。他茫然低头，只见一把刀捅进了自己的肚子。

十三幺松开刀柄，推开他，十二万分诚恳："我看你站在面前半天不动，实在忍不住。"

其实十三幺有避开要害，毕竟还要靠猎人通关呢。不过对付这种足够强大足够命硬的变态，也不能太心慈手软。

"郝斯文——"他回头叫不远处正帮着关岚包扎脖颈的伙伴，"来个'捆仙索'，我们带他去山脚。"

一刀都捅下去了，指望猎人主动带路，基本没可能了。

郝斯文连忙把包扎工作交给郑落竹，同时再次启动文具树。可因为连续使用，消耗有点儿大，这次酝酿的时间有点儿长。

十三幺越等越不安，索性先伸手抓住1号猎人，以防他跑掉。没承想手刚碰到，对方就一个闪身跳上了树梢，速度和之前跳到关岚背后袭击时比，几乎没有变慢。

Guest.001上树后没做任何停留，又继续从一个树梢跳到另一个更高的树梢，眨眼间便消失在了雾气弥漫的林间。

"不用追——"那边传来关岚的声音，他以为十三幺站在原地望着树梢，是犹豫着要不要跟着上树。

十三幺还真不是："我也得追得上啊。"他转身，回到四个伙伴身边，"被拔了两颗牙，又被我捅一刀，还能跑这么快，他们到底是什么身体构造啊？！"

"你不追，怎么交卷？"五五分替关岚着急，"抓他现在是最好的机会。"

关岚"嘶嘶"倒吸冷气，断断续续道："现在不是……嘶……等我们大部队会合……嘶……才是。"肩膀也疼，脖子也疼，疼死了。

五五分怀疑他在卖惨，以让自己停止唠叨……关键还很有效，烦！

郑落竹倒没觉得放跑1号猎人可惜。他们能保住命，已经是这场战斗的胜利。如果每个猎人都这样强悍，他们就必须靠人数取胜。一个文具树或许只能坚持几秒，但数十个文具树的叠加效果就很可观了。关岚说和大部队会合才是真正抓猎人的机会，也是这个道理。

所以，猎人先放一放。郑落竹现在就好奇一件事："关组长，他咬住你后脖子的时候，怎么突然就停住了？"

那时候的1号猎人明明已经制住了关岚拿着毒蛋糕的手，牙也咬进去了，以当时的情势，他完全有足够的时间撕裂甚至是重创关岚的脖颈，可他什么也没做，咬住关岚脖子之后，就像被定了格。

"哦，这个啊。"关岚一脸无辜，"他防住了我的'蛋糕有毒'，又知道我有'恶魔之手'，那我只能用'糖果有毒'了。"

郑落竹："……糖果放哪儿了？"

关岚："脖子。"

郑落竹："啊？"

关岚："透明糖浆，我刷了厚厚一层，一口休克，但他抵抗力强，所以只麻醉了几秒。"

郑落竹："……"

"不过，"关岚叹口气，回忆起刚才的战斗，忽然有些感慨，"我的动作已经很快了，本以为麻醉的时间足够拔牙，没想到他的身体素质这么好，比我预想的苏醒更早，甚至还能挣脱'捆仙索'，差一点儿就没能拔掉第二颗牙。猎人的实力真是深不可测。"

郑落竹、郝斯文、十三幺："……"

五五分："是你拔牙生生给人拔醒了好吗？！"

（第三部正文完）

子夜 3

TEN LEVELS IN THE TRIAL AREA

作者
颜凉雨

封面绘图
LetterS

封面设计
杨小娟

内文版式
周沫

图片总监
杨小娟

责任编辑
徐慧

出版社
中国致公出版社

总出品
湖北知音动漫有限公司

制作出品
知音动漫图书·漫客小说绘

官方微博
https://weibo.com/xiaoshuohui

平台支持
知音漫客 小说绘

图书在版编目（CIP）数据

子夜十.3 / 颜凉雨著. －－ 北京：中国致公出版社，2022

ISBN 978-7-5145-1770-5

Ⅰ.①子… Ⅱ.①颜… Ⅲ.①长篇小说－中国－当代 Ⅳ.①I247.5

中国版本图书馆CIP数据核字(2021)第025263号

本书由颜凉雨授权湖北知音动漫有限公司正式委托中国致公出版社，在中国大陆地区独家出版中文简体版本。未经书面同意，不得以任何形式转载和使用。

子夜十.3 / 颜凉雨 著
ZIYE SHI

出　　版	中国致公出版社
	（北京市朝阳区八里庄西里 100 号住邦 2000 大厦 1 号楼西区 21 层）
出　　品	湖北知音动漫有限公司
	（武汉市东湖路 179 号）
发　　行	中国致公出版社（010-66121708）
作品企划	知音动漫图书·漫客小说绘
责任编辑	徐慧
责任校对	邓新蓉
装帧设计	杨小娟　周沫
责任印制	翟锡麟
印　　刷	武汉市新华印刷有限责任公司
版　　次	2022 年 6 月第 1 版
印　　次	2022 年 6 月第 1 次印刷
开　　本	787 mm×1092 mm　1/16
印　　张	20
字　　数	380 千字
书　　号	ISBN 978-7-5145-1770-5
定　　价	49.80 元

版权所有，盗版必究（举报电话：027-68890818）
（如发现印装质量问题，请寄本公司调换，电话：027-68890818）